GILLES LEGARDINIER

Auteur français parmi les plus lus, mais aussi réalisateur, scénariste et producteur, Gilles Legardinier s'est toujours attaché, à travers ses différents métiers, à faire naître des émotions qui se partagent.
Après avoir travaillé sur des plateaux de cinéma internationaux, il se consacre aujourd'hui à l'écriture de ses romans – tous des best-sellers – et à la communication cinéma pour de grands studios, tout en intervenant comme consultant sur des scénarios. Il a écrit et réalisé le film adapté de son roman *Complètement cramé !*, avec John Malkovich, Fanny Ardant, Émilie Dequenne et Philippe Bas, distribué par Universal, au cinéma en 2023.
Alternant des genres littéraires très variés, Gilles Legardinier s'est illustré aussi bien dans le thriller – Prix SNCF du polar 2010 avec *L'Exil des anges* – que dans la comédie – *Demain j'arrête !*, paru en 2011, est le roman francophone le plus vendu de l'année 2013. Touche-à-tout, il écrit également des romans associant aventures et thriller historique. Son succès ne s'est jamais démenti. Son dernier roman, *Mon tour de manège*, paraît fin 2023 aux Éditions Flammarion.
Les livres de Gilles Legardinier, qui a été fait chevalier des Arts et des Lettres par Claude Lelouch, sont traduits dans plus de 25 pays, et plusieurs sont en cours d'adaptation pour le grand écran.

Retrouvez toute l'actualité de l'auteur sur :
www.gilles-legardinier.com

Complètement Cramé !

LES OUVRAGES DE GILLES LEGARDINIER

L'Exil des anges (Éditions Récamier et Pocket)

Nous étions les hommes (Éditions Récamier et Pocket)

Demain j'arrête ! (Éditions Récamier et Pocket)

Complètement cramé ! (Éditions Récamier et Pocket)

Et soudain tout change (Éditions Récamier et Pocket)

Ça peut pas rater ! (Éditions Récamier et Pocket)

Quelqu'un pour qui trembler (Éditions Récamier et Pocket)

Le Premier Miracle (Éditions Flammarion et J'ai lu)

Une fois dans ma vie (Éditions Flammarion et J'ai lu)

J'ai encore menti ! (Éditions Flammarion et J'ai lu)

Pour un instant d'éternité (Éditions Flammarion et J'ai lu)

Une chance sur un milliard (Éditions Flammarion et J'ai lu)

Mardi soir, 19H (Éditions Flammarion et J'ai lu)

Le Secret de la cité sans soleil (Éditions Flammarion et J'ai lu)

Mon tour de manège (Éditions Flammarion)

Vaut-il mieux être toute petite
ou abandonné à la naissance ?
(coécrit avec Mimie Mathy /
Éditions Belfond et Livre de Poche)

Comme une ombre
(coécrit avec Pascale Legardinier / Éditions J'ai lu)

Les phrases interdites si vous voulez rester en couple
(coécrit avec Pascale Legardinier / Éditions J'ai lu)

GILLES LEGARDINIER

Complètement Cramé !

Édition revue et corrigée par l'auteur, enrichie d'un chapitre inédit

RÉCAMIER

ISBN : 978-2-266-33728-1

ET TOUT À COUP : LE FILM !

Les années passent, on croit que l'on comprend un peu mieux ce qui nous arrive, et puis en fait, pas du tout. Je suis définitivement un chiot de deux mois, et ça me va parfaitement parce que je viens d'apercevoir une chaussette que je vais pouvoir bouffer.

Plus sérieusement, l'affaire est survenue un matin, voilà une dizaine de jours. Je n'ai rien vu venir. Une évidence m'a soudain sauté aux yeux… et au cœur.

Sur mon bureau, pour la première fois, le hasard a réuni côte à côte le manuscrit original de ce roman, mes notes de travail pour cette édition collector, et le scénario du film enfin achevé.

Chacun de ces documents symbolise pour moi une incroyable somme d'expériences vécues dans des registres très divers. Étrange accumulation que je n'ai pas immédiatement réussi à définir, même si j'ai bien senti que ce qu'elle provoquait n'était pas anodin. On me parle souvent d'« aventure humaine », de « belle histoire », c'est vrai – avec en prime les options « parcours du combattant » et « frissons de bonheur » branchés sur courant alternatif…

Durant ces dernières années, je n'ai travaillé que sur le scénario, pour affiner, préparer, et enfin tourner. J'ai pris mes distances avec le roman parce que si le film en est le fruit, il n'en est pas la transposition. La littérature est un monde d'intériorité et de ressenti partagé dans votre quotidien, au rythme qui vous correspond. Le cinéma est un univers d'image et d'incarnation au service d'émotions que l'on va chercher en salle ou sur un écran pour une poignée de minutes.

Depuis mes débuts, ma double carrière m'a offert maintes occasions d'appréhender les particularités de chaque domaine. Tout comparatif serait inutile, il n'y a ni inconvénients ni avantages, simplement des caractéristiques. Nous ne recevons pas les mots et les images de la même façon. Je les considère pour ce qu'ils sont : deux outils différents, tous deux fabuleux, au service d'une même envie de connecter des humanités.

Mon film n'a pas pour objectif d'illustrer scrupuleusement mes mots, mais je souhaite qu'il vous amène au même état mental et affectif que mon roman. Livre et film sont deux chemins distincts pour parvenir au même endroit : au plus profond de vous-même, là où réside ce que nous avons de meilleur en nous. Toujours nourrir en priorité le loup qui sait aimer.

J'ai imaginé mon roman seul, sans en parler à personne, pendant des années, guidé par la conviction qu'il n'y a pas d'âge pour vivre des premières fois et que même une personne convaincue que la partie est déjà jouée peut avoir une chance de relancer les dés. J'ai inventé le personnage d'Andrew Blake pour interpréter cette partition, je l'ai plongé dans cette aventure pour qu'il se confronte à ceux dont il va changer la vie en même temps qu'eux vont changer la sienne.

J'ai écrit ce livre en toute sincérité, juste après *Demain j'arrête !*, au grand dam de mes éditeurs de l'époque, qui auraient préféré une suite du best-seller précédent. Je suis resté fidèle à mon instinct plutôt que de suivre une simple logique commerciale, et vous m'avez donné raison. Vous avez réagi, puissamment, vous appropriant les tribulations d'Andrew jusqu'à en faire un immense succès d'édition. Magnifique cadeau dont je ne cesserai de vous remercier.

Dès sa publication, cette histoire a provoqué de nombreuses rencontres, différentes de celles nées autour de mes autres ouvrages. Dont certaines qui, peu à peu, ont fini par ouvrir la voie à l'existence du film.

Ce n'est alors plus un cadeau que j'ai reçu, mais un miracle que j'ai vu s'accomplir, presque malgré moi. Ce n'est pourtant pas ce qui m'a frappé ce fameux matin, en voyant le manuscrit et le scénario réunis.

Lorsque j'écris, j'aborde toujours mes personnages à travers leurs sentiments, leurs cheminements intimes, jamais par leur apparence. Autant vous dire que lorsque j'ai rédigé *Complètement cramé !*, je ne plaquais aucun visage sur mes protagonistes. Au moment où je les crée, je ne veux surtout pas les emprisonner dans une image quelconque, même celle d'une star de cinéma. À ce stade, ils doivent être absolument libres d'exister, de se définir. Donc, lorsque mes doigts galopaient sur le clavier, je ne me préoccupais aucunement de savoir qui pourrait en tenir le rôle. Je n'envisageais d'ailleurs pas du tout qu'une adaptation puisse voir le jour !

Pourtant, ce matin-là, dans un raccourci violent entre scénario et roman, le choc est réel. Il n'a rien de douloureux, bien au contraire. Je le vis comme une prise de conscience soudaine, une révélation aussi radicale que naturelle : à présent, je ne suis plus capable d'imaginer mes personnages autrement que sous les traits de ceux qui m'ont fait l'honneur de les interpréter dans le film. Il ne reste plus rien de mon ressenti solitaire de ces personnages, qui m'échappent pour la meilleure des raisons. À tout jamais, Andrew aura le charisme de John Malkovich, Odile dégagera l'élégante espièglerie d'Émilie Dequenne, Nathalie portera la délicate puissance de Fanny Ardant, Magnier respirera la noblesse et la profondeur de Philippe Bas, sans oublier Eugénie Anselin en Manon, Al Ginter, Anne Brionne et Christel Henon.

Les personnalités atypiques des membres de cette troupe, leur humanité, le talent enthousiaste de chacun et leur générosité dans leur art ont tout balayé de ce que j'avais pu me raconter seul. Ces êtres exceptionnels ont donné vie à ce que j'avais imaginé jusqu'à le dépasser, lui offrant une dimension qu'aucun écrivain ne peut jamais donner à son œuvre. L'intime est devenu collectif, le sentiment s'est transformé en émotion. Ce film dont je n'ai été que le premier témoin privilégié est dorénavant le leur.

Ils sont le souffle, l'âme et le cœur de cette aventure. Ils sont l'essence magique qu'avec l'aide de toute l'équipe, j'ai essayé de recueillir pour vous. Je suis comme un père qui voit son enfant prendre son envol, porté par les magnifiques rencontres faites durant son odyssée. Mon élan initial m'a dépassé et vogue librement vers le monde ; l'histoire ne m'appartient plus, désormais nourrie d'autres forces partagées. La seule satisfaction que j'éprouve est celle d'avoir joué mon rôle d'étincelle pour permettre à tous les autres d'exprimer leur extraordinaire talent.

Pour celles et ceux qui apprécient les signes du destin, l'aventure du film en est remplie. En voici un premier : dix ans, tout pile, séparent la parution en librairie de ce roman et la sortie de son adaptation au cinéma. En alignant les premiers mots sur mon clavier, jamais je n'aurais pu imaginer l'incroyable casting venu de tous les horizons qui allait lui donner corps des années plus tard. Une alliance inédite de talents dont chacun suffirait à faire une tête d'affiche. Je ne m'en remets toujours pas.

À l'heure où je rédige ces lignes, je n'ai aucune idée de l'accueil que le public va réserver au film, mais cela ne m'inquiète pas. Le rôle d'un artiste n'est pas de miser ou de préjuger de votre réaction, mais de laisser éclore les sentiments les plus purs qui l'habitent, en sincérité, en intégrité, et de les proposer. Tout le reste dépend de vous, personne n'y peut rien et tant mieux.

Si dix années auront été nécessaires pour porter le roman à l'écran, c'est qu'avec mes partenaires, il nous aura fallu envisager, tenter, douter, affronter des épreuves, garder la foi, refuser, convaincre, être remis en cause, en préservant l'esprit du projet. Un film ne peut voir le jour sans ce torture-test, cette sorte de sélection naturelle, et surtout ces fameuses rencontres.

Pour moi, la première de toutes eut lieu lorsque Christel Henon, qui allait devenir ma productrice, me contacta peu après la sortie du roman pour me dire à quel point elle l'avait aimé et voulait le développer pour le grand écran. Je me souviens de notre première entrevue dans un café près de la gare Montparnasse ; son énergie, sa détermination, les arguments qu'elle avait affûtés pour me persuader. Christel est à l'origine de cette aventure, elle en a été la cheville ouvrière, l'ambassadrice acharnée, et la gardienne. C'est parce qu'elle a déboulé dans ma vie que j'y ai cru et que tout est devenu possible. Merci, Christel. L'alliance d'intelligence et de sensibilité que tu mets dans ce que tu fais n'a d'égale que ta réjouissante étourderie face au quotidien ! Je défie quiconque s'étant assis à la place du passager aux côtés de cette femme remarquable de prétendre qu'il n'a pas prié en arrivant sur le rond-point !

Grâce à Christel, j'ai également découvert son partenaire en production, Lilian Eche, avec qui ce fut un plaisir de travailler. Je le remercie chaleureusement.

Au départ, trop accaparé par l'écriture de mes romans et le temps passé sur les routes à vous rencontrer, je n'ai pas souhaité écrire moi-même le scénario, et il était encore moins question que je réalise le film. Je connais trop le métier, je sais le temps que cela prend et je n'étais pas certain, malgré des années de pratique sur les plateaux, d'avoir les compétences pour endosser le costume de chef d'orchestre. Nous avons donc avancé sur ces bases et comme chaque projet de film, notre petite coque de noix s'est frottée à la réalité d'une industrie qui ne fait pas toujours dans la dentelle !

Peu importe ce qui a été compliqué, oublions les agents qui barrent la route, les scénaristes surcotés qui ne savent écrire que des épisodes de séries télé insipides, les rendez-vous manqués, les crétins, nos propres limites, et réjouissons-nous des chances et des mains tendues qui se sont révélées au final un peu plus nombreuses que les problèmes puisque le film a fini par exister. Ma ligne stratégique était claire et mes partenaires m'ont permis de la tenir : je préférais que le film ne se fasse pas plutôt qu'il se fasse mal.

Avec Christel et Lilian, nous avons gardé le cap. Finalement, faire n'est pas le plus compliqué. La vraie gageure, c'est de résister à ce qui peut vous polluer ou vous détruire.

Lorsque mes producteurs sont arrivés à la conclusion qu'aucun scénario correct ne verrait le jour si je ne m'y impliquais pas, j'ai accepté, mais à la condition que Christel devienne ma coscénariste. Elle était celle qui connaissait le mieux le texte après Pascale – ma femme, mon deuxième cerveau – et moi, et, plus important encore, nous en partagions la même vision. Je n'oublierai jamais à quel point elle a blêmi lorsque je le lui ai demandé ! Elle était paniquée à l'idée de se lancer dans cette mission complètement inconnue pour elle, mais comme souvent, elle s'est courageusement jetée à l'eau. Travailler avec elle en la guidant, en nous appuyant l'un sur l'autre pour réagir reste un formidable souvenir. Lors de notre première séance de travail, elle nous avait trouvé un hôtel afin de réfléchir tranquilles, loin de nos quotidiens. Certes, il était en plein quartier de Pigalle et le gars de l'accueil nous a pris pour des amants, mais ce n'était pas grave ! Face à la masse de travail, Christel s'inquiétait, au point qu'à la table d'écriture, lorsqu'elle a pour la première fois évoqué le roman, elle l'a appelé « Complètement raté »... Elle en a rougi !

Une fois le scénario sur les rails, nous nous sommes mis en quête d'un réalisateur. Plusieurs ont été envisagés. Tous m'allaient très bien, mais nous n'étions pas les seuls à décider, et après d'innombrables hésitations, c'est devenu un tel sac de nœuds qu'une fois encore, ce sont mes partenaires qui m'ont proposé de me glisser dans la fonction. Je dois ici mentionner Xavier Albert, ami de longue date, pour qui Pascale et moi avons eu le plaisir de travailler des années, un homme dont j'ai toujours admiré la franchise, qui n'oublie jamais d'être humain, et avec qui nous avons développé de vrais liens. Xavier a la gentillesse de lire mes livres et de suivre mon parcours, et c'est lui qui, devenu directeur d'Universal Pictures International France, a définitivement mis le film sur orbite en m'accordant sa confiance. Merci, Xavier. Je trouve formidable de se dire qu'après tout ce que nous avons vécu, on en est là tous les deux, sans certitude mais ensemble, et avec tellement d'envies. Il a clairement été le deuxième étage de cette fusée qui, alors, n'avait pas encore d'équipage…

La première fois que Christel m'a demandé quel serait mon acteur idéal pour le personnage d'Andrew Blake, je n'ai eu qu'une seule réponse : John Malkovich. J'avais eu l'occasion de discuter avec lui en travaillant sur la communication de deux de ses films. Plusieurs de mes proches connaissances ayant tourné avec lui louaient ses qualités humaines, mais plus que tout, ce qui m'intéressait, ce qui me fascinait, c'était ce qu'il dégage. John est une star planétaire, mais sa célébrité n'est que la conséquence de son talent et de ses choix artistiques avisés. Plus que son célèbre nom, c'est sa personnalité que je désirais. John peut incarner le plus adorable des individus comme la pire des crapules. On le célèbre pour son interprétation du vicomte de Valmont dans *Les liaisons dangereuses*, le chef-d'œuvre de Stephen Frears, mais je l'admire tout autant pour sa performance déjantée en Marvin dans la comédie d'action *Red* de Robert Schwentke, avec son air ahuri et son cochon en peluche sous le bras. John est chaque fois juste, tout en étant constamment surprenant. Quel que soit le film, je ne l'ai jamais vu mauvais. Ce n'est pas si courant, si vous y réfléchissez. Il a l'incroyable pouvoir de vous amener à croire à n'importe quelle histoire. J'aime son élégance, sa sobriété qui ouvre le champ à sa puissance, l'incroyable ampleur de son jeu qu'il met toujours au service de la narration. John Malkovich est pour moi l'un des acteurs pour qui inventer le cinéma valait vraiment le coup. Bon, de là à ce que ce monument accepte de s'engager sur le premier film d'un écrivain français…

Nous avons eu beaucoup de mal à le joindre parce que, contrairement à ce que l'on nous avait affirmé, notre scénario ne lui avait pas été transmis. Nous avons patienté, insisté, contacté d'autres comédiens – très bien aussi, mais vis-à-vis de qui je ne ressentais pas cette évidence. Certains ont dit « non », d'autres ont dit « oui » mais le destin s'est mis en travers, jusqu'à ce que – sept ans plus tard ! – le script atterrisse enfin entre les mains de John, et qu'il accepte le rôle parce que cette histoire rencontrait un véritable écho en lui. Ce soir-là, juste après lui avoir parlé, j'ai tremblé pendant dix minutes sans parvenir à me contrôler. Je n'étais pas fier, j'étais heureux.

Le rôle était d'autant plus compliqué que John devait jouer en français. Même s'il pratique bien notre langue, les dialogues étaient soutenus et nombreux. John a refusé que je simplifie un seul mot. Courageux et motivé, il s'est mis à l'ouvrage, avec Chloé, ma fille, pour perfectionner la diction et les nuances de prononciation. Un travail de titan qu'il a assumé matin, midi, soir, week-end et durant chaque instant de libre entre les prises. Un formidable engagement qu'il a porté sans jamais se plaindre. Je lui en suis profondément reconnaissant, en plus du bonheur de le voir former ce joyeux tandem avec Chloé. John m'a confié que ce rôle à lui seul lui avait demandé plus de travail en français que tous les autres de sa carrière réunis... Chaque jour, j'admirais sa discipline, et même si j'en avais un peu mauvaise conscience, j'aime tellement son accent, sa voix grave et sereine, et sa diction si caractéristique.

Notre premier rendez-vous en présentiel s'est déroulé dès son arrivée en France, en pleine période de Covid, pour les essayages costumes. J'avais prévu de lui dire beaucoup de choses, en français, en anglais, et face à lui, je me suis retrouvé à bafouiller comme l'éternel débutant que je suis, les yeux brillants d'émotion, tellement j'étais touché qu'il accepte de rejoindre notre projet. Je lui ai dit ce que je n'avais pas prévu, et qui s'avère pourtant le plus vrai : il est mon miracle.

Après toutes ces années à développer en l'espérant, après ces douches froides quand cela n'apparaissait plus possible, sa confiance et son envie représentaient non seulement un encouragement professionnel, mais aussi un accomplissement dans ma vie d'homme. J'ai adoré travailler avec lui, le côtoyer, apprendre de lui, peaufiner ensemble l'approche des scènes, observer et sentir son attachante humanité. Au personnage central d'Andrew, il a apporté ce que les mots ne disent pas, d'infinies nuances, des dièses, ces gestes hésitants si signifiants, sa drôlerie toujours en embuscade, ces expressions qui font la réalité d'un rôle au-delà de toute intellectualisation. Il incarne l'archétype de l'humain qui espère, celui qui, dans le naufrage de ses jours, ne peut s'empêcher d'être quand même une bouée pour les autres.

Pour toute l'équipe, John a été un pilier, une référence. Nous avons tourné à toutes les heures du jour et de la nuit, nous avons répété, discuté, proches. Il y a eu beaucoup de fous rires, parce que John possède un sens aigu de la dérision. Je n'oublierai jamais sa mine de gamin réjoui lorsqu'il a débarqué avec sa perruque et son rouge à lèvres foiré et m'a dit, en soulevant une mèche pour me montrer : « Tu as vu, j'ai des boucles d'oreilles… On m'a dit qu'elles valaient cher mais je crois qu'on m'a baratiné. » On a aussi beaucoup échangé sur ce qui fait la vie. John n'étale jamais ses faits d'armes, il ne parle que de ce qui compte, la réalité de l'existence, les rapports humains, le tout avec un humour ravageur. Autant vous dire que nous nous sommes très bien entendus.

Je n'oublierai pas notre dernière nuit de tournage, à Londres. Nous avons fini tard, et Chloé et moi l'avons raccompagné jusqu'à son hôtel. Il faisait bon, la voiture filait dans la nuit en longeant le sud de Hyde Park, la fenêtre ouverte. Nous discutions de la bonne façon de prendre soin des arbres et du nettoyage des terrasses. Un je-ne-sais-quoi de familier, de chaleureux. Ce ne sont pas des choses qui se voient à l'écran, mais qui ont littéralement nourri ce tournage et qui, j'en suis convaincu, se ressentent dans le film. John, tout comme moi, ne perd jamais de vue pourquoi, et surtout pour qui, il travaille. C'est ainsi qu'il est de tous les plans, sauf lors de la première scène où son complice, Richard Ward, formidablement incarné par Al Ginter, l'attend à une remise de prix à laquelle il refuse de venir. Cette première scène, avec beaucoup de figurants et un décor immense, a été paradoxalement tournée le dernier jour, sans John dont il était pourtant tout le temps question. Il était en route vers sa famille, qu'il retrouvait après sa si longue absence pour notre tournage en France. J'étais heureux pour lui, mais bon sang, il m'a manqué. C'est encore le cas aujourd'hui. John me manque.

Face à lui, le rôle de Nathalie Beauvillier, maîtresse du domaine, est superbe mais n'a rien d'évident. C'est une femme dont on sait d'abord peu de choses et qui apparaît au départ sur la défensive, donc potentiellement moins sympathique. Elle a peu de scènes, mais toutes sont cruciales. C'est une veuve blessée, une femme d'honneur qui, dans un bouleversant élan de loyauté, s'épuise à faire vivre un héritage trop lourd pour elle. Lorsque Fanny Ardant a reçu le scénario, elle l'a lu très rapidement et s'est tout de suite montrée intéressée. Elle a demandé à me rencontrer. J'y suis allé serein, car comme j'ai eu l'occasion de le lui dire quand nous nous sommes mieux connus, il faudrait être stupide pour ne pas être intimidé par son aura, mais il faudrait être un abruti complet pour ne pas rêver du privilège de bénéficier de son talent hors norme. J'avais besoin d'elle pour raconter cette histoire.

Notre premier échange fut joyeux, spontané et franc. Je lui ai expliqué qu'elle me permettrait de gagner quinze minutes de film parce qu'avec elle dans le rôle, sans que l'on ait besoin de tout expliquer, les spectateurs auraient envie de s'attacher, de savoir ce qui l'a conduite à cette situation et ce qu'elle cache. Fanny est une icône, une star sur tous les continents. Dans la vraie vie, elle est tout aussi impressionnante. Sa silhouette, cette allure impériale et cette voix… Mais si Fanny a atteint ce statut rare, à mon sens, c'est parce qu'elle a su dépasser ce que l'on attendait de sa nature pour devenir elle-même, sans concession. Toujours sur la brèche, passionnée, entière, son élégante désinvolture et son sourire idéal dissimulent une puissance, une soif éperdue de liberté et de vérité que rien ne dompte. Au-delà de son interprétation, c'est une petite part d'elle-même qu'elle offre au personnage, et cela ne se truque pas. Dès qu'elle est à l'image, une étrange alchimie se joue et elle apparaît dans son rôle comme s'il était l'une de ses innombrables facettes. Fanny avait beaucoup de scènes très fortes à jouer et chaque fois, j'ai été son premier spectateur, cueilli par cette densité absolue, cette sincérité totale qu'elle fait naître dans un miracle aussi éphémère qu'inoubliable. Par bonheur, le septième art sait capter ces instants et les rendre éternels.

Le personnage d'Odile, intendante perfectionniste du manoir, exigeait une comédienne capable de se montrer implacable tout en dégageant malgré tout une dimension sensible qui va peu à peu se confirmer. Émilie Dequenne incarne à la perfection cette complexité. Elle a été la première interprète attachée au projet, depuis des années. Elle y a cru alors que rien n'était gagné, et sa patience n'a eu d'égale que sa bienveillance. C'est une comédienne éclectique, fine, unanimement saluée pour la qualité de ses prestations dans lesquelles elle s'engage toujours à fond. Je ne la connaissais pas personnellement et j'ai découvert une artiste et une femme qui vont bien au-delà de cette excellente image. Avec John, elle partage cette capacité de travail hors norme, ces doutes qui lui donnent la force de se dépasser. Émilie est une remarquable partenaire qui ne s'épargne pas pour servir le rôle, mais ces qualités ne seraient rien si son art n'était pas porté par une personnalité qui explique la place à part qu'elle tient. J'ai adoré la voir se déployer dans un registre de comédie. Émilie bouillonne de vie et aucune émotion ne lui fait peur. Grâce à elle, le tournage a été pétillant, pro, et sa force de proposition a constamment élevé son personnage. Je suis un grand fan de la diction mise au point pour son rôle, extrêmement articulée, avec des textes qu'elle devait pourtant restituer à grande vitesse. À l'écran, elle offre une palette qui, à mon humble avis, la révèle encore davantage. Je ne souhaite qu'une chose, avoir la chance de tourner à nouveau avec elle pour lui offrir d'autres terrains de galop. C'est grâce à Émilie qu'Odile peut à la fois être redoutable, drôle et tellement attachante.

Lorsqu'il a été question de choisir l'interprète de Magnier, le gardien du domaine qui vit au fond des bois, je n'ai voulu que Philippe Bas. On m'a proposé d'autres comédiens, tous doués, mais pour moi, aucun ne correspondait autant que lui à l'alliance de masculinité et de sensibilité que je cherchais pour ce personnage qui échappe à toutes les caricatures. J'ai remarqué Philippe voilà vingt ans, sur le tournage de *Michel Vaillant*, le film de Louis-Pascal Couvelaire, dont il ne tenait pas le rôle principal. À l'époque, j'avais été impressionné par sa puissance de jeu et ce qu'il dégageait. Une incandescence venue des tripes. J'aime la finesse affective qui irradie de ce type taillé comme un héros d'action. Je m'étais d'ailleurs attristé du fait que ce ne soit pas lui qui ait le rôle-titre… J'ai depuis suivi sa carrière, et dans chacune de ses prestations, au-delà de cette image carrée qui ne le résume pas, je continuais de percevoir une authentique profondeur. J'ai réussi à imposer Philippe pour le rôle, et ce qu'il lui apporte constitue la meilleure réponse aux étiquettes que certains collent aux gens sans les comprendre. Avec John, il forme un duo essentiel, et leur complicité naturelle sur le tournage a servi leurs personnages. Tous deux ont le goût d'incarner et sont extrêmement précis dans leurs intentions de jeu. Philippe s'est vraiment révélé un de mes as dans la partie qu'était le film.

C'est au Luxembourg que j'ai rencontré les autres interprètes du film. Eugénie Anselin joue la jeune Manon, qui trouve refuge au château alors que sa vie se complique de partout. Nous avons fait connaissance peu de temps avant le début du tournage, et j'ai découvert une jeune femme aux multiples talents, habituée à jouer dans de nombreux pays, ce qui a développé en elle un sens de l'adaptation et une ouverture d'esprit plus que positive. Nous avons tout de suite très bien fonctionné. Dessiner le personnage ensemble, à travers sa gestuelle, ses vêtements et le timbre de sa voix a été un processus intuitif. Signe émouvant, comme son personnage, Eugénie était enceinte de son premier enfant pendant notre tournage, et pas une fois nous n'avons eu à l'équiper d'un faux ventre. Travailler avec elle a été aussi efficace qu'agréable, et savoir que sa petite Greta Rose, aujourd'hui née, est partout dans le film avec sa maman, est un très beau souvenir de plus attaché au film.

Pour le rôle de Richard Ward, j'avais besoin d'un homme doté d'une stature et d'une personnalité capables de répondre à la puissance de celles de John.

La première fois que j'ai rencontré Al Ginter, j'ai eu un coup de foudre. Al est de ces comédiens qui donnent envie d'écrire pour eux tellement il en a sous le pied. Il incarne à la perfection ce « meilleur pote » dont on peut tout attendre, même les coups tordus. Une vraie rencontre ! Al a l'énergie d'un ado et le recul d'un sage.

Anne Brionne interprète son épouse, et je la remercie d'avoir fait exister Melissa si intensément en seulement quelques scènes. Dès qu'on la voit à l'écran, on devine qui elle est. *Complètement cramé !* est un film de voix particulières – John et Fanny en tête, avec leurs inimitables phrasés respectifs – et celle d'Anne résonne à merveille dans cet univers vocal si riche. J'aime sa sérénité, son côté décidé qui ajoute toujours un sous-texte signifiant à ses répliques. J'ai promis de ne raconter à personne que lorsqu'elle était jeune, Anne allait faire la fête en boîte à quelques kilomètres de là où nous avons tourné. Oups !

Pour le personnage de Madame Berliner, l'amie profiteuse de Nathalie Beauvillier, nous avons rencontré beaucoup de comédiennes, mais je ne retrouvais chez aucune cette lueur cynique que nécessitait le personnage. Un jour, alors que Christel Henon et moi étions au travail, j'ai eu un déclic en croisant son regard azur. Je me suis dit que bien qu'étant une femme adorable, en la filmant sous le bon angle, Christel pouvait avoir ce regard glaçant et cette classe qui, poussée à fond, peut paraître hautaine. Dans un autre de ces élans inattendus dont mes proches connaissent la fréquence, je lui ai proposé d'endosser le rôle. Encore une fois, Christel a fait une drôle de tête, mais j'ai réussi à la convaincre et je ne regrette pas le résultat. C'est un bonheur de détester son personnage ! Nous avons beaucoup travaillé et ce fut joyeux. Je la remercie d'avoir accepté de donner une image à des années-lumière de sa chaleur et de sa gentillesse naturelles.

Depuis que je travaille dans l'univers du cinéma, la notion de « direction d'acteurs » m'a toujours laissé dubitatif. Certains metteurs en scène se voient comme des démiurges manipulant leurs marionnettes, condamnées à leur obéir aveuglément. Chacun fait comme il veut mais pour ma part, je préfère faire équipe, et je me permets de soupçonner qu'il faut sans doute être un beau crétin égotique pour espérer expliquer à des stars comment faire leur métier.

À mon sens, les grands interprètes sont comme des instruments qui savent exactement comment générer les notes que demande la partition. Le tout est de s'entendre sur la musique à jouer, et c'est là qu'un réalisateur trouve sa véritable utilité. La réussite du casting repose sur la capacité de celui qui en assure l'unité à détecter la véritable nature de ceux à qui il va confier des rôles. D'une façon ou d'une autre, il faut qu'il existe une résonance entre le personnage et son interprète. Plus que la « direction d'acteurs », je préfère évoquer la « détection d'acteurs », qui se joue au moment du casting. Je dois avouer que lorsqu'un beau matin frisquet, je me suis retrouvé comme un bleu pour mon premier jour de tournage en tant que réalisateur, à devoir « diriger » John Malkovich, j'étais rempli d'appréhension et de doutes, mais uniquement sur moi-même ! J'avais confiance dans tous les autres, mais je m'attendais au tournant. Je me suis très vite rendu compte que la meilleure attitude consiste à bien expliquer avant et à ressentir ce qui est offert à la caméra ensuite, en me demandant chaque fois si c'est ce dont l'intrigue a besoin.

Cet échange ne fonctionne correctement que si l'équipe technique tient la route, et je dois encore une fois ici remercier mes producteurs d'avoir assemblé une excellente bande de grands pros. À tous les postes, j'ai bénéficié d'une complicité experte et d'un engagement réel. Le tournage a été physiquement éprouvant étant donné le rythme à tenir, mais je n'ai jamais été seul : outre la troupe évoquée, c'est avec un vrai plaisir que je retrouvais chaque jour Marine Tricoire, ma scripte, qui, mieux que personne, a compris comment je fonctionnais et qui a toujours été là, me glissant ma juste ration de M&M'S dans les poches pour que je tienne jusqu'au repas… Je garde aussi un grand souvenir des mises en place du samedi pour préparer le tournage de la semaine suivante, avec Stéphane Le Parc, le directeur de la photo, un maître de la lumière qui a le don de vous transformer des toilettes en cathédrale. Il serait injuste d'oublier tous les autres départements, la déco, la lumière, les machinos, les costumes, la coiffure et le maquillage, et la mise en scène.

Le tournage était également particulier pour moi parce qu'en plus d'être ma première mise en scène, il se doublait d'une aventure familiale. Chloé suivait John comme son ombre, et leur complicité reste un souvenir émouvant. Guillaume, mon fils, se partageait entre la régie et le making-of ; quant à Pascale, elle était mon bras droit et assurait tout ce que le tournage ne me permettait pas de suivre. Croiser mes proches au détour d'un décor ou d'une prise de vues a été un privilège personnel.

Le plaisir de donner naissance à ce film ne s'est pas arrêté au tournage. Le montage fut une période extrêmement heureuse, avec Yves Deschamps et Chrystel Alépée, tout comme la composition de la musique avec Erwann Chandon et son enregistrement en Allemagne avec ce magnifique orchestre sous la direction de Gast Waltzing, jusqu'au mixage avec Michel Schillings. Chacune de ces phases m'a passionné parce qu'elles concourent à la qualité de votre expérience devant notre film, et parce que j'ai eu le grand bonheur de les mener à bien avec des experts pour qui les échanges ont du sens. À celles et ceux que je n'ai malheureusement pas la place de nommer et de présenter, j'adresse mes remerciements les plus sincères.

Nous en arrivons à présent aux deux autres personnages essentiels du film… qui ne sont pas humains ! Si vous le voulez bien, je vais vous parler du château avant d'évoquer le chat…

Le domaine de Beauvillier est pareil à une île déserte sur laquelle vont se retrouver des naufragés de la vie. Un peu en marge du monde, le lieu véhicule un certain esprit qui imprègne toute l'histoire. Dès le départ, mes partenaires et moi avons été conscients de l'importance du décor. Si, dans le roman, il est question d'un « manoir », je me suis vite aperçu qu'en réalité, ce n'était pas assez grand pour matérialiser l'atmosphère de mystère et l'ampleur qui devaient aussi teinter le film.

Pendant les repérages, nous avons étudié plus d'une centaine de châteaux, de tous les styles, dans toutes les régions, le plus souvent sur photos mais aussi en les visitant. Chaque fois, je me demandais comment ces lieux allaient influer sur votre ressenti de l'histoire.

C'était mon prisme. Certains étaient trop clinquants, d'autres trop abimés ; je cherchais à la fois une sobriété et une noblesse naturelle des bâtiments dans leur site. J'avoue que j'ai plusieurs fois cru trouver la perle rare et qu'en arrivant sur place, l'impression promise par les photos ne se concrétisait pas du tout. À mesure que le tournage approchait, la pression montait : nous n'avions toujours pas déniché notre domaine…

In extremis, l'avant-dernière adresse a été la bonne. Entre Vitré et Rennes, le domaine du Bois Cornillé, à Val-d'Izé. La première fois que nous sommes arrivés, en pénétrant dans la propriété par la longue route, j'ai vécu une sorte de travelling parfait sur le lieu idéal. Une bâtisse assez massive mais avec beaucoup de charme, toits pointus, tourelles, murs de granit, remarquablement maintenue par Pauline et Gilles de Malartic, qui ont su la faire évoluer sans la dénaturer. En pénétrant chez eux, en découvrant la somptueuse entrée avec son escalier de bois monumental, j'ai vu devant moi ce que j'avais toujours espéré. J'ai su que le tournage devait se dérouler là. Grâce à mes producteurs et aux propriétaires, j'ai eu le privilège de pouvoir tourner dans cet écrin parfait. Pauline et Gilles ont été des hôtes exquis, intéressés et impliqués dans ce que nous faisions. Il était important pour moi de faire honneur à ce lieu chargé d'histoire, qu'ils ouvraient pour la première fois à un tournage. Nous avons construit la maison de Magnier dans une des clairières du parc, et ce domaine d'exception est devenu notre base pendant la plus grande partie du tournage. Nous avons tous la nostalgie de cet endroit dans lequel, avec les décorateurs,

Hérald Najar et son équipe très familiale, nous avons façonné l'univers du film.

Pour une évidente question de durée, l'adaptation nous a obligés à couper certaines scènes du roman et à supprimer des personnages secondaires, mais il était inenvisageable de se passer de Méphisto !

Le chat est l'une des composantes qui donnent sa saveur à l'histoire. Tout le monde m'avait prévenu qu'ajouter un animal à un tournage ne simplifie jamais rien, mais je refusais de m'en priver. Avec les dresseurs, nous avons fait un casting, et très vite, Nouchka – une superbe chatte, un persan black golden shaded – s'est détachée. D'une réelle beauté, elle avait en plus un regard clair qui semblait se demander ce que nous faisions tous dans son monde, avec un poil de mépris. C'était parfait.

La liste des actions que devait accomplir notre vedette velue était connue, précise – et on ne lui demandait pas non plus de déminer une bombe ni de danser le mambo. Tout le monde m'a assuré qu'il n'y aurait aucun problème avec un bon entraînement… mais si un jour vous devez vous retrouver à travailler avec un félin, n'oubliez jamais ce que ce tournage m'a enseigné : on ne dresse pas un chat ! Il fait ce qu'il veut, quand il veut, et notre Nouchka avait beau avoir sa propre loge, être câlinée, traitée comme une déesse, motivée par toutes les friandises possibles, elle n'a fait que ce qu'elle désirait. Nous avons plusieurs fois eu besoin de son sublime regard face caméra. Eh bien, elle avait un talent inouï pour éviter l'objectif. Elle regardait partout sauf là où il fallait. Sur le plateau, c'était *Les animaux du monde* : une dizaine de personnes – équipe réduite oblige pour ne pas troubler la bête ! – attendaient dans un silence sépulcral que Madame veuille bien nous faire l'aumône d'un mouvement dans le bon axe. Plus inconscient encore, je souhaitais que le chat soit très souvent associé au jeu de ses compagnons humains ! Mais qui est le malade qui a écrit ces scènes ? Sans doute un complice du fou qui réalise… Ce brave matou a quand même joué avec John Malkovich et Émilie Dequenne, qui ont eu la grande bonté d'attendre qu'elle prenne ses marques… On a beaucoup rigolé, mais pas toujours puisque lorsqu'elle en avait assez, Nouchka quittait le plateau sans prévenir et s'enfuyait en courant, ce qui, vous en conviendrez, n'est digne d'aucune comédienne bien élevée.

Au final, sur des durées de prises de vues interminables, nous avons quand même obtenu ce que nous voulions d'elle, et forts de cette expérience, nous nous estimions prêts à tourner les scènes de la fin avec les chatons… Mais retenez cela : personne n'est jamais prêt à tourner avec des chatons ! Aussi adorables qu'ingérables, ils se sauvaient partout et tout le temps. De plus, comme ils n'étaient pas ses enfants, Nouchka grognait dessus et préférait se tenir à distance de ces petits remuants… Grâce à la patience de l'équipe et des comédiens, tout s'est bien terminé, et leur présence féline ajoute une dimension très affective au film.

Pendant des années, nous avons préparé ; j'ai couru après le temps, porté par le désir de faire au mieux et de ne pas gâcher l'extraordinaire chance qui m'était offerte et la confiance de celles et ceux qui m'avaient suivi. Parce que j'ai eu envie de partager un sentiment, on s'est retrouvés à des dizaines, avec plusieurs camions de matériel, en plein Covid. Aujourd'hui, le film existe et il ressemble à ce que j'espérais. J'ai vraiment envie de vous le montrer. Je suis particulièrement heureux parce qu'il s'est fait dans l'esprit de l'histoire qu'il raconte. Mais tout ce qui s'est passé avant, ces années, ce chemin, ce travail acharné de toute l'équipe et moi-même ne sont finalement pas importants. Une fleur qui s'ouvre au soleil est le fruit de milliers d'années d'évolution, du miracle de sa graine qui a poussé sans se faire manger, piétiner ou détruire par tout ce qui est bien plus fort qu'elle. Cette fabuleuse conjonction trouve alors sa raison d'être dans le regard de celle ou celui qui, un jour, sensible à ce qu'elle offre, pose les yeux dessus et saisit l'instant. Seule compte cette rencontre. Peu importe les explications, les justifications ; l'unique enjeu, c'est ce que vous allez ressentir devant ce que nous avons créé tous ensemble pour vous.

Je me sens incroyablement chanceux d'avoir pu vivre cette aventure, avec des gens d'une telle qualité. Cette expérience m'aura changé, elle a remis en perspective beaucoup de ce que j'avais déjà vécu sur des plateaux. Elle m'a ouvert d'autres horizons, en renforçant une envie de rencontres et de collaborations déjà monumentale. Je ne sais pas ce que vaut mon travail – vous déciderez – mais je sais que je me suis senti à ma place dans cette fabrique collective du sentiment, et que j'aime remplir ces fonctions en bande. Ce n'est pas uniquement de John, Émilie, Fanny, Philippe et de toute l'équipe que je parle. C'est aussi de vous, car rien de tout ce que nous avons rêvé et accompli n'a de sens si vous n'êtes pas là.

À nouveau débutant, je me retrouve encore une fois entre vos mains. Un cran plus loin, mais toujours avec le même esprit. Planquez les chaussettes.

Merci d'être là. Où que vous soyez, quelle que soit l'heure, je vous embrasse.

Juin 2023

1

Il faisait nuit, un peu froid. Au cœur de Londres, sous la verrière du luxueux hôtel Savoy, un homme d'un certain âge vêtu d'un smoking faisait les cent pas en consultant fébrilement son téléphone portable. Un second individu sortit du hall, l'air préoccupé, pour le rejoindre. L'écho des cuivres de l'orchestre qui jouait du Cole Porter à l'occasion de l'importante soirée de gala qui se déroulait ce soir-là l'accompagna lorsqu'il fit tournoyer la porte tambour.

— Toujours pas de nouvelles de M. Blake ? s'inquiéta le nouveau venu. Les invités s'impatientent…

— Je fais tout ce que je peux pour le joindre, mais il ne répond pas. Laissez-moi encore une minute.

— C'est très ennuyeux. J'espère qu'il ne lui est rien arrivé de grave…

« Ce serait pourtant sa seule excuse valable ! » songea Richard Ward en baissant les yeux sur son mobile. Tandis que, dépité, l'organisateur de la soirée tournait les talons, il composa pour la énième fois le numéro de son plus vieil ami.

Le répondeur, encore.

— Andrew, déclara-t-il d'une voix pressante après le bip, c'est Richard. Si tu es là, je t'en supplie, décroche ! Tout le monde t'attend. Je ne sais plus quoi leur dire…

— Hello, Richard. Tout le monde m'attend où ?

— Dieu soit loué, tu es là ! Ne me dis pas que tu as oublié la soirée du Prix d'Excellence industrielle… Tu sais bien que je me suis arrangé pour que tu sois nommé !

— Ah, oui. C'est gentil à toi, mais je n'ai pas le cœur à ça.

— Andrew, non seulement tu es nommé, mais c'est toi le vainqueur ! Je peux te l'annoncer officiellement !

— Je suis bouleversé. Et qu'est-ce que j'ai gagné ? Vu l'âge des participants, sûrement pas un truc qui se croque. Un lavement ? Une cœlioscopie ?

— Ce n'est vraiment pas le moment de plaisanter. Tu t'habilles et tu rappliques.

— Je ne rapplique nulle part, Richard. Je me souviens que tu m'avais parlé de ce prix, et je me souviens aussi parfaitement t'avoir dit que cela ne m'intéressait pas.

— Tu te rends compte de la position dans laquelle tu me mets ?

— Tu t'y es mis tout seul, mon lapin. Je n'ai rien demandé. Imagine que je te commande deux tonnes d'huîtres parce que je t'aime bien et qu'après, je fasse la comédie pour que tu les manges…

— Viens immédiatement, sinon je dis à ta femme de ménage que tu fais du vaudou et elle ne mettra plus jamais les pieds chez toi.

Blake éclata de rire.

— Il faut que tu sois dans un sale pétrin pour brandir ce genre de foutaises ! Faire peur à Margaret, la pauvre. Franchement. C'est comme si je menaçais de balancer ta femme au Service de Protection du Bon Goût pour ce qu'elle a fait à sa coiffure et à votre caniche…

— Laisse Melissa en dehors de ça. Je ne rigole pas, Andrew. Tu sais de quoi je suis capable si tu refuses.

— Comme la fois où tu as voulu me dénoncer pour le vol du singe domestique de Mme Robertson ? Jusqu'à sa mort, elle est restée convaincue que tu l'avais mangé. De toute façon, Margaret ne te croira pas. Je lui dirai que tu te drogues. Si tu arrives à la faire démissionner, je te paye une semaine aux Bahamas avec ta femme et ses cheveux.

— Arrête avec la coiffure de ma femme ! Andrew, ça suffit ! Je me suis battu pour que tu obtiennes ce prix, alors tu me fais le plaisir de venir le chercher, et vite.

— J'adore quand tu hausses la voix. Tout jeune, c'est ce côté fougueux qui m'a séduit chez toi. Je te suis reconnaissant de t'être démené, mais ne compte pas sur moi pour jouer au jeu des bons points. Je ne t'ai pas pris en traître. Dès le départ, je te l'ai dit. Ces soirées sont ennuyeuses et les trophées que ces gens fiers d'eux se donnent ne valent rien. Je ne viendrai pas. Par contre, si tu veux passer prendre un verre, c'est avec plaisir, je n'ai rien de prévu ce soir.

Ward s'étouffa de rage :

— Écoute-moi bien, Blake : si tu me plantes, notre amitié risque d'en souffrir.

— Depuis tout ce temps, mon cher Richard, si on avait dû se fâcher, on aurait eu des centaines d'occasions de le faire. Avec ce qu'on se balance et ce qu'on se fait subir…

En plus de cinq décennies, Andrew Blake avait effectivement souvent fait perdre ses nerfs à son complice, mais ce soir, il atteignait des sommets.

— Andrew, s'il te plaît…

— Dans l'état où je suis, il n'y a que toi pour me donner encore un peu de joie. Tu n'as qu'à leur dire que je me suis cogné la tête et que je ne me rappelle même plus mon nom. Raconte-leur que je me prends pour Bob l'Éponge et que, dans un ultime moment de lucidité, je t'ai supplié d'aller recevoir le prix pour moi. Tu pourras même le garder.

L'organisateur sortit de l'hôtel pour revenir à la charge. Avant qu'il ne soit trop proche, Ward souffla :

— Je te promets que tu vas me le payer, mon pote.

— La vie se charge déjà de te venger, mon ami. Moi aussi je t'embrasse fort.

Richard Ward raccrocha et prit une mine compassée pour annoncer :

— Andrew Blake vient d'être hospitalisé en urgence.

— Mon Dieu !

— Ses jours ne semblent pas en danger. Si cela vous arrange, je peux recevoir le prix en son nom. Je sais qu'il s'en voudra beaucoup d'avoir gâché votre soirée…

2

Assis à son bureau, Andrew Blake replia l'écran de son ordinateur portable. Il ferma les yeux. Doucement, concentré sur le sens du toucher, il glissa ses mains bien à plat de chaque côté de la machine, caressant la surface polie du bois. Avant lui, son père avait travaillé sur ce meuble. À l'époque, il n'y avait ni informatique ni reporting, pas de business plan, de benchmarking ou de downsizing. Un autre temps.

Les paupières toujours closes, Andrew promena ses doigts sur le bord arrondi du plateau de chêne usé, caressa les montants des flancs et les poignées en laiton des tiroirs. La tiédeur du bois, la fraîcheur du métal. Tellement de sensations, tellement de souvenirs. Il n'accomplissait ce rituel que lorsqu'il se sentait trop mal, trop las. C'était le cas ce soir. De la petite entreprise dont il avait hérité, cet élément de mobilier était l'unique vestige resté intact. Au fil du temps, tout le reste avait changé : l'adresse, le chiffre d'affaires, les machines, le décor, les gens, lui. L'évolution était telle que, souvent, Andrew ne reconnaissait plus ce à quoi il avait consacré la plus grande partie de sa vie.

Sans rouvrir les yeux, il tira le dernier tiroir en bas à droite et aventura ses doigts à l'intérieur. À tâtons, il reconnut la grosse agrafeuse qu'il avait bien du mal à soulever quand il était enfant, trois carnets râpés, un briquet, un presse-papiers de bronze offert par ses employés. Autant de reliques qui lui permettaient, non pas de se souvenir, mais véritablement de se transporter au temps où la vie était plus simple, quand tout ne dépendait pas de lui, lorsqu'il n'était pas le plus âgé. En effleurant ces objets du quotidien, il parvenait à recréer le monde qui existait autrefois autour, de l'ancienne sonnerie du téléphone aux odeurs de graisse et de tôle chauffée qui montaient de l'atelier voisin. La voix de son père lui revenait, profonde, au débit rapide. Qu'aurait-il pensé de la situation de son fils aujourd'hui ? Quel conseil lui aurait-il donné ? Avec les années, Andrew était devenu à son tour « M. Blake ». Il ouvrit les yeux et referma le tiroir.

Depuis déjà longtemps, il était sensible à ces choses que l'on fait pour la dernière fois, souvent sans même s'en rendre compte. Un événement précis lui en avait donné la conscience : son dernier dîner avec son père, un simple repas à la fin duquel sa mère les avait pressés de finir leurs assiettes en riant, parce qu'elle ne voulait pas manquer son film à la télé. De quoi avaient-ils parlé ? De tout, de rien. Ils avaient bavardé avec l'insouciance de ceux qui croient qu'ils pourront toujours s'en dire plus le lendemain. Une rupture d'anévrisme survenue la nuit même en avait décidé autrement. Et ce moment si banal était devenu essentiel, ultime. Cette soirée s'était déroulée près de quarante ans plus tôt et pourtant, lorsqu'il y repensait, Andrew ressentait toujours la même douleur au creux de la poitrine, la même sensation de vertige. Depuis, il redoutait que la vie ne lui retire ce à quoi il tenait. Pire, il en avait gardé la peur de la voir lui prendre les gens qu'il aimait. Il en avait conçu une philosophie intime : tout apprécier à chaque seconde, parce que tout pouvait s'effondrer à chaque seconde.

La peur n'empêche pas le danger et ce sentiment n'avait pas fait obstacle au malheur, qui avait frappé à nouveau. Il avait vécu beaucoup d'autres dernières fois : sa femme, Diane, riant sur son épaule pendant qu'il la tenait encore vivante dans ses bras – c'était un jeudi midi. Sa fille, Sarah, lui demandant de lui raconter une histoire avant de s'endormir – un mardi soir. Son dernier match de tennis. La dernière fois qu'ils avaient regardé un film tous les trois. La dernière analyse de sang dont il avait lu les résultats avec désinvolture. La liste était interminable et s'allongeait tous les jours. Toutes ces choses, essentielles ou anodines, qui passent avant que l'on en ait vraiment apprécié la valeur, jusqu'à les trouver accumulées sur le plateau de la balance, qui se met à pencher du mauvais côté.

Lorsqu'il était fatigué, Andrew éprouvait le détestable sentiment que sa vie était derrière lui, qu'il ne survivait plus que pour remplir des obligations au service d'un monde dont il n'approuvait pas les valeurs. Ses rêves se retournaient dans leur tombe et il n'allait pas tarder à les rejoindre.

Il tendit la main vers la grande enveloppe qu'il avait méthodiquement préparée en secret depuis des semaines. Des papiers, toujours des papiers. Il ne l'ouvrit pas. Il songea à ses décisions et à ce qu'elles impliquaient. Une à une, il les évalua encore. Il n'en regrettait aucune.

Quelqu'un frappa à sa porte. Précipitamment, il enfourna le pli dans le premier tiroir.

— Entrez !

Un jeune homme en costume apparut.

— Monsieur Blake, excusez-moi. J'aurais souhaité vous dire un mot.

— Nos quatre heures de réunion ne vous ont pas suffi, monsieur Addinson ?

— Je suis désolé que vous réagissiez si mal à nos propositions. Vous devriez réfléchir.

S'il avait été un jeune guépard, Blake lui aurait sauté au visage pour le déchiqueter, mais il était un vieux lion. Il n'eut qu'un bref ricanement.

— Réfléchir ? Je crois que j'y parviens encore assez bien, et c'est d'ailleurs sans doute pour cela que vos « propositions » me hérissent.

— C'est pour le bien de l'entreprise…

— En êtes-vous certain ? Ne me cherchez pas, Addinson. Vous et vos comparses m'avez assez agacé pour aujourd'hui.

— Nous faisons pourtant notre maximum, dans l'intérêt de chacun…

— L'intérêt de chacun ? Pour qui travaillez-vous, monsieur Addinson ? Que vous a-t-on appris dans ces écoles dont vous sortez avec l'impression de tout savoir ? Vous vous moquez complètement des clients pour lesquels nous œuvrons. Votre credo, c'est vendre plus même si les gens n'en ont pas besoin, produire à moindre coût même si cela doit se faire sur le dos de ceux qui font tourner les usines, avant d'aller voir ailleurs pour faire mieux – ou pire, selon le point de vue.

— Vous êtes sévère.

— Je me moque de vos jugements. Vous n'étiez encore qu'un vague projet dans la tête de vos parents que je dirigeais déjà cette entreprise. J'ai appris mon métier en commençant par balayer l'usine. J'en connaissais chaque employé, le prénom de leur femme, de leurs enfants que j'ai vus grandir. Vous me prenez pour un vieil abruti ? Vous trouvez ce discours passéiste et paternaliste ? Peu m'importe. C'est moi le patron et vous êtes mon employé.

— Le monde change, monsieur Blake. Il faut s'adapter.

— S'adapter à des systèmes pervers pensés par des gens de votre espèce. Vous et les vôtres ne servez que vous-mêmes. Et laissez-moi vous dire que vous serez un jour victimes de vos propres excès. Vous n'êtes sans doute pas un imbécile, Addinson, mais ce n'est pas l'intelligence qui fait la valeur d'un homme, c'est la façon dont il l'emploie.

— Vos grands principes ne sauveront pas notre société, monsieur Blake.

— Vos petits principes la couleront. Et n'oubliez pas que c'est *ma* société. Depuis plus de soixante ans, nous fabriquons des boîtes métalliques. Nos clients apprécient nos produits parce qu'ils sont solides et fonctionnels. C'est peut-être moins glamour que des gadgets en plastique – qui de toute façon sont polluants et démodés en quelques semaines –, mais c'est utile. Nous servons à quelque chose, monsieur Addinson. Des gens comptent sur nous ! Je ne sais même pas si vous comprenez le concept… Alors, malgré vos théories fumeuses, nous ne diminuerons pas l'épaisseur de notre métal pour augmenter le taux de renouvellement. Nous ne délocaliserons pas pour profiter d'une main-d'œuvre exploitée. Faisons notre travail ! Ce qui m'amène à une question, monsieur Addinson : quel est le vôtre ? Optimiser ? Performer ? Transversaliser les marchés ? Saisir les opportunités ? Des mots, un jargon prétentieux pour vous donner de l'importance.

— Vous ne vendriez pas sans nous…

— Croyez-vous ? Nous l'avons pourtant fait pendant un demi-siècle. Naïvement, je crois que les choses utiles se vendent sans problème et que ce sont les futilités que génère notre époque qui ont besoin d'être fourguées par tous les moyens. Mais pour en revenir au sujet qui nous occupe, je ne vous laisserai pas aiguiser vos crocs de jeune loup sur mon entreprise.

— Vous n'aurez pas toujours le choix, monsieur Blake. Je ne suis pas seul. Les banques sont d'accord avec moi.

— C'est une menace ?

— Je viens à vous dans une démarche d'apaisement et vous m'insultez.

— Vous venez me défier et je vous réponds. Maintenant, partez. Je vous ai assez subi pour aujourd'hui. Mais je tiens quand même à vous remercier, Addinson : si j'avais un doute sur la suite, vous venez de me convaincre.

— Que voulez-vous dire ?

— Vous allez voir que, moi aussi, je suis capable d'innover… Allez, sortez.

3

— Heather, vous êtes encore là ?

Absorbée par sa lecture, la jeune femme n'avait pas entendu son patron arriver. Elle sursauta et leva les yeux vers lui.

— Bonsoir, monsieur. Je dois terminer le compte rendu sur la réunion de cet après-midi. Le marketing me l'a demandé pour demain.

— Oubliez ça et rentrez chez vous.

— Mais…

— Heather, vous êtes mon assistante, pas la leur. Si je vous affirme que vous pouvez traiter cette affaire plus tard, personne n'a rien à y redire.

— Bien, monsieur.

La jeune femme ne se fit pas prier et replaça ses notes dans le dossier. Il était extrêmement rare qu'Andrew Blake vienne jusqu'à son bureau. Elle le regarda plus attentivement. Ce soir, il semblait fatigué. Plutôt grand, les cheveux presque complètement blancs, un visage fin, un regard franc derrière des lunettes rondes. Il avait ce petit pli, cette légère tension à la commissure droite qui lui donnait une expression un peu amère. Elle la voyait souvent depuis quelque temps. M. Blake portait son nœud papillon rouge et sa veste en velours vert foncé. Heather s'était toujours amusée de son drôle de goût vestimentaire – ou son absence de goût – mais elle l'aimait bien.

Il se tenait devant elle sans rien dire, une grande enveloppe à la main.

— Du courrier à poster ?

— Non. Mais puisque vous êtes là, il faut que je vous parle.

Il se frotta un œil de son poing fermé. Il lui arrivait régulièrement de se frictionner les yeux comme un gamin qui a sommeil, avec le dos de la main bien rond, le coude relevé, en plissant fort les paupières. Elle l'avait remarqué dès son arrivée dans l'entreprise. Elle trouvait cela touchant, un vieil homme avec un geste d'enfant. Elle s'était depuis rendu compte qu'il en avait quelques autres, comme faire des cercles avec ses pieds sous la table ou jouer à la catapulte avec ses stylos pendant les réunions où il s'ennuyait – c'est-à-dire toutes. Elle avait appris à le connaître. Sans être familiers, ils étaient proches. Elle savait par cœur ses manies, sa règle toujours posée à droite de son téléphone, son goût de la précision, son intégrité. Ils ne se parlaient pas de leur vie privée mais elle pouvait dire s'il avait le moral ou non. Lui prenait toujours de ses nouvelles, en écoutant vraiment sa réponse. Il ne lui avait jamais rien caché. Il ne fermait la porte de son bureau que lorsqu'il téléphonait à son vieil ami et complice, Richard Ward. Alors elle l'entendait parfois rire. Cela ne lui arrivait pas autrement.

Andrew Blake s'avança.

— Heather, je vais m'absenter quelque temps.

— Un problème de santé ? s'inquiéta-t-elle aussitôt.

— Il peut y avoir d'autres raisons de partir, même pour un vieux.

Il s'installa sur la chaise face au bureau de son assistante.

— Je ne peux pas vous en dire plus pour le moment, mais je vous demande de me faire confiance.

Il posa l'enveloppe devant elle.

— Heather, vous travaillez pour moi depuis trois ans et je vous ai observée. Vous êtes une jeune femme sérieuse, humaine. J'ai confiance en vous. J'ai beaucoup réfléchi avant de prendre ma décision. Cette société représente énormément pour moi.

— Vous me faites peur. Êtes-vous certain que tout va bien ?

— Heather, vous avez l'âge de ma fille et je sais ce que vous attendez de la vie. Vous vous demandez quelle orientation vous allez lui donner. Vous voulez évoluer. C'est bien normal, vous êtes à l'âge des choix. Je vois bien que votre journal est souvent ouvert à la page des petites annonces… Pour ma part, j'en suis à me demander ce que je vais laisser derrière moi. Alors voilà : puisque je vais disparaître quelque temps, j'ai demandé à mon avocat de préparer des documents qui vous donnent tous les pouvoirs.

La jeune femme blêmit.

— Non, ne faites pas cela ! Je suis certaine que vous pouvez vous en sortir. Vous êtes l'âme de cette société, les gars des ateliers vous adorent. Les docteurs peuvent sûrement vous soigner. Ne perdez pas espoir…

Heather parlait vite, la voix et le regard chargés d'émotion. Touché, Blake eut un sourire, un vrai, qui décontenança la jeune femme. Pour l'interrompre, il posa sa main sur la sienne.

— Tout va bien, Heather. Je vous ai dit que je n'étais pas malade. Les toubibs ne peuvent rien contre ce que j'ai. Je suis seulement atteint d'une bonne soixantaine aiguë, c'est tout. Alors calmez-vous et écoutez-moi. Voilà comment les choses vont se passer : je vais aller prendre l'air un certain temps pour décider de ce que je dois faire des jours qui me restent à vivre. Et vous, pendant cette période, vous vous installerez à ma place.

— J'en suis bien incapable !

— Chaque fois qu'il a fallu prendre une décision, vous m'avez toujours donné votre avis, et nous étions souvent d'accord. Ne changez rien. Méfiez-vous des conseils que tout le monde ne manquera pas de vous donner, ne vous laissez pas embobiner par les crétins qui nous coûtent si cher. N'embauchez personne, sauf si l'usine le réclame. En cas d'urgence, ou si vous avez besoin d'une opinion fiable, téléphonez à Richard Ward, ou à Farrell de l'atelier.

— Nous ne vous verrons pas ?

— Pas avant mon retour.

— Serez-vous joignable par téléphone, ou au moins par e-mail ?

— Je ne sais pas. Je vous appellerai de temps en temps.

— Ce n'est pas possible, vous ne pouvez pas partir comme ça. On va couler et ce sera ma faute !

— Laissez-vous une chance. Vous risquez même de réussir beaucoup mieux que moi. Dites-vous que je ne confierais pas ma société à quelqu'un en qui je ne crois pas.

Il désigna l'enveloppe.

— Prenez le temps de tout lire. Maître Benderford passera demain dans la matinée pour vous faire signer les documents. Il faudra aussi vous trouver une assistante. J'espère que vous aurez autant de chance que j'en ai eu avec vous. Et maintenant, filez, rentrez chez vous. Demain, vous commencez un autre genre de métier.

— Mais… Vous ne serez pas là ?

— Non, Heather. Dès que vous aurez signé ces papiers, vous deviendrez la directrice. Je vous souhaite bonne chance. Je suis certain que tout ira bien. Soyez simplement vous-même.

Il se leva puis contourna le bureau. Il se pencha et, doucement, embrassa la jeune femme sur le front. C'était la première fois qu'il se permettait cela. Il le fit aussi sincèrement que maladroitement. Voilà longtemps qu'il n'avait pas eu l'occasion d'embrasser quelqu'un, même amicalement.

Ils restèrent tous deux immobiles, chacun perdu dans les doutes et les peurs de son âge.

4

Chaque fois qu'Andrew Blake franchissait les portes du Browning, un restaurant du quartier chic de St James's, il éprouvait la satisfaction rare de se retrouver dans un lieu qui n'avait pas changé depuis sa jeunesse. Les mêmes portes épaisses ajourées de carreaux biseautés, les barres de cuivre astiquées, le salut courtois du maître d'hôtel – Terrence, depuis huit ans déjà –, le tout dans un décor de velours rouge rubis et de boiseries, classique, immuable. C'est là que, deux fois par mois, il déjeunait avec Richard Ward. Cette fois, pourtant, Andrew avait souhaité voir son ami sans attendre les traditionnels quinze jours.

À l'âge où les hommes multiplient surtout les relations sociales et générationnelles dans des clubs plus ou moins vains ou farfelus, Andrew s'offrait le luxe d'avoir encore un vrai copain d'école.

Terrence l'accueillit et annonça :

— Monsieur Ward est arrivé. Je vous conduis à votre table.

Que Richard soit là le premier était assez rare pour qu'Andrew s'en étonne. Il suivit le maître d'hôtel, qui se faufila entre les clients déjà attablés. Andrew n'avait plus son aisance et prenait garde de ne rien accrocher.

Le Browning avait la particularité d'être agencé autour d'une vaste salle centrale bordée de petites alcôves qui permettaient de déjeuner tranquillement sans être coupé de l'ambiance. C'est dans l'une d'elles que son comparse l'attendait.

Les deux hommes se donnèrent l'accolade.

— Alors ? demanda Blake. Cette soirée ?

— Sur la scène, ronchonna Ward, j'ai eu l'impression de faire ton éloge funèbre, et ça m'a fait drôle.

— Mon éloge funèbre ? N'y compte pas trop. Si les meilleurs partent les premiers, je risque de rester bon dernier…

— Tu as ta tête des grands jours, commenta Ward, et je pense quand même que tu aurais dû être là, mais je suis content de te voir malgré tout.

Andrew se contenta de hocher la tête, et ils s'installèrent.

— Comment va Melissa ? demanda Blake en ouvrant le menu.

— Elle est à New York avec je ne sais plus quelle amie. Elles écument les galeries en espérant dénicher des œuvres pour décorer une maison de campagne. Tant que ce n'est pas la nôtre… De toute façon, elles ne vont encore rien trouver, sauf des chaussures qu'elles ne mettront que deux ou trois fois. Que me vaut le plaisir de te voir si vite ? La science t'aurait-elle rattrapé ? Tu as enfin eu rendez-vous avec le toubib qui t'a annoncé les mêmes mauvaises nouvelles qu'à nous tous ? Bienvenue au club, camarade !

Blake ne réagit pas. Ward se pencha vers lui avec un sourire malicieux.

— Ne me dis pas que tu as vu un proctologue. Ce serait trop beau ! J'ai parié une bouteille avec Sommers que ça t'arriverait avant la fin de l'année…

Blake releva soudain les yeux et fixa son ami.

— Richard, j'ai pris ma décision.

Ward prit le temps de digérer l'information.

— Tu en as parlé à Sarah ?

— Ma fille vit à 10 000 kilomètres, et le seul homme qui compte désormais pour elle, c'est David, son ingénieur de mari. Logique. Elle se moque de ce qui m'arrive.

— Pourtant, lorsque je l'ai vue le mois dernier, elle s'inquiétait à ton sujet. Je ne suis que son parrain et, paradoxalement, je la vois plus souvent que son propre père…

Blake détourna les yeux et se concentra sur la carte. Ward accepta tacitement de changer de sujet.

— Ne te fatigue pas à choisir, fit-il, j'ai déjà commandé.

— Pourquoi ?

— Parce que tu hésites toujours trois heures avant de prendre la même chose que moi. Je me suis dit qu'on pouvait gagner du temps.

Andrew ne parut pas plus choqué que cela. Quand il regarda à nouveau son complice, il paraissait préoccupé.

— As-tu réussi à te débrouiller pour ce que je t'ai demandé ?

Ward répondit en haussant volontairement la voix :

— Te faire refaire le visage et le corps pour ressembler à Marilyn ne va pas être évident. Même avec des implants mammaires, tu risques quand même d'avoir l'allure de sa statue de cire après l'incendie…

Dans la salle, quelques messieurs tournèrent la tête vers eux.

— Richard, insista Blake, je suis sérieux.

— Je sais. C'est bien ce qui me désole. Évidemment que j'ai trouvé. Mais je ne suis pas convaincu que ce soit une bonne idée. Prendre tes distances vis-à-vis de ton travail, pourquoi pas, mais retourner en France…

— J'en ai envie. C'est même la seule chose qui me tente encore un peu.

— Soit, mais tu pourrais t'y prendre autrement. Tu devrais réfléchir.

— Tu es le deuxième à me conseiller de réfléchir depuis hier. Vous allez finir par me faire croire que je deviens sénile.

— Va passer la fin de l'été chez Sarah, elle est très bien installée. Elle a une chambre d'amis.

— Je ne suis pas un ami.

— Andrew, comment te dire… Retourner là-bas…

Richard hésita avant d'oser se lancer.

— Pardonne-moi d'être franc, mais revenir vers tes souvenirs ne ressuscitera pas Diane.

— J'en suis conscient, crois-moi. Chaque jour.

— Alors pourquoi ?

— Ici, je ne me sens plus à ma place. Je me demande même pourquoi je vais travailler. Je ne fais que ressasser, regretter. J'en suis arrivé à un tel point que tous les soirs, en me couchant, je me demande pourquoi j'existe encore.

— Il nous arrive à tous d'en avoir marre. Chacun connaît tôt ou tard ce genre de période. Et puis ça passe. Mets-toi au golf. Viens nous voir. Melissa se plaint de ne jamais te recevoir. Elle s'est prise de passion pour la cuisine italienne, elle serait ravie de t'avoir pour cobaye... Change-toi les idées et ça ira mieux. Ce n'est pas la première fois que tu déprimes.

— Là, c'est différent.

— Alors quoi ? Tout ce que tu as trouvé pour surmonter ta crise, c'est cette idée saugrenue ? Cela dit, ça ne me surprend pas venant de toi. Déjà, après nos études, tu voulais tout quitter. Tu te rappelles ? Tu as acheté un voilier pour te rendre compte que tu avais le mal de mer et que ça ne se conduisait pas comme un pédalo. Le *Seamaster* – quel nom prétentieux quand j'y pense – doit encore être au fond de la rade de Portsmouth, dont tu n'as même pas réussi à sortir...

Richard se mit à rire en se remémorant le désastre, mais, rapidement ramené au sérieux par la mine de Blake, il demanda :

— Qu'est-ce que tu espères trouver là-bas ? Tu sais, là où je t'ai déniché une place, ils ne savent rien. J'ai respecté ton secret. Pour eux, ce n'est pas un jeu.

— Je m'en doute.

— Mon pauvre vieux, tu me fais de la peine. Tu devrais sortir, rencontrer du monde et ne pas chercher à fuir. Tu as la chance d'être en bonne santé à l'âge où beaucoup multiplient les séjours à l'hôpital et appellent leur ostéopathe – voire leur chirurgien – par leur prénom...

— Tu n'as aucune idée de ce que je ressens.

— Ne me sers pas le coup de l'ancêtre. Je te rappelle que nous n'avons que quatre mois d'écart...

— Melissa est encore à tes côtés. Moi, je suis seul. Hormis toi, je n'ai plus de proches. Sarah est loin, elle a sa vie. Je n'existe plus pour personne.

— Arrête. De toute façon, ce projet de retour en France est un plan foireux. Et j'ignore par quel miracle je m'y retrouve associé une fois de plus. Comment ça va finir cette fois ? À qui vais-je devoir présenter mes excuses ? Le premier coup, on n'avait même pas douze ans. Tu m'avais convaincu de me planquer avec toi dans le container à ordures pour faire peur à la vieille Morrison.

— Quelle sorcière, celle-là ! Il fallait bien réagir, cette vieille garce crevait tous les ballons qui tombaient dans son jardin ! Elle n'a même pas eu pitié de celui tout neuf, en cuir, que Matt avait reçu pour son anniversaire. Elle terrifiait tous les mômes du quartier.

— Il est vrai que personne n'a pleuré lorsqu'on l'a retrouvée la nuque brisée au bas de son escalier.

— Je suis certain que c'est un complot des ballons. Ils se sont vengés, ils l'ont fait tomber !

— Les ballons ne se sont pas dégonflés ! ricana Ward.

— Ils pourraient avouer maintenant, il y a prescription ! renchérit Blake. Mais je n'arrive pas à me souvenir de la trouille qu'on lui a fichue…

— Et pour cause, espèce d'abruti ! Le camion de ramassage est passé avant elle ! On a failli finir broyés dans la benne à ordures.

Blake s'illumina en revoyant tout à coup la scène.

— C'est vrai ! J'avais oublié !

— Heureusement, on est toujours là pour en rire !

Les deux hommes s'esclaffèrent ensemble. Mais l'humeur de Blake s'assombrit de nouveau.

— Tout ça, c'est le passé, lâcha-t-il.

— C'est notre histoire, Andrew. Cesse de tout voir comme si tu n'avais plus rien à espérer. Là où tu prétends aller, la vie n'est pas simple non plus. La propriétaire est veuve et je ne veux pas que tu lui files le bourdon plus qu'elle ne l'a déjà. Alors puisque tu t'entêtes dans ce projet délirant, promets-moi d'être exemplaire et de jouer le jeu sérieusement.

— Comment peux-tu en douter ?

— Venant du type qui a essayé de se déguiser en sa propre mère pour aller excuser « son fils » chez le proviseur, je m'attends au pire…

5

Le charme pittoresque de la route forestière sur laquelle s'engagea le taxi ne réussit pas à distraire Andrew Blake de sa fatigue. Sa journée avait commencé dès l'aube : se lever tôt, prendre l'Eurostar pour Paris, puis un autre train jusqu'en province, avec tous ces gens qui parlent si vite dans une langue qu'il maîtrisait pourtant bien. Même s'il était bientôt arrivé, il n'allait pas pouvoir se reposer pour autant.

— C'est marrant, commenta le chauffeur, ça fait dix ans que je tourne dans la région et c'est la première fois que je viens par ici. Je ne savais même pas que cette route conduisait quelque part. La ville a beau être toute proche, on se croirait perdus dans les bois.

Domaine de Beauvillier, route de Beauvillier. L'adresse ne laissait aucune ambiguïté sur l'importance du lieu. Le ruban d'asphalte s'élevait dans une belle forêt vallonnée ; les arbres déjà teintés de roux annonçaient la venue prochaine de l'automne. Au sommet d'une côte, les troncs s'éclaircirent, laissant apparaître un mur que le véhicule se mit à longer. Au bout de plusieurs kilomètres, au creux d'une clairière, l'enceinte s'incurva en un large renfoncement, au centre duquel se découpait un portail monumental. Entre deux piliers surmontés de lions de pierre rongés par le temps, se dressait une haute grille ornée d'un « B » en fer forgé. La voiture s'arrêta.

— Vous voilà arrivé.

Le chauffeur jeta un œil et demanda :

— C'est une maison de retraite ?

— J'espère que non…

— En tout cas, vous avez de la chance, il fait beau. La fin de saison est souvent très agréable dans la région.

Andrew régla la course et sortit du véhicule. Le chauffeur extirpa son unique valise du coffre, le salua en lui souhaitant un bon séjour et repartit. En voyant la voiture s'éloigner, Andrew se sentit soudain très seul.

Debout devant la grille, il inspira profondément. L'air était doux. Un vent léger agitait les herbes sèches qui avaient envahi l'allée jusqu'à la base du grand portail. Il ne devait pas être souvent ouvert. Sur l'un des piliers était gravé le nom de la propriété, Domaine de Beauvillier. À travers la grille, au loin, on devinait derrière les arbres un manoir aux multiples toits pointus. Sur la droite du portail, une entrée moins imposante permettait le passage des piétons.

La réverbération du soleil sur le mur d'enceinte était aveuglante. Andrew plissa les yeux et avisa un interphone près de la petite porte. L'appareil n'avait pas l'air en bon état. Avec application, il appuya sur le bouton. Aucune réponse. Blake insista, mais sans succès. Il se résolut finalement à pousser la grille, qui s'ouvrit en grinçant.

L'endroit était si paisible que l'on aurait pu le croire abandonné. Andrew referma soigneusement derrière lui et s'engagea sur l'allée gravillonnée. Ses pas faisaient le même bruit que chez son oncle Mark, à Pillsbury. Pendant que ses parents y passaient l'après-midi, il marchait des heures durant dans l'allée couverte de gravier rien que pour entendre ce son si particulier.

Blake avançait droit devant lui. Il avait depuis longtemps oublié l'étrange sensation que procure la découverte d'un endroit parfaitement inconnu. Il se demanda tout à coup si des chiens n'allaient pas débouler en aboyant pour lui sauter dessus. Même avec ses lunettes, il ne voyait pas très bien de loin. Il les entendrait venir, mais à quoi bon ? Il ne pourrait de toute façon pas courir. À voix basse, il s'entraîna à articuler « Au secours ! » avec le moins d'accent possible.

Sa grosse valise lui pesait, les roulettes ne servaient à rien sur ce sol inégal. De part et d'autre, le parc s'étendait à perte de vue. Entre les arbres, il entr'apercevait par moments la silhouette du bâtiment. Au détour d'un bosquet de châtaigniers, Andrew le découvrit enfin en entier, un surprenant manoir aux murs de meulière et de brique rouge. La construction était irrégulière, dominée par une tour carrée au pied de laquelle se trouvait le perron d'entrée. De chaque côté s'allongeaient deux ailes accumulant pignons et balcons étroits. Chaque étage possédait son propre type de fenêtres, hautes au rez-de-chaussée, plus petites au premier et au second, jusqu'aux chiens-assis de toutes tailles qui ponctuaient les toitures. Les avant-toits en queue de vache ajoutaient encore à la richesse de l'ensemble, qu'il devenait impossible de résumer à un seul style. Il y avait dans ce manoir des influences de propriété normande, de néogothique, et même de conte de fées…

Andrew se dirigea vers le perron d'un pas qu'il s'efforçait de maintenir régulier. Peut-être l'observait-on, et il savait l'importance des premières impressions. Il monta les larges marches en demi-cercle abritées par une marquise en éventail couverte de verre dépoli. Avant de s'annoncer, il prit un instant pour rectifier sa tenue.

Il tira la chaîne de cloche en craignant de ne pas le faire assez fort. Du coup, il y mit trop de vigueur, et c'est avec une violence incongrue qu'elle tinta.

Andrew patienta, et comme chaque fois qu'il attendait, il se posa trop de questions. Et s'il s'était trompé d'adresse ? Et si cette maison était déserte ? Avec sa chance, il allait trouver la propriétaire morte et toute sèche, comme la souris sur laquelle il était tombé la dernière fois qu'il avait rangé son garage.

Soudain, à travers les vitraux qui ornaient la porte principale, une ombre se profila. Quelqu'un actionna la serrure et le battant s'ouvrit. Une femme, la cinquantaine, solide sans être disgracieuse, brune, les cheveux coiffés en queue-de-cheval, le dévisagea sans détour.

— Bonjour. Vous devez être le nouveau majordome ?

— Effectivement. J'ai rendez-vous avec Mme Beauvillier.

— Entrez. Je suis sa cuisinière.

— Elle va bien ?

Si la femme lui avait répondu que sa patronne était toute desséchée dans le garage, Andrew aurait commencé à croire aux signes.

— Madame vous attendait ce midi. Patientez, je vais la prévenir.

Après l'éblouissante lumière du parc, Andrew mit quelques instants à s'habituer à la pénombre du hall d'entrée. La cuisinière s'éloigna, ses pas claquant sur le dallage orné de motifs floraux bleus. L'endroit était meublé d'un assemblage hétéroclite de pièces sans doute récupérées.

Au bout de quelques minutes, la femme revint, rompant le silence de son pas décidé.

— Madame va vous recevoir. Laissez vos affaires sur la banquette. Voulez-vous boire quelque chose ?

— Pas maintenant, merci.

— Vous avez fait bon voyage ?

Curieusement, elle prononçait ces paroles plutôt aimables sur un ton assez dur.

— Excellent, je vous remercie.

La cuisinière le conduisit au premier étage par un majestueux escalier de chêne qui occupait tout le volume de la tour. Ils remontèrent un couloir coupé par quelques marches et elle frappa à la première porte. Lorsque la voix lui donna la permission d'entrer, elle ouvrit et s'effaça pour laisser passer le visiteur.

Les rideaux étaient tirés. Mme Beauvillier était installée derrière une table de travail. Dans la relative pénombre, on ne distinguait que sa silhouette. Un fin rai de lumière qui s'immisçait entre les rideaux laissait deviner, disposés autour d'un sous-main, des dossiers soigneusement empilés, un téléphone, une statuette de bronze représentant une ballerine et un porte-plume en porcelaine.

Elle se leva.

— Monsieur Blake. C'est bien cela ?

— À votre service, madame. Heureux de vous rencontrer.

Andrew saisit la main qu'elle lui tendait. Elle tremblait. La maîtresse des lieux reprit place dans son fauteuil et lui fit signe de s'asseoir dans un siège capitonné face à elle. L'assise était tellement basse que Blake, bien qu'assez grand, se retrouva plus petit que son interlocutrice.

— Je me suis inquiétée de votre retard, mais nous n'avions pas de numéro de portable où vous joindre.

— Je suis désolé, j'aurais dû vous le donner. J'ai sans doute confondu mon heure de correspondance à Paris avec celle de mon arrivée ici…

— Oublions cela. Vos références sont excellentes et vous m'avez été chaudement recommandé. Je vous prends donc à l'essai pour quatre mois. Cela nous amènera au début de l'année prochaine.

— Merci, madame.

Malgré le manque de lumière, Blake put distinguer chez sa patronne, à la faveur de certains de ses mouvements, un port de tête assez fier, une coiffure soignée, des gestes précis. Et cependant, il y avait quelque chose de las dans son attitude. Sa voix mélodieuse et cadencée la faisait paraître bien plus jeune qu'elle ne l'était – Richard lui avait dit qu'à quelques mois près, ils avaient le même âge.

— On m'a laissé entendre que vous connaissiez la France, mentionna-t-elle.

— J'ai eu l'occasion d'y faire de fréquents séjours. Ma femme était française. Je n'étais pas revenu depuis sa disparition.

— J'en suis navrée.

Elle enchaîna directement :

— Odile, que vous avez déjà rencontrée, vous expliquera l'organisation de la maison et ce que sera votre service. Je ne vous demande pas de porter l'uniforme, mais la chemise avec cravate est de rigueur. Vous serez de repos chaque lundi. J'insiste sur l'importance de la ponctualité. Vous verrez que c'est une maison tranquille. Nous ne recevons pas énormément. Et maintenant, je vais vous demander de me laisser, d'autres occupations m'attendent. Si vous avez des questions, posez-les à la cuisinière.

— Bien, madame.

Andrew se leva pour prendre congé. Au moment où il allait sortir, Mme Beauvillier le rappela :

— Monsieur Blake ?

— Oui, madame ?

— Aujourd'hui, vous avez été accueilli au manoir par le perron principal. Ce sera la seule fois. Les employés utilisent la porte de service, située sur le côté ouest, ou plus fréquemment celle de la cuisine, derrière.

Andrew encaissa sans broncher.

— C'est noté, madame.

— Bienvenue chez nous.

6

L'agencement du manoir était aussi complexe que son architecture extérieure le laissait supposer. En redescendant seul, Andrew faillit se perdre. Il hésita, tourna, revint sur ses pas et finit par se retrouver avec soulagement à la porte de ce qui semblait être l'office. De dos, Odile s'affairait à remplir un sucrier. Une belle lumière émanait de la fenêtre et d'une porte à petits carreaux donnant sur l'extérieur. Andrew entra. En l'entendant, la cuisinière se retourna vivement.

— Ici, c'est mon domaine, lança-t-elle. Personne n'entre sans ma permission.

Blake se figea.

— Je n'ai rien de personnel contre vous, l'assura-t-elle. Je crois simplement que nous n'avons ni les moyens, ni le besoin réel de vos services. Mais je ne suis pas la patronne, sauf dans cette pièce.

Andrew recula jusqu'au seuil. Odile posa le couvercle du sucrier et s'essuya les mains sur son tablier.

— Toujours pas soif ? demanda-t-elle.

— Je veux bien un verre d'eau fraîche, s'il vous plaît.

Elle se dirigea vers le grand réfrigérateur et en sortit

une carafe. Elle revint vers la longue table qui s'étirait au centre de la pièce et l'y posa, ainsi qu'un verre.

Elle tourna la tête vers Andrew.

— Eh bien, entrez, je ne vais pas vous manger.

— Vous venez de me dire…

— Je préfère que les choses soient claires, c'est tout.

Odile tira une chaise et prit place. Andrew balaya la pièce du regard. Une impressionnante gazinière occupait tout le foyer d'une ancienne cheminée. Les murs étaient couverts d'étagères et d'ustensiles surplombant des plans de travail très modernes et des placards bas. L'ensemble était méthodiquement ordonné. Rien ne dépassait, pas même les torchons, impeccablement pliés sur la barre du fourneau. Un magnifique chat angora était couché en sphinx au pied de l'appareil. L'animal au pelage caramel zébré de nuances plus sombres avait les yeux fermés et le museau légèrement relevé, comme s'il humait l'air.

— Il s'appelle Méphisto, déclara Odile avec fierté.

— Il est très beau.

— N'essayez pas de le caresser, il déteste ça. C'est un sauvage. Je suis la seule qu'il accepte.

Après lui avoir versé à boire, Odile reprit :

— Madame vous a expliqué ?

— Elle a dit que vous le feriez…

— Alors allons-y. À présent, nous sommes donc quatre au service de Madame. Ici, je m'occupe des repas et j'aide Madame pour tout ce qui est personnel. Tous les matins, quelqu'un vient pour le ménage, la lessive et le repassage. Elle s'appelle Manon, vous la rencontrerez demain. À l'extérieur, il y a le régisseur, qui habite à l'autre bout du domaine, dans le pavillon de chasse. Il ne s'occupe de rien dans la maison, mais tout ce qui est au-dehors relève de sa responsabilité. Des questions ?

— Qu'attendez-vous de moi ?

— D'après ce que j'ai compris, vous allez prendre en charge le secrétariat de Madame, son courrier et toutes ces choses. Vous ferez aussi le service quand elle reçoit. C'est également vous qui lui repasserez son journal.

Andrew crut avoir mal compris.

— Vous voulez dire « passerez son journal » ?

— Non, j'ai bien dit « repasserez ». Je vous montrerai demain. Elle l'attend pour 7 heures précises, avec son petit déjeuner. Je prépare son plateau, vous le montez. Ensuite, je l'aide à s'habiller. Pour votre premier jour, je resterai avec vous et nous verrons ensemble, étape par étape. Vous souhaitez sans doute voir votre chambre ?

Andrew se dépêcha d'avaler son verre d'eau : Odile était déjà sortie de la pièce.

7

Plus on s'élevait dans les étages, plus les escaliers devenaient étroits et raides. Andrew peinait à porter sa valise en suivant Odile, qui lui détaillait les lieux.

— Au rez-de-chaussée, Madame reçoit surtout dans le petit salon. Le grand sert théoriquement pour les repas mais elle n'en organise plus depuis longtemps. Elle n'aime pas que l'on aille dans la bibliothèque. Au premier, ce sont ses appartements et d'autres pièces qui ne servent plus. À partir du deuxième et au-dessus, elle ne monte jamais. Il y a l'ancien bureau de Monsieur.

— Vous l'avez connu ?

— Non, je suis entrée au service de Madame voilà huit ans et je crois que lui est mort au moins trois ans avant. Et vous, comment vous retrouvez-vous à travailler ici ?

La question directe surprit Andrew, qui ne maîtrisait pas encore bien son mensonge. Essoufflé, il improvisa :

— Ma précédente patronne est décédée. Il a fallu que je retrouve du travail.

— Pas assez d'économies pour prendre votre retraite ?

— Le système social est différent en Grande-Bretagne…

— C'est ce que j'ai entendu dire, oui. Beaucoup de choses y sont différentes d'ailleurs…

Ils arrivèrent au troisième étage.

— Voici notre royaume, fit Odile en désignant un long couloir étroit et biscornu jalonné de portes. Ma chambre est par là. Vous allez vous installer à l'autre extrémité. Le reste des pièces est rempli de bric-à-brac. Personne n'y met jamais les pieds. Nous sommes avec les vieilleries, mon cher monsieur.

Odile précéda Andrew vers ses quartiers.

— C'est amusant, nota celui-ci : en France, vous logez toujours les domestiques dans les étages les plus élevés. Chez nous en Angleterre, nous les mettons au sous-sol. Je trouve paradoxal que des serviteurs habitent plus haut que leurs maîtres…

Odile fit volte-face et fixa Blake d'un regard sévère.

— N'oubliez pas que nous avons fait la révolution. Chez nous, votre reine – ou maintenant votre roi – n'aurait plus de tête depuis longtemps… C'est par là.

Odile reprit sa marche.

— Votre chambre n'est pas grande, mais la vue est belle. Vous avez une petite salle de bains et des toilettes. Étant donné l'état de la plomberie, si vous ne voulez pas finir sous une douche glacée, il vaut mieux nous mettre d'accord pour ne pas la prendre au même moment. Vous êtes plutôt du soir ou du matin ?

— Du matin.

— Parfait. Je suis du soir. Tout devrait bien se passer.

Elle ouvrit une porte en prenant bien soin de ne pas franchir le seuil, et invita Blake à entrer.

— Voici votre domaine. Je vous montrerai où est rangé le linge de lit et de toilette. Manon n'est pas censée faire le ménage chez vous, mais vous pourrez vous arranger directement avec elle.

Le cœur cognant après cette escalade, Andrew entra avec sa valise. S'il avait rêvé de rajeunir, l'occasion était idéale, parce que sa chambre avait tout d'une piaule d'étudiant. Mansardée, elle était meublée d'un petit lit, de deux étagères, d'une armoire et d'un minuscule bureau avec sa chaise. Les murs étaient tapissés d'un vieux papier peint aux motifs géométriques passés.

— Je vous laisse vous installer. Redescendez quand vous aurez fini. Nous avons d'autres détails à régler.

— Merci de m'avoir accompagné.

Odile referma la porte sans répondre. Blake resta debout, immobile, à observer sa chambre avec circonspection. Il avança jusqu'à la fenêtre. L'après-midi était bien avancé, et déjà le soleil étirait les ombres. La vue, dominant le parc, était effectivement magnifique. Beaucoup des grands arbres avaient encore leurs feuilles, qu'embrasaient les rayons déclinants. Le manoir était tellement tarabiscoté qu'Andrew était incapable de se situer par rapport à l'entrée. Il revint vers le lit et appuya sur le matelas pour jauger le couchage. Il se sentait tellement fatigué qu'il aurait pu s'endormir sur une planche. Il ouvrit l'armoire et en testa les étagères. Il passa ensuite dans le cabinet de toilette où il fit fonctionner les robinets, qui commencèrent par vibrer bizarrement avant de laisser couler l'eau.

Il finit par s'asseoir sur la chaise et souffla enfin. Que faisait-il là ? Richard avait sans doute raison de trouver son projet ridicule. Se faire passer pour un majordome… L'ambiance de la maison n'avait rien de détendu. Entre la patronne qui lui interdisait la grande porte et la cuisinière qui, comme un commandant de bâtiment de guerre, exigeait de ses matelots une demande formelle avant d'accéder à la passerelle, il n'allait pas s'amuser. Avec en plus un chat qui s'appelle Méphisto, ça pourrait même devenir l'enfer…

Andrew décida de s'occuper de sa valise, qu'il hissa sur son lit. Il aurait bien voulu se contenter de suspendre ses chemises et la caser telle quelle dans l'armoire, mais aucune étagère ne paraissait assez solide pour en supporter le poids. Il se résolut à la défaire plus tard et s'appuya contre le mur en examinant son nouveau royaume. La dernière fois qu'il avait emménagé quelque part, c'était avec Diane, vingt ans plus tôt, dans leur maison de campagne de Debney. Un instant, il retrouva le frisson particulier qui vous traverse au moment où vous investissez un lieu avec l'idée qu'il est à vous et que vous pouvez l'arranger à votre goût sans demander d'avis ou de permission. Puis il se rappela qu'il n'était pas vraiment chez lui et que, cette fois, il était seul. Aujourd'hui, il ne ferait de surprise à personne, il ne sourirait pas des choix de l'autre et nul ne viendrait l'aider à porter de charge trop lourde. Andrew quitta sa chambre en espérant y abandonner le sentiment qui lui serrait la gorge.

En redescendant, il put enfin prendre le pouls de la maison à son rythme. Il était heureux de le faire, cela lui changeait les idées. Seul, il pouvait observer, sentir, écouter. Les parquets qui craquent, la marque d'anciens tableaux ôtés des murs, les tapis élimés, le calme étouffé d'une maison dont le faste s'était évanoui depuis longtemps.

Il prit le temps de suivre les rampes, de regarder par les fenêtres de chacun des paliers, de tendre l'oreille à l'étage de la patronne. Lorsqu'il arriva au seuil de l'office, le chat était exactement dans la même position, les yeux toujours clos, mais plus près de la gazinière que tout à l'heure, comme une statue que l'on aurait poussée. La porte donnant vers l'extérieur était ouverte. Andrew n'osa pas entrer dans la pièce. Il fit un petit bruit pour attirer l'attention de Méphisto, mais celui-ci ne daigna pas même lever une paupière. Blake multiplia les sons de plus en plus ridicules, se penchant vers l'animal, jusqu'à ce qu'Odile le surprenne en revenant du jardin.

— Vous avez un problème ? demanda-t-elle en haussant un sourcil.

— Aucun, dit-il en se redressant prestement.

— Votre chambre vous plaît ?

— Ce sera parfait, fit-il en songeant qu'il ne l'occuperait certainement pas longtemps.

Dehors, le soleil se couchait. Sa lumière chaude se reflétait sur les casseroles en cuivre alignées qui renvoyaient des éclats d'or dans toute la pièce. Un souffle de vent pénétra jusqu'au cœur de la cuisine. Il n'y avait rien que le courant d'air puisse déranger ou agiter, à l'exception du pelage angora du chat, qui frissonna.

— Eh bien, ne restez pas sur le seuil, entrez.

— Je croyais que…

— C'est bon. Puisque nous allons vivre sous le même toit, autant se faire bon accueil.

Odile était revenue avec des salades, qu'elle passa sous le robinet de l'évier pour en ôter la terre.

— Vous avez un potager ? demanda Blake.

— Il n'est pas aussi grand que je le voudrais, mais c'est suffisant pour nous. Je vous le montrerai demain, si vous en avez envie.

— Alors c'est vous qui faites à manger ? Même pour l'homme qui vit dans le pavillon de chasse ?

— Je l'avais oublié, celui-là ! Il vaudrait mieux que vous descendiez le voir avant la nuit. Il est un peu spécial.

— Un peu spécial ?

Odile ne s'étendit pas et lui indiqua la porte du jardin.

— Descendez en suivant l'allée devant vous. Continuez toujours vers le bas, sans jamais bifurquer vers les collines et la forêt ; vous ne pouvez pas vous perdre. Ce n'est pas loin mais on ne peut pas voir le pavillon de chasse d'ici. Impossible de le manquer : une petite maison de brique, couverte de rosiers grimpants. Ne tardez pas. Profitez-en pour lui dire de venir chercher son repas. On a bien un interphone mais il ne marche plus…

Elle fit mine de retourner à son évier puis se ravisa.

— Si vous voulez, je vous attends pour dîner. Je me souviens encore de mon premier soir ici. L'ancienne équipe m'avait laissée manger toute seule, à cette même table. J'en garde un souvenir horrible. Alors je ne sais pas ce que l'on pourra se raconter, mais si je peux vous épargner ça…

— Merci beaucoup.

Odile fit un signe de tête. Elle était vraiment surprenante. Le commandant avait donc un cœur…

Andrew sortit et s'engagea sur le chemin. La lumière baissait, les arbres n'étaient déjà plus que de grandes masses sombres. Blake n'avait jamais aimé être dehors à cette heure-là – « entre chien et loup », comme disait Diane en français. Depuis toujours, s'il n'était pas chez lui, près des siens, au moment où le soleil se couchait, il se sentait mélancolique et profondément seul.

Pour se donner du courage, il prit une longue inspiration et allongea le pas.

8

Si la partie du domaine située devant le manoir était agencée de façon assez classique – pelouses, allées et haies symétriques qui auraient d'ailleurs eu bien besoin d'être taillées –, l'arrière avait tout d'un jardin luxuriant, rempli de massifs, de bosquets, avec pour trait d'union une longue pelouse centrale. Cette vaste étendue aux multiples recoins serpentait entre deux collines boisées. Andrew avait du mal à distinguer les reliefs dans la lumière déclinante, et il trébucha plusieurs fois sur des pierres dépassant de l'allée de terre battue. En s'enfonçant vers le fond de la propriété, il longea une tonnelle, découvrit une volière abandonnée et finit par apercevoir la petite maison dont les fenêtres étaient éclairées. L'habitation n'était pas bien grande, carrée et nichée au pied de hauts frênes au bout du parterre herbeux.

Il quitta le chemin pour couper par la pelouse. Il approchait de la porte lorsqu'il entendit soudain des éclats de voix et un bruit de lutte. Deux hommes se disputaient dans un fracas de meubles malmenés. Andrew recula, renonçant à frapper. À pas de loup, il avança jusqu'à la fenêtre pour jeter un œil prudent. Il ne vit personne, alors que les voix se faisaient plus énervées. L'altercation avait sans doute lieu dans la pièce d'à côté. Pour en avoir le cœur net, il longea la façade jusqu'à l'autre fenêtre. Se frayant un passage dans la plate-bande, il colla sa main contre la vitre pour mieux voir et plissa les yeux. Tout à coup, une main lui empoigna brutalement le bras et le tordit en lui faisant une clé dans le dos. Andrew gémit de douleur. Un objet froid fut plaqué sans ménagement sous sa mâchoire et il entendit un déclic métallique. Une voix toute proche lui siffla dans l'oreille :

— Je te préviens, tête de cul, si tu fais le moindre geste, je t'explose la tête et je te découpe en petits cubes que je file à bouffer à mon chien…

Même s'il ne comprit pas tout, Andrew saisit parfaitement le fond du message.

— Je viens vous dire bonjour, chevrota-t-il, la voix étranglée par la pression contre son cou.

— C'est ça, mon pote. Je la connais la réplique. Moi aussi, je viens en paix, menez-moi à votre chef ! Alors bonjour – d'ailleurs à cette heure-ci, c'est bonsoir. Fils de bigorneau, t'es encore venu me piquer mes outils ! Ça t'a pas suffi la semaine dernière… Écoute-moi bien : je vais te retourner bien gentiment pour voir ta tête de voleur dans la lumière, et si tu ne fais pas d'histoire, tu as une chance de voir le soleil se lever demain.

L'homme força encore sa clé de bras et obligea Blake à pivoter pour lui faire face.

— Pétard, ils ont pas honte ! reprit le bonhomme en découvrant le visage de son prisonnier. Ils envoient le troisième âge au charbon ! C'est moche. Dis-moi, t'es sûrement pas tout seul ? C'est pas avec tes bras de cueilleuse de thé que tu m'as tiré 200 kilos de matos ? Ils sont où tes copains ?

— Je n'ai pas de copains. Vous me faites mal. Je suis le nouveau majordome, monsieur Blake.

L'homme cligna des yeux très vite. C'était donc ça, cette drôle de façon de parler... L'accent anglais ! Il s'était bien dit que ce n'était pas celui des gitans qui lui compliquaient la vie... Il décolla le canon de son fusil de la gorge de Blake et relâcha sa prise.

— Le majordome..., répéta-t-il, déstabilisé. Je vous ai pris pour...

— Les cubes de viande de votre chien, je sais.

Blake repoussa l'arme et se frictionna le bras en grimaçant.

— Vous avez une façon bizarre d'accueillir les gens, grogna-t-il.

— Vous avez écrasé ma ciboulette, constata l'homme en désignant les plantes piétinées.

— Mme Odile vous fait dire que vous pouvez aller chercher votre repas.

L'homme aida Andrew à rajuster ses vêtements.

— Je suis vraiment désolé, monsieur Steak.

— Blake, je m'appelle Blake. Je vais rentrer maintenant, c'est mieux.

— Vous ne pouvez pas partir comme ça ! C'est trop bête. Entrez, je vous paye le coup.

— Le coup de fusil ? Le coup de couteau ?

— Non, ça veut dire que je vous invite à boire l'apéro, pour fêter votre arrivée.

Après avoir eu l'air d'une brute sanguinaire, le régisseur arborait maintenant le sourire le plus affable du monde. Andrew le regarda, décontenancé et un peu effrayé. Il commençait à comprendre ce qu'Odile sous-entendait en disant qu'il était « un peu spécial ».

L'homme lui tendit une main franche.

— Philippe Magnier. Je suis le régisseur du domaine.

Andrew hésita et finit par la saisir.

— Andrew Blake. Désolé pour votre cigcuillette.

— Ciboulette. Une herbe aromatique de la famille des liliacées. Et puis c'est vrai que chez nous, on dit « bonsoir » à cette heure-ci. « Bonjour », ça marche jusqu'à 16 heures, enfin ça dépend des régions.

— Et après 18 h 30, vous saluez avec des fusils, c'est ça ?

— Soyez pas fâché. Je vous ai dit que j'étais désolé. Et puis on n'a pas idée de regarder chez les gens comme ça.

— Au moment où j'allais frapper à la porte, j'ai entendu de la bagarre.

— Ah, ça ? C'est la télé ! Dan ne veut pas aller rendre l'argent à la police même si ça peut faire libérer James, alors Todd lui a sauté dessus.

— Je vais vous laisser, je suis certain que Bill ne va pas tarder à débarquer pour tous les arrêter.

— Vous avez déjà vu l'épisode ?

Blake poussa un grand soupir et se détourna. Magnier le retint.

— Non, sans rire, restez. S'il vous plaît. En plus, je suis plutôt content de voir débarquer un homme dans cette maison, parce que vous savez, les trois gazelles, c'est quand même des numéros.

— Les trois gazelles ?

— Mme Beauvillier, la Odile et la petite Manon. Elles sont, comme qui dirait, pas bien calmes dans leur tête…

Andrew se laissa entraîner jusqu'à l'entrée.

— Allez, donnez-vous la peine, fit Magnier. Et bienvenue.

— Si j'ai bien compris vos coutumes, c'est la seule

fois où je passerai par cette porte. Le prochain coup, je devrai emprunter le vide-ordures ou la fenêtre ?

Magnier le regarda, un peu étonné.

— Pourquoi vous dites ça ?

Andrew haussa les épaules et franchit le seuil. Il ne s'attendait pas à tomber nez à nez avec un golden retriever qui, aussi surpris que lui, lui jappa dessus. Le chien était jeune, tout fou, avec un pelage noisette.

— Couché, Youpla ! fit Magnier en faisant mine de lever la main. N'ayez pas peur, il est pas méchant.

Toute crainte vite oubliée, l'animal fit en effet la fête au nouveau venu, lui léchant les mains avec fougue.

— Si c'est lui qui était censé me manger, même en petits cubes, il en avait pour un moment…

Magnier sortit deux verres et une bouteille d'un placard en expliquant :

— Il me tient compagnie. C'est lui qui m'a prévenu de votre arrivée. Il est bon à la garde.

Blake frictionna la tête du chien et lui murmura :

— Le prochain coup, dis à ton maître que je ne suis pas un voleur. Tu m'as l'air d'être le plus normal de la bande…

— Allez, trinquons à notre drôle de rencontre !

Magnier leva son verre. Blake se joignit à lui en frottant son menton encore endolori par le canon. Il avala le contenu de son verre et faillit s'étouffer.

— C'est du raide, pas vrai ? rigola Magnier.

— Certes… Maintenant, je dois remonter. Madame Odile m'attend.

— Elle peut bien attendre, ça lui fera les pieds. Ça fait trop longtemps qu'elle se prend pour la patronne, celle-là. Je vais venir avec vous.

9

Après un dîner rapide, Andrew aida Odile à débarrasser la table. Entre de longs silences, ils ne s'étaient parlé que de choses anodines. Blake en avait profité pour épier Méphisto, espérant le voir enfin ouvrir les yeux ou, mieux encore, surprendre un mouvement. Mais le chat maîtrisait à la perfection son rôle de sphinx empaillé. La bête s'était à nouveau éloignée des fourneaux, sans qu'Andrew puisse dire à quel moment. Du grand art.

Lorsque vint l'heure de monter dans sa chambre, Blake ne se souvenait ni de ce qu'il avait mangé, ni de ce qu'Odile et lui s'étaient dit – sans doute un effet secondaire de l'infamie apéritive du régisseur.

— Bonsoir, madame Odile, et merci de m'avoir accepté à votre table.

— Aucun problème. Bonne nuit, monsieur Blake. N'oubliez pas, demain matin, je vous retrouve ici à 6 heures et on entre dans le vif du sujet.

Andrew acquiesça et se dirigea vers la porte de l'office. Avant le seuil, il se retourna.

— « Madame Odile, monsieur Blake »… Vous ne trouvez pas que ça fait un peu vieillot ? On pourrait peut-être s'appeler par nos prénoms…

— Je préfère encore le vieillot à une trop grande familiarité sociale, monsieur Blake.

— Comme vous voudrez, même si je trouve étonnant que vous préfériez le style Jane Austen alors que je vous proposais quelque chose de plus proche de Victor Hugo…

La cuisinière n'eut aucune réaction et Blake quitta la pièce.

L'unique ampoule de sa chambre déversait une lumière froide à vous faire passer la maison de Barbie pour un frigo de poissonnerie industrielle. Si Andrew voulait se coucher, cette fois, il n'avait plus le choix : il devait d'abord ranger sa valise. Il l'ouvrit et sortit méthodiquement ses vêtements, qu'il répartit dans l'armoire. Il réussit ensuite à percher sa valise vide au-dessus du meuble. Elle était tellement large que l'empilement ressemblait à un champignon. Dans la minuscule salle de bains, il disposa ses quelques produits de toilette et mit deux brosses dans le verre posé sur l'étagère sous le miroir.

Sur son lit ne restait qu'un petit sac. Il en tira un cadre photo soigneusement enroulé dans un pyjama bordeaux pour le protéger. Un cliché où il posait avec sa femme et sa fille, en vacances, au soleil du sud de la France. Diane rayonnait, Sarah riait ; chacune avait posé sa tête sur une de ses épaules, lui les entourait de ses bras et les serrait contre lui. Sans doute l'un de leurs meilleurs souvenirs. Ce jour-là, le vent avait arraché tous les parasols sur les plages comme aux terrasses des cafés, provoquant une atmosphère de panique surréaliste qui les avait bien fait rire. Le bonheur se lisait sur leurs visages. Ils ignoraient qu'ils vivaient leurs dernières vacances tous les trois ensemble. Une autre dernière fois.

Andrew posa le cadre sur sa table de nuit. Il plongea la main dans son sac, dont il sortit un petit kangourou en peluche qu'il installa avec précaution à côté de la photo, la tête tournée vers lui.

— Bonsoir, Jerry, lui dit-il.

L'animal avait les oreilles et le museau tout élimés. Ses yeux ronds rayés n'étaient plus aussi brillants que par le passé. Andrew l'observa avec tendresse. Après une courte hésitation, il le prit et le serra fort contre lui. Il enfouit son nez entre ses pattes pour en respirer l'odeur, puis le reposa. Bien des images lui revenaient. Certains objets ont le pouvoir d'abolir le temps, mais jamais ils n'annihilent la peine. Le réconfort qu'ils vous procurent se paie. Le bonheur qu'ils semblent raviver s'éloigne d'autant plus quand vous les relâchez, comme le ressac d'une vague.

Dans le baluchon d'Andrew ne restait plus que son téléphone portable. Il se plaça sous la lampe pour l'allumer. Aucun signal. Comme un chercheur d'or qui promène son détecteur de métaux, Blake parcourut lentement les quelques mètres qui le séparaient de la fenêtre pour tenter de capter, puis tendit le bras bien haut dans toutes les directions. Rien, pas l'ombre d'un réseau. De toute façon, qui l'aurait appelé ?

Il se brossa les dents puis s'observa dans ce nouveau miroir. Un autre décor et une autre lumière l'obligeaient à se voir autrement. S'il n'y avait pas eu son reflet qui bougeait sous ses yeux, s'il ne s'était fié qu'à ce qu'il ressentait au plus profond de lui-même, il se serait cru mort.

Andrew se coucha en rabattant soigneusement les draps frais autour de lui. Pour la presque huit millième fois, il ôta ses lunettes, les replia et les posa sur la table de nuit. Jerry fut la dernière chose qu'il regarda avant d'éteindre. Il se cala au creux de son oreiller. Le linge exhalait un de ces parfums de synthèse supposés rappeler le printemps. Son lit lui manquait déjà. Depuis combien de temps n'avait-il pas dormi dans un lit d'une seule place ? Si, un jour, il avait cru l'avoir fait pour la dernière fois, il s'était trompé. Comme tous les soirs, Andrew souhaita bonne nuit à Diane, qui dormait déjà depuis longtemps. Sept ans, quatre mois et neuf jours, exactement.

10

D'abord un tonnerre lointain surgi d'un mauvais rêve. Puis le pilonnage d'un bombardement dans une guerre absolue. Finalement, un coup sourd et une voix effrayante :

— Monsieur Blake, il est 6 h 15. Vous avez oublié de vous réveiller.

On frappa encore à la porte. Andrew se tourna laborieusement en essayant de reprendre ses esprits. Soudain, le battant s'ouvrit en grand et Odile fit irruption dans la pièce.

— Dépêchez-vous ! On est en retard. Madame ne va pas apprécier !

Il attrapa ses lunettes et se redressa.

— Et si j'avais dormi tout nu ? s'indigna-t-il.

— Alors vous auriez eu froid, fit la cuisinière sans se démonter. Prenez votre douche en vitesse, je vous attends en bas dans cinq minutes.

Andrew se leva si vite qu'il fut pris de vertige. Il n'eut même pas le temps de trouver le bon réglage pour avoir de l'eau tiède. Il se lava en se glaçant les os, puis se rinça en hurlant tellement c'était chaud. À peine réveillé, déjà énervé, il réussit pourtant à se présenter à l'office dans les temps.

— Parce que c'est votre premier jour, je suis allée chercher le journal pour vous, déclara Odile. Venez à la buanderie, je vais vous montrer comment le repasser.

Andrew découvrit d'autres couloirs, jusqu'à la buanderie équipée d'une machine à laver et d'un séchoir. La cuisinière lui désigna la planche à repasser sur laquelle était posé un exemplaire du *Figaro*.

— Avant toute chose, vous devez couvrir la table avec la housse « spéciale journal », parce que sinon, l'encre risque de laisser des traces sur le linge que Manon repasse.

Elle lui plaça un petit fer à repasser dans les mains.

— Thermostat 3. Pas plus chaud sinon ça pourrait prendre feu.

— OK, thermostat 3.

— Et vous utilisez seulement le fer avec la poignée verte parce que l'autre, c'est celui de Manon…

— J'ai compris, l'encre, tout ça, le linge propre qui se salit.

— Et maintenant, à vous de jouer.

— Je repasse le journal ?

— Exactement. Ça élimine les plis et ça fixe les encres. Ainsi, Madame n'aura pas les doigts noirs. Vous ne faites pas ça dans les grandes maisons en Angleterre ?

— On ne sait même pas lire, ronchonna Andrew. Peut-être que quand on aura fait la révolution, on vous empruntera Charlemagne pour inventer l'école.

Il s'appliqua à faire de son mieux. L'odeur de l'encre chauffée lui donnait la nausée. Il s'attarda sur un gros titre : « Le cours de l'acier augmente de plus de 20 % : menace sur l'industrie ».

Odile intervint :

— Madame déteste qu'on lise son journal avant elle.

— Vous croyez que le regard des Anglais use les pages ? Et comment le saurait-elle, d'abord ? Elle a un détecteur de mensonges dans son panier à tricot ?

— Madame ne fait pas de tricot, et vous ne devriez pas vous moquer d'elle. Vous seriez surpris si vous saviez de quoi elle est capable…

— Si déjà elle pouvait lire son journal sans avoir peur de se noircir les doigts, je serais impressionné. Ce genre de manie est ridicule.

— Vous êtes mal placé pour parler de manie ridicule.

— Que sous-entendez-vous ?

Andrew interrompit son repassage et fit face à Odile, qui répondit :

— Madame, elle au moins, ne dort pas avec une bestiole en peluche comme si elle était un bébé…

Andrew leva les bras au ciel.

— Non seulement vous vous permettez d'entrer à l'improviste dans la chambre d'un homme que vous ne connaissez que de la veille…

— Vous étiez en retard, Madame vous aurait sûrement renvoyé !

— … mais en plus vous espionnez son intimité !

— Pas du tout.

— Alors puisque vous êtes si indiscrète, laissez-moi vous raconter l'histoire de Jerry.

— Ça ne m'intéresse pas. Je ne sais même pas qui est ce Jerry dont vous parlez.

— C'est le kangourou en peluche dont vous vous moquez. Je ne voyage jamais sans lui. C'était la peluche préférée de ma fille, qui l'a baptisée ainsi lorsque son parrain qui rentrait d'Australie la lui a offerte pour ses cinq ans. Elle l'a traînée partout. Perdre Jerry aurait été le pire des drames. Pendant des années, Sarah s'est endormie en le serrant contre elle. Elle ne pouvait pas trouver le sommeil sans lui. Et puis un beau jour, Jerry est resté assis au coin du lit. Elle ne le prenait plus dans ses bras. Quelque temps après, elle l'a relégué sur une étagère. Et plus tard, lorsqu'elle a quitté notre foyer pour aller étudier à l'université, elle est partie sans lui. C'était sans doute naturel, mais ça m'a bouleversé. J'ai pris l'habitude d'aller chaque matin dans la chambre où ma fille ne dormait plus pour dire bonjour à ce compagnon délaissé. Depuis, je l'emporte partout avec moi. Vous pouvez en rire si vous voulez…

— Je suis désolée, vraiment. Je ne voulais pas…

L'épaisse fumée qui monta soudain du journal les interrompit.

— Malédiction ! s'écria Odile en se précipitant pour retirer le fer. Les cours de la Bourse ont pris feu !

— C'est le prix du pétrole qui flambe !

— Rigolez. Elle va nous virer tous les deux.

— Aucun problème : regardez, les offres d'emploi sont intactes…

Installé seul à la table de l'office, Andrew se versa une tasse de thé. Après le démarrage en fanfare de cette journée, il savoura une gorgée d'Earl Grey fort et sucré. Son regard s'arrêta sur le chat, qui n'avait apparemment pas bougé depuis la veille.

— Alors Méphisto, quel est ton secret ? Fais-moi plaisir, ouvre les yeux, que j'aie au moins une petite preuve que tu n'es pas une momie de chat.

Un instant, l'idée le traversa de se jeter sur l'animal

pour l'obliger à avoir une réaction, mais Odile réapparut avant qu'il ne passe à l'acte.

— Je n'en reviens pas ! maugréa la cuisinière en se laissant tomber sur une chaise. Si c'était moi qui avais fait brûler un centimètre carré de son journal, j'ose à peine imaginer ce que j'aurais pris comme savon. Et là, pas un mot. Pire, elle ne dit rien alors que vous n'êtes même pas rasé, et en plus elle trouve rigolo que vous portiez un nœud papillon vert avec une chemise bleue… Je suis dégoûtée.

— Vous avez raison, commenta Andrew en souriant, elle n'a même pas fait de réflexion quand je lui ai déposé son plateau. Vos toasts sentaient bon, mais le parfum de mon journal grillé couvrait tout…

Odile consulta sa montre.

— Vous avez vu Manon ?

— Pas encore. Elle n'est peut-être pas arrivée.

— Si, j'ai aperçu son vélo par la fenêtre. C'est le jeudi matin qu'elle est régulièrement en retard.

Odile s'adressa ensuite à son chat :

— Souhaite-moi bon courage, Méphisto, il faut que je remonte aider Madame pour son brushing.

Elle se leva. Avec une petite voix nasillarde, Andrew murmura :

— Bon courage, miaaouuu…

Odile fit volte-face et fixa l'animal toujours impassible avec une lueur d'espoir émerveillé.

— Tu parles, Méphisto ?

— Faut pas rêver, il n'arrive déjà pas à ouvrir les yeux…

Si elle avait eu une poêle à la main, nul doute qu'elle l'aurait assommé.

11

Blake finissait d'empiler de la vaisselle lorsqu'il entendit un coup de sifflet strident venu du grand escalier. Le seul qu'il ait connu aussi puissant annonçait un penalty de Coupe d'Europe. Il faillit en lâcher ses assiettes et se précipita voir de quoi il s'agissait. Le chat, lui, ne frémit même pas.

En débouchant dans le couloir, Andrew manqua heurter de plein fouet une jeune femme qui arrivait en courant de la buanderie, des écouteurs sur les oreilles.

— Qu'est-ce qui se passe ? demanda Blake, inquiet.

L'inconnue retira son casque et lui désigna le palier du premier étage. Odile s'y tenait, faisant tournoyer le sifflet au bout d'un cordon. Dans le contre-jour de la fenêtre, bien droite, dominant le hall, elle ressemblait un peu à un comte transylvanien sanguinaire accueillant ses victimes.

— Pourquoi avez-vous sifflé ? interrogea Andrew.

— Pour vous présenter Manon. On ne sait jamais où elle est. De toute façon, avec sa musique, elle n'entend pas quand je l'appelle. Alors je la siffle.

La jeune femme sourit à Blake, hésitant entre lui tendre la main ou faire la révérence comme si c'était le roi d'Angleterre.

— Bonjour…, finit-elle par dire, tout simplement.

Andrew la trouva instantanément sympathique. Elle avait de grands yeux frangés de cils très noirs, de longs cheveux châtains retenus par une barrette. Sa vivacité et sa grâce lui donnaient des allures de danseuse. Même sans bouger, elle irradiait l'énergie.

— Bonjour, lui répondit-il. Je suis désolé de la brutalité de cette rencontre. J'aurais pu attendre que vous passiez à l'office.

— Aucun problème, sourit-elle. Je retourne à la buanderie, je suis en train d'étendre les draps.

Une clochette se mit à tinter violemment. Blake pensa d'abord à la porte d'entrée, mais Odile s'exclama en montant rapidement les escaliers :

— Madame m'appelle !

« Dracula a donc un maître », songea Blake. Ce n'était pas rassurant pour autant. Il se tourna vers Manon.

— Si j'ai bien compris, Odile vous appelle à coups de sifflet, et Madame appelle Odile à coups de cloche, c'est ça ?

— C'est l'idée.

— Et moi, comment vont-elles m'appeler ? Avec un revolver d'alarme ou une crécelle ?

— Le revolver d'alarme, c'est déjà pris pour le régisseur depuis que l'interphone est cassé.

— Charmant. J'imagine que l'on est supposé rester zen dans cette ambiance de porte-avions en alerte ?

— Si vous voulez, j'ai un autre casque chez moi… Je peux vous le prêter. En écoutant fort, on ne les entend plus.

— C'est gentil. À mon âge, il suffit d'attendre encore un peu pour ne plus rien entendre du tout…

À cet instant, une cavalcade affolée retentit dans le couloir du premier. Odile dévala les escaliers et annonça, paniquée :

— Il n'y a plus d'eau dans la salle de bains de Madame, et pourtant je l'entends couler…

— Au-dessus de quelle pièce se trouve sa salle de bains ? demanda Blake.

Odile fronça les sourcils en réfléchissant à toute allure. Manon s'écria :

— La bibliothèque, là, juste derrière !

— Madame ne veut pas qu'on y pénètre, protesta Odile.

— On n'a pas le choix, répliqua Blake. Manon, montrez-moi.

Dans la pièce, l'eau ruisselait du plafond. Odile resta à observer de loin, sans franchir le seuil. Blake lui lança :

— Madame n'a peut-être plus rien dans sa salle de bains, mais j'ai le plaisir de lui annoncer qu'elle a désormais l'eau courante dans sa bibliothèque.

— Qu'est-ce qu'on fait ? demanda Odile, décomposée.

— On coupe l'eau, et vite, sinon vous pourrez lui faire couler un bain dans les encyclopédies. Où se trouve le robinet d'arrêt général ?

— À la cave.

— Pouvez-vous aller le fermer ?

— Non.

— Pardon ?

— J'irai pas.

— Dois-je comprendre que cela fait partie de mes attributions ?

Odile était comme pétrifiée.

— Voulez-vous au moins me montrer où se trouve ce robinet ? insista Blake.

— Sûrement pas. Je préfère encore démissionner. En bas, il y a les grosses araignées poilues et ces horribles souris. Pas question que je mette un pied au sous-sol, je déteste toutes ces sales bestioles !

— Et vous mademoiselle, dit Andrew en se tournant vers Manon, sauriez-vous me conduire ? Dépêchons, l'eau coule sur les livres.

— La cave est par là. Par contre, je ne sais pas où est le robinet…

En descendant les escaliers poussiéreux et mal éclairés, Andrew se souvint que, la veille, il avait trouvé l'endroit extraordinairement calme…

12

Profitant du soleil à son zénith, Blake, Odile et Manon avaient disposé les livres mouillés le long de la clôture du potager pour les faire sécher. Magnier, venu chercher son déjeuner, déclara en voyant les ouvrages en piteux état :

— Elle s'est quand même décidée à mettre tout ce fatras à la brocante.

Blake se redressa péniblement et, sans cesser de tamponner un volume relié des *Nouvelles exemplaires* de Miguel de Cervantès, le salua en répondant :

— Avant qu'elle ne commette cette erreur, vous devriez au moins lire celui-là, il y a une histoire de gitans qui pourrait vous être utile.

Magnier jeta un œil.

— Ils sont trempés, vos bouquins…

— Un problème de plomberie.

— Tant que c'est pas dehors, ça ne me concerne pas.

Odile apparut sur le seuil de la cuisine et désigna une sorte de petit abri accroché au mur qui contenait une boîte hermétique.

— Votre repas est à sa place. Et n'oubliez pas de me rapporter les autres récipients.

Sans un mot de plus, elle retourna à ses occupations. Magnier récupéra sa pitance et, passant près de Blake pour rentrer chez lui, l'interpella :

— Dites donc, ça vous dirait de venir boire le coup à la maison, un de ces soirs ?

— Pourquoi pas ? Dans quelques jours…

— Quand vous voulez, m'sieur Brake.

Manon arriva avec un nouveau chargement de livres.

— Ce sont les derniers, annonça-t-elle. Heureusement que vous avez réagi vite, sinon les meubles et les parquets étaient fichus. On s'en sort bien.

Blake la soulagea d'une partie de son chargement.

— Merci, Manon.

Ensemble, ils installèrent les livres au soleil. Profitant qu'Odile était occupée à ses fourneaux, Blake demanda discrètement :

— Dites donc, Manon, Magnier et Odile ont-ils toujours été ainsi ?

— Que voulez-vous dire ?

— Comme chien et chat ?

— Je ne les ai jamais connus autrement. Il ne met pas les pieds dans le manoir sauf quand Madame le demande, et elle évite d'aller dans le parc, sauf au potager.

— Vous ne prenez jamais vos repas tous ensemble ?

— Avec mes horaires, je n'ai pas le temps. Je dois être à 14 h 30 à l'école du centre.

— Qu'y faites-vous, si ce n'est pas indiscret ?

— J'aide les enseignantes titulaires en attendant de passer mon concours d'instit.

— C'est un excellent projet !

— Je l'ai déjà loupé l'année dernière et comme je vis avec ma mère, j'ai été obligée de prendre ce travail. Mais c'est sympa…

— Et puisque nous en sommes aux questions, Manon, j'imagine que vous avez un portable ?

— Évidemment, mais il n'est pas vraiment dernier cri…

— Vous captez quelque chose ici ?

— Rien du tout. Une fois, j'ai entendu M. Magnier dire que le seul endroit du domaine qui captait, c'était sur la colline, dans les bois.

— La colline dans les bois ?

— C'est ça, quelque part là-bas.

Elle désigna vaguement un relief boisé encore plus éloigné que la maison du régisseur.

La jeune femme regarda sa montre.

— Il faut que je file. Même si ça descend, j'en ai quand même pour un moment jusqu'à la ville à vélo.

— Sauvez-vous, Manon. À demain. Et ne soyez pas en retard, sinon Odile va encore siffler un carton rouge.

— Mais je suis toujours à l'heure !

— Sauf le jeudi matin, d'après ce que j'ai compris.

— C'est à cause de Justin. Le mercredi après-midi, il n'y a pas école, alors on se retrouve et on reste ensemble le soir, vous comprenez…

La jeune femme baissa les yeux avec un sourire timide qui toucha Blake.

— C'est bien de votre âge. Filez.

Manon s'éloigna en lui adressant un petit signe de la main. Blake déposa le livre qui lui restait dans les mains contre la barrière. Il était à peine humide. *Le*

Dernier Jour d'un condamné de Victor Hugo. Diane lui aurait certainement dit que c'était un signe.

En pénétrant dans la cuisine, Andrew comprit tout de suite qu'Odile n'était pas contente. Elle avait des gestes brusques et ne se retourna même pas pour lui parler.

— Cette matinée m'a coupé l'appétit, ronchonna-t-elle. Vous trouverez de quoi manger dans le frigo, étagère du milieu. Le micro-ondes est là. Madame veut vous voir à 15 heures précises dans son bureau.

— C'est entendu.

— S'il y avait urgence, je suis là-haut, dans ma chambre.

— Vous ne vous sentez pas bien ?

— Si, au contraire. Pour la première fois depuis des lustres, je vais enfin pouvoir me reposer entre deux services. Puisque Madame a jugé bon de vous engager, autant que vous serviez à quelque chose…

C'était étrange pour Blake de se retrouver seul dans le fief de la cuisinière. Le chat était égal à lui-même, légèrement plus proche de la gazinière que le matin. Andrew ouvrit le réfrigérateur et découvrit des empilements de boîtes de verre contenant des aliments variés. Il repéra la seule assiette. Il retira le film alimentaire qui la recouvrait, puis ouvrit tous les tiroirs jusqu'à trouver une fourchette et s'installa à table.

À la première bouchée, il fut impressionné. Le plat était un délicieux mélange de saumon mi-cuit et de petits légumes. Andrew finit son assiette avec plaisir et la nettoya dans l'évier. Peut-être Odile plaçait-elle dans sa cuisine la délicatesse qu'elle ne mettait pas dans sa vie ? Il retourna surveiller le séchage des livres et en profita pour s'asseoir quelques instants au soleil. Il était bien content d'avoir rendez-vous avec Mme Beauvillier. Il avait des choses à lui dire.

13

— Dites-moi, monsieur Blake, qu'avez-vous pensé de votre première matinée parmi nous ?

— Mouvementée, madame…

Le soleil ne donnant pas encore directement par les fenêtres, les rideaux étaient ouverts et Andrew put enfin découvrir Mme Beauvillier. Un visage qui révélait du caractère. Des mains fines mais marquées. Elle ne portait aucun bijou excepté une alliance en or très sobre qui flottait un peu autour de l'annulaire.

— Cette fuite est un vrai problème, s'agaça-t-elle. J'ai très peur pour les livres. Vous comprenez, j'y tiens beaucoup. C'était la passion de François, mon défunt mari.

— Rassurez-vous. Manon a tout nettoyé et ils n'ont pas souffert. Ils regagneront leurs étagères dès demain.

— Heureuse de l'entendre. Cela ne résout pas pour autant la question de la plomberie. Tout s'écroule dans cette maison… Vous demanderez à Odile le numéro de M. Pisoni, c'est lui qui se charge de tous les travaux au manoir. Faites-le venir au plus vite.

— Pisoni, c'est noté, madame.

Andrew l'imagina plus jeune, les cheveux longs. Cela avait dû bien lui aller. Aujourd'hui, elle portait ses cheveux autrefois blonds en une coiffure sage, retenus en arrière par deux barrettes discrètes. Ses yeux étaient d'un bleu qui avait dû faire des ravages.

— Demain matin, reprit-elle, après le passage du facteur, vous irez chercher ma correspondance à la boîte aux lettres du grand portail. Nous l'ouvrirons ensemble et je vous dirai quels courriers doivent être préparés en retour.

Occupé à étudier sa patronne, Blake ne l'écoutait que d'une oreille. Ses lèvres minces pouvaient vite lui donner un air sévère si sa voix mélodieuse n'était pas là pour contrebalancer. Elle se tenait très droite sur sa chaise, et tout en elle donnait l'impression qu'elle savait ce qu'elle voulait et s'attendait à ce qu'on lui obéisse.

— Voilà, conclut-elle quelques minutes plus tard, nous en avons fini pour aujourd'hui.

Blake opina, se leva et se dirigea vers la porte. Elle le rappela :

— Ah si, j'oubliais. Demain, je reçois une très bonne amie, Mme Berliner. Je l'attends pour le café. Merci de tout installer au petit salon pour 15 heures. Je recevrai sans doute encore dans les jours qui viennent. Je vous préviendrai lorsque les rendez-vous seront pris.

Andrew se retira sans lui avoir rien dit de ce qu'il avait prévu. Il avait été trop occupé à l'observer.

Lorsque Odile redescendit de sa chambre, Blake était adossé au montant de la porte de la cuisine ouverte sur le jardin, à contempler le paysage.

— Tout s'est bien passé ? demanda-t-elle.

— Aucun problème. J'ai rentré les derniers livres. Ils finiront de sécher cette nuit dans la buanderie.

— Parfait.

— Dites donc, je croyais qu'elle ne recevait pas grand monde, votre patronne…

— Elle est trop heureuse de montrer son nouveau jouet.

— Quel nouveau jouet ?

— Vous.

Blake encaissa. Odile, un mince sourire aux lèvres, se glissa sur le seuil à ses côtés.

— Vous le trouvez comment, mon potager ?

— Très bien.

— Vous en aviez un sur votre ancien lieu de travail ?

— Vous savez, mon truc, c'était plutôt la tôle. Les légumes, si j'en croisais, c'était pour les mettre en boîtes de conserve…

Blake s'aperçut immédiatement que sa plaisanterie pouvait compromettre la version officielle de son parcours, mais Odile ne releva pas et enchaîna :

— Moi, je préfère les mettre au congélateur. Je trouve que ça préserve mieux leurs qualités gustatives. Dans les conserves, tout a le goût de tout.

Les gens n'entendent que ce qu'ils veulent. Blake changea de conversation :

— Mme Beauvillier ne sort jamais de sa chambre ?

— Elle descend pour ses invités, et encore.

— Je trouve dommage d'avoir une si grande maison avec un tel parc et de rester cloîtrée.

— Chacun est libre de faire comme il veut.

Elle rentra à l'intérieur et s'approcha de Méphisto :

— Tu dois avoir faim, mon grand.

Le chat ne broncha pas. Il était presque collé à la gazinière. En ouvrant le frigo, Odile lança :

— Il commence à faire frais, monsieur Blake. Évitez de laisser la porte ouverte trop longtemps.

Andrew jeta un dernier regard vers le ciel, puis en direction de la colline boisée.

— C'est bon, je rentre avec vous.

Il referma derrière lui et demanda :

— Je peux vous poser une question pratique ?

— Je vous écoute, fit Odile en s'affairant dans le réfrigérateur.

— Si j'ai besoin de téléphoner…

— Il y a un poste fixe dans le bureau de Madame. Elle accepte que l'on s'en serve pour les urgences. Allons bon, où est-ce que j'ai bien pu la mettre…

— Au fait, merci pour ce midi. Votre terrine était succulente.

Odile se retourna :

— Ma terrine ?

— Celle que vous m'aviez préparée sur l'assiette.

Odile devint toute rouge.

— Vous avez mangé le repas de Méphisto ?

L'animal ouvrit les yeux brutalement. Blake en fut presque plus surpris que de l'exclamation outrée de la cuisinière. Le chat avait-il compris ? Son regard était d'une couleur orangée quasi surnaturelle.

— Je suis désolé, s'excusa-t-il sans conviction. Mais c'était vraiment excellent, presque plus…

Il s'interrompit.

— Finissez votre phrase, s'énerva Odile. C'était meilleur que ce que je vous prépare ?

— Je n'ai pas voulu dire cela. C'était simplement remarquable.

— Comme Magnier, vous allez prétendre qu'il vaut mieux être mon chat que mon collègue ?

— Je n'ai rien dit de tel.

Méphisto suivait l'échange en tournant la tête vers celui qui parlait. Blake était fasciné.

— Mon pauvre bébé ! se lamenta Odile en se précipitant pour lui faire des mamours. Maman va te préparer très vite un nouveau repas.

Puis, changeant radicalement de ton, elle s'adressa à Blake :

— Ce matin, vous vous payez ma tête, et ce soir, vous volez la gamelle de mon petit. Ça suffit ! Déguerpissez de ma cuisine !

14

Malgré la pénombre et ses problèmes de vue, Blake était bien décidé à aller jusqu'au bout. Il devait absolument réussir à téléphoner, même si pour cela il lui fallait braver le vent glacial et grimper aux arbres pour capter. Bien que ce soit pour lui une urgence, il était impossible d'appeler du manoir, où quelqu'un aurait pu surprendre ses propos. Il descendit l'allée et, après la volière abandonnée, coupa vers la forêt en direction de la colline. Il s'enfonça dans les bois, remontant vers la crête. Il se faisait parfois surprendre par des branches basses qui lui fouettaient le visage, mais cela ne l'arrêtait pas. Il continuait sans ralentir, trébuchant, prenant appui sur les troncs pour franchir les rangées de buissons et de ronces qui le séparaient du sommet.

Lorsqu'il finit par arriver au point culminant, il se retrouva au beau milieu d'une petite jungle végétale qui entravait chacun de ses pas. De là, il apercevait les toits du manoir, et une bonne partie de la vallée au fond de laquelle s'étendait la ville voisine.

Avec précaution, il sortit son téléphone de sa poche. Si jamais il le laissait tomber dans cet enchevêtrement de brindilles et de plantes séchées, privé de la lumière du jour, il aurait beaucoup de mal à le retrouver. Cette seule idée lui donnait des sueurs froides. Sans ce portable, il était perdu. Il ajusta ses lunettes et plissa les yeux pour vérifier qu'il avait bien du réseau. Manon avait dit vrai. Brave petite.

Son répertoire ne comptait que cinq noms. Il cliqua sur celui de Richard Ward, qui décrocha à la quatrième sonnerie.

— Bonsoir Richard, c'est Andrew.

— Comment vas-tu ?

— Pas très bien. J'ai besoin de toi.

— Tu es coincé dans une benne à ordures ? Ton bateau est en train de couler ?

— Si tu me voyais, je suis au milieu des bois, au pays des dingues.

— Jolie définition de la France…

— Richard, je veux tout arrêter. Je veux rentrer.

— Mais tu es arrivé seulement hier, et nous avions été très clairs.

— Tu n'imagines pas ce qu'ils m'ont fait subir en si peu de temps…

— Ils t'ont fait manger des escargots ? Du fromage moisi ?

— Pas loin : la pâtée du chat. Et le pire, c'est que j'ai aimé ça.

— Tu aimes la pâtée pour chat ? N'oublie pas d'en parler à un psy avant de le dire au toubib qui soignera ton occlusion intestinale.

— Richard, tu avais raison, venir ici était stupide de ma part.

— Il fallait y réfléchir avant, mon grand. Tu as promis de tenir au moins jusqu'à la fin de la période d'essai. Tu as donné ta parole.

— Hier soir, le régisseur a failli me casser le bras et il m'a collé un fusil sous la gorge parce que j'avais écrasé sa zigouillette.

— Mais dis donc, tu mènes une vie trépidante ! Je vais finir par être jaloux. Quand je pense que Melissa et moi avons bêtement regardé un film à la télé…

— Je t'en supplie. J'ai 66 ans, j'ai passé l'âge de ces âneries.

— Bravo, camarade, tu as tenu deux fois plus longtemps que le Christ ! Continue ! Par contre, si tu les vois s'approcher avec une grande croix et des clous, cours aussi vite que tu peux et appelle, je t'enverrai du renfort.

— Je suis à bout et tu te fous de moi.

— Tu étais déjà à bout avant de partir, vieux frère, et je te rappelle que c'est toi qui as voulu aller là-bas. Tu me l'as même demandé avec insistance. Mais nous nous sommes mis d'accord : tu fais ta période d'essai correctement, sans me faire honte, sans poser de problème, et après tu es libre.

— Et si ces mois-là étaient les derniers que j'avais à vivre ?

— N'essaie pas de m'apitoyer. De toute façon, si tu étais encore à Londres, tu les gâcherais aussi.

— J'aurais pu aller voir Sarah…

— Andrew, c'est honteux ! Tu te comportes comme un gosse de dix ans prêt à raconter n'importe quoi pour échapper à ce qui l'ennuie.

— Tu ne vas pas m'aider ?

— Je l'ai déjà fait, en cédant une fois de plus à un de tes caprices. Je t'ai trouvé cette place. Alors assume. Je t'embrasse, Andrew. N'hésite jamais à m'appeler si c'est sérieux. En attendant, arrête de marcher sur la zigounette des gens.

Ward raccrocha. Andrew resta seul, dans la nuit, au milieu des ronces. Il tituba. Son talon accrocha une racine et il bascula en arrière pour s'étaler de tout son long dans un amas de lianes couvertes d'épines. Il ne voulait lâcher son téléphone à aucun prix.

— *Bloody hell !* jura-t-il.

Des larmes de rage et de désespoir lui montèrent aux yeux, mais un sursaut de dignité l'empêcha de craquer. Il se vit mourir là, étendu dans ce bois où Youpla découvrirait son cadavre à moitié dépecé par les loups et les écureuils. Ses restes éparpillés seraient mis dans les boîtes repas d'Odile pour être renvoyés en Grande-Bretagne. Il mit quelques minutes à calmer ses pensées délirantes. Avec difficulté, il se redressa, d'abord sur les coudes, puis s'appliqua à s'extirper de son piège végétal ronce après ronce. Lorsqu'il se releva enfin, il était épuisé.

Il prit lentement le chemin du retour. Ses vêtements étaient abîmés, son pull et son pantalon constellés d'accrocs. Complètement fichus. Ses mains, ses bras et son visage, entaillés à de nombreuses reprises, le brûlaient. Heureusement, l'allée n'était plus très loin. Blake atteignit la lisière du bois avec soulagement. Essoufflé, il hésita à aller demander de l'aide à Magnier, mais le risque de se retrouver à nouveau torturé et mis en joue le dissuada.

Il allait remonter vers le manoir lorsqu'il aperçut une ombre qui rôdait près de la maison du régisseur. Il se dissimula vivement derrière un tronc. Dans la lueur d'une des fenêtres, se découpa une silhouette furtive. Le voleur était de retour. Blake se faufila jusqu'à un massif d'hortensias pour mieux voir. Que devait-il faire ? Crier pour alerter Magnier ? Aller s'occuper du chapardeur lui-même ? À son âge, se mesurer à un homme plus jeune pouvait être dangereux…

Entre les feuilles, il vit l'ombre s'avancer le long de la façade. Soudain, la porte de la maison s'ouvrit et Youpla déboula. Mais au lieu de sauter à la gorge de l'inconnu, le chien lui fit la fête ! Magnier apparut sur le seuil. La silhouette vint à lui, gracile et de petite taille. Blake était trop loin pour en être certain, mais il s'agissait certainement d'une jeune fille. Il soupira. Le régisseur et sa visiteuse entrèrent ensemble dans la maison dont la porte se referma.

Blake regagna le manoir en traînant la jambe. Dans sa chambre, sur les murs, comme les prisonniers qui ne veulent pas perdre la notion du temps pendant leur incarcération, il résolut de tracer un petit trait pour chaque jour écoulé. La libération n'était pas pour demain, il lui restait quatre mois à tirer.

15

— Notre maison est-elle en ordre ce matin ? demanda Mme Beauvillier.

— Odile prépare des gâteaux pour cet après-midi, annonça Blake. Manon a terminé de cirer les escaliers et s'occupe du linge. Seul M. Pisoni est en retard.

— Ça n'a rien d'inhabituel. Je trouve déjà miraculeux qu'il vienne si vite. Je ne sais pas ce que vous lui avez dit…

— Disons que j'ai décrit la situation sous l'angle le plus critique possible.

— Vous avez le courrier ?

— J'en reviens et j'ai d'ailleurs une suggestion : ne pensez-vous pas que l'on devrait faire réparer la sonnette du portail ?

— Si cela ne coûte pas trop cher, pourquoi pas ? Voyez avec Philippe et nous étudierons cela.

Elle fixait le courrier avec une impatience d'enfant. Blake déposa le petit paquet d'enveloppes de différents formats sur son bureau. Un à un, Mme Beauvillier ouvrit les plis cérémonieusement à l'aide d'un coupe-papier en forme d'épée. Elle avait surtout reçu de la publicité et des catalogues : « Réclamez votre lot ! »,

« Plus qu'une étape pour gagner ce lingot », « Votre numéro a été tiré au sort », « Vous avez remporté un magnifique lot multimédia »…

Andrew s'étonnait de voir cette femme si sensée traiter ces attrape-gogos avec le plus grand sérieux. En fait de lot multimédia, il s'agissait sûrement d'une photo pourrie en faux relief, qu'elle pourrait coller sur sa télé ou même sur sa radio. Multimédia donc. Mme Beauvillier lisait tout, détaillait les faux tampons officiels et les attestations accrocheuses comme s'il s'agissait d'authentiques courriers de notaire. Chaque fois, elle tendait la lettre de participation à son majordome.

— Répondez-leur sans tarder que nous ne souhaitons pas commander pour le moment mais que nous validons notre participation au concours.

Blake crut un instant que Madame lui jouait un tour, mais à l'évidence ce n'était pas le cas. Au milieu de ce déluge de prospectus, se trouvait une enveloppe verte sur laquelle l'adresse du manoir avait été écrite à la main. Étrangement, Mme Beauvillier ne prit même pas la peine de l'ouvrir et la passa directement au broyeur installé au pied du bureau. Dans un bruit de scie circulaire, le courrier ressortit en fines lanières qui tombèrent dans la corbeille. Elle décacheta par contre l'enveloppe suivante, qui promettait un chèque…

Blake assista à l'étonnant manège sans broncher. Il avait l'impression d'être revenu à l'époque où lui et ses cousins jouaient aux espions en se faisant croire que tous les « documents secrets » qu'ils se passaient par des guichets faits de vieux cartons étaient d'une extrême importance alors qu'il ne s'agissait que de coupures de journaux. À l'issue de leur entrevue,

Mme Beauvillier sembla satisfaite, comme si elle venait d'accomplir une tâche urgente et fort utile.

En quittant l'étage, Andrew ne savait vraiment pas quoi penser de sa patronne. Il avisa Manon, qui nettoyait une sculpture représentant un ours stylisé, posée sur un buffet. Blake sentit qu'elle ne l'époussetait que pour se donner une contenance en l'attendant.

— Monsieur Blake, appela-t-elle à voix basse.

— Oui, Manon.

— Je voudrais vous demander quelque chose…

— À quel sujet ?

— Je préfère vous en parler à vous plutôt qu'à Odile parce qu'elle s'énerve tout le temps. Voilà : mardi prochain, c'est l'anniversaire de Justin et je lui prépare une surprise…

— Vous voulez votre paye avant la fin du mois ?

— Non, ça va, je me débrouille, mais j'aurais bien aimé ne pas venir ce jour-là pour tout organiser au mieux.

— Quel est votre programme, le mardi ?

— Votre étage et les deux salons.

— On devrait pouvoir survivre. Laissez-moi en parler avec Madame.

La jeune femme sauta de joie.

— Merci, vous êtes trop chou !

Andrew ne connaissait pas l'expression. Devant sa mine dubitative, Manon précisa :

— Ça veut dire que vous êtes un amour, une crème… anglaise !

Ils furent interrompus par des coups à la porte principale. Blake descendit, mais Odile avait déjà ouvert et accueillait le visiteur.

— Bonjour, monsieur Pisoni.

— Salutations ! Ça faisait bigrement longtemps.

— Tout fonctionnait bien, expliqua la cuisinière. On n'avait pas de raison de vous faire venir.

— J'ai cru que vous étiez fâchée et que vous faisiez appel à l'autre bricolo de Plassart. Tout ce qui est facile, c'est toujours pour lui dans le coin, mais quand c'est infaisable, quand il faut un expert, c'est forcément chez Pisoni que ça tombe ! Je rêve du jour où les clients me téléphoneront pour me dire que leur problème est simple, mais ce n'est pas près d'arriver.

L'homme était petit, plutôt rond et visiblement assez sanguin. Il n'était pas venu seul. Derrière lui, un grand type tout en muscles portant une caisse à outils entra à son tour.

Odile fit les présentations.

— C'est désormais monsieur Blake, notre nouveau majordome, qui supervisera vos travaux.

Les deux hommes se serrèrent la main.

— Blake, ça sonne anglais, nota Pisoni.

— Sans doute parce que je le suis.

— Essayons de mieux nous entendre que nos ancêtres : je suis corse.

— Si la plomberie n'est pas en état demain, je vous envoie sur l'île d'Elbe.

— Je n'aime pas trop que l'on plaisante avec notre empereur, Napoléon était un grand homme.

— Pas si grand que ça, d'après ce que j'ai compris... Mais trêve de plaisanterie, même si les Français ont la réputation de fuir le savon, allons réparer cette salle de bains.

Les trois hommes et Odile montèrent dans les appartements de la patronne. Celle-ci n'était pas dans son bureau. Odile frappa à la porte de sa chambre attenante.

— Madame, les plombiers sont là.

Mme Beauvillier mit un temps remarquablement long à répondre. Lorsqu'elle finit par ouvrir, elle semblait affolée. Les rideaux de la chambre étaient tirés. Blake y pénétra pour la première fois. Il la trouva petite, plus que ce que le couloir laissait présager.

Odile fit activer tout le monde pour gagner directement la salle de bains sans s'attarder. Dans la pièce d'eau ne se trouvait aucun produit ni aucun vêtement – à l'évidence, le vide avait été fait en prévision de la visite des hommes. Cependant, il flottait encore un parfum, peut-être du jasmin, avec une touche de quelque chose qui évoquait un médicament. Blake perçut une autre odeur qu'il n'identifia pas tout de suite.

— Oleg, donne-moi la pince à bec.

Le grand type ouvrit la caisse et en sortit l'outil. Avec des airs de chirurgien, Pisoni se glissa sous le lavabo avant d'aller inspecter la trappe de visite de la baignoire. Il se redressa et se mit à geindre :

— Oh là là ! Qu'est-ce que c'est que cette installation ? C'est les Égyptiens qui ont fait ça ! Ça date des pharaons ! Si vous laissez les choses comme ça, je vous le dis, il y aura d'autres fuites, d'autres dégâts, et un jour la maison sera tellement pourrie d'humidité qu'elle vous tombera dessus en vous ensevelissant jusqu'au dernier. La catastrophe est pour bientôt.

Odile émit un gémissement épouvanté.

— C'est beau, commenta Blake sans s'inquiéter, on dirait une citation biblique. Ce serait la huitième plaie d'Égypte, la moins connue, celle dont on ne parle jamais : la malédiction du joint de lavabo.

Pisoni l'ignora et s'adressa à Odile :

— Vous faites comme vous voulez, mais mon avis est sans appel : tout est à refaire.

Oleg regardait son patron avec un drôle d'air. Pisoni sortit un carnet et ajouta :

— Je vais vous faire un devis, rapidement parce que c'est une urgence. Vous l'aurez dans trois semaines. On se connaît depuis longtemps avec Mme Beauvillier. Je lui fais confiance. Si elle veut, je commence les travaux avant même qu'elle l'ait signé.

Odile était prête à céder. Elle lança un regard interrogateur à Blake.

— Si vous le voulez bien, monsieur Pisoni, dit celui-ci, nous allons faire les choses dans l'ordre. D'abord, vous nous dites ce que vous envisagez comme travaux et combien ça va coûter, et ensuite on vous donne ou non notre accord.

Pisoni faisait tout pour éviter de parler à Andrew.

— Madame Odile, tout est pourri ici, insista-t-il. Plus tôt on s'y met, mieux c'est. C'est une question de sécurité nationale.

Et pour asseoir brillamment sa démonstration, il se tourna vers son ouvrier.

— Oleg, un marteau.

Le grand costaud lui tendit une masse, mais Blake s'interposa.

— On ne va pas commencer à casser n'importe comment. Vous faites un devis d'abord, et on comparera.

— C'est quoi, ce coup de Trafalgar ?

— Demandez à l'empereur…

16

— Vivement mon jour de congé, grommela Blake.

— En attendant, emportez ça, répliqua Odile en lui glissant un plateau de pâtisseries dans les mains. Et ne renversez rien.

Andrew quitta l'office, traversa le hall et ouvrit d'un coup de hanche la porte du petit salon. Mme Beauvillier était installée dans un sofa défraîchi. Face à elle, Mme Berliner brillait de tous les feux de ses bijoux voyants dans le fauteuil. Pour rendre visite à son amie, cette épouse d'assureur avait mis toute sa quincaillerie. Comme une petite fille admirative et un peu envieuse, Mme Beauvillier la regardait se pavaner.

— Ma pauvre, dit Mme Berliner, qui aimait visiblement s'écouter parler, je ne sais pas comment vous faites pour vous en sortir seule avec ce que cette époque nous inflige.

Blake lui présenta le plateau, espérant la faire taire un instant. En prenant un des petits-fours confectionnés avec soin par Odile, elle écrasa ceux situés de part et d'autre. Elle ne s'en rendit même pas compte et engloutit sa bouchée sans arrêter de pérorer.

— À la maison par exemple, nous avons décidé d'entreprendre des travaux. Eh bien nous avons eu la plus grande difficulté à trouver des artisans qui veulent travailler. Pourtant, nous n'avions pas le choix, les chambres d'amis n'étaient plus du tout au goût du jour. Nous avons été obligés de prendre un décorateur. Que de soucis ! Mais nous avons vu son projet et nous sommes bien récompensés de notre peine. Ce sera su-bli-me !

À la seconde où elle était entrée, Andrew l'avait trouvée antipathique. Quelque chose d'immédiatement perceptible dans l'attitude, dans son rapport aux autres. Blake tendit le plateau à sa patronne, qui se fit un devoir de prendre l'un des petits gâteaux abîmés. C'était la première fois que Blake l'approchait d'aussi près – ils n'étaient plus séparés par le bureau. Son regard révélait quelque chose de troublant, un mélange de tristesse et de tension.

Il proposa un peu plus de café pendant que l'autre insistait :

— Je vais aussi changer tous les rideaux. J'en ai assez. La vie est trop courte pour vivre au milieu de choses qui ne vous plaisent plus !

« La vie est trop courte pour passer une seule minute à subir ce genre de personne », songea Blake. Il en avait connu beaucoup de cette espèce, ces gens qui viennent pour vous écouter mais ne parlent que d'eux, qui étalent devant moins chanceux qu'eux pour se sentir plus puissants. Andrew ne les avait jamais supportés. L'expression de Mme Beauvillier le bouleversait. Elle s'efforçait de s'intéresser aux propos de son invitée, en jetant des regards affolés à son propre salon dont elle avait tout à coup honte. À force de fréquenter des individus de cette engeance, pas étonnant qu'elle s'enferme dans sa chambre à longueur de journée.

— Merci, monsieur Blake, vous pouvez nous laisser. La honte s'accommode mal de témoins.

Le soir, dans la cuisine, lorsque Andrew prit place face à Odile, il n'avait pas décoléré. La cuisinière le regardait avec un sourire amusé.

— Qu'est-ce qui vous met ainsi en joie ? questionna-t-il.

— Vous. D'habitude, la plus énervée de cette maison, c'est moi. Ça me fait du bien de voir quelqu'un d'autre prendre le relais.

— Non mais vous vous rendez compte ? Entre cet escroc d'entrepreneur et cette méchante femme, on tient la recette idéale pour se gâcher la vie.

— Je suis bien d'accord avec vous. Et attendez de voir les autres relations de Madame…

— Ils sont tous du même style ?

— Certains sont encore pires.

— Elle n'a pourtant pas l'air du genre à apprécier les mauvaises fréquentations.

— Certes non, mais quand on a peur de tout, même de son ombre, on se fourvoie parfois… Excusez-moi, se reprit Odile, je ne devrais pas parler de Madame comme ça.

Méphisto fixait Blake de son regard surnaturel. Il était à moins de un mètre de la gazinière. Andrew le désigna d'un mouvement du menton.

— On dirait qu'il m'a pardonné d'avoir mangé sa gamelle.

— Il a bon cœur…

— Sans vouloir retourner le couteau dans la plaie, c'était délicieux.

— Vous n'aimez pas ce que je vous prépare ? De toute façon, ici, entre Madame qui ne veut rien d'inhabituel et Philippe qui mange n'importe quoi, je ne vois pas pourquoi je me décarcasserais.

— Je ne dis pas que ce que vous nous cuisinez est mauvais, je dis simplement qu'il faut un sacré talent pour préparer une terrine pareille.

Odile se dépêcha de se lever pour ne pas laisser voir qu'elle était touchée. Elle s'empara d'un torchon, puis ouvrit le four, qui était vide, avant d'aller à l'évier se laver les mains alors qu'elles étaient propres.

Blake fit un clin d'œil au chat.

— Alors comme ça, tu n'aimes pas les caresses ?

Le chat détourna le regard.

— Tant pis pour toi. C'est toi que ça prive.

— Il aime bien les câlins, intervint Odile, mais uniquement si c'est moi qui les lui fais, et ce n'est pas son heure parce qu'en général…

En parfaite contradiction avec ce que sa maîtresse était en train de dire, Méphisto se leva et vint ronronner dans les jambes de Blake. Il s'enroula littéralement autour de ses mollets. La cuisinière était aussi stupéfaite que jalouse. Andrew caressa l'animal, qui se laissa faire.

— C'est bien votre chat, madame Odile : un vrai charme sous ses airs distants.

Elle en resta muette.

— Savez-vous pourquoi il change de place dans la cuisine ? enchaîna Blake.

— C'est un chat, il n'y a pas forcément de raison rationnelle…

— Je n'en suis pas certain. Me permettez-vous de tenter une expérience dans les jours qui viennent ?

— Qu'allez-vous faire ?

— Faites-moi confiance.

— Vous promettez que ça ne fera pas de mal à Méphisto et que ça ne va pas m'énerver ?

— Méphisto ne risque rien. Pour ce qui vous concerne, par contre…

La cuisinière fit mine de jeter le torchon sur le majordome. L'espace d'un instant, ils partagèrent quelque chose de léger.

— Madame Odile, c'était excellent mais je dois vous laisser. Je descends chez M. Magnier, j'ai à lui parler de travaux à faire – entre autres.

17

À peine la porte entrebâillée, Youpla se précipita dans les jambes d'Andrew pour lui faire la fête. Il couinait en bondissant, la queue en mode hélicoptère. Un vrai chien de garde…

— Monsieur Cake ! s'exclama Philippe Magnier. Comme c'est gentil de passer. Si j'avais su, j'aurais préparé quelque chose.

— Désolé d'arriver à l'improviste, mais il fallait que je vous parle. Je ne dérange pas, au moins ? Vous n'attendez personne ?

Magnier secoua la tête avec un petit rire, mais il n'était visiblement pas à l'aise.

— Je vous offre à boire ?

— Non merci, je sors de table.

— Un digestif ?

— Sans façon, vraiment.

— Vous jouez aux échecs, alors ?

Andrew n'était pas certain de comprendre le sens de la question.

— Que voulez-vous dire ? C'est encore une de vos expressions ?

— Non, je vous demande simplement si vous jouez aux échecs. Avec les cases noires et blanches, le roi, la reine, les tours et les cavaliers…

— Pourquoi voulez-vous le savoir ?

— Parce que vous n'avez pas l'air d'être le genre d'homme à passer des heures autour d'une bouteille, alors je me demande à quoi nous allons bien pouvoir occuper notre temps.

La sincérité désarmante de Magnier fit sourire Blake.

— J'ai joué quand j'étais plus jeune, mais cela fait bien longtemps.

— Parfait. On s'y remettra ensemble. Mais pas ce soir, j'imagine. Alors, de quoi vouliez-vous me parler ?

— Je crois que l'on devrait réparer l'interphone du portail et celui qui relie votre maison au manoir.

Magnier se frotta le menton en grimaçant.

— Pour celui du portail, je ne suis pas contre. Pour le mien, si c'est vous qui vous en servez, je suis d'accord, mais si c'est Odile…

Andrew en profita pour oser poser la question :

— Qu'est-ce qui se passe entre Odile et vous ?

— Ce serait plutôt qu'est-ce qui ne se passe pas. Je n'ai même pas le droit d'entrer dans sa cuisine ! Alors qu'on bosse pour la même patronne !

— Un problème entre vous ?

— Elle a toujours eu peur de perdre son job. Alors elle repousse tous ceux qui risquent d'empiéter sur son territoire. Je travaillais sur le domaine avant elle mais je vivais déjà ici, à l'écart. Me maintenir à distance n'a pas été compliqué pour elle. Avec vous, elle risque d'avoir plus de mal…

— Elle ne s'est pas rassurée avec les années ?

— Pas vraiment.

— Elle semble tout de même très remontée contre vous…

Magnier se tortilla, hésitant.

— Il y a bien autre chose. À vous, je peux l'avouer. Je vis seul, elle vit seule, alors j'ai essayé de changer la situation pour nous deux…

— Je comprends.

— Elle a très mal réagi, et depuis elle se méfie de moi et me rembarre sans arrêt. Je n'ai sans doute pas été très fin, mais quand même !

— Pardon de vous poser ces questions, mais je débarque et j'essaie de comprendre pourquoi tout va de travers… Dans le manoir, dans la plomberie, et aussi dans la tête des gens.

— Mais le monde est ainsi, monsieur Clack ! C'est la triste condition humaine. Nul n'échappe au désordre qui affecte notre univers imparfait.

— C'est donc vrai ce que l'on raconte…

— À quel sujet ?

— Sur les Français qui philosophent pour tout et n'importe quoi. Allez, Magnier, offrez-moi un petit verre de votre vermifuge et je me sauve.

Philippe se dépêcha de sortir les verres et sa bouteille sans étiquette.

— Vous savez, monsieur Flakes, jouer aux échecs dehors, c'est encore plus agréable. On peut s'installer sous la tonnelle. On profitera des derniers beaux jours.

— Je vous aime bien, monsieur Magnier. Franchement, je vous aime bien. Mais si vous écorchez encore une seule fois mon nom, je vous fais avaler votre tripouillette écrasée.

18

Pour le quatrième jour consécutif, Blake posa délicatement son mystérieux appareil près du chat, qui se laissa caresser au passage.

— Je vais finir par percer ton secret, lui murmura-t-il.

La lumière matinale baignait la cuisine d'une clarté franche. Odile était à l'étage pour aider Madame à s'habiller. À 9 heures précises, Andrew entendit quelqu'un faire jouer la serrure d'une porte. Il gagna le hall, mais le bruit ne venait pas de l'entrée. Il revint sur ses pas et, au bout du couloir ouest, aperçut une ombre qui se glissait furtivement. Si c'était Manon, pourquoi était-elle passée par la porte de service que personne n'utilisait jamais ?

Et si ce n'était pas elle ? Blake devait aller voir. D'un pas décidé, il se lança à la recherche de la silhouette. Personne dans la réserve, ni dans la buanderie. Il ouvrit la dernière porte, celle du réduit contenant les produits d'entretien, avec précaution.

— Manon, vous êtes là ?

La jeune femme s'affairait dans le fouillis d'une étagère en hauteur.

— Bonjour, monsieur Blake. Comment allez-vous ?

Elle ne s'était pas retournée pour lui parler. Quelque chose ne tournait pas rond. Andrew hésita à la laisser tranquille, mais déceler un problème sans essayer de comprendre de quoi il retournait n'était vraiment pas dans sa nature.

— Je vais bien, merci. Et vous ?

— Cool, tout roule.

Même sa voix était bizarre.

— L'anniversaire de Justin s'est bien passé ? demanda Andrew. Vous avez eu le temps de tout préparer comme vous le vouliez ?

La jeune femme arrêta de chercher dans les flacons en soupirant. Elle se relâcha et posa le front contre l'étagère. Tout doucement, elle se mit à sangloter.

— Manon, qu'est-ce qui vous arrive ?

Andrew lui posa la main sur l'épaule. Elle resta un moment à pleurer avant de souffler :

— Ça restera la pire soirée de ma vie.

— On ne réussit pas toujours à faire aussi bien que ce que l'on voudrait. Cela ne vaut sûrement pas que vous vous mettiez dans cet état-là.

Manon se retourna, les yeux gonflés et rougis par les larmes.

— C'est pas ça, dit-elle en reniflant. Il m'a quittée.

— Il vous a quittée le soir de son anniversaire ? Mais pourquoi ?

— Parce que c'est un gros enfoiré !

— Il vous a bien dit quelque chose ?

— Justin ne veut pas d'enfant avec moi.

— Il est peut-être encore un peu tôt pour envisager ce genre de projet…

— Pas vraiment. Je suis enceinte de presque trois mois.

Andrew recula d'un pas.

— Je voulais lui faire la surprise, ajouta Manon tristement. J'étais tellement heureuse de le lui annoncer à lui, en premier, le jour de ses vingt-six ans ! Il a d'abord cru que je le faisais marcher, pour le tester. Quand il a été convaincu que c'était vrai, il s'est mis en colère. Il m'a accusée de l'avoir fait exprès, mais c'est faux ! Il a dit que je prenais sa vie en otage et qu'il ne se laisserait pas faire. On s'est disputés et il est parti en jurant qu'on ne se reverrait jamais.

Dans la minuscule pièce, au milieu des étagères pleines de paquets, de bouteilles et de flacons, sous l'ampoule nue qui pendait du plafond, Andrew retourna un seau et fit signe à Manon de s'asseoir dessus. Il s'installa face à elle, sur une caisse de bouteilles vides. Il attrapa un rouleau de papier toilette et le tendit à la jeune femme.

— Pour votre nez.

— Merci.

— En avez-vous parlé à votre mère ?

— Elle déteste Justin, elle m'a déjà interdit de le voir. Alors si elle apprend que je suis enceinte de lui, elle me chassera. Et puis, je veux le garder, ce bébé. Je l'élèverai toute seule ! Je veux le voir grandir. C'est mon petit, je me sens prête. Avec ma chance, ce sera le portrait craché de son père et je l'aurai tous les jours sous les yeux. Lui au moins, je pourrai le prendre dans mes bras…

Manon fondit à nouveau en larmes. Andrew lui toucha le poignet.

— Je peux vous donner mon avis ?

— Si vous voulez, monsieur Blake, mais ça ne changera rien. Justin est parti, j'attends un bébé pour mai, je vais encore rater mon concours et ma mère va me jeter dehors.

— Vous voyez tout en noir. Il faut vous détendre un peu et réfléchir.

— Vous en avez de bonnes ! C'est pas vous qui êtes à ma place. J'ai pas besoin de gens qui parlent comme dans les livres. Vous êtes gentil mais vous ne pouvez pas comprendre ce que je ressens…

— Cela va sans doute vous sembler difficile à envisager, Manon, mais j'ai eu votre âge. Et je suis le père d'une fille à peine plus grande que vous. Je peux également vous dire que même si je n'ai jamais été enceinte, je me souviens très bien de ma réaction quand ma femme m'a appris que j'allais devenir papa. À l'époque, on voulait vraiment avoir un bébé, on l'espérait sincèrement. Pourtant, le soir où elle m'a annoncé que c'était en route, j'ai eu un sacré coup de panique. J'ai tout fait pour ne pas le lui montrer mais à l'intérieur, pendant une fraction de seconde, j'ai eu envie de m'enfuir. Ma femme ne l'a jamais su. Vous êtes la première personne à qui j'en parle. Je n'ai cessé de me demander pourquoi j'avais eu cette réaction paradoxale. En quarante ans, je n'ai réussi à trouver qu'une partie de la réponse. Je crois que j'ai eu peur de la responsabilité que cela représentait. J'ai craint de ne plus avoir le droit d'être le jeune homme insouciant que j'étais. Pour être tout à fait honnête, je crois aussi que j'ai redouté que ma femme n'aime quelqu'un d'autre encore plus que moi. Cela n'excuse rien, mais c'est peut-être une explication.

Manon dévisageait Blake.

— Je ne connais pas Justin, reprit celui-ci, mais je vais vous confier un secret : les hommes fonctionnent à peu près tous de manière identique. Nous avons beau paraître très différents et avoir des vies qui ne se ressemblent pas, ce sont les mêmes moteurs qui nous animent. Nous passons notre vie à gérer nos envies, au mieux nos devoirs, en fonction de nos moyens. Pour vous, les filles, c'est différent. Contrairement à nous, vous n'agissez jamais pour vous-mêmes. Votre vie n'est pas gouvernée par ce que vous voulez ou ce que vous pouvez, mais en fonction de ceux que vous aimez. Nous faisons toujours les choses dans un but, vous les accomplissez toujours pour quelqu'un.

— Ça veut dire que Justin va revenir ?

— Voilà bien l'esprit féminin, si pratique face aux grandes théories abstraites des hommes… Cependant, vous avez raison, la vie est concrète. Je voudrais pouvoir vous rassurer, mais j'ignore ce que fera Justin. Pourtant, je comprends à la fois votre envie de lui annoncer cet heureux événement comme vous l'avez fait, et sa réaction.

— Il a eu peur ?

— Probablement. Au point de dire n'importe quoi.

— Il est jaloux du bébé ?

— C'est faire trop d'honneur aux hommes de croire qu'ils pensent si loin, si vite. Il s'attendait à ce que vous le célébriez lui, jeune et libre…

— … et vachement beau…

— Et vous lui avez annoncé que vous étiez liés et responsables d'un petit être pour le restant de vos jours.

Manon renifla un grand coup.

— Quelle truffe je fais…

— Voilà un jugement encore très féminin, bien rapide face aux hésitations des hommes… Vous avez fait ce qui vous semblait le mieux. Vous avez eu raison. Mais cela ne produit pas toujours l'effet escompté. Comment imaginiez-vous sa réaction ?

— Cela fait des semaines que j'en rêve. À force, j'en étais arrivée à une scène idéale. Il saute de joie, il me prend dans ses bras et me serre contre lui – mais pas trop fort parce qu'il a peur d'écraser le bébé – et puis il part en courant chez le fleuriste. Là, il achète toutes les roses rouges qu'il trouve et revient me les offrir, un genou au sol, en me demandant en mariage.

— Vous avez au moins vu juste sur un point : il est parti en courant.

— C'est pas gentil de vous moquer.

— Manon, j'essaie simplement de vous montrer que même dans les pires moments, tout n'est pas aussi sombre qu'on le pense. Vous êtes en bonne santé, le bébé aussi. Justin est toujours vivant. Tout est possible.

Manon se moucha et s'essuya les yeux.

— Qu'est-ce que je dois faire ?

Un coup de sifflet strident résonna dans tout le manoir.

— Fin de partie, commenta Andrew. Je vais réfléchir.

— Odile doit me chercher depuis un moment, elle est sûrement à cran. Promettez-moi de ne rien lui dire.

— C'est juré. Par contre, je n'ose imaginer ce qu'elle va penser lorsqu'elle nous verra sortir tous les deux de ce cagibi…

19

Allongés côte à côte sur le sol de la salle de bains, Blake et Magnier trituraient les colliers de serrage de l'arrivée d'eau sous la baignoire.

— Maintenez bien, monsieur Blake, parce que sinon, on va tout arracher.

— Allez-y, serrez.

En les découvrant dans cette étrange position, Odile eut un mouvement de recul. Une fois le joint remis en place, les deux hommes se dégagèrent.

— Ce matin, commenta la cuisinière en haussant un sourcil, vous étiez avec la bonne dans un placard, et maintenant vous vous vautrez avec le régisseur dans la salle de bains de Madame…

— Et la journée n'est pas finie, ironisa Andrew. Méfiez-vous…

Magnier ricana. Odile n'était visiblement pas heureuse de le voir dans la maison. Blake se releva non sans difficulté et annonça :

— Je descends à la cave remettre l'eau. Monsieur Magnier, vous vérifiez si ça fuit – n'oubliez pas le lavabo. Madame Odile, en cas de problème, vous sifflez deux coups brefs. Ne soyez pas trop pressés, il me faut le temps de descendre ces maudits escaliers. Je vous laisse tous les deux.

— On va essayer de rester sages…, s'amusa Philippe.

La cuisinière le bombarda d'un regard noir qui le fit taire aussitôt.

Lorsque Blake remonta enfin, l'eau coulait normalement, sans plus aucune trace de fuite.

— Voilà qui devrait nous permettre d'attendre le devis de Pisoni plus sereinement, fit Odile, soulagée.

Lorsqu'ils sortirent par la chambre de Mme Beauvillier, l'impression éprouvée par Blake la première fois se confirma : la pièce n'était vraiment pas grande. Une fois dans le couloir, il essaya d'évaluer la longueur cumulée de la chambre et de la salle de bains. Même en comptant large, le mur du couloir était beaucoup plus long que les deux pièces mises bout à bout…

De son côté, Magnier regardait tout autour de lui, comme un enfant qui, pour une fois, a le droit de pénétrer dans une zone interdite. Odile fermait la marche en les pressant.

— Alors c'est entendu, fit Magnier à Andrew, vous descendez après le déjeuner et je vous fais visiter le parc ?

— Avec plaisir. On en profitera pour voir cette histoire d'interphone. Madame Odile, vous ne voulez pas vous joindre à nous ?

Surprise, la cuisinière se rétracta comme une huître sous du jus de citron.

— Merci, je n'ai pas le temps. Je dois préparer la liste des commissions pour la semaine prochaine.

Puis, sur un ton plus coupant, elle ajouta à l'attention de Magnier :

— Je la mettrai avec votre repas de ce soir. N'oubliez rien cette fois-ci, Madame reçoit davantage en ce moment.

Magnier acquiesça sans un mot et prit le chemin du retour. Odile resta avec Blake et Méphisto dans l'office. Tournant la tête vers l'animal, le majordome déclara :

— J'ai compris la stratégie de votre chat.

— Si vous faites le moindre sous-entendu douteux au sujet de Méphisto, je refuse de vous nourrir pendant une semaine.

— 22 degrés.

— Que voulez-vous dire ? Il a de la température ?

Puis, comprenant les implications de cette possibilité, elle s'exclama, horrifée :

— Espèce de malade, vous lui avez pris sa température à l'ancienne ?

— Calmez-vous, rien d'aussi barbare. J'ai seulement mesuré la chaleur là où il s'installe. Méphisto se maintient à 22 degrés précisément. Si vos fourneaux marchent, il recule parce que l'environnement devient trop chaud, et si la porte du jardin est ouverte trop longtemps, il s'en approche pour compenser.

Stupéfaite, Odile contempla son chat avec encore plus d'admiration.

— Méphisto, tu es un génie !

— C'est surtout un tas de poils qui tient à son petit confort…

20

Une fois passée la haie, Magnier ouvrit la barrière de bois et invita Blake à entrer. Andrew fut aussitôt saisi par le charme de cette partie isolée du jardin.

— C'est magnifique, souffla-t-il.

— Huit cents rosiers, vingt-deux variétés, je les ai tous plantés moi-même et je les soigne. En cette saison, il ne reste que les dernières fleurs, mais vous devriez voir le spectacle en été. Avancez dans les allées et respirez. Le parfum est plus puissant lorsque le soleil donne mais même un jour comme celui-ci, c'est une expérience.

Blake s'aventura entre les massifs constellés de fleurs. Du blanc au rouge le plus intense en passant par toutes les nuances, les roses se mélangeaient dans un tourbillon de couleurs – crème, orange, carmin, vermillon... Andrew marchait en respirant à pleins poumons, captant les fragrances au gré du vent léger, se dirigeant dans les effluves comme s'il découvrait un monde. En quelques mètres, il fut transporté au-delà de la réalité du lieu. Telles des fées malicieuses, les parfums voletaient autour de lui, chatouillant ses narines, offrant d'autres sensations. Andrew ferma les yeux et, l'espace d'un instant, songea qu'il devait absolument revenir ici avec Diane…

— Tout au fond, je me suis installé un banc, expliqua Magnier.

La voix du régisseur ramena Blake à la réalité. Sa femme n'était plus là pour savourer le parfum des fleurs à ses côtés.

— C'est splendide, commenta-t-il tristement.

— Vraiment content que quelqu'un s'en rende compte parce que moi, à force, je ne remarque plus.

— Madame ne vient jamais ?

— Pas depuis la mort de M. François. C'est lui qui m'avait demandé de créer cette roseraie pour elle.

— Vous avez connu M. Beauvillier ?

— C'est même lui qui m'a embauché ! Une drôle d'histoire. Un lundi, il y a maintenant plus de quinze ans, je me suis fait licencier de l'usine où je travaillais comme tourneur-fraiseur. Viré du jour au lendemain comme un malpropre avec tout l'atelier de métallurgie, sous prétexte que nous n'étions plus rentables. Ils avaient décidé de délocaliser en Pologne. Je me retrouvais sans rien. Plus de quoi payer mon loyer. Pas un sou de côté. Pas de boulot dans la région. Une vraie catastrophe. Ce fut un tel choc que j'ai décidé de ne rien dire à ma mère, qui à l'époque était encore vivante. Paix à son âme. Le lendemain, comme tous les mardis, j'allais lui rendre visite à vélo quand j'ai remarqué une grosse bagnole qui arrivait en sens inverse en roulant bizarrement. D'abord des zigzags, puis tout à coup une embardée qui l'a précipitée contre un gros marronnier ! Le choc a été terrible. Ça a fait un boucan du diable. J'ai cru que le bonhomme était mort sur le coup. J'ai laissé tomber le vélo et j'ai couru pour aller voir. Le moteur commençait à brûler. À travers le pare-brise éclaté, le type a bougé un bras. Je ne sais pas pourquoi, j'y suis allé sans me poser de question. J'ai sorti le pauvre bougre de là comme je pouvais, je l'ai traîné plus loin et je l'ai l'adossé contre un arbre. C'est là que la voiture a explosé. C'était M. Beauvillier ; il avait fait un malaise au volant. Après deux mois d'hôpital, il m'a cherché, m'a retrouvé, et quand je lui ai raconté ce qui m'arrivait, il m'a proposé de travailler pour lui. Je peux vous dire que les années qui ont suivi resteront les plus belles de ma vie. J'avais l'impression d'avoir une deuxième famille. Hugo, leur fils, venait d'achever ses études et allait partir en Afrique du Sud. Je ne l'ai pas connu longtemps mais c'était un jeune homme sympathique. On rigolait. Madame et Monsieur s'entendaient très bien. Je m'occupais de tout pour eux. C'est à cette époque qu'on a redessiné ensemble les jardins. Monsieur m'a permis de retaper la petite maison et de venir y habiter. Il a payé tous les matériaux. C'était un type bien, M. François. Malheureusement, la maladie ne fait pas la différence entre les types bien et les crapules, et il est mort avant son tour. Quand j'y pense, le matin même de sa dernière hospitalisation, on discutait encore sur le perron du manoir. Il parlait de faire de nouveaux travaux… Il est parti le soir pour ne plus jamais rentrer chez lui. C'était la dernière fois qu'on se parlait comme ça, et on ne le savait pas.

Arrivé au bout de l'allée, Magnier montra son banc, installé sur un monticule de terre gazonné pour offrir une vue d'ensemble sur la mer de fleurs.

— On s'assoit un peu, vous voulez bien ?

Andrew prit place.

— Mme Beauvillier sait que vous continuez à entretenir la roseraie ?

— Elle n'en parle jamais mais elle s'en doute forcément. Elle épluche suffisamment les factures pour y lire que j'achète de l'engrais spécial rosiers par sacs entiers. Quand je pense qu'elle pinaille là-dessus alors qu'elle confie son argent à des brigands !

— Que voulez-vous dire ?

Magnier releva les yeux. Comme un gamin qui se serait fait prendre à trop parler, il chercha une issue.

— J'aurais pas dû dire ça. Après tout, ce ne sont pas mes affaires.

Andrew n'insista pas. Il eut un mouvement de la tête vers les roses.

— Finalement, vous seul profitez du parc.

— Effectivement, avec Youpla, et vous maintenant !

— Odile ne s'y promène jamais ?

— Je parie qu'elle aimerait bien, mais elle aurait l'impression d'être un peu chez moi et elle ne veut pas me faire ce plaisir… Un autre jour, si vous voulez, je vous emmènerai au fond du domaine. On y trouve d'excellents coins à champignons. C'est un peu loin, mais vous verrez, ça vaut la peine, c'est très beau. On a une vue imprenable sur la vallée, jusqu'à la ville.

Andrew l'avait lui-même constaté lors de sa pénible excursion pour aller téléphoner au milieu des bois, mais il s'abstint d'en faire la remarque. Certaines choses sont vraiment trop difficiles à expliquer.

— Dites-moi, M. Magnier, préféra-t-il dire, le domaine est vraiment grand.

— Il l'était encore plus quand M. François était de ce monde. Madame a vendu des terres pour se renflouer, presque un quart quand même, à des promoteurs. Il leur manque encore la surface associée au droit de passage pour faire la route qui conduirait au lotissement qu'ils veulent construire. Alors ils harcèlent Madame pour qu'elle leur vende du terrain supplémentaire. Pour le moment, elle résiste.

— Elle a toujours été comme ça, Mme Beauvillier ?

— Comme quoi ?

— Recluse, discrète, et en même temps…

Il fit un geste vague, laissant Magnier répondre.

— Du temps de M. François, elle était gaie, rieuse. Lui l'appelait sans arrêt parce qu'il ne pouvait pas se passer d'elle. « Nalie ! Nalie ! » On entendait ça partout dans le manoir. C'était son diminutif pour Nathalie. Des jeunes mariés pendant quarante ans… Pour Pâques et le nouvel an, ils m'invitaient à leur table. La dernière année, ils ont même convié ma mère. Je lui avais acheté une robe exprès. C'était bien. Après la mort de Monsieur, plus rien n'a jamais été pareil. Madame s'est enfermée, de plus en plus. Je n'ai plus jamais entendu quelqu'un l'appeler par son prénom.

Magnier regarda le ciel et ajouta :

— Vous ne croyez pas qu'on devrait aller voir cette histoire d'interphone au portail avant de se prendre l'averse ?

— Très juste. Mais j'ai mal aux jambes. Je n'ai plus l'habitude de marcher autant.

— Il n'y avait pas beaucoup de terres là où vous travailliez avant ?

— Non, très peu. C'était petit. Tout était petit, d'ailleurs.

Les deux hommes quittèrent la roseraie.

— Vous savez, monsieur Blake, je suis bien content que vous ayez été embauché ici.

— Je ne suis qu'en période d'essai.

— Elle serait bien bête de ne pas vous garder.

— C'est gentil.

— Si vous me permettez, je voudrais vous faire une remarque sur l'Angleterre…

— Sauf s'il s'agit de vous restituer la Tour de Londres, je vous en prie…

— Dans la langue française, nous avons un truc que vous n'avez pas : le tutoiement. C'est très pratique. Les gens que vous n'aimez pas trop, vous leur dites « vous » et ça reste poli. Par contre, ceux que vous aimez bien, votre famille, vos amis, vous pouvez leur dire « tu ». C'est comme un petit cadeau, un signe distinctif qui montre votre proximité.

— Quand j'ai connu Diane, ma femme, et que j'ai vraiment commencé à parler français, j'ai eu du mal au début à la tutoyer. Cela la faisait rire que je la vouvoie tout le temps… Si vous le permettez, j'ai moi aussi une remarque à faire sur votre pays.

— Je vous écoute.

— J'ai toujours trouvé surprenant que dans votre démocratie, dont même la devise donne tant d'importance à l'égalité, il existe cette distinction, cette sélection, alors que dans notre monarchie qui se veut si précisément hiérarchisée, on ne fait aucune différence, que l'on s'adresse au roi ou à un enfant.

Magnier fit la moue.

— N'empêche que si vous étiez si forts que ça, votre devise ne serait pas en français.

Andrew éclata de rire.

— Un point pour vous, citoyen Magnier !

— En fait, ce que je voulais dire, c'est qu'on pourrait peut-être se dire « tu »…

— *Why not*, cher Philippe…

21

Andrew revint du petit salon avec le dernier plateau chargé de tasses et d'assiettes à dessert sales. Pendant qu'Odile préparait leur dîner, il déposa le tout près de l'évier.

— Si vous voulez bien, souffla-t-il, je rangerai ça dans le lave-vaisselle plus tard. Je suis épuisé.

Il hésita un instant et reprit :

— Dites-moi, vous connaissez le couple que Madame a reçu cet après-midi ? Je ne les trouve pas francs du tout. Cette façon de baisser la voix quand j'approche, c'est louche. Et ces rires qui sonnent faux. J'ai l'impression qu'ils n'ont fait que parler d'argent.

Odile resta silencieuse.

— Madame reçoit de plus en plus, ajouta-t-il. Nous avons du monde presque tous les jours désormais.

— Et votre zèle ne va pas l'inciter à se calmer. L'idée du feu dans la cheminée était excellente. Grâce à votre nouvelle disposition de la table basse et des fauteuils, on se croirait dans un magazine de décoration…

— Avec tout le bois que coupe Philippe, il serait dommage de ne pas faire une flambée de temps en temps, surtout en cette saison.

— « Philippe »…, nota la cuisinière. Vous n'aurez pas été longs à vous entendre comme larrons en foire, Magnier et vous.

— C'est à vous, madame Odile, que j'ai d'abord proposé de nous appeler par nos prénoms. Si vous aviez accepté, on se serait aussi entendus comme lardons en gloire.

Odile ramassa l'assiette que Méphisto avait soigneusement léchée. Blake se laissa tomber sur une chaise en soupirant.

— Je ne sens plus mes jambes…

La cuisinière continuait de s'affairer. Elle ouvrit un placard haut et se hissa sur la pointe des pieds pour attraper une sauteuse en fonte. Elle souleva l'objet à bout de bras avec difficulté, oscillant sous son poids.

— Puis-je émettre un avis ? tenta Andrew.

— Dites toujours.

— Pourquoi placez-vous les ustensiles que vous utilisez le plus fréquemment dans les placards les plus inaccessibles ? Vous devriez inverser avec vos passoires et vos écumoires qui sont en bas. Vous vous épargneriez…

Odile posa sa sauteuse brutalement et se planta devant Blake en s'appuyant sur la table comme pour un bras de fer. Elle s'approcha si près qu'Andrew aurait pu la voir nette sans ses lunettes.

— Écoutez-moi bien, monsieur « J'ai-la-déco-dans-le-sang-et-je-fais-de-jolies-flambées » : vous êtes là depuis moins de deux semaines et vous avez le culot de m'expliquer comment ranger *mes* casseroles dans *ma* cuisine ? Pour qui vous prenez-vous ?

— Ne vous fâchez pas, c'était juste une remarque pour soulager votre dos…

— Eh bien, ne vous occupez pas de mon dos et les vaches seront bien gardées !

Blake n'insista pas. Odile lui servit son repas, un ragoût avec de la ratatouille réchauffée. Quand elle eut tourné le dos, Andrew s'adressa à Méphisto :

— Tu es plus câlin, toi. Veux-tu des caresses ?

Le chat tourna la tête vers lui.

— Allez viens, mon grand, tu auras même un peu de viande…

Le chat se leva, s'étira langoureusement et s'approcha de sa superbe démarche féline. Andrew le souleva et le posa sur ses genoux. Odile bouillait. Tout en le caressant, Blake murmura :

— N'aurais-tu pas pris un peu de poids, toi ? Tu devrais faire de l'exercice. C'est vrai que ce que tu manges est drôlement bon…

Odile explosa. Le chat prit la fuite sans aucune dignité.

— Primo, on ne tripote pas les animaux quand on mange ! fulmina-t-elle. Deuzio, il n'a pas grossi, c'est son poil d'hiver qui donne cette impression-là…

— Si, si, je vous jure, j'ai bien senti…

Odile se mit à hurler :

— Et troizio, si ma nourriture ne vous plaît pas, vous n'avez qu'à aller manger ailleurs !

Elle attrapa vivement l'assiette de Blake et en jeta le contenu à la poubelle.

— Pourquoi faites-vous ça ? se défendit-il. Je n'ai jamais dit que ce n'était pas bon, je n'y ai même pas goûté. Je dis juste que vous devriez vous laisser aller, cuisiner comme vous le sentez, pour nous tous comme pour Méphisto. Et puis je croyais qu'on disait « tertio »…

— Foutez-moi le camp !

Si Andrew avait eu soixante ans de moins, elle l'aurait sans doute envoyé directement dans sa chambre sans manger. Mais il avait passé l'âge depuis longtemps. Il n'avait plus qu'à aller quémander un morceau de pain chez le régisseur.

22

À force de marcher, une fois les douleurs des premiers jours surmontées, Blake devait admettre qu'il se sentait plus véloce. Il commençait même à connaître les pièges de l'allée qui menait au fond du parc. En pensant à son accrochage avec Odile, il eut un petit sourire. Étrangement, il n'arrivait pas à lui en vouloir.

Lorsqu'il frappa à la porte de Magnier, Youpla se mit aussitôt à aboyer, mais son maître ne vint pas ouvrir. Blake regarda aux alentours. Dans la nuit tombante, il ne distinguait plus grand-chose.

— Philippe ? appela-t-il à la cantonade.

Il était sur le point de faire demi-tour quand soudain, la porte s'ouvrit et Youpla se jeta dans ses jambes. Blake lui frictionna la tête pendant que le chien lui reniflait le pantalon, sans doute intrigué par l'odeur de Méphisto.

— Bonsoir, Andrew, s'excusa Magnier, je ne m'attendais pas…

— Odile m'a jeté dehors parce que j'ai osé faire une remarque, alors je suis venu te demander asile.

— Je ne ferme jamais ma porte à un réfugié politique. Entre.

Malgré sa plaisanterie, Philippe manquait d'enthousiasme. Andrew le remarqua.

— Je ne te dérange pas ?

— J'allais mettre le couvert. On va partager la gamelle qu'Odile m'a préparée.

— Ce soir, c'était une sorte de ratatouille avec de la viande, mais elle m'a chassé avant que j'aie pu identifier de quel animal il s'agissait…

Andrew tira une chaise et s'assit. Youpla n'arrêtait pas de faire des allées et venues jusqu'à la chambre, dont la porte était close. Magnier dansait d'un pied sur l'autre, comme s'il hésitait sur la conduite à tenir.

— Tu as raison, lâcha-t-il brusquement, on va réparer l'interphone entre ici et l'office. Ce sera plus simple.

Il posa les couverts pendant que le micro-ondes réchauffait le plat d'Odile.

— Tu m'excuses un moment, s'écria-t-il d'un seul coup, je crois que j'ai oublié de fermer la fenêtre de la salle de bains. J'ai pas envie qu'une bestiole entre.

Il s'éclipsa dans sa chambre. Le chien tenta de le suivre, mais Magnier le repoussa. Il s'appliqua à fermer la porte derrière lui et l'animal resta à fixer la poignée en remuant la queue.

— Toi aussi, tu trouves ça étrange ? lui souffla Blake. Mais tu sais sans doute des choses que j'ignore.

Magnier revint rapidement, à peine plus détendu.

— Des fois, je perds un peu la boule, lâcha-t-il en guise d'excuse.

Il partagea sa portion entre leurs deux assiettes et prit place en face d'Andrew.

— Alors comme ça, Odile s'est encore énervée ?

— Elle démarre vite. Il est vrai que j'aime bien la taquiner. Allez, bon appétit, et merci de m'accueillir.

À la première bouchée, les deux hommes se regardèrent.

— Ça me rappelle la cantine de l'usine, fit Magnier.

— Ça me rappelle un petit resto fermé par la police parce qu'ils cuisinaient du rat.

— Impossible, Andrew : Odile ne ferait pas ça, elle en a trop peur.

— À la guerre comme à la guerre… On dit miam-miam chez vous, c'est ça ?

— Exact. Et chez vous ?

— *Yum-yum*.

— C'est ridicule ! Ça ne correspond pas du tout au bruit.

— Au bruit de quoi ? Tu crois qu'un coq fait réellement cocorico ?

— Chez vous il fait quoi ? Coin-coin ?

— *Cock-a-doodle-do*.

— Pauvre bête ! Vous leur donnez quoi à bouffer ?

Un grand vacarme venu de la chambre fit sursauter Magnier. Il s'y précipita en refermant soigneusement derrière lui. Andrew crut l'entendre chuchoter, puis une voix aiguë s'éleva pour lui répondre. Une voix d'enfant.

— C'est pas ma faute ! se défendait le gamin.

Lorsque la porte se rouvrit, Magnier était livide. Un garçon apparut sur le seuil, les cheveux noirs, le teint mat, douze ans environ. Youpla lui fit une grande fête. Philippe lança un regard suppliant à Andrew :

— Ne va rien t'imaginer. Je vais t'expliquer.

— Pourquoi voudrais-tu que je m'imagine quelque chose ? J'arrive chez toi à l'improviste. Si tu as un enfant caché, ce n'est pas mon affaire…

— C'est pas mon père ! s'exclama aussitôt le garçon, l'air bravache.

— Bonsoir, jeune homme, lui répondit Blake. Je m'appelle Andrew, et vous ?

— Yanis, répondit-il en regardant Andrew droit dans les yeux. J'habite la cité des Tourterelles, bâtiment 2. Si vous venez pour le Coca…

Philippe fit signe au gamin de se taire.

— Yanis me donne un coup de main pour les courses, expliqua-t-il. C'est tout.

Blake étudia le tout jeune adolescent. Pas très grand, une silhouette mince : c'était bien lui qu'il avait aperçu en revenant de la colline l'autre soir. Philippe ajouta une troisième assiette.

— Yanis, va chercher le tabouret dans la chambre et viens manger avec nous.

Le régisseur partagea sa part une fois de plus et se laissa glisser sur sa chaise en soupirant.

— Ça m'arrangerait que vous n'en parliez à personne au manoir…

— En cas de grand stress, on repasse au vouvoiement ?

— C'est une histoire compliquée.

— Rien ne t'oblige à me la raconter. Tout va bien.

Le garçon revint avec son siège et une balle pour le chien, qui sautait déjà pour l'attraper.

— J'ai connu Yanis voilà plus d'un an, commença Philippe. Je faisais les courses au supermarché de son quartier. J'y vais parce que c'est plus près pour moi, vu que je suis à vélo avec ma charrette. En coupant par les bois du domaine, on arrive juste au-dessus de la ville, presque au pied des immeubles. Mais ce n'est pas l'important. C'était un jeudi, je faisais les courses et le petit s'est fait piquer en train de voler un paquet de gâteaux qu'il avait caché sous son t-shirt.

— J'allais le payer, argumenta le garçon, je jure que j'allais le payer !

— Ne jure pas, Yanis, gronda Magnier. Tu n'avais pas d'argent et quand les agents de sécurité t'ont pris, tu t'apprêtais à sortir du magasin.

— C'est pas vrai…

Philippe secoua la tête et reprit :

— Le voir entre les vigiles, ça m'a fait de la peine. Alors j'ai payé son paquet pour qu'ils le laissent filer. Et puis pour l'occuper, je lui ai proposé de m'aider.

— Vous aviez dit une fois, s'insurgea le garçon. Je devais vous aider à faire les courses une fois, et puis après vous avez menacé de tout dire à ma mère si je ne continuais pas.

Magnier se redressa, gêné.

— Ce n'est pas aussi simple.

— Et depuis, résuma Blake, le gamin fait les courses pour toi.

— Livraison comprise ! précisa le garçon.

— Dis donc, se récria Philippe, tu n'es pas si maltraité que ça ! Je te nourris et je te donne un peu d'argent.

— Et l'école ? interrogea Blake.

Yanis baissa les yeux.

— J'y vais pas beaucoup.

Magnier intervint :

— Ils ne sont pas nombreux à y aller. Yanis et ceux de sa cité sont souvent livrés à eux-mêmes, alors le collège…

— Tu dois avoir faim, fit Blake au garçon. Mange.

Celui-ci empoigna sa fourchette et dévora sa part. Les deux hommes le regardèrent manger à toute allure. À peine eut-il fini qu'il consulta sa montre.

— C'est l'heure. Ma mère va bientôt rentrer.

— Ne traîne pas, conseilla Philippe. Tu as la liste pour après-demain ?

— No problemo, répondit Yanis.

Il s'agenouilla pour dire au revoir au chien, éclata de rire lorsque l'animal fourra son museau dans son cou puis quitta la maison. Les deux hommes restèrent seuls.

Magnier n'osait pas regarder Andrew en face.

— Je sais ce que tu penses, fit le régisseur. Tu me méprises parce que j'abuse de la situation et que ce gosse devrait faire autre chose que mes corvées.

— Ces mots sont ceux de ta propre conscience, Philippe, pas les miens. Par contre, je crois que l'on devrait pouvoir faire quelque chose de vraiment utile pour cet enfant.

23

Mme Beauvillier passait en revue le courrier du jour : des envois publicitaires, avec ce matin des babioles, échantillons et autres cadeaux de pacotille. Encore des catalogues… et deux lettres de la banque. Elle les ouvrit rapidement, sans même prendre le temps d'utiliser son coupe-papier. Dans sa précipitation, elle semblait avoir oublié la présence d'Andrew. Elle parcourut les quelques pages et s'arrêta sur la dernière. Une expression indéfinissable passa sur son visage. Andrew perçut son inquiétude. Elle étudia le second pli, qui ne comportait qu'une seule feuille. Après l'avoir lue en détail, elle glissa le tout dans son tiroir et se força à sourire en repassant aux prospectus.

En peu de temps, Blake avait appris à aimer ce drôle de cérémonial. Il était toujours scandalisé par les arguments mensongers des missives et déconcerté par la réaction de Madame qui prenait tout cela très au sérieux, mais cette séance quasi quotidienne lui laissait le loisir d'observer cette femme qui l'intriguait de plus en plus. Avec une joie sincère, elle déballait les cadeaux sans valeur ou les gadgets présentés sous un jour flatteur et les alignait devant elle comme autant de trophées. Noël et des pochettes-surprises tous les jours.

Comme chaque matin, Andrew allait repartir avec sa petite liasse de réponses à préparer. Comme toujours, il serait sur le point de sortir quand, immanquablement, Mme Beauvillier le rappellerait pour l'informer d'un « point essentiel » qu'elle aurait oublié de lui confier lorsqu'il était encore assis. Cette fois, pourtant, Blake décida de prendre les devants.

— Pour les interphones, je vous annonce que Philippe et moi allons pouvoir les réparer sans aucun frais. Nous avons trouvé de quoi les bricoler. Par contre, quand vous le jugerez possible, je serais d'avis d'installer un visiophone à contrôle d'ouverture sur le portail piéton. Cela ne devrait pas coûter trop cher.

— Ce n'est vraiment pas le moment de faire des dépenses. Heureusement que vous avez pu sauver la plomberie de ma salle de bains parce que je ne sais pas comment nous aurions fait.

— Sans vouloir être indiscret, vous êtes financièrement si juste que ça ?

— C'est indiscret, monsieur Blake, mais puisque de toute façon vous l'apprendrez tôt ou tard, autant être franche. Mes finances sont au plus mal. C'est un grand domaine, la maison exige de l'entretien et un minimum de personnel pour fonctionner. D'où votre présence, malgré le coût des charges. J'avais fait quelques placements, qui non seulement n'ont pas produit les intérêts escomptés, mais qui en plus ont vu leur capital fondre comme neige au soleil.

— Si je peux me permettre…

— Non, vous ne pouvez pas. Dans ces murs, vous êtes majordome. Et je dois avouer que sur ce plan, vous me donnez entière satisfaction. Vos initiatives, l'influence que je sens déjà sur Odile, sur la petite et même sur M. Magnier est très positive. Par contre, pour ce qui est de la conduite de mes affaires, je vous demande d'appliquer mes directives sans prétendre me conseiller. J'ai cru comprendre que vous vous autorisiez des avis pour le moins critiques au sujet de gens en qui j'ai toute confiance. Que les choses soient claires, monsieur Blake : vous n'avez aucune qualification pour juger de la conduite d'une maison. Mener un domaine comme le mien revient à diriger une entreprise. Mon mari, qui gérait une usine et plusieurs sociétés, m'a appris quelques rudiments. Vous ignorez tout de cela alors, s'il vous plaît, merci de vous en tenir à votre secteur de compétences. Est-ce compris ?

Blake prit sur lui malgré son envie de réagir.

— Parfaitement, madame.

Ce matin-là, Mme Beauvillier n'ajouta rien quand Andrew quitta la pièce.

Après une telle humiliation, Blake ne se sentait pas la force de descendre affronter Odile. Il monta au troisième se reposer un peu dans sa chambre. Le bruit de l'aspirateur lui indiqua que Manon se trouvait déjà à l'étage. En suivant le fil qui courait sur le sol, il s'aperçut même qu'elle était en train de nettoyer sa chambre. Il la surprit aspirant sous son armoire.

— Vous m'avez fait peur, sursauta-t-elle, je ne vous avais pas entendu arriver.

Elle arrêta l'appareil et ajouta :

— J'ai fait la salle de bains, les serviettes sont propres. Demain, si vous voulez, je changerai vos draps et je laverai les carreaux. Aujourd'hui, je ne vais pas avoir le temps…

— Merci beaucoup, Manon. Je suis vraiment ennuyé que vous ne vouliez pas que je vous dédommage pour ce travail supplémentaire.

— Ça me fait plaisir.

— Ne vous fatiguez pas trop, surtout dans votre état… Des nouvelles de Justin ?

— Aucune. La nuit je me réveille, je me demande ce qu'il fait, ce qu'il pense. J'ai peur qu'une autre fille lui mette le grappin dessus. Chaque fois que je repars d'ici, dès que mon téléphone capte à nouveau, j'ai le cœur qui bat. J'espère, mais rien. Vous qui êtes un homme, vous avez une idée de ce qui peut se passer dans sa tête ?

— Si déjà je parvenais à comprendre ce qui se passe dans la mienne…

— Il ne se rend pas compte de l'enfer que je vis, de mon angoisse.

— Trop souvent, on ne le mesure pas, c'est vrai. Je sais que c'est injuste vis-à-vis de vous, que c'est un effort supplémentaire, mais je crois qu'il faut lui laisser un peu plus de temps.

— Jusqu'à quand ?

— Quelques jours, au moins.

Manon soupira.

— Je vais y aller. De toute façon, j'avais fini. Vous aurez votre linge demain.

Elle se baissa pour attraper son aspirateur et se retrouva face à la photo posée sur la table de nuit.

— Ce sont votre femme et votre fille ?

— Oui.

— Elles sont belles.

La jeune femme prit le cadre et le contempla.

— Vous n'avez jamais songé à refaire votre vie ?

— Diane est toujours ma femme. Cela peut vous paraître idiot, mais je vis toujours avec elle.

— C'est pour ça, les deux brosses à dents ?

— Vous avez remarqué…

— La première fois, je me suis dit que c'était un truc d'Anglais, genre une brosse pour les dents du haut et une autre pour les dents du bas…

— Vous avez vraiment de drôles d'idées sur nous. Comment avez-vous compris ?

— La rouge était toujours sèche et la verte est plus usée…

— Vous ne vous êtes pas dit que les Anglais n'avaient peut-être pas de dents du bas ?

Manon gloussa et reposa la photo.

— Et votre fille, elle fait quoi ?

— Sarah a fait des études de physique appliquée pendant lesquelles elle a rencontré un jeune ingénieur très brillant avec qui elle est partie vivre à Los Angeles. Ils sont spécialistes de la prévision sismique.

— Elle vous ressemble. Vous la voyez souvent ?

— Sans doute pas assez, et le temps passe. Quand elle était plus petite, confia Andrew en prenant le cadre à son tour pour le regarder avec tendresse, j'en étais très proche. Mais je travaillais beaucoup. Je rentrais tard. Il m'arrivait d'être absent des week-ends entiers. Je ne l'ai pas vraiment vue devenir une jeune femme. Diane l'aidait à se construire, l'accompagnait. Elles s'aimaient beaucoup. Quand ma femme est décédée, j'ai été désemparé. Je me suis retrouvé face à une demoiselle que je ne connaissais finalement pas très bien et avec qui j'ai été incapable de retrouver un vrai lien.

— C'est dommage…

— Une tragédie de plus. Je voudrais tellement…

Blake s'interrompit par peur de l'émotion qui montait. Par pudeur, Manon s'éloigna. Elle se retourna avant de franchir la porte.

— Quelque chose m'impressionne beaucoup chez vous, monsieur Blake.

— Pourtant, rien ne devrait.

— Vous avez un don pour analyser les problèmes, pour exposer les situations avec une limpidité et une sagesse qui rassurent.

— C'est gentil, Manon. Je préférerais avoir un peu moins de moyens d'analyse et un peu plus de courage pour agir…

24

En pénétrant dans l'office, Andrew remarqua d'abord le fumet. Odile s'affairait énergiquement et Méphisto avait reculé jusqu'au pied de l'évier tellement les fours chauffaient. Blake avait passé la journée à éviter sa collègue pour ne pas risquer une nouvelle confrontation. Ce soir, il était décidé à faire son possible pour apaiser leurs relations.

— Je vous laisse mettre la table, fit la cuisinière.

La phrase était trop courte, et de surcroît parasitée par le crépitement des cuissons et le ronronnement de la hotte, pour qu'Andrew puisse en déduire son humeur.

Passant près du chat, il se retint de le caresser, redoutant que ce geste ne soit perçu comme une provocation. Il ouvrit le placard à vaisselle. Pas d'assiettes. Il crut d'abord s'être trompé, mais il ne trouva pas non plus les verres. Il profita qu'Odile avait le nez dans ses casseroles pour jeter rapidement un œil dans les autres meubles de rangement. Elle avait tout changé. Chaque catégorie d'ustensiles s'était vu attribuer une nouvelle place. Les plus courants étaient désormais les plus proches et les plus faciles à attraper. Andrew se retint de sourire. Il essaya de se composer un air naturel, comme s'il n'avait rien remarqué.

— Vous me donnerez les assiettes, lança Odile en continuant à surveiller ses marmites.

Elle souleva un couvercle pour ajouter des épices et remua. Un autre alléchant parfum se répandit dans la pièce. Andrew se dit que s'il était sage, il aurait peut-être la chance qu'elle lui fasse la même recette qu'au chat…

— Asseyez-vous, ordonna-t-elle.

Il s'exécuta. Aucun des deux n'osait regarder l'autre franchement. Odile déposa devant lui une assiette garnie en annonçant :

— Filet mignon caramélisé aux baies roses avec son écrasée de pommes de terre maison.

Méphisto se lécha les babines. Blake en avait l'eau à la bouche, mais il attendit qu'Odile soit installée et ait commencé avant de goûter à son tour. Ses papilles réagirent instantanément.

— C'est excellent. Comment réussissez-vous à obtenir un résultat à la fois moelleux à l'intérieur et délicieusement croustillant autour ?

— Je me suis lâchée.

— Ce n'est pas moi qui vais m'en plaindre. Où avez-vous appris à cuisiner ainsi ?

— J'ai fait pas mal de métiers avant d'atterrir ici. À une époque, j'ai travaillé en cuisine au Relais de Dormeuil, un restaurant assez réputé dans la région. J'aimais bien ça. Je suis restée en brigade pendant cinq ans.

— En brigade ?

— C'est comme ça qu'on appelle les équipes en cuisine.

Andrew se régalait. Il avait l'impression de ne pas avoir senti à ce point le goût des aliments depuis des lustres. À côté de ce plat, même la cuisine du Browning paraissait fade.

— Vous connaissez beaucoup de recettes de ce genre ?

— Quelques-unes.

Il ferma les yeux pour mieux savourer.

— Odile, ce n'est pas un repas, c'est une œuvre d'art !

— Si ça peut vous éviter de voler la nourriture de mon chat…

— Avez-vous déjà servi ce plat à Madame ?

— Elle n'en voudrait pas. Avec elle, rien ne doit changer. Je tourne en boucle sur ce qu'elle connaît. Son cœur de rumsteck – 70 grammes dont elle fait toujours neuf bouchées – une fois par semaine, ses satanés brocolis, ses salades de riz et de maïs… Au début, j'ai bien essayé de lui faire autre chose, mais elle n'y touchait pas.

— Puis-je faire une observation ?

— Si c'est au sujet du rangement des casseroles, j'aimerais que vous fassiez comme si vous n'aviez rien vu…

— Mais je n'ai rien vu.

— Si c'est au sujet du poids de Méphisto, même chose.

— Votre chat est un athlète.

— N'en faites pas trop. C'est sur la recette ?

— Pas du tout. Je me demandais simplement pourquoi Madame, vous, Philippe et Manon ne vous retrouviez jamais ensemble.

— Madame n'aime pas se mélanger. Quant à Philippe…

— Il n'est sans doute pas aussi raffiné que vous, mais je crois que c'est un « bon bougre », comme on dit chez vous.

— J'ai des doutes. Au début, il m'a honteusement draguée…

— Les débuts sont parfois maladroits.

— Plus jeune, j'avais une copine qui disait : « Peu importe la façon dont le feu prend. Ce qui compte, c'est la longueur de la flamme… » Élégant, non ? Enfin bref, elle en est à son troisième divorce. Pour ma part, j'aime qu'on y mette les formes. La seule fois où j'y ai cru, il avait su s'y prendre et c'était merveilleux.

Intrigué, Andrew observait Odile pendant qu'elle mangeait. Elle releva les yeux et croisa son regard.

— Vous vous demandez pourquoi je suis ici, célibataire à mon âge, alors que j'ai aimé ?

— Je ne me permets pas…

— Ça me fait du bien d'en parler. Je n'en ai jamais rien dit à personne depuis que je suis ici. L'histoire est simple, monsieur Blake : il est parti. C'était l'adjoint du chef au Relais de Dormeuil. C'est pour lui que j'avais appris la cuisine. Je crois que nous nous aimions. J'étais vraiment heureuse avec lui. Après quelques années, on lui a proposé une place de chef dans votre pays. Il m'a demandé de le suivre et j'ai refusé.

Odile ne mangeait plus, elle regardait son assiette fixement en lissant sa purée avec sa fourchette. Elle poussa un soupir.

— Il a essayé de me convaincre, mais je n'ai pas cédé. J'avais peur. Ça me fait tout drôle de le dire, j'ai mis si longtemps à l'admettre… J'avais peur du changement, peur de tout quitter. Quelle idiote… Je craignais aussi qu'en devenant chef, il ne me trouve plus assez bien pour lui. On s'est séparés. Six mois plus tard, j'ai démissionné du Relais et j'ai fait ce que je pouvais pour travailler dans la cuisine en évitant tout ce qui pouvait me rappeler un grand restaurant. J'ai essayé les cantines scolaires, à servir des plats industriels à des enfants qui ne veulent que des frites et du steak haché. J'ai aussi tenté deux maisons de retraite, et puis j'ai répondu à une annonce, et je suis venue m'enterrer ici. Vous devez me trouver pathétique…

— Parce que vous avez un passé et des regrets ? Certainement pas.

— Vous avez des regrets, vous aussi ?

— Beaucoup. Mais à mon âge, ce ne sont pas les erreurs que l'on regrette le plus, ce sont les gens. Il y en a tant qui me manquent…

— Vous avez aimé, vous aussi. Cela se sent. Une façon d'être, un regard sur la vie, quelque chose qui transpire… Malgré ses défauts, Madame appartient également à cette catégorie.

— La catégorie de ceux qui ont connu l'amour avant de le perdre ?

— On peut le résumer ainsi.

— Contrairement à nous, Odile, vous n'êtes pas veuve. Vous n'avez jamais cherché à avoir des nouvelles de cet homme ?

— Il a dû refaire sa vie, réussir… m'oublier.

— Plus aucun contact ?

— Jamais. J'ai trop honte.

— Et vous ne cuisinez plus que pour votre chat…

— Lui ne me juge pas.

— Si je vous dis ce que je pense, vous continuerez malgré tout à me préparer vos plats délicieux ?

Odile s'efforça de sourire, mais ne fit aucune promesse.

25

Pourquoi les heures de la nuit semblent-elles si longues ? Pourquoi sont-elles si sombres ? Allongé dans son lit, Blake songeait à Odile, Manon, Philippe, et même à Yanis. Tous avaient de drôles de vies, des parcours souvent chaotiques qui les avaient réunis ici. Au-delà de leurs attitudes, des personnages qu'ils s'étaient construits, chacun d'eux, quel que soit son âge, cachait des fêlures… Andrew soupira. Il n'était en France que depuis quelques semaines et déjà, il philosophait lui aussi sur n'importe quoi.

À travers la fenêtre dont il ne tirait jamais le rideau, la lune baignait sa chambre d'une pâle lueur. La maison était silencieuse. Chacun dormait à sa place. Andrew s'imagina Philippe dans sa petite maison, Manon dans sa solitude, Odile à l'autre extrémité du couloir et Madame dans sa chambre aussi obscure le jour que la nuit.

Le calme du présent ouvrait un boulevard au passé. Comment gérer le flot de souvenirs et les sentiments qui remontaient ? Y a-t-il un âge à partir duquel l'on perd la faculté de ressentir ? Nos vies biologiques sont-elles désormais si longues que passée une limite, le cœur, n'ayant plus d'espace à offrir au futur, n'existe plus que par ce qu'il a déjà éprouvé ? Toujours choisir, toujours trier pour ne garder que l'essentiel. Y avait-il un jour idéal qu'Andrew aurait voulu revivre ? Si une bonne fée lui offrait de revenir en arrière, quel moment choisirait-il ? Pour répondre à cette question, il lui fallait affronter ce qui lui manquait le plus. La vraie solution se cachait au pied du plus haut des monuments qu'il avait érigés à chacun de ses regrets. Non, il était finalement préférable qu'aucune fée ne vienne lui faire cette proposition. À défaut d'oublier, il pouvait éluder. S'en tenir au présent, au manoir, était peut-être la meilleure des solutions.

Souvent, lorsqu'il ne savait pas quoi penser d'une situation ou d'une personne, Andrew se demandait ce qu'en aurait dit Diane. Elle parlait souvent, de tout, beaucoup, mais lorsqu'il était question de l'essentiel, elle avait le don de ne dire que le strict nécessaire. Quelques mots sur un choix de vie, un commentaire sur le comportement d'une connaissance. Jamais agressive, rarement complaisante, toujours juste. Étrangement, Andrew ne parvenait pas à se figurer ce qu'aurait pensé Diane des habitants du manoir. Par contre, la petite voix intérieure qui vivait toujours en lui chuchotait que tous se montraient finalement moins larmoyants que lui-même. Eux aussi étaient seuls, et ils avaient parfois des raisons bien plus grandes que les siennes d'être déprimés. Lui n'avait pas les ennuis d'argent de Madame. Contrairement à Philippe, il ne vivait isolé que parce qu'il l'avait voulu. Et à la différence d'Odile, son activité quotidienne ne lui rappelait pas à chaque instant qu'il se retrouvait là parce que sa propre peur l'avait empêché de suivre la personne qu'il aimait.

Un sentiment ambigu monta en lui. Lentement, inexorablement. Un mélange de colère, de culpabilité et de frustration. Aurait-il été capable d'avouer ses regrets avec la même simplicité qu'Odile ? Certainement pas. Pourtant, malgré ses formules et ses beaux discours, des regrets, il en avait beaucoup. Aurait-il eu la volonté de se cloîtrer pour rester dans le souvenir de l'être aimé comme Mme Beauvillier ? Bien qu'ayant placé Diane sur un piédestal, il n'en aurait jamais eu la force. S'il avait fait preuve de l'intégrité qu'il se prêtait, il se serait supprimé. Mais Andrew n'en avait pas le courage.

La vérité lui sembla tout à coup terriblement dérangeante : en dépit de ses peines, sincères, malgré ses postures et ses jérémiades, il n'était pas prêt à renoncer à la vie. Était-ce une bonne ou une mauvaise nouvelle ?

26

— En France, ce sont les blancs qui commencent, c'est la même chose chez les Anglais ?

— Depuis que le premier tournoi d'échecs s'est tenu à Londres lors de l'Exposition universelle de 1851, il en est ainsi partout dans le monde. Mais est-il approprié que le roi et la reine aient encore leur tête dans ton jeu ?

La remarque d'Andrew amusa Philippe. Pour leur première partie sous la tonnelle, le régisseur avait bien fait les choses. Deux paquets de galettes disposées sur une assiette en plastique, une Thermos de thé pour faire honneur à son invité, et des couvertures qui, bien qu'usées et trouées, les protégeaient de la fraîcheur de la brise.

Très concentré, Magnier avança un pion. La pointe de sa langue dépassait de ses lèvres, comme un enfant qui porte une attention extrême à ce qu'il fait. Blake avança un des siens en parfaite symétrie.

— Veux-tu un biscuit ? proposa Magnier.

— Pas dans l'immédiat, merci.

Blake était ému par le moment, qui lui rappelait les dînettes avec sa cousine, lorsqu'il passait ses vacances d'été à la campagne. Son père restait travailler à la fabrique et sa mère, qui supervisait les travaux d'agrandissement dans leur maison, l'envoyait à quelques dizaines de miles, au grand air, pour ne pas le voir traîner dans les jambes des ouvriers. Chez sa tante, tout le monde était vieux, sauf Debby. C'était à force de jouer avec cette obsédée des poupées et des défilés de mode que Blake avait pour la première fois regretté de ne pas avoir de frère. Il ne s'amusait pas aussi bien avec sa cousine qu'avec des garçons – excepté pour la dînette. Tout jeunes, ils remplissaient leurs assiettes de terre et de cailloux, et leurs verres d'eau de la mare. Andrew se souvenait encore du jour où, en faisant semblant de boire, Debby avait trouvé un gros ver se tortillant dans son gobelet. Elle avait vomi partout sur leur table. À partir de huit ans, ils avaient eu le droit d'emporter de la vraie nourriture dans leur coin aménagé sous le saule. Andrew ne s'en était pas souvenu depuis des années, jusqu'à ce qu'il ressente la même impression de liberté face à Philippe, dans le parc, sous une tonnelle rafistolée.

Youpla arriva en courant, un bâton dans la gueule. Il le déposa aux pieds de Magnier et se mit à japper jusqu'à ce que son maître envoie le bout de bois le plus loin possible.

— Fiche-nous la paix, grogna Magnier. C'est sérieux.

Il avança un second pion. Blake sortit immédiatement un cavalier.

— L'Angleterre n'a jamais été longue à lâcher la cavalerie…, commenta Philippe. À Waterloo, elle nous a coûté cher.

— Je ne suis pas l'Angleterre et, malgré mon âge, je n'étais pas à Waterloo.

— Tu as raison. C'est toujours la même chose. Quand on rencontre un étranger, on l'assimile souvent aux clichés qui circulent sur son pays.

— Très juste, admit Blake.

— Tu croises un Espagnol, tu lui fais « Olé » ; un Italien, tu lui parles de pizzas, de mafia et de Venise. C'est pareil chez toi ?

— Je suppose, puisque lorsque l'on pense aux Français, on voit aussitôt une grenouille avec un béret et une baguette, qui râle en essayant de tenir tête aux autres, tous plus grands qu'elle. Mais nous devons avoir tort, toi tu n'as rien d'une grenouille.

— Et plus personne ne porte de béret depuis longtemps… Sais-tu comment nous vous voyons, vous autres ?

— Dis-moi.

— Pédants, maniérés, fourbes, ne vous battant que pour vous.

— Merci.

— De rien. On vous prétend aussi asexués…

— Asexués ?

— On raconte que pour savoir combien de fois un Anglais a fait l'amour, il suffit de compter ses enfants.

— Pauvre de moi, je n'ai qu'une fille ! Et en quel animal nous imaginez-vous ?

— Un Anglais, chez nous, c'est déjà une sorte d'animal…

Blake éclata de rire.

— Ma femme était française et elle m'a toujours caché cela.

Youpla revint avec son bâton.

— Laisse-nous, fit Magnier, va chasser les lapins ou les écureuils.

Voyant que son maître n'était pas décidé à s'occuper de lui, le chien se tourna vers Blake. Il déposa son bout de bois à ses pieds et recula en remuant la queue. Andrew le ramassa.

— Vous vous liguez pour m'empêcher de me concentrer sur cette partie, c'est ça ?

Il lança le bâton derrière un bosquet. Vif comme l'éclair, le chien détala à sa poursuite.

Magnier tendit l'oreille.

— Tu n'as pas entendu une cloche ?

— Je n'ai pas fait attention. Pouvons-nous poursuivre ?

Magnier déploya un fou à travers le corridor de pions qu'il avait dégagé. Blake songea bien à un commentaire, mais s'abstint.

— Je dois t'avouer que ta façon de parler notre langue m'impressionne, reprit Philippe. Jamais une erreur, toujours le mot juste…

— Merci beaucoup.

— Dans ton précédent emploi, tu pratiquais beaucoup le français ?

— Assez peu, mais je continue à le lire. Diane lisait énormément et j'aime me replonger dans les textes qu'elle appréciait.

Blake s'attendait à ce que Magnier lui demande lesquels, mais c'était compter sans la faculté de Philippe à le déconcerter.

— Une autre chose me fascine aussi, reprit celui-ci : je ne t'ai pas entendu prononcer un seul gros mot…

— Je les crois inutiles.

— Tu n'en dis jamais ?

— J'évite.

— Tu n'insultes jamais personne ? insista Philippe avec étonnement.

— On peut être violent sans insulter. Parfois, dire ce que l'on pense correctement peut s'avérer bien plus offensif que des mots qui n'ont plus aucun sens parce que tout le monde les emploie à tort et à travers.

— Ce n'est pas faux, admit Philippe. Mais je trouve que la richesse d'une langue se mesure aussi à la variété de ses insultes. En français, nous avons un sacré registre. Il existe tout un arsenal, du plus léger au plus sérieux. Tu peux traiter quelqu'un de crétin, de bouffon, de clown, de pingouin, et s'il t'agace vraiment, passer à la vitesse supérieure avec des choses parfois très fleuries. Si tu veux, je t'en apprendrai pour parfaire ta culture. En dernier ressort, il y a l'artillerie lourde : fils de…, sac à…, tête de…, trou du…

— Merci, Philippe.

Une voix exaspérée les fit bondir :

— Non, mais à quoi vous jouez ?

Odile surgit de l'allée, rouge d'essoufflement et d'énervement.

— Nous jouons aux échecs, un sport de gentlemen, répondit Magnier.

— En vous disant des gros mots comme des mômes de maternelle ?

Elle se tourna vers Blake.

— Et vous, bien sûr, vous n'avez pas entendu la cloche sonner ?

— Philippe me l'a effectivement fait remarquer voilà un moment.

— Vous ne vous êtes pas dit que Madame pouvait vous appeler ?

— Je ne savais pas que j'étais censé répondre à ce genre de signal. De toute façon, je refuse de rappliquer quand on me sonne. Mais je suis à disposition si on m'appelle.

— Allez donc expliquer tout ça à Madame, parce qu'elle vous attend depuis une heure.

27

— Je deviens folle ! Je suis allée jusqu'à l'espionner à la sortie de son travail. Le pire, c'est qu'il avait l'air d'aller bien. Même pas de cernes. Figurez-vous que je l'ai vu rire aux éclats avec un collègue. Comment fait-il ? Je porte son enfant, j'assume toute seule, et lui s'amuse. Si ça se trouve, il m'a déjà oubliée…

Manon poussa un soupir.

— Mercredi, j'ai passé la soirée dans sa rue à essayer de l'apercevoir par les fenêtres de son appartement. Je n'ai pas vu grand-chose, à part quelques allers-retours au frigo. En me fiant aux lueurs sur le plafond de son salon, j'ai l'impression qu'il n'a fait que jouer à la console ou regarder la télé. Et pendant ce temps-là, moi, je me gelais dehors, morte de chagrin, à battre le pavé enceinte ! J'avais la trouille que les gens me prennent pour une prostituée. Tout ça à cause de lui ! Dix jours – et dix nuits – que j'attends, monsieur Blake. Aucun SMS, pas un mail, rien. Je ne dors plus, je ne vis plus. Je suis à bout.

La jeune femme s'essuya les yeux.

— Manon, pleurer ne sert à rien. Dix jours, dans une vie, ce n'est finalement qu'une goutte d'eau. Et dans ce genre d'affaire, la précipitation n'est jamais une bonne chose.

— Excusez-moi, mais c'est n'importe quoi ! s'emporta-t-elle. Vous parlez toujours comme dans un livre. Pour vous, c'est facile d'être raisonnable, vous n'êtes pas concerné. Est-ce que vous avez déjà attendu au point d'en être malade ? Avez-vous déjà été suspendu à une réponse dont votre vie dépend et sur laquelle vous n'avez aucune prise ?

Blake reçut la réflexion de Manon comme un coup de poing. La petite avait raison. S'il acceptait de se rappeler, seulement un peu, il n'avait que l'embarras du choix. Ses phrases toutes faites étaient comme des portes closes derrière lesquelles s'entassaient des souvenirs qui prenaient la poussière, derrière lesquelles se cachaient ses sentiments, ses vraies émotions. Manon venait de faire exploser la porte et Blake sentit un flot de souvenirs submerger sa mémoire. Il se revit juste après avoir remarqué Diane pour la première fois, lors d'un concert, quand un ami commun lui avait promis de lui donner son adresse : six jours d'attente obsessionnelle. Lorsque, après avoir essayé des mois durant d'avoir un enfant, ils avaient attendu la réponse pour savoir si la nouvelle grossesse était viable : onze nuits blanches. Et au temps où sa mère avait espéré une rémission de son cancer, lui s'efforçant de paraître serein, se cachant pour pleurer en attendant le verdict.

Les exemples se comptaient par dizaines. Ces attentes n'avaient pas toutes débouché sur des catastrophes, bien au contraire. Il avait fini par aller sonner chez Diane sous le prétexte ridicule de lui rendre une écharpe qu'il savait parfaitement ne pas lui appartenir. Et Sarah était bien née. Chaque fois, il aurait donné n'importe quoi pour que les aiguilles de sa montre tournent plus vite, pour que les jours défilent comme des secondes.

Blake prit une inspiration. Il devait revenir à Manon, lui dire ce à quoi il avait réfléchi pour elle.

— À votre place, j'essaierais de lui écrire.

La jeune fille haussa un sourcil.

— C'est bien joli, mais pour lui dire quoi ?

Andrew se frictionna la tempe.

— N'y mettez aucune colère, aucun reproche. Si vous voulez, je vous aiderai.

En une fraction de seconde, la jeune femme changea d'expression. Son regard s'emplit tout à coup d'espoir et de reconnaissance.

— Je ne vous garantis pas le résultat, tempéra Blake, mais ça vaut la peine d'essayer.

Manon sauta au cou du majordome et l'embrassa sur la joue.

— Vous êtes un amour. Je vais chercher de quoi écrire.

Installée sur son lit, les jambes croisées, Manon avait les yeux rivés sur le majordome, attentive, le crayon levé. Blake commença à dicter :

— « Cher Justin »…

— Moi, tiqua Manon, j'aurais plutôt mis « Mon Justin ».

— Les filles aiment bien s'approprier leurs hommes, mais ce n'est pas ce que nous apprécions le plus, surtout au début, croyez-moi.

— Va pour « Cher Justin ».

Andrew réfléchit quelques secondes, cherchant le mot juste. Il reprit :

— « Voilà dix jours que nous ne nous sommes pas vus. Tu me manques. Ma vie n'est pas la même sans toi. Je comprends que tu aies besoin de prendre du recul après la nouvelle de ma grossesse. Je pensais sincèrement te faire une bonne surprise, mais je me rends compte que ce n'est pas le cas. Je ne suis pas tombée enceinte volontairement, mais cet enfant est là, il est de toi, et j'en suis heureux… »

— Vous voulez dire « heureuse »…

— Bien sûr, heureuse. « Il arrive plus vite que prévu, mais j'espérais qu'un jour nous aurions des enfants ensemble. Je ne veux pas prendre ta vie en otage. Je souhaite seulement la partager. »

Andrew marqua une pause. Manon prenait en note aussi vite qu'elle le pouvait. Il poursuivit :

— « Je n'ai pas peur de la solitude, j'ai peur d'être privée de toi. Je ne cherche pas à être en couple à tout prix, je veux vivre à tes côtés. Chaque soir, je veux te retrouver. Je sais que ma vie sera plus belle avec toi. Quand nous serons séparés, je veux t'attendre en sachant que tu reviendras. Tu es une évidence pour moi et j'ai cru que j'en étais une pour toi. Il faut me dire si je me suis trompée, si j'ai été seule à espérer. Jamais je n'avais ressenti cela. J'aime ce que tu es. Je te vois, je t'observe. À tes côtés, je crois pouvoir être meilleure que je ne le suis. Je crois pouvoir faire mieux, pour nous, toujours. Il te faut sans doute du temps pour savoir si je te corresponds vraiment et si tu as envie de t'engager. Même si c'est douloureux, je suis prête à attendre. Donne-moi ta réponse dès que tu le pourras. J'espère que tu reviendras. Je t'aime… »

Tout en écrivant, Manon éprouvait un sentiment étrange. Chacun de ces mots correspondait parfaitement à ce qu'elle ressentait. Cependant, les entendre de la bouche d'un homme qui aurait pu être son grand-père la perturbait. Elle regarda Blake attentivement, mais rien ne se lisait sur son visage.

— C'est très beau, souffla-t-elle. Jamais je n'aurais pu écrire ainsi, bien que ce soit exactement ce que je ressens pour Justin. Comment faites-vous ?

— Il y a bien longtemps, au tout début de notre histoire, Diane a rompu. Je ne sais même plus pour quelle raison précise. Je me souviens seulement à quel point j'étais anéanti. J'ai vécu un cauchemar. Je savais qu'elle était la femme de ma vie. J'avais la certitude que si je la perdais, je ne trouverais jamais le bonheur. Comme vous, j'ai attendu. J'avais oublié à quel point. Comme vous, je me suis caché pour l'épier partout où je savais qu'elle irait. Comme vous, je ne comprenais pas comment elle pouvait encore vivre alors que j'étais si malheureux. La lettre que vous allez envoyer à Justin est celle que j'aurais dû lui écrire si j'en avais été capable…

— Vous en êtes capable puisque vous me l'avez dictée.

— Quarante ans trop tard, Manon. À l'époque, je ne savais pas dire les choses simplement, sincèrement. Il faut du temps pour l'apprendre. Quand on est jeune, on a peur de ce qui commence. On ne sait pas. Quand on est vieux, on a peur de ce qui risque de finir. On sait bien assez de choses mais on n'a plus l'occasion de s'en servir. Alors si mon expérience peut vous être utile, ma souffrance de l'époque n'aura pas été complètement vaine. Cette idée me plaît.

Manon contempla sa feuille griffonnée.

— Je recopie tout au propre et je lui dépose en redescendant en ville.

— Non, Manon. Vous devez lui envoyer par la poste. Il ne doit même pas savoir que vous vous êtes approchée de son domicile. Les hommes détestent les intrusions dans leur territoire…

28

Sous un ciel menaçant, Magnier arriva en courant au portail principal, un tournevis à la main.

— Faites que ça marche du premier coup ! supplia-t-il.

Il ouvrit la grille pour piétons maintenant équipée d'une gâche électrique et se posta devant le visiophone fixé le matin même au mur. Comme un joueur de casino superstitieux qui va lancer les dés, il se frotta les pouces sur le bout des autres doigts avant d'enfoncer le bouton d'appel.

À la première sonnerie, Blake, qui attendait devant le récepteur installé dans le hall du manoir, répondit. Sur le minuscule écran noir et blanc s'afficha le visage de Magnier. La caméra basse définition et l'optique grand angle lui faisaient une tête de batracien, sphérique, avec des yeux énormes et une bouche minuscule. Blake n'aurait pas été surpris de voir des bulles sortir de ses lèvres.

— Tu m'entends ? demanda le régisseur.

— D'abord, on dit bonjour, sinon je n'ouvre pas. D'ailleurs, étant donné l'heure, bonsoir serait plus approprié…

— Très drôle. Maintenant, teste l'ouverture électrique avant que je me prenne la sauce.

— Chez vous, tout est toujours affaire de cuisine...

La voix déformée de Philippe arrivait avec un décalage par rapport à l'image. L'effet surréaliste fascinait Blake.

— Andrew, qu'est-ce que tu attends ? S'il te plaît, ouvre !

Blake appuya sur le bouton d'ouverture. Un déclic sec lui revint par l'interphone.

— Ça marche ! triompha Magnier.

Face à l'œil de la caméra, alors que les premières gouttes tombaient, Magnier changea tout-à-coup d'attitude.

— Je suis une ordure parce que j'ai profité du gamin, lâcha-t-il très vite.

Blake fut surpris par la soudaineté autant que par l'incongruité du propos. Même avec une image difforme, il était évident que Magnier n'en menait pas large.

— Pourquoi me balances-tu ça maintenant ? C'est un interphone, pas un confessionnal.

— Parce que j'ai trop honte pour t'en parler en face.

— Je n'ai pas à juger. C'est une affaire entre Yanis et toi. Si tu regrettes, c'est à lui qu'il faut le dire.

— Tu as parlé d'une idée pour arranger les choses...

— Effectivement, j'en ai peut-être une.

— Alors je veux bien qu'on s'y mette vite parce que je me sens vraiment mal.

— Quand doit-il revenir ?

— Ce soir, répondit Philippe en clignant des yeux sous la pluie.

— Tu te sens prêt à lui parler ?

— Ça serait plus facile si tu m'aidais… Je ne sais même pas quelle est ton idée.

Blake marqua un temps et répondit :

— Je descendrai après le dîner. On en discutera.

Le visage de Magnier eut un large sourire que la caméra déforma, lui donnant l'allure d'une créature de science-fiction tombée de l'espace, armée d'un tournevis pour envahir la Terre.

— Vous êtes encore en train de vous amuser, commenta Odile, arrivée dans le hall à l'improviste.

— Pas du tout, se défendit Blake. Nous essayons le nouvel interphone de l'entrée.

— J'entends bien, ça n'arrête pas de sonner. Mais pour ça, vous n'êtes pas obligés de vous parler des heures en vous donnant de mystérieux rendez-vous…

Tout sourire, Odile quitta la pièce. Le majordome avait beau avoir son âge, il faisait exactement la tête d'un élève de CM2 pris en flagrant délit…

29

— On peut allumer la télé ?

— Pas maintenant, Yanis. Philippe et moi souhaitons d'abord te parler de choses importantes.

— Je vous préviens, je ne ferai pas plus de courses ! Vous pouvez tout balancer à ma mère, je m'en fiche. Pas question de bosser encore plus. Vous êtes des esclavageurs.

— On dit « esclavagistes », précisa Andrew d'une voix calme.

— Vous me reprenez parce que je suis immigré, c'est ça ?

— Tu es né en France, mon garçon. De nous deux, l'immigré, c'est moi.

L'enfant n'avait pas touché à son assiette. Sous la table, il glissait des petits morceaux de pain à Youpla en s'imaginant que personne ne l'avait remarqué. Comme convenu, Philippe restait en retrait.

— Nous voudrions te proposer un marché, reprit Blake.

— Tant pis pour vous. Vous n'avez pas une chance. Je suis trop fort à la négo.

— Est-ce que tu aimes venir ici ?

Un peu décontenancé, le gamin jeta un coup d'œil furtif aux deux hommes qui le fixaient.

— C'est pas mal, ça me change, et puis il y a Youpla…

— Est-ce que ça te dirait de venir plus souvent ?

— Pour quoi faire ? Vous êtes pas des zoophiles au moins ? Parce que sinon, mon frère va venir avec ses potes et il va vous défoncer.

— Tu voulais sans doute dire « pédophiles », mais non, rassure-toi. L'idée serait plutôt de t'apprendre à lire et à compter correctement pour que tu rattrapes le niveau.

— Je sais compter !

— Vraiment ?

— Assez pour faire vos courses et me débrouiller.

— Et lire ?

— À quoi ça sert ? La télé parle… De toute façon, je m'en sors.

— Quel âge as-tu, Yanis ?

— Presque dix-sept.

— Je vois. Et figure-toi que je te crois. Nous avons tous un âge dans lequel nous nous sentons bien parce qu'il correspond à la façon dont nous nous percevons. Les jeunes se voient plus vieux, et les vieux se voient plus jeunes… Moi, tu vois, j'ai trente-cinq ans.

— C'est du gros mytho ! Vous avez au moins le triple !

Blake sourit.

— Tu as raison. Un jour, si tu es sage, je te raconterai ma première chasse au dinosaure, à l'époque où je vivais tout nu dans une grotte. Mais revenons-en à toi. Quel est ton âge, Yanis ? Le vrai.

L'enfant se tordit les doigts.

— Douze. Presque treize. Dans huit mois.

— En quelle classe es-tu ?

— Sixième. J'ai redoublé parce que j'ai été malade…

— Ce n'est pas grave. Pour le moment, si j'ai bien compris, ta mère te nourrit et te loge. Mais as-tu réfléchi à ta vie quand tu seras plus grand ? Que deviendras-tu quand il faudra que tu te prennes en charge ?

— J'ai des tas de copains… et puis j'en suis pas là. J'ai toute la vie devant moi. Forcément, vous ne pouvez pas comprendre…

Remis en cause, l'enfant était prêt à pousser jusqu'à l'insolence pour s'en sortir. Philippe s'apprêtait à le sermonner, mais Andrew lui intima le silence d'un geste.

— Tu vas être étonné, Yanis, reprit-il, mais les deux fossiles que tu as devant toi ont aussi été des petits garçons. À ton âge, on faisait des bêtises, pareil. Nos mères nous grondaient. On n'aimait pas les légumes. On cachait nos larmes quand on s'était pris une raclée, on faisait les fiers. On avait aussi des rêves et beaucoup d'illusions. Exactement comme toi. Et laisse-moi te confier un secret qui peut te faire gagner un temps précieux : les rêves te font avancer et grandissent avec toi. Ils t'élèvent. Par contre, tu dois perdre tes illusions au plus vite. Les illusions t'empêchent de voir la vie telle qu'elle est et conduisent immanquablement à l'échec. Quand tu dis que tu as des tas de copains et que tu as la vie devant toi, crois-moi, c'est une illusion.

Yanis considéra ses deux interlocuteurs avec perplexité.

— Lorsque j'avais ton âge, poursuivit Andrew, je dois bien avouer que je n'avais ni ton énergie, ni ta repartie. Je crois que je n'aurais même pas pu traverser les bois une fois la nuit tombée comme tu le fais. Je me serais sauvé en hurlant au moindre craquement de brindille. Ou pire, je me serais évanoui au premier cri de chouette !

— Vous aviez peur du noir ?

— Pas toi ?

— Petit, j'aimais pas trop ça, mais quand mon père vivait encore avec nous, des fois, il en avait tellement marre de nous entendre faire du bruit en jouant qu'il nous envoyait attendre ma mère dans l'escalier de l'immeuble. Elle rentrait super tard, on y restait des heures. À chaque fin de minuterie, on se retrouvait dans le noir, avec parfois des gens qui surgissaient – les fantômes, comme on les appelait. Alors on a appris à s'y faire.

— Tu parles du temps où tu étais petit au passé. Ça remonte à quand, selon toi ?

— Je sais pas mais ça fait un bail. Et pour ce qui est des rêves, quand on voit le monde autour de nous, ils vivent moins vieux que mes potes dans les jeux vidéo…

— Si tu avais beaucoup d'argent, Yanis, sais-tu ce que tu en ferais ?

— Beaucoup d'argent ?

— Autant que tu veux.

— J'aime bien cette question. Souvent, on joue à ça avec mes potes. Moi, d'abord, j'achèterais une super bagnole, genre Aston Martin avec des gadgets. Et puis des fringues. Et puis j'en donnerais aussi à ma mère pour qu'elle puisse démissionner de son travail nul.

— Ton premier choix serait de t'offrir une voiture de luxe ? Je te parle de rêves, pas d'illusions…

— En fait, réfléchit Yanis, je crois qu'en premier, j'offrirais une grande télé à ma mère parce que la sienne est pourrie. Les seuls moments où je la vois contente, c'est quand elle regarde un truc qui lui plaît. Mais comme elle capte que quelques chaînes et que l'image saute, elle est pas souvent heureuse…

— Voilà le marché que M. Magnier et moi te proposons : à chaque fois que tu viendras, nous t'aiderons pour tes devoirs, et surtout à apprendre à lire et à compter.

— Je vous ai dit que je savais !

— Laisse-moi finir. Si tu arrives à atteindre le niveau que tu devrais avoir dans ta classe, on te donne l'argent pour que tu offres la télé de ton choix à ta mère. Et même un abonnement à une plateforme.

— Sans rire ? Pourquoi vous feriez ça ? Vous allez me piquer mes yeux ou mes reins pour les vendre à des trafiquants d'organes ?

— L'idée que quelqu'un veuille simplement t'aider te paraît si suspecte que ça ?

— Personne ne fait rien pour rien.

— Si tu en es convaincu, alors je te plains.

— J'ai pas besoin de votre pitié. Je me débrouille.

— Yanis, est-ce que tu crois à la chance ?

— Au loto, oui. Mais pas dans la vie.

L'œil de Blake se mit à briller.

— Tu crois donc à la chance aux cartes ? insista-t-il.

— Mon frère dit que le sort ne fait pas de différence entre les gens. On est tous égaux face au hasard.

— Excellent. Philippe, as-tu un jeu de cartes ?

— Je dois pouvoir trouver ça.

Le régisseur disparut dans sa chambre. Andrew fixa le garçon dans les yeux.

— Je te propose un jeu, Yanis, une simple partie uniquement basée sur le hasard. Pas de bluff, pas de règle compliquée, seulement la chance.

— Faites gaffe, j'ai déjà joué, vous pourrez pas m'arnaquer.

— Il n'y a aucun piège. *Tu* bats les cartes. *Tu* décides qui commence. Le premier d'entre nous qui tire la carte que *tu* auras choisie gagne. Ça te va ?

— On gagne quoi ?

— Si tu gagnes, tu n'es pas obligé de venir étudier et tu offres la télé à ta mère à nos frais. Si tu perds, tu promets de venir étudier, et quand tu auras le niveau, tu offres la télé à ta mère à nos frais.

— C'est quoi, l'embrouille ? De toute façon, dans les deux cas j'offre la télé à ma mère !

— Oui, mais si je gagne, tu pourras en plus lui lire le mode d'emploi et m'aider à négocier le prix sans te tromper dans les pourcentages.

Magnier revint avec un jeu qu'il posa sur la table. Yanis hésitait.

— J'ai besoin de temps pour décider…

— Tu es grand. Pas besoin de délai. Mon offre n'est pas éternelle. Tu as le choix entre faire plaisir à ta mère sur un hypothétique coup de poker ou faire plaisir à ta mère grâce à ton courage.

Yanis était tenté, mais il n'avait pas l'habitude de décider. Personne ne lui en donnait jamais l'occasion. Cherchant à se rassurer comme il le pouvait, il consulta même Youpla du regard.

— Je choisis l'as de pique, annonça-t-il brusquement. Et c'est moi qui commence.

Blake lui tendit la main pour sceller officiellement leur accord. Le garçon serra maladroitement les grands doigts. Magnier fit glisser le paquet dans sa direction et il mélangea les cartes en en faisant tomber la moitié sur la table. Sans se départir de son attitude fière, il se dépêcha de les récupérer.

La pièce à vivre de Magnier était soudain devenue le décor d'un véritable film noir. Yanis tira la première carte comme si sa vie en dépendait. Il la ramena à lui en la plaquant contre la table pour que personne ne puisse la voir avant lui. Au premier regard, avant même qu'il ne la retourne complètement, la déception s'inscrivit sur son visage : neuf de trèfle.

Blake tira la seconde carte et la posa directement sur le plateau : valet de carreau. Yanis se redressa sur sa chaise et imita sa manière de faire : roi de pique.

— Pas loin, commenta-t-il.

— C'est la carte ou ce n'est pas la carte, fit remarquer Blake. Tu marques le but ou tu loupes la cage. Les demi-succès n'existent pas.

Il retourna le dix de carreau. Chacun à leur tour, ils piochèrent. La tension augmentait à mesure que le tas diminuait. Même Youpla semblait avoir perçu l'importance de l'enjeu et se tenait tranquille. Magnier suivait la partie, se penchant de plus en plus sur la table.

— Combien de cartes avons-nous tirées ? demanda Blake à son adversaire.

— Je sais pas. Dix, ou douze. N'essayez pas de m'embrouiller. C'est à moi de jouer.

— Tu en as pris treize et moi aussi. C'est un jeu de trente-deux cartes. Combien en reste-t-il ?

— Assez pour gagner la télé de ma mère.

Yanis retourna un as de cœur. Il eut une réaction de dépit. Blake plaça sa main au-dessus de la prochaine pioche, comme un cow-boy qui s'apprête à dégainer.

Il plongea son regard dans celui du garçon, qui ne réussit pas à le soutenir, et lâcha :

— Te rends-tu compte, Yanis ? Sur une simple carte, ta vie va peut-être changer. Tu te souviendras que seule la chance et toi aurez tout décidé, n'est-ce pas ?

L'enfant eut un sourire moqueur jusqu'à ce que, d'un mouvement sec, Blake retourne l'as de pique.

— Vous avez triché !

— Comment aurais-je pu ?

— Alors comment saviez-vous que vous alliez tomber sur l'as ?

— Comme toi, je crois à la chance.

— Je marche pas.

— Tu as donné ta parole. Un homme doit toujours tenir sa parole. Personne ne lui pardonne jamais de faire autrement, surtout quand c'est lui qui a tout fixé. Ton frère et tous tes copains seraient d'accord avec moi.

Furieux, Yanis envoya les cartes voler à travers la pièce.

— Mais pourquoi vous me faites ça ? hurla-t-il.

— Pour t'aider.

30

Pour tenter de chasser l'odeur d'encre chaude qui lui soulevait toujours le cœur, Andrew s'attarda au-dessus de la cafetière fumante.

— Vous abandonnez le thé ? s'étonna Odile en allant ouvrir la porte donnant sur le jardin.

— Sûrement pas. J'essaie de faire diversion.

La cuisinière passa la tête à l'extérieur pour appeler son chat :

— Méphisto ! Méphisto ! Viens mon grand, ton lait est servi !

— Vous allez attraper froid, commenta Blake. On pourrait lui installer une chatière. Il sortirait sans vous déranger.

— Je ne sais pas si Madame accepterait, fit Odile, dubitative, tout en guettant l'animal.

— Je peux lui en parler. D'ailleurs, à propos de Madame, vous ne trouvez pas qu'elle a une petite mine ces derniers jours ?

— Quand je lui ai fait remarquer qu'elle semblait fatiguée, elle a répondu que ce n'était rien.

— Son médecin ne lui a prescrit aucune analyse de contrôle récemment ?

— Depuis que je suis ici, aucun docteur n'est jamais venu. Elle se soigne avec des plantes, des trucs bio à elle…

Le chat arriva en trottinant, la queue bien droite, et se dirigea directement vers sa gamelle de lait. Odile lui fit une gratouille, attendrie, puis reprit à l'attention de Blake :

— Cet après-midi, Madame attend des visiteurs importants.

— Ah bon ? Je l'ignorais.

— Elle aura sans doute oublié de vous avertir. C'est un rendez-vous de travail.

L'évidente incompréhension d'Andrew obligea Odile à en dire un peu plus.

— Ne vous formalisez pas. Elle sait ce que vous pensez des gens qui gèrent ses placements. Elle a préféré me faire part de leur venue plutôt qu'à vous. D'autant que d'après ce que j'ai compris, il y a urgence.

— Je pourrais lui être utile sur ce point.

— Elle n'en est pas convaincue, et c'est elle la patronne.

Blake avait bien remarqué que Madame ne lui confiait aucun courrier ayant rapport à l'argent… Il se promit d'en apprendre davantage sur l'état des finances de Madame et sur ses « gestionnaires », quitte à aller chercher les informations lui-même…

— Odile, dit-il, changeant de sujet, j'aurais souhaité vous demander une faveur : pourrions-nous inviter Manon à déjeuner avec nous demain midi ?

La cuisinière jaugea le majordome, perplexe. Blake insista :

— Son moral n'est pas au mieux en ce moment.

— Ce n'est pas le mercredi qu'elle voit son petit ami ?

— Pas ces derniers temps.

— Vous croyez qu'un repas avec nous va suffire à lui redonner le sourire ?

— Votre cuisine fait des merveilles.

— Elle a des soucis ? Elle s'est confiée à vous ?

Blake éluda :

— Vous savez, ce n'est rien de très sérieux…

— Apprenez, monsieur Blake, que pour nous autres femmes, les histoires de cœur sont toujours très sérieuses. Et je constate que c'est à vous qu'elle en a parlé.

— Je pense que vous l'impressionnez.

— Moi ? Je me demande bien pourquoi. Manon est une fille très correcte mais elle n'a jamais cherché à se rapprocher. Elle vient, elle fait son travail, pas plus pas moins, et elle repart. On n'a pas d'autres relations que celles du service. Pourtant, je l'aurais bien écoutée.

— Sa vie n'est pas ici.

— Une fois, alors qu'elle venait d'être engagée, elle m'a fait part de son envie de devenir institutrice. C'est sûr que ça n'a pas grand-chose à voir avec un emploi de femme de ménage.

— Le destin ne nous emmène pas toujours là où l'on s'y attend. Vous et moi en sommes de bons exemples. Acceptez-vous qu'elle se joigne à nous ?

Odile se remit à caresser le chat dont la petite langue plongeait dans le lait avec une parfaite régularité.

— Je sais ce que je vais lui préparer…

31

Le vent s'était levé. Emportées par les rafales qui sifflaient dans les branches, les feuilles mortes s'envolaient par-delà les cimes pour retomber en tourbillonnant. Blake et Magnier s'enfonçaient dans le parc.

— On ne trouvera peut-être plus beaucoup de girolles, prévint Philippe, mais pour les cèpes, on a de bonnes chances.

Le régisseur ouvrait la marche, un panier en grillage dans une main et un bâton dans l'autre.

— Tu sais drôlement bien y faire avec les jeunes. Parce qu'il n'est pas facile, le gamin. Farouche et toujours prêt à sortir les griffes. Comment as-tu fait pour l'as de pique ?

— Je ne comprends pas.

— J'ai bien vu. Tu savais que tu allais le tirer. Comment t'es-tu arrangé ? Tu l'avais dans la manche ? Tu sais manipuler les cartes ?

— La chance.

— Andrew, sérieusement ! Tu peux bien me confier le truc. Promis, je ne dirai rien à Yanis.

— La seule chose qui compte, c'est que l'on puisse le remettre à niveau au collège.

— C'est une idée généreuse, mais je le connais, c'est un roublard. Il va tout faire pour éviter de se fatiguer.

— Comme tous les enfants. À nous de ne pas lui laisser le choix. Nous sommes des roublards nous aussi, pas vrai ?

Magnier eut un sourire.

— En parlant d'enfants, tu as une fille, c'est ça ?

— Sarah. Mais je n'ai jamais eu à la forcer pour apprendre. Elle avait l'exemple de sa mère.

— Jamais eu besoin de l'aider pour ses devoirs ?

— Une fois ou deux, je lui ai donné un coup de main en physique quand elle était en études supérieures.

— Je te demande ça parce que moi, je ne sais pas comment je vais m'y prendre avec Yanis.

— Tu préfères compter ou lire ?

— Je ne calcule que ma paye ou mes dosages de traitements pour les plantes. Quant à la lecture, à part un magazine professionnel de temps en temps… Enfant, j'aimais bien bouquiner, mais surtout parce que je m'ennuyais beaucoup en vacances et que c'était le seul moyen de m'évader un peu.

— Tu pourrais t'occuper de la lecture, je me chargerais des mathématiques…

— D'accord, mais ça ne m'explique pas comment procéder.

— Lis-lui des histoires, uniquement celles que tu aimes. Qu'est-ce que tu préférais quand tu étais en vacances ? Quelles aventures te faisaient voyager le plus loin ? Quels livres te donnaient envie de les dévorer en cachette le soir ? Souviens-toi de ça. Lis-lui quelques pages à chaque visite. Donne-lui envie de découvrir la suite, comme si c'était un feuilleton. Il s'y mettra.

— C'est pas comme ça que j'ai appris à l'école…

— L'école, c'est autre chose. Ils gèrent trop d'enfants en même temps. Alors ils automatisent, ils ramènent à des principes quasi industriels, mais le meilleur moyen d'apprendre, c'est la contagion du bonheur que procure la lecture. On ne va pas lui expliquer ce qu'il y a dans les livres, tu vas lui faire découvrir tout ce qu'il peut y trouver.

— Tu réfléchis autant sur tout ? Tu devais être à l'aise à l'école…

— Je n'étais pourtant pas un bon client, crois-moi ! Ce que je préférais, c'était être avec mes copains. Les retrouver était mon unique motivation. On rigolait beaucoup – pour le plus grand malheur des enseignants. On n'était pas malins mais qu'est-ce qu'on pouvait être d'autre, à cet âge-là ? Au moins, on était ensemble.

— Tu n'aimes pas la solitude ?

— Ma femme disait que seul ce qui se partage a de la valeur. Je crois qu'elle avait raison.

— Alors tu dois me trouver stupide de vivre comme un rat dans ma petite bicoque ?

— Parfois, on n'a pas le choix. J'ai bien débarqué tout seul au milieu de vous tous… Seuls, nous le sommes tous à un moment ou à un autre. Le tout, c'est de retrouver le chemin vers les autres, si c'est possible…

Magnier perçut de la tristesse dans la voix d'Andrew. Le régisseur aurait bien voulu dire au majordome qu'il n'était pas seul parce qu'ils étaient en train de devenir amis. Il aurait bien aimé lui poser une main sur l'épaule pour le rassurer, comme le font les copains dans les cours d'école. Mais il n'osa pas.

Blake remonta son col. Magnier désigna le tapis de feuilles mortes :

— On ferait mieux de commencer à regarder de près, déclara-t-il en fouillant avec son bâton. Les girolles se repèrent plus facilement à cause de leur couleur dorée, mais pour les cèpes, il faut ouvrir l'œil. Et s'il te plaît, ne mets rien dans le panier avant de m'avoir montré. Si on place un seul mauvais au milieu des bons, il les contamine tous. Le champignon ne pardonne pas l'erreur.

Blake trouva la phrase excessivement dramatique pour le sujet. « Le champignon ne pardonne pas l'erreur. » Normalement le chapitre suivant s'intitulait : « La terrible revanche du champignon ». Il débarque avec son petit chapeau tout rond pour assouvir son impitoyable vengeance, car comme tout le monde le sait désormais, il ne pardonne jamais. « Les champignons anglais étaient sans doute aussi rancuniers que les français », songea Blake.

C'est alors qu'au loin, au pied d'arbres particulièrement majestueux, il remarqua une sorte d'enclos, entouré d'un muret surmonté d'une grille à pointes.

— Qu'est-ce que c'est ? La limite du domaine ?

— Non. Le cimetière.

À l'abri d'un grand chêne sans doute plusieurs fois centenaire, perdues au milieu des bois, se trouvaient quatre pierres tombales. Magnier posa son panier et son bâton contre le muret et poussa le portillon. D'un pas soudain solennel, il se dirigea vers une sépulture de granit brut. Blake le suivit.

— C'est ici que repose M. François, expliqua-t-il à voix basse.

D'un revers de main d'une surprenante douceur, Philippe ôta soigneusement les feuilles tombées sur la dalle. Ses gestes étaient empreints de respect. Une fois son nettoyage accompli, il se posta devant la tombe, les mains croisées. Il se tenait bien droit. Blake ne le quittait pas des yeux. Le régisseur fixait l'inscription sur la pierre. Ses lèvres remuaient très légèrement, mais le rythme n'était pas celui d'une prière. Peut-être Philippe s'adressait-il à M. Beauvillier ? Étrange spectacle que celui de cet homme debout, en pleine nature, murmurant à peine. Le décalage entre son attitude et le lieu était saisissant. Lui seul semblait savoir qui se cachait sous l'imposant bloc froid. Contrairement aux grands cimetières ou aux églises qui réussissent toujours à vous éloigner du monde, ce minuscule enclos ne parvenait pas à prendre l'ascendant sur son environnement. La mort n'arrête pas le vent, aucune grille ne retient les feuilles, la peine et les souvenirs n'interrompent pas le cours de la vie.

Laissant Philippe à son recueillement, Blake quitta le petit cimetière. Entre les barreaux de la grille, il étudia les autres tombes. Famille Beauvillier, famille Delancourt. La troisième ne portait aucune inscription.

Après un moment, le régisseur se signa en se trompant de sens et ressortit à son tour. À peine la grille franchie, il déclara :

— Tu te rends compte, je suis le seul à venir ici.

Sa voix avait retrouvé son volume sonore habituel, alors qu'il n'était qu'à quelques pas de l'endroit où il se sentait obligé de chuchoter. Il avait simplement franchi la grille. Comme il en avait souvent eu l'occasion,

Blake constata que tout n'était décidément que codes et symboles.

— Madame ne vient jamais ?

— Les premières années, de temps en temps. Puis seulement à la Toussaint. Mais depuis quatre ans, elle n'y a pas mis les pieds. Elle ne s'inquiète même pas de savoir si j'entretiens la parcelle. Je n'arrive pas à la comprendre, ils étaient si proches.

— Les Delancourt sont les parents de Madame ?

Magnier hocha la tête.

— M. François avait tenu à les faire transférer ici. Il voulait réunir la famille.

— Pourquoi l'une des pierres ne porte-t-elle aucune inscription ?

— Je l'ignore. Je ne sais même pas si quelqu'un y est enterré. Elle était déjà là lorsque je suis arrivé. M. François n'y a jamais fait allusion et je ne me suis pas permis de poser de questions.

— Vous étiez proches ?

— M. Beauvillier et moi ? Je crois, oui. Nous n'étions pas du même monde et je n'ai jamais eu la prétention de me croire son ami, mais nous partagions de bons moments. Je pense qu'au quotidien, j'étais pour lui ce qui s'approche le plus d'un camarade.

— C'est un joli mot. Nous vous l'avons d'ailleurs emprunté en anglais. *Comrade.* M. François doit te manquer.

— Avant de le connaître, j'étais un peu perdu. D'ailleurs, depuis qu'il est parti aussi…

— Et le fils, Hugo ?

— Voilà des années qu'il n'est pas venu au domaine. La dernière fois que je l'ai vu, c'était aux obsèques de Monsieur. Maintenant que j'y pense, je crois qu'il est reparti le soir même, sans passer la nuit ici. C'est étrange, je suis incapable de me souvenir. Il faut dire que j'étais dans un tel état…

Philippe pointa soudain son bâton vers la base d'un châtaignier.

— Tu le vois, celui-là ? Le premier cèpe de la saison ! Je te le laisse. Il fera très bien dans une omelette.

32

— Merci, monsieur Blake. Nous n'aurons plus besoin de vous.

Ces mots marquèrent le coup d'envoi d'un compte à rebours secret dont Andrew avait l'intention d'exploiter chaque seconde. S'inclinant respectueusement, il recula, laissant Madame avec ses deux conseillers financiers au sourire tellement identique qu'il en devenait effrayant. Quittant le petit salon, il prit soin de bien refermer les portes derrière lui.

Étant donné la quantité de brochures que le duo avait apportées en plus de leur ordinateur portable, le majordome estima qu'il disposait d'un minimum de quinze minutes avant de courir le moindre risque. Il vérifia l'heure et monta les escaliers en prenant garde d'éviter la huitième marche, qui grinçait. Arrivé au palier du premier, il tendit l'oreille vers les étages supérieurs. Odile était au troisième, dans sa chambre, sans doute occupée à lire un de ses romans à l'eau de rose.

Assuré d'avoir le champ libre, Blake se dirigea vers les appartements de Madame. Il pénétra dans l'antichambre et s'attaqua au bureau. Le tiroir dans lequel elle rangeait les courriers qu'elle ne lui montrait jamais n'était pas fermé à clef. Blake y trouva quelques relances de la banque mélangées à des lettres à en-tête d'un promoteur immobilier. Il y avait également des relevés de comptes et un rapport de gestion comportant un état patrimonial. Ce document attira immédiatement son attention. Le récapitulatif donnait toute la mesure de la situation qu'affrontait Mme Beauvillier. Rien que sur le dernier semestre, les sommes placées avaient perdu plus de 15 % de leur valeur. En recroisant les documents, Blake s'aperçut que les plus anciens ne dataient que de quelques semaines. Où se trouvaient donc les autres ?

Il ajusta ses lunettes et, sur la pointe des pieds, inspecta la pièce. Les étagères ne contenaient que des livres, des catalogues et des agendas des années passées. L'armoire était pleine à craquer de vieilles cassettes vidéo, de DVD et d'une collection hétéroclite de bibelots sans doute rapportés de voyages à l'étranger. Malgré un examen minutieux, l'antichambre ne révéla rien de plus.

Déterminé à obtenir des réponses, Andrew s'introduisit dans la chambre. Les rideaux étaient tirés. Il se figea : dans la pénombre, il avait cru entrevoir une silhouette. Il resta un instant tétanisé avant d'allumer la lumière. Accrochée à un paravent, une chemise de nuit attendait, suspendue sur un cintre.

Blake était conscient de braver un interdit en pénétrant dans cette pièce, mais à ses yeux, la nécessité de savoir justifiait son acte. Pour être tout à fait honnête, il ne faisait pas que chercher l'endroit où Madame rangeait ses papiers officiels. En s'immisçant dans ce lieu intime, il comptait aussi en apprendre davantage sur elle, et cet aspect l'intéressait beaucoup.

Face au lit impeccablement fait, sur une belle commode ancienne, trônait une télévision à écran plat presque aussi large que le meuble. À gauche du lit, sur l'unique table de chevet, près d'un radio-réveil aux chiffres bleus lumineux, Madame avait placé le vase contenant le bouquet rapporté de la roseraie. Cette mise en valeur lui parut assez paradoxale étant donné le peu de cas qu'elle en avait fait lorsqu'il le lui avait offert de la part de Philippe.

En fait de meubles susceptibles de receler des documents, la pièce ne contenait que la commode, une armoire, une bibliothèque murale et un placard encastré dans le mur. Blake commença la fouille par la commode, mais en tombant sur les dessous de Madame, il choisit de ne pas s'attarder. Le dernier tiroir contenait des lettres classées par taille et des dessins d'enfant.

L'armoire était remplie de piles de vêtements étrangement répartis non pas par type, mais par couleur. La bibliothèque était pleine à ras bord d'une alternance de volumes reliés de belle facture voisinant avec des ouvrages plus récents, surtout romanesques. Le placard encastré contenait des robes et des tailleurs suspendus, et quelques boîtes à chaussures.

En voyant un chiffre changer sur le radio-réveil, Andrew prit conscience que le temps filait. Il n'avait toujours rien trouvé de significatif. Quelque chose clochait dans cette histoire de papiers. Blake rassembla ses idées. Madame devait forcément garder ses documents dans ses appartements. Il connaissait désormais assez bien la demeure pour savoir qu'il n'existait nul endroit où des archives étaient entreposées, à part peut-être la cave où personne ne mettait jamais les pieds. Il se trouvait dans l'unique pièce où Madame passait du temps, la seule où Manon n'avait pas le droit de faire le ménage. Peut-être ces documents étaient-ils tout simplement rangés dans les boîtes à chaussures aperçues dans le bas du placard encastré ? Il le rouvrit et s'agenouilla pour soulever les couvercles. La première boîte contenait une paire d'escarpins. Celle d'à côté, des bottines. Il soupesa les autres, mais elles étaient trop légères pour contenir des papiers.

En les remettant en place, Andrew eut soudain l'impression que le fond du placard avait bougé. Il passa la main entre les vêtements pour aller sonder la paroi. Lorsque ses doigts rencontrèrent le bois, il appuya et, à sa grande surprise, le panneau pivota comme une porte. Les mains de Blake se mirent à trembler. Son cœur battait à tout rompre. Il repoussa légèrement le battant. L'ouverture donnait sur un espace noir comme la nuit, bien plus vaste qu'un compartiment secret.

C'est alors qu'il entendit la cloche d'appel tinter à toute volée. Il se releva si vivement qu'il se cogna violemment contre l'étagère haute. Il se dépêcha de remettre les cintres et les boîtes en ordre et sortit de la pièce aussi vite qu'il le pouvait.

33

Un cri épouvantable déchira le calme du manoir. Le hurlement horrifié résonna jusque dans chaque recoin de chaque étage, avant de se muer en plainte. Andrew faillit en lâcher la burette avec laquelle il graissait la serrure de l'entrée principale. Il se précipita, convaincu qu'il était arrivé quelque chose d'effroyable à Madame, mais au moment où il allait s'élancer dans l'escalier, des gémissements épouvantés lui parvinrent de l'office. Il y découvrit Odile, effondrée sur la table de la cuisine, le visage caché entre ses bras, geignant comme une mourante.

— Odile, que vous arrive-t-il ?

La cuisinière resta immobile, repliée sur elle-même.

— Ça ne va pas ? Odile, parlez-moi ! J'appelle les pompiers.

— C'est inutile, marmonna-t-elle. Il est trop tard. C'est atroce…

À première vue, Odile ne semblait pas blessée. Peut-être était-ce Madame ? Elle avait pu tomber, ou même pire… Odile tendit un bras vers la porte du jardin ouverte.

— Elle est là ! Je vous en supplie, mettez quelque chose sur le corps…

Andrew bondit dehors. Rien. Il courut jusqu'au potager. Aucune trace de cadavre là non plus. Il revint dans la cuisine.

— Où est le corps ? Odile, je vous en prie, relevez-vous et dites-moi !

Blake la prit dans ses bras pour la calmer. Elle se laissa faire et posa la tête au creux de son épaule, tremblante comme une feuille.

— Il est là, au pied des marches…

— Mais je n'ai rien vu !

Blake assit doucement sa collègue sur une chaise et retourna sur le seuil. C'est alors seulement qu'il découvrit la victime : une petite souris décapitée.

— Odile, c'est pour ça que vous avez poussé ce hurlement ?

— Je déteste les souris, frissonna-t-elle. Je ne supporte pas de les voir. Mortes, elles me font encore plus peur.

Blake soupira de soulagement :

— Certainement un coup de Méphisto.

— Je sais, fit la cuisinière, se reprenant lentement. Il fait ça régulièrement. Je ne comprends pas, il ne meurt pourtant pas de faim. Vous avez même dit qu'il mangeait trop…

— Ça n'a rien à voir, les chats font cela comme une offrande.

Blake observa le rongeur assassiné.

— La tête n'est plus là. J'espère que son fantôme ne va pas revenir vous hanter.

— Comment pouvez-vous plaisanter avec ça ?

— Rire est encore le meilleur moyen de ne plus avoir peur.

— J'aimerais bien vous y voir. J'allais chercher du laurier quand je suis tombée là-dessus. Sale bête !

— Ne lui en veuillez pas. Méphisto n'obéit qu'à son instinct. C'est sa façon à lui de vous dire qu'il vous aime.

Blake avait beaucoup de mal à garder son sérieux.

— Plus tard, dans des milliers d'années, quand son espèce aura évolué, il vous fera des bouquets avec ses petites pattes, un dessin, ou même il vous déclamera un poème dans la langue des chats, mais pour le moment, il vous rapporte une souris crevée décapitée.

Cette seule évocation suffit à raviver la frayeur d'Odile, qui pâlit instantanément. Andrew la prit à nouveau dans ses bras.

— Pardon, je ne voulais pas.

— C'est monstrueux, hoqueta-t-elle, quelle barbarie !

— Je vais la recouvrir d'un petit mouchoir blanc et si vous avez du ruban jaune, je peux écrire *crime scene* dessus et en mettre tout autour pour délimiter un périmètre.

— Vous vous moquez de moi. Vous êtes méchant.

— Défoulez-vous donc sur moi. Méphisto ne comprendrait pas. Quant à la mangeuse de gruyère, elle a eu son compte...

Mme Beauvillier apparut à la porte de l'office et découvrit Odile dans les bras de Blake.

— Qui a poussé ce sinistre hurlement ? demanda-t-elle, inquiète.

En entendant la voix de sa patronne, la cuisinière se dégagea brutalement de l'étreinte de Blake.

— C'est moi, madame. Je suis désolée.

— Vous ne vous êtes pas fait mal, au moins ?

— Non, madame, c'est la...

Même prononcer le nom de l'animal semblait au-dessus de ses forces. Andrew intervint :

— Odile a vu une… comment vous dire ? Mon premier se dit d'un homme ivre et mon second constitue l'alimentation de base des Chinois.

Mme Beauvillier réfléchit un instant et finit par sourire en disant :

— Mon tout vit dans des trous dont on voit parfois dépasser sa petite frimousse…

— En l'occurrence, comme elle n'en a plus, ce que l'on verrait serait plutôt sanguinolent…, précisa Andrew.

Le majordome et Madame s'aperçurent qu'Odile les regardait avec sévérité.

— Vous devriez avoir honte, fit-elle.

Sans un mot de plus, Madame les salua et remonta dans sa chambre.

— Détendez-vous, Odile, dit Blake, apaisant. Je vais nettoyer.

Il prit la pelle à poussière sous l'évier et sortit ramasser la pauvre bête. Il jeta un œil alentour à la recherche de la partie manquante.

— Vous savez, Odile, vous ne pouvez pas reprocher à Méphisto d'avoir fait ce que vous-même avez fait à vos monarques. Si ça se trouve, cette adorable bestiole était un tyran inflexible qui opprimait le peuple des chats. Vous l'imaginez, la mignonne, sur son trône, avec sa petite couronne, exigeant toujours plus de fromage, plus de pain, alors que, hors de son palais, des chats crient famine. Méphisto a fait sa révolution !

— Vous n'avez donc jamais pitié.

— Si. La preuve, j'ai effacé toutes les traces de son forfait. Plus aucune demi-souris à l'horizon. Vous pouvez sortir et ouvrir les yeux.

C'est alors que Méphisto apparut à l'angle du potager. En trottinant, l'air tout à fait innocent, il longea la barrière en direction de la cuisine.

— Toi, mon ami, je te conseille d'attendre un peu avant de rentrer. Tu as encore des choses à apprendre pour savoir comment y faire avec les filles…

34

— Heather ? Bonsoir, c'est Andrew Blake.

— Monsieur Blake ! Mais où êtes-vous ? Je suis tellement inquiète ! Je ne vous entends pas bien…

— Je suis en France, dans une forêt, et il pleut. C'est un peu compliqué à expliquer.

— Vous vous promenez aussi tard ?

— Ne cherchez pas à comprendre, Heather, j'en suis moi-même incapable. Comment allez-vous ?

— Je survis. Vous m'avez poussée dans le grand bain alors que je savais à peine nager.

— Comment ça se passe ?

— Je lutte pour garder la tête hors de l'eau. J'espérais un appel de vous plus tôt. Quand j'ai demandé de vos nouvelles, M. Ward m'a dit que vous étiez en camp de rééducation…

— Celui-là, il n'en loupe jamais une…

— Vous êtes en rééducation de quoi ?

— De rien, Heather. Il plaisantait. Parlez-moi plutôt de vous.

— J'ai fait le premier bilan intermédiaire depuis votre départ et les chiffres sont bons. Les gars de l'atelier sont adorables. Ils m'expliquent tout ce que j'ignore. Je commence à m'y retrouver dans les références. Ici, les réunions sont un peu plus houleuses. Addinson accepte mal que ce soit la secrétaire qui tienne les rênes.

— Vous n'êtes plus secrétaire, Heather, mettez-vous ça dans le crâne. Si vous-même n'en êtes pas convaincue, alors il n'y a aucune chance que les autres le soient.

— Ils ont tout tenté pour me déstabiliser. Le bruit a même couru que vous étiez mort et que comme j'étais votre maîtresse, j'avais imité votre signature sur les papiers pour prendre le pouvoir.

— Laissez-les dire – même si je vous souhaite des liaisons plus glorieuses. Seuls les faits comptent, et n'hésitez pas à vous appuyer sur maître Benderford pour vous faire respecter.

— Nous risquons de remporter un très bel appel d'offres émis par un industriel suédois. L'atelier dit que si nous obtenons le marché, il faudra investir dans une nouvelle plieuse.

— Préparez la commande, planifiez la livraison avec l'atelier, mais attendez d'avoir signé le contrat pour lancer l'achat. Vous n'avez pas eu de problème avec les cours de l'acier ?

— Nous avions du stock. On a fonctionné dessus en attendant que les cours redeviennent acceptables. On aura sûrement plus de mal en fin d'année, d'autant qu'en trésorerie, il faut déjà provisionner les primes de décembre.

— Ne versez rien à Addinson ni à ses sbires.

— Comptez sur moi. Au fait, monsieur, merci d'avoir augmenté mon salaire.

— Normal. Désormais, les soucis sont pour vous !

— Quand rentrez-vous ?

— Je ne sais pas, Heather, et même à mon retour, il est probable que je ne reprenne pas entièrement mon poste. Vous ne serez plus jamais mon assistante. J'espère que vous êtes un peu plus rassurée sur vous-même ?

— Pas complètement.

— J'ai un petit service à vous demander, Heather.

— Dites-moi.

— Je voudrais que vous vous renseigniez sur une société immobilière française qui s'appelle « Vandermel Immobilier ».

— Vous vous lancez dans la construction ?

— Ce serait plutôt l'inverse. Trouvez-moi le plus d'informations possible sur eux : bilans, comptes, cursus des dirigeants, programmes en cours, tout ce que vous pourrez.

— Bien, monsieur. Comment puis-je vous faire parvenir les résultats ?

— Je vous recontacterai. Et ne vous inquiétez pas pour moi, Heather. Je vais bien.

— Je vous trouve effectivement une bonne voix. Meilleure que depuis longtemps.

— Je vous laisse, je crois que les renards m'ont repéré. À bientôt.

35

Encore un courrier de la banque, que Mme Beauvillier glissa dans son tiroir. Elle enchaîna sans entrain avec un catalogue dont la couverture présentait pourtant un sapin de Noël couvert de guirlandes et de boules multicolores, avec à côté un joyeux bonhomme de neige rondouillard. Elle considéra un instant la créature au nez de carotte coiffée d'un haut-de-forme, vaguement monstrueuse, avant de rejeter l'ensemble. Son moral était au plus bas. Elle soupira en découvrant la lettre suivante. Enveloppe verte, adresse manuscrite. Identique à celle qu'Andrew avait aperçue environ un mois plus tôt. Sans s'attarder, Mme Beauvillier la glissa dans le broyeur, qui la transforma en fines bandelettes.

— Maigre récolte…, commenta-t-elle à l'attention d'Andrew en constatant qu'il n'y avait plus rien à décacheter.

— Vous semblez soucieuse, nota celui-ci.

— Ne vous en faites pas, monsieur Blake. Votre rôle n'est pas de vous inquiéter. J'assume tout.

Madame détourna le regard, comme si elle craignait qu'Andrew puisse y lire autre chose que ce qu'elle avait dit. Il n'insista pas et rebondit :

— Si vous avez encore une minute à me consacrer, j'aurais souhaité aborder plusieurs points relatifs au fonctionnement du manoir.

— Je vous écoute.

— J'ai proposé à Odile d'aménager une chatière dans la porte de la cuisine qui donne sur le jardin, pour Méphisto. Cela ne coûtera rien. Y voyez-vous un inconvénient ?

— Si cela peut lui éviter de pousser des hurlements en découvrant des souris mortes, vous avez ma bénédiction.

Blake s'éclaircit la voix avant de poursuivre – il savait le sujet suivant plus délicat.

— J'aurais aussi aimé savoir si vous accepteriez que je m'installe dans la bibliothèque pour y rédiger vos courriers. Je n'ai pas de bureau et votre secrétariat nécessiterait bien un espace de travail plus approprié que la table de la cuisine.

— Je ne tiens pas à ce que l'on entre dans cette pièce.

— Je le sais, mais c'est pourtant l'endroit le plus adapté à ce que je dois faire. La collection de livres de votre mari ne s'en porterait d'ailleurs que mieux. Toujours dans l'obscurité, sans ventilation, sans ménage, ce n'est pas idéal.

Mme Beauvillier baissa les yeux comme on rend les armes.

— J'ai besoin d'y réfléchir. Vous aurez ma réponse demain.

— Bien, madame. Le dernier point est plus personnel…

— Vous n'allez pas encore essayer de vous mêler de mes affaires ?

— Tout au plus tenter de prendre soin de vous. Odile et moi vous trouvons fatiguée ces derniers temps. Nous serions d'avis que vous preniez rendez-vous avec un médecin…

— Certainement pas. Pour qu'il me gave de médicaments qui détruisent autant qu'ils soignent ! Je suis très touchée de votre sollicitude, mais je suis assez grande pour prendre soin de moi. Autre chose ?

— Non, madame.

— Alors je vais vous demander de me laisser.

— Vous n'attendez personne dans les prochains jours ?

— Aucun rendez-vous n'est pris. Vous serez informé en temps utile, merci.

Avant de sortir, Andrew la regarda une dernière fois. Son visage était tendu, presque crispé. À la première occasion, il se ferait un devoir d'aller voir pourquoi au fond de la penderie. Il le sentait, beaucoup de réponses l'y attendaient.

36

— C’est vraiment gentil de m’inviter à déjeuner, déclara Manon en se glissant timidement sur sa chaise.

— Ça te changera les idées, répondit Odile. Et puis ça nous laissera le temps de causer, ce n’est pas si souvent.

Blake posa le plateau des condiments au centre de la table et prit place face à la jeune femme. Les yeux creusés, Manon semblait épuisée. Lorsqu’elle s’aperçut que le chat était installé sur la chaise à côté d’elle, à demi caché sous la table, son visage s’illumina et elle tendit la main pour le caresser doucement du bout des doigts. Il ne frémit pas d’une moustache.

— Qu’il est beau, ce chat ! dit-elle. Hier, je l’ai vu qui faisait son tour au troisième. Il me suivait partout.

— Au fait, intervint Blake, demain ou vendredi, Magnier viendra pour changer son interphone et on en profitera pour percer la chatière.

Sans enthousiasme, Odile approuva d’un signe de tête. Elle était contente pour la chatière, mais un peu moins à l’idée de rétablir le lien avec la maison du régisseur. Elle ouvrit la porte du four.

— C’est prêt, donnez-moi vos assiettes.

Blake se leva pour aider à servir. La cuisinière annonça :

— Filet de bar en papillote avec sa compotée de légumes confits.

Manon n'eut aucune réaction lorsque Andrew posa son assiette dressée devant elle. Son regard était perdu dans le vague.

— Odile, c'est superbe, commenta Andrew. Grâce à vos repas, on déguste autant avec les papilles qu'avec les yeux et le nez.

— Merci. Heureuse que cela vous plaise. Dis donc, dit la cuisinière en se tournant vers Manon, tu ne serais pas en train de couver quelque chose ? Tu es bien pâle. Il faut se méfier d'octobre. On attrape vite froid. Surtout en faisant du vélo le col grand ouvert.

Manon se tourna vers Blake avec une expression implorante.

— Tu devrais le lui dire, lui conseilla-t-il.

Sans doute parce que c'était la première fois que Blake la tutoyait, certainement parce qu'elle ne se voyait pas faire semblant d'aller bien pendant tout un repas, Manon accepta enfin de révéler son secret. Sans qu'elle l'ait voulu, les larmes lui montèrent aux yeux.

— Je suis enceinte, souffla-t-elle à Odile.

La cuisinière en resta bouche bée. Elle se ressaisit cependant rapidement et dit :

— Félicitations ! Et ce sont tes nausées qui te mettent dans cet état-là ?

— Non, c'est Justin, le père. Il m'a abandonnée quand il a appris que j'attendais un bébé.

Dans un geste spontané, Odile tendit la main et serra celle de la jeune femme.

— Pauvre petite.

Une larme tomba dans l'assiette de Manon, dessinant un petit rond plus clair dans la sauce du poisson.

— Quand il s'agit de s'amuser, les hommes répondent toujours présents, commenta Odile avec amertume, mais quand ils doivent prendre leurs responsabilités…

— Je ne crois pas que ce discours soit opportun, fit remarquer Blake.

Odile ramena sa main et répliqua :

— Vous trouvez que la réaction de ce garçon est honnête ?

— Pour le moment, elle est maladroite, voire stupide.

— Voilà qui résume bien les hommes, asséna Odile.

— Manon a besoin d'aide et de soutien, insista Andrew. Que son histoire serve de déversoir aux pires clichés sur les hommes n'avance pas à grand-chose.

— Il faudrait sans doute prendre cet abandon avec philosophie ?

— Avec pragmatisme, tout au moins. On ne résoudra pas le problème de Manon en la dressant contre Justin.

— C'est bizarre, il se trouve toujours un homme pour en défendre un autre, quel que soit son crime.

— Je ne défends pas Justin. J'essaie de préserver l'avenir de Manon avec ce garçon. J'espère que si Justin déjeune avec quelqu'un, personne ne lui dira qu'il a eu bien raison de se sauver parce que lorsqu'elles sont enceintes, les femmes deviennent hystériques et ingérables…

Manon, qui avait suivi la passe d'armes sans mot dire, s'essuya les yeux du coin de sa serviette et goûta son poisson.

— C'est drôlement bon, fit-elle, presque surprise.

Puis elle regarda Odile et Andrew et ajouta :

— Je vous aime bien tous les deux. Je ne veux pas que vous vous accrochiez à cause de moi. Cet enfant est mon problème.

— On ne s'accroche pas, réagit Odile, on discute.

— Alors je ne voudrais pas être là quand vous vous affronterez.

Blake réprima un sourire et, hochant la tête, demanda à la jeune fille :

— Tu n'as pas encore trop de mal à faire du vélo ?

— Pour venir, ça tire un peu, avoua-t-elle. Mais pour repartir, aucun problème, surtout que maintenant, j'ai moins de distance à faire…

La jeune femme se tut brusquement. Blake décela un problème.

— Tu habites toujours chez ta mère ?

Manon serra ses doigts sur sa fourchette et lâcha :

— Elle est tombée sur un courrier de la Sécu.

— Comment a-t-elle réagi ?

— Elle m'a demandé d'avorter. J'ai refusé. De toute façon, il est trop tard. Elle était furieuse. Elle dit qu'elle a déjà du mal à joindre les deux bouts et qu'elle n'aura jamais les moyens de nourrir une bouche de plus. Alors je suis partie.

— Où dors-tu ? s'inquiéta Odile.

— Chez une copine instit, mais elle ne va pas pouvoir me garder longtemps.

Odile et Blake échangèrent un regard.

37

Sur la table de Magnier, Blake remarqua aussitôt le livre. La couverture était maladroitement recouverte avec du papier épais de couleur crème et le titre avait été écrit à la main au marqueur. Andrew s'empara de l'ouvrage.

— *Youpla* par Jack London ? s'étonna-t-il.

— Ben oui, je me suis dit que ça parlerait plus au gamin que « Croc-Blanc ». Il adore Youpla. Et le fait est qu'il accroche vraiment. J'en suis déjà à la moitié. Maintenant, il voit mon clebs comme un héros.

— Si tu lui racontes la vie de Sissi impératrice, évite de te donner le premier rôle…

— Mais je change rien à l'histoire, je remplace juste le nom de l'animal par Youpla.

— Je ne sais pas ce que Jack London en aurait pensé… Mais après tout, pourquoi pas ? Youpla apporte quelque chose de plus festif qui doit produire son petit effet dans les scènes dramatiques. C'est étrange, mais « Youpla sauta à la gorge du loup », ça fait tout de suite moins peur…

— Tu peux toujours te moquer, mais dès le premier chapitre, Yanis a arrêté de râler.

— Je vais avoir plus de mal avec les maths… Je ne me vois pas remplacer « deux » par Pikachu et « multiplié » par Iron Man.

— Dommage, ce serait plus amusant. T'imagines ? Grosminet divisé par Scoubidou et multiplié par la petite souris !

— En parlant de petite souris, ne mentionne même pas l'animal devant Odile, c'est la crise cardiaque assurée et tu te retrouveras banni comme aux pires heures.

— Juste pour un mot ? Mais comment faisait-elle quand elle perdait une dent ?

— Je ne vois pas le rapport.

— Quand t'étais jeunot et que tu perdais une dent de lait, chez toi, on ne la mettait pas sous l'oreiller pour que la petite souris la prenne et te laisse une pièce à la place ?

— Chez nous, c'est la fée des dents qui s'occupe de ça.

— C'est pourri.

— Pourquoi une fée ferait-elle moins bien qu'un rongeur ? Nous, on ne tient pas à ce que des vecteurs de maladies infectieuses rampent sous l'oreiller de nos enfants pendant qu'ils dorment.

— Parce que vous y croyez sérieusement, à la petite fée qui volette comme une gourde la nuit pour ramasser les chicots ? Vous en avez déjà vu beaucoup, avec leurs petites ailes et leur sourire niais ? N'oubliez pas de lui laisser la fenêtre de la chambre ouverte, à votre fée des dentiers, sinon vous allez la retrouver éclatée sur le carreau.

— En attendant, ta petite souris a dû laisser des crottes, la peste ou le choléra sous l'oreiller d'Odile, parce qu'elle est en état de choc dès qu'elle en voit une.

Magnier prenait la discussion très à cœur et Blake ne pouvait pas s'empêcher d'en jouer.

— Parce que bien sûr, vos fées ne font jamais caca…

— Pas sous l'oreiller des enfants, ou alors de ceux qui sont très méchants.

Magnier fit la moue, comme un écolier furieux de ne pas avoir le dernier mot.

— Pour Odile, ronchonna-t-il, je sais comment la désensibiliser.

— N'y pense même pas.

Blake reposa le livre et demanda :

— Sais-tu où je pourrais emprunter une voiture ?

— Pour quoi faire ?

— Je vais devoir aller en ville et cela nous permettrait aussi de soulager Yanis des charges les plus lourdes.

— J'en ai une.

Blake haussa les sourcils.

— Tu as une voiture et tu laisses le gamin charrier des kilos à travers les bois ?

— La voiture est à moi mais je n'ai pas le permis.

— Où est-elle ?

— Dans l'ancienne grange. Mais je ne sais pas si elle marche encore.

Il ouvrit le tiroir de son buffet et se mit à fouiller.

— Les clefs doivent être par là. M. François me l'avait donnée quelque temps avant sa mort. Il était décidé à me faire passer mon permis mais on n'a pas eu le temps. Depuis, la voiture n'a pas bougé.

— Tu t'y connais en mécanique ?

— Les motoculteurs, les tondeuses, un peu. Les machines-outils et les tronçonneuses aussi, mais les voitures…

— On ira y jeter un œil, tu veux bien ?

— Tiens, voilà déjà les clefs…

38

Lorsque Odile et Andrew se présentèrent ensemble, ils n'eurent pas à plaider longtemps la cause de Manon. Mme Beauvillier accepta tout de suite de l'héberger. Elle proposa même d'avancer et de participer aux frais médicaux qui ne seraient pas pris en charge.

Dans l'après-midi, Andrew avait commencé à réaménager une des pièces du troisième qui servait de débarras. Il avait choisi la plus grande et la plus lumineuse, située sur le palier, à égale distance de sa chambre et de celle de la cuisinière.

Toute la fin de journée, Odile et Blake avaient rangé et nettoyé en répartissant cartons et vieux meubles dans les pièces voisines. Philippe était venu leur prêter main-forte pour déplacer une armoire et monter le lit récupéré dans une chambre d'amis du deuxième. Même s'il s'était cassé le dos, Andrew avait bien aimé ce moment-là. Alors que tous peinaient pour passer le sommier dans la section plus étroite de l'escalier, c'est avec une réelle satisfaction qu'il avait observé le régisseur et la cuisinière œuvrer ensemble. Blake s'était arrangé pour les placer côte à côte. Depuis la rambarde du palier, Manon avait suivi l'opération, au début un peu honteuse de ne pas être autorisée à faire d'effort, mais surtout bouleversée de voir des gens se démener pour elle.

Fait surprenant, Mme Beauvillier avait quitté ses appartements pour venir constater le résultat. Comme une reine qui inaugurerait un orphelinat, elle avait tout observé en restant très digne. Odile ne se souvenait pas l'avoir déjà vue monter jusqu'à cet étage depuis qu'elle-même avait été embauchée. Avant de redescendre, sur le palier où se tenaient ses trois employés, Madame, à leur grand étonnement, gratifia Manon d'un geste amical, presque tendre, en lui caressant le bras. Elle lui souffla même un mot d'encouragement.

La soirée était maintenant bien avancée. Assise sur la plus haute marche de l'escalier, Manon caressait doucement Méphisto, installé sur ses genoux.

Blake s'étonna de la voir à cet endroit et s'approcha.

— Tu n'es pas bien dans ta chambre ?

— Odile est en train de faire le lit. Elle dit qu'avec tout ce remue-ménage, cette poussière, il faut aérer et elle a peur que j'attrape froid, rapport au bébé.

Blake s'assit coude à coude avec la jeune femme.

— Comment te sens-tu ?

— Mieux, grâce à vous tous.

— Vraiment ? Je n'ai pas voulu en parler devant les autres, mais Justin a-t-il réagi à ta lettre ?

— Pas le moindre signe. Et ici, mon portable ne capte pas. Il n'y a ni fibre ni wi-fi, donc pas d'Internet et pas de mail…

— On va trouver une solution. Au pire, je suis certain que Madame acceptera que tu lui donnes le numéro du manoir s'il souhaite te parler.

— Me parler ? Je ne suis pas certaine que l'on se reparle un jour.

— N'envisage pas que le pire. Les hommes sont souvent longs à comprendre, parfois encore plus à réagir, mais tous ne sont pas des monstres.

Méphisto ronronnait, les yeux mi-clos. La jeune femme promenait ses doigts sur ses longs poils couleur caramel. Malgré la gravité de la situation que vivait Manon, l'ambiance était ce soir-là loin d'être désagréable. Blake avait toujours aimé l'atmosphère des greniers et des mansardes. Sous les toits, il se sentait à l'abri aussi bien du ciel que du monde. La chaude lumière qui baignait le couloir accentuait encore ce sentiment.

— Vous vous souvenez du jour où vous êtes parti de chez vos parents ? demanda Manon.

Blake hocha la tête.

— C'était un mercredi. Je m'en rappelle parce que ces soirs-là, à cette époque, ma mère et moi suivions une série policière. Elle m'avait ému en essayant de me faire rester un soir de plus sous prétexte de la regarder. Mais ma future femme attendait et je suis parti quand même. Pour moi, c'était une soirée sans importance. Ce n'est que des années plus tard, lorsque ma mère m'en a reparlé, que j'ai pris conscience de ce que cela représentait pour elle. Elle m'a alors avoué que ce soir-là, elle n'avait pas eu la force d'allumer la télé sans moi. Elle avait pleuré toute la soirée… Je ne m'étais pas rendu compte que je partais. Pour moi, ce n'était la fin de rien, je continuais simplement ma vie.

— Et votre fille ?

— Après avoir été enfant, tu deviens parent. Mon tour est venu de voir Sarah quitter le nid pour partir faire ses études. La veille du jour où je devais la conduire à l'aéroport, je n'ai presque pas dormi de la nuit. Je me suis relevé pour aller sans bruit derrière sa porte. Je ne me suis pas permis de la regarder dormir comme lorsqu'elle était bébé, et à vrai dire, je ne l'ai même pas entendue respirer. Simplement, je savourais chaque seconde de la dernière nuit où elle était *vraiment* là.

— Elle n'a plus jamais redormi chez vous ?

— Si, mais quand il n'y a plus le quotidien, ce n'est pas pareil. Elle avait d'autres habitudes, elle était en couple. Sa vie ne se jouait plus à notre adresse. Cela se sent par d'infimes petites choses.

— Vous avez dû être triste.

— C'était à son tour d'avancer. Ainsi va la vie.

— Moi, je n'aurais jamais imaginé quitter l'appart où j'ai grandi en étant chassée par ma propre mère…

— Laisse passer le temps. Je sais que tu vas encore me reprocher de parler comme dans un livre, mais crois-moi, ne tire aucune conclusion hâtive. Tu es encore sous le choc. Je suis certain que ta mère regrette déjà.

— Vous ne la connaissez pas…

— Tu es sa fille. Tu découvriras bientôt la force de ce lien. Ne le sous-estime pas.

— Pourtant, quand je suis sortie et qu'elle a claqué la porte, au fond de moi, j'ai senti que plus rien ne serait jamais comme avant. Je me suis dit que c'était peut-être la dernière fois que j'avais vu ma chambre. Vous avez déjà ressenti ça ?

— Les dernières fois… Tu es trop jeune pour voir la vie ainsi. Ne t'attache qu'aux premières fois.

— Pas évident en ce moment. La dernière fois que Justin m'a prise dans ses bras. La dernière fois que ma mère m'a consolée. La dernière fois que j'ai cru que j'allais avoir mon concours…

— Est-ce que tu te souviens de ce que tu as ressenti le premier matin où tu t'es réveillée en sachant que tu étais enceinte ?

— Pas vraiment. J'ai surtout foncé aux toilettes pour vomir…

La porte de la chambre de Manon s'ouvrit et Odile apparut.

— Ton lit est fait. Il faudra sûrement renforcer l'armoire parce qu'elle n'est pas en bon état, mais tu verras ça avec les hommes. Et maintenant, jeune fille, viens te reposer, cette journée a déjà été bien assez longue pour toi.

Manon déposa le chat, qui serait bien resté enroulé sur lui-même à se faire caresser toute la nuit. Après s'être souhaité bonne nuit, tout le monde gagna sa chambre. Manon ferma sa porte la première. Odile et Blake rentrèrent chacun à une extrémité du couloir. Andrew ne voyait pas bien de loin, mais il distingua clairement Odile qui lui faisait un petit signe avant de refermer. Il répondit et alla vite se coucher pour tout raconter à Jerry et à sa femme.

39

Avant de prendre place dans le fauteuil qu'il venait d'épousseter, Andrew s'interrompit un instant, comme pour demander la permission à celui qui l'avait occupé des années plus tôt. Puis il s'installa au bureau, dans un décor qu'il aurait pu lui-même choisir si cette demeure avait été la sienne. Il ferma les yeux, posa ses mains bien à plat sur le sous-main de cuir. Personne ne s'était assis là depuis la disparition de M. Beauvillier.

S'il avait obtenu la permission de pénétrer dans la bibliothèque pour assurer le secrétariat, le majordome n'était pas autorisé à toucher au contenu des tiroirs. Ses dossiers et stylos étaient donc alignés autour du sous-main, sur le grand plateau aux bords marquetés d'une frise plus claire. Andrew inspira profondément et rouvrit les yeux pour contempler la pièce. L'ambiance particulière naissait d'une pénombre ponctuée d'appliques de cuivre qui répandaient leur douce lumière sur des bibliothèques en merisier couvrant la totalité des murs. Chacune regorgeait de beaux livres, avec çà et là quelques objets d'art. Dans cet espace, il n'aurait pas placé le bureau ailleurs. Satisfait, il se leva pour explorer davantage. M. Beauvillier avait accumulé une impressionnante collection d'ouvrages dont les plus anciens étaient conservés dans une vitrine. Andrew ouvrit les portes du meuble et prit un recueil de poésie qu'il feuilleta avec précaution. XVIIe siècle. Des textes sur l'amour, la mort, le temps qui passe. Andrew buta sur de nombreux mots et constructions de phrases de français ancien. Il effleura le papier irrégulier avant de ranger le volume. Dans les autres sections, la plupart des publications étaient en français, des classiques de la littérature mais aussi beaucoup de dictionnaires et d'ouvrages de référence sur l'histoire, l'architecture, la médecine, et quelques curiosités comme un dictionnaire d'argot vieux de près de deux cents ans. Dans l'un des placards bas, Blake découvrit une chaîne hi-fi et un assortiment éclectique de CD. Du classique, des musiques de films, un ou deux opéras et beaucoup d'artistes ou de groupes de variété, les plus récents datant de l'époque de la disparition de Monsieur. Blake aurait bien aimé rencontrer l'homme qui s'était intéressé à tout cela.

Il alla jeter un coup d'œil dans le couloir désert puis referma les doubles portes pour s'isoler. De sa poche, il sortit un rouleau d'adhésif emprunté à Philippe et fit quelques pas vers une des bibliothèques. Il plongea la main derrière les ouvrages et en ramena un petit sac plastique qu'il avait dissimulé là dès qu'il avait obtenu l'autorisation d'entrer dans la pièce. Il en renversa le contenu sur le bureau : il avait récupéré les fines bandelettes de la lettre à enveloppe verte que Madame avait passée au broyeur. Il lui avait fallu du temps pour les reprendre une à une dans les ordures. Il en manquait certainement quelques-unes, mais la part la plus importante était sous ses yeux. Blake n'avait jamais été fanatique des puzzles. Méthodiquement, il sépara les étroites bandes de l'enveloppe de celles du courrier. Deux à deux, il essaya de juxtaposer les fragments de papier ivoire sur lesquels se dessinaient les bribes de lignes d'une écriture fine à l'encre noire. Sans doute à cause de la particularité de la calligraphie, c'est la signature qu'Andrew réussit à reconstituer en premier : Hugo. Pourquoi Madame ne se donnait-elle même pas la peine de lire les lettres de son fils ? Grâce au timbre, il ne lui fallut pas longtemps pour identifier la provenance de la missive : Jakarta, la capitale de l'Indonésie. La lettre avait mis plus de trois semaines à arriver.

Absorbé dans sa tâche, Blake sursauta en entendant frapper à la porte.

— Monsieur Blake, vous êtes là ? demanda Odile à travers le battant.

Il s'empara du sous-main et le posa en toute hâte sur les bandelettes. La cuisinière ouvrit sans attendre sa permission.

— Je pensais bien vous trouver ici !

— Et je risque d'y être de plus en plus souvent. Vous n'attendez jamais que l'on vous dise d'entrer ?

— Vous n'êtes pas tout nu…

— Encore heureux. Que puis-je pour vous ?

Odile promena son regard dans la pièce.

— Madame doit beaucoup vous apprécier pour vous permettre de profiter de cet endroit.

— Je ne vous encombrerai plus la table de la cuisine pendant que vous préparez vos savoureux repas.

— Ça ne me dérangeait pas. J'aime bien votre compagnie… Bon, désolée de vous interrompre, mais Magnier vous cherche. Il attend à la porte de la cuisine.

— Pourquoi ne l'avez-vous pas fait entrer ?
— Venez voir par vous-même…

Le régisseur avait le visage et les vêtements maculés de cambouis et de crasse.
— Qu'est-ce qui t'arrive ? demanda Andrew.
— Je suis avec Hakim à la grange, pour la voiture. Je l'aide à réparer, mais il me parle de trucs que je ne comprends pas. Tu as ton permis et c'est toi qui vas la conduire, alors je me suis dit…
— J'arrive.
Alors qu'ils étaient déjà en route, Odile lança à Blake :
— Essayez de ne pas revenir dans le même état !

40

Au beau milieu de la grange, entre ce qui avait dû être un box à chevaux et une vieille machine agricole rouillée, la petite Renault avait les portières et le capot grands ouverts. La carrosserie disparaissait sous une épaisse couche de poussière et des outils jonchaient le sol tout autour.

— Hakim, vous êtes toujours là ? appela Philippe.

— J'ai bientôt fini, répondit une voix sous la voiture. Il faudra aussi changer le pot mais pour trouver la référence, sur ce genre de modèle, on parle de pièce de collection.

Un jeune homme se dégagea de sous le véhicule et se remit debout en s'essuyant sur sa combinaison tachée d'huile de moteur.

— Andrew, je te présente Hakim, le grand frère de Yanis.

— Désolé, monsieur, je ne vous serre pas la main, j'en ai partout.

— Bonjour. Vous allez réussir à la réparer ? demanda Blake.

— Je ne vous dis pas qu'elle passera le contrôle technique haut la main, mais elle roulera. Il faudra faire attention aux pneus, ils sont sûrement un peu secs, mais pour le reste, après avoir changé la batterie, les bougies, fait la vidange, nettoyé les filtres et remis de l'essence, elle a démarré au quart de tour. Vous voulez essayer ?

Blake s'installa au volant.

— Chez nous, tout est de l'autre côté, commenta l'Anglais. J'ai déjà conduit en France, mais ça fait tellement longtemps…

— Vous allez vite retrouver les réflexes.

Le frère aîné de Yanis devait avoir un peu plus de vingt ans. Tous deux avaient le même regard.

Andrew tourna la clef et le moteur démarra aussitôt.

— On lui fera faire un tour dans le parc avant de la sortir sur la route, ajouta Hakim, mais il ne devrait pas y avoir de problème.

La mécanique faisait un bruit régulier.

— Mes compliments, vous vous y connaissez drôlement.

— C'est quand même mon métier, je bosse dans un garage. Yanis ne vous a pas dit ?

Hakim regarda sa montre.

— L'un de vous pourrait vérifier mon téléphone ? Il est dans la poche de mon blouson. J'attends un message et j'ai peur de le salir.

— Ce serait avec plaisir, répondit Blake en coupant le contact, mais ici on ne capte rien.

— C'est pas top. De toute façon, je vais devoir y aller.

— Et combien vous doit-on ? interrogea Blake.

Hakim s'épongea le front avec un vieux chiffon.

— Rien du tout, monsieur. Je sais ce que vous faites pour Yanis et je vous en remercie. Ça lui fait du bien de voir des gens comme vous. Il rentre heureux. Ça lui donne plein d'idées.

— Je croyais qu'il venait en cachette ? s'étonna Andrew.

— De ma mère, oui. Mais c'est mon petit frère, je garde un œil sur lui…

— Vous êtes sûr qu'on ne peut pas vous payer votre temps, ou au moins les pièces ?

— Certain. Et n'hésitez pas si vous avez un souci. Vous devriez d'ailleurs profiter que je suis là pour la sortir. Avec de la chance, la pluie la lavera un peu parce que là, on ne sait même pas de quelle couleur elle est…

Lorsque Blake passa la première, il se fit surprendre par l'embrayage. La voiture fit un bond en avant et le moteur cala. Le deuxième essai fut le bon. À une allure d'escargot, le véhicule quitta la grange.

— Il va mettre huit jours pour aller jusqu'en ville…, commenta Magnier.

— S'il éclate un pneu, il pourra descendre et le réparer sans même s'arrêter tellement il traîne, renchérit Hakim.

Les deux hommes éclatèrent de rire.

— Vous êtes en train de vous moquer de moi, leur lança Blake par sa vitre baissée, je vous vois !

— Attention, répliqua Magnier, il y a un arbre à deux cents mètres devant toi. Freine, tu vas le percuter demain soir !

41

En remontant de chez Philippe, Blake eut la surprise d'apercevoir un bras tendu à travers la chatière, qui agitait un jouet à chat aux couleurs vives dont le grelot tintait frénétiquement. De l'autre côté de la porte, la voix étouffée d'Odile répétait :

— Méphisto ! Méphisto ! Il est l'heure de rentrer. Viens voir maman. Passe par la porte magique !

Andrew s'arrêta, fasciné par le spectacle. Il imagina la cuisinière à quatre pattes, plaquée contre le battant, la tête à demi coincée dans la trappe pour appeler son assassin angora. Cette vision le fit presque rire.

À pas de loup, il s'approcha en longeant le mur. Il se trouvait face à l'une de ces situations qui, dans sa jeunesse, lui avaient valu une certaine réputation. Quel que soit son état, et depuis son plus jeune âge, ce genre de disposition avait toujours enflammé son imagination. Le potentiel de la situation provoquait en lui une véritable ébullition. Il imaginait tous les scénarios possibles. Deux grandes options se dessinaient : soit il toquait poliment au carreau en prenant garde de ne pas écraser la main d'Odile, suite à quoi elle rentrait son bras et lui ouvrait. Cette solution permettait à chacun de s'en sortir avec honneur et dignité. Soit il passait au plan B, avec le secret espoir que cette situation surréaliste entre dans la légende. Andrew hésita. La main d'Odile secouait toujours le jouet ridicule. Il s'approcha discrètement et se baissa pour l'étudier de plus près.

— Méphisto ! Méphisto ! Si tu apprends vite comment passer la porte magique, maman te préparera des crevettes comme tu les aimes !

Un bref instant, Blake eut presque honte de ce qu'il s'apprêtait à faire, mais avec une mauvaise foi qu'Odile aurait étiquetée comme typiquement masculine, il parvint à se convaincre qu'il n'avait encore rien fait et ne devait donc pas éprouver le moindre remords. Dans ce genre d'opération, tout le jeu consiste à prendre de vitesse la bonne conscience une fois que l'on a décidé d'agir.

Par la trappe, Odile, avec la ténacité qui la caractérisait, ne mollissait pas. Avec une conviction qui forçait le respect, bien qu'elle ait sans doute le bras à moitié scié dans ce trou à chat, elle continuait à faire l'impossible pour attirer son félin.

— Minou ! Minou !

L'espace d'une seconde, Blake se plut à imaginer sa réaction s'il lui avait glissé une souris dans les doigts. Mais cela aurait été méchant, et il se contenta de lui serrer soudainement la main en s'écriant :

— Bonjour, madame Odile ! Comment allez-vous ?

Odile poussa un hurlement étranglé et son bras rentra dans la chatière plus vite qu'une murène qui se fait clapper le museau par un grand requin blanc. Le choc sourd qui suivit immédiatement inquiéta un peu Andrew. Quand il vit le visage d'Odile apparaître au carreau de la porte, il sut qu'il allait passer un vilain quart d'heure. Elle se frictionnait la tête, et son regard était si noir qu'il recula instinctivement de plusieurs pas. Andrew avait réveillé la colère d'un cyborg qui, jusque-là, vivait incognito sur notre planète.

— Non mais qu'est-ce que vous avez dans la tête ? hurla-t-elle, furieuse, en arrachant à moitié la porte. Vous êtes malade ! Complètement cramé !

Andrew ne connaissait pas l'expression mais jugea préférable de ne pas en demander la signification précise dans l'immédiat. Odile gesticulait, tempêtait en se frottant le front où pointait déjà un bel œuf. Il était question de maladie mentale, de torture psychique, de crise cardiaque et de toutes sortes de choses qui, prononcées trop vite et dans un langage fleuri, échappaient à Blake.

Tout à coup, juste derrière Odile, tranquillement assis au beau milieu de l'office, la queue parfaitement enroulée autour de ses jolies pattes velues, Blake aperçut Méphisto. Le chat était déjà à l'intérieur ! Il avait sans doute observé sa maîtresse en train de se ridiculiser pour le convaincre de rentrer par un passage qu'il avait déjà adopté.

Blake n'essaya pas de calmer Odile, il se contenta de désigner silencieusement le chat du doigt.

— Quoi, qu'est-ce qu'il y a ? aboya-t-elle.

— Derrière vous.

Elle se retourna et découvrit son chat.

— Mais tu es là, mon bébé ! s'exclama-t-elle, soudain radoucie.

Blake découvrit alors une des lois qui gouvernent la vie des hommes : c'est quand les femmes passent brutalement de la rage la plus noire à un roucoulement attendri qu'elles font le plus peur.

— C'est un bon chat, crut-il bon de commenter. Tout seul comme un grand, il est rentré par la porte magique…

Odile fit volte-face, écarlate.

— Alors vous…

— Un jour, vous me direz ce que « complètement cramé » signifie ?

Le cyborg avança vers Andrew. Le moment était venu de déguerpir.

42

Au premier carrefour, Andrew connut un moment de panique en voyant arriver une voiture de ce qui était pour lui le mauvais côté. Ensuite, à force de ronds-points qui ne menaient nulle part, il se perdit un peu dans la périphérie de la bourgade, mais finit par trouver un parking en centre-ville, non sans avoir attiré l'attention de nombre de passants grâce à sa voiture hors d'âge extraordinairement sale. Magnier lui avait bien proposé de l'accompagner pour le guider, mais Andrew avait refusé, l'assurant qu'il suivrait les indications de l'application GPS de son téléphone – au moins, en ville, il aurait du réseau. Mais la vraie raison était que pour ce qu'il s'apprêtait à faire, il devait être seul, sans aucun témoin.

À pied, il finit par arriver à l'entrée d'un modeste immeuble situé en plein quartier commerçant. Il consulta les boîtes aux lettres et attendit que quelqu'un ouvre la porte à code pour s'introduire à l'intérieur. Personne ne se méfie des personnes d'un certain âge. Et pourtant, les crapules vieillissent aussi.

Lorsqu'il sonna à l'appartement n° 15, Andrew avait encore des doutes sur sa démarche. Nuire à Manon était la dernière chose qu'il souhaitait.

La porte s'ouvrit.

— Monsieur Justin Barrier ?

— C'est moi. Que voulez-vous ?

— Vous parler, quelques minutes.

— Me parler de quoi ?

— De Manon.

Le jeune homme aux beaux yeux bleus se raidit. Il était prêt à refermer la porte. Andrew posa sa main sur le battant pour l'en dissuader.

— Je ne suis là ni pour vous faire la morale, ni pour vous influencer.

— Vous êtes son père ?

— Aucun lien de famille. Je la connais, c'est tout.

— C'est elle qui vous envoie ?

— Si elle savait que je suis venu, elle serait sans doute très en colère. Je vous demande d'ailleurs de ne jamais lui en parler. Puis-je entrer ?

Justin hésita et finit par lui ouvrir.

— Je n'ai pas beaucoup de temps…

— Ce ne sera pas long.

Le jeune homme ne tenait pas en place, il se balançait d'un pied sur l'autre et ne cessait de rentrer et de sortir les mains de ses poches.

— On pourrait peut-être s'asseoir ?, proposa Andrew en désignant des chaises autour d'une table encombrée.

Les deux hommes s'installèrent face à face.

— Comment va-t-elle ? demanda Justin en évitant le regard de son visiteur.

— La santé est bonne. Le moral un peu moins. Sa mère a mal réagi en apprenant sa grossesse. Du coup, pour le moment, elle habite au manoir, chez Mme Beauvillier. J'y suis employé moi aussi.

Justin soupira bruyamment en passant la main dans ses cheveux courts.

— Qu'est-ce que vous voulez ? demanda-t-il, sur la défensive.

— Rien. Je ne suis venu ni pour vous donner mauvaise conscience, ni pour vous faire la leçon. Si vous revenez auprès d'elle et que vous n'êtes pas heureux, ça ne durera pas longtemps et vous finirez par repartir de toute façon.

— J'ai besoin de temps pour réfléchir.

— C'est la phrase que nous, les hommes, sortons en général pour justement ne pas avoir à le faire.

— Pour quelqu'un qui ne veut pas faire la morale…

— Dans ma vie, je suis prêt à parier que j'ai fait plus d'erreurs que vous. Si, à certains moments, quelqu'un de complètement étranger, à qui je n'aurais eu aucun compte à rendre, était venu me parler franchement, alors j'aurais peut-être trouvé quelques réponses qui m'auraient évité pas mal de naufrages. Vous ferez ce que vous voudrez de ce que nous allons nous dire. C'est votre vie.

— Je ne sais pas trop où j'en suis. Le bébé change tout…

— Vraiment ?

— Je n'ai pas encore l'âge…

— Bienvenue dans le monde des hommes. Quel est l'âge pour chaque étape de la vie ? Entre quinze et vingt ans, on expérimente, on mange n'importe quoi, on boit pareil, on imagine, on se la raconte. On teste. Au mieux, on trouve nos limites, au pire, on tombe dans nos failles. Vous n'en êtes plus là, Justin. Vous m'avez l'air d'un garçon structuré – à part peut-être encore quelques progrès à faire sur le rangement… Vous avez un travail. Votre histoire avec Manon avait des chances de durer.

— J'avais pas prévu le bébé.

— La vie attend rarement que l'on soit prêt. Je ne sais pas si vous devez choisir Manon, mais c'est maintenant qu'il faut vous poser la question.

— Vous croyez que c'est le genre de truc que l'on peut décider comme ça ?

— Vous n'aurez jamais de certitude, vous ne trouverez pas les réponses avant d'avoir fait le chemin. Mais vous pouvez être sincère, écouter ce que vous ressentez tout au fond de vous et ne pas vous arrêter à vos peurs.

— Vous parlez comme un vieux sage…

Blake eut un sourire.

— Manon affirme aussi que je parle comme dans un livre, et après elle me dit des choses qui me bouleversent. Même si on fait tout pour ne pas le leur montrer, les femmes nous font souvent cet effet-là, pas vrai ?

— Elle parle de moi ?

— Assez peu, mais elle pense à vous tout le temps, je vous le garantis.

— Elle m'en veut ?

— Elle vous attend.

— Elle m'a écrit une lettre…

— Lui avez-vous répondu ?

— Je serais bien incapable de lui écrire des choses aussi belles et d'ailleurs, même bien tourné, je ne sais pas quoi lui répondre.

— Il n'y a que deux hypothèses, Justin. Soit cette grossesse vous a fait prendre conscience que Manon n'était qu'une aventure avec laquelle vous ne voulez pas passer au stade supérieur, et dans ce cas, il faut rompre. Soit vous éprouvez quelque chose de plus sérieux pour elle et vous avez cédé à la panique parce que cela va trop vite. Les deux approches sont possibles, mais vous devez au minimum lui dire laquelle vous choisissez pour qu'elle puisse soit continuer, soit se reconstruire… Elle aussi a sa vie à faire.

— Vous êtes marié ?

— Je l'ai été. Et c'est moi qui lui ai couru après.

— Vous l'aviez connue jeune, votre femme ?

— À votre âge, j'étais marié depuis quatre ans. Et nous avons dû batailler pour avoir un enfant.

— Vous avez tout de suite su que c'était elle ?

— Pour être honnête, je crois que les histoires de coup de foudre, d'être faits l'un pour l'autre et d'amour fou au premier regard sont des trucs de filles. Il n'y a qu'elles pour y croire. Un jeune homme a surtout le coup de foudre pour une paire de fesses ou de seins. On ne le dit jamais, mais c'est pourtant vrai. C'est après, une fois que les hormones se sont calmées, que l'on découvre l'autre. Les filles le savent bien. Pourquoi croyez-vous qu'elles passent autant de temps à soigner leur apparence ? S'il n'y avait pas les hormones, on resterait entre garçons à faire les imbéciles avec des vélos, des pistolets, des motos ou des ballons. On trouve toujours des jouets. Et heureusement qu'elles sont là, les hormones, parce qu'elles nous poussent vers les seules créatures capables de faire de nous autre chose que de profonds abrutis. Je ne sais pas pour vous, mais quand j'ai commencé à regarder sérieusement celle qui allait devenir ma femme, je l'ai fait sous un angle technique. Je sais, c'est horrible à dire, et pourtant… Est-ce qu'elle s'intéresse aux mêmes choses que moi ? Est-ce qu'elle va me faire une vie douce ? Est-ce qu'elle va me supporter ? On ne le leur avoue jamais, mais plus tard, en en parlant avec vos vrais amis, vous vous rendrez compte que c'est pour tous les hommes pareil. On choisit ce qui nous va le mieux parmi ce que l'on a les moyens d'attraper et après, pour les moins stupides d'entre nous, on apprend à aimer.

Un drôle de silence s'installa.

— C'est différent pour elles ? finit par demander Justin.

— Je ne sais pas. À mon âge, je comprends à peine mes semblables, alors comment voulez-vous que je m'en sorte avec le camp d'en face ?

— Des fois, je ne comprends pas ses réactions…

— Nous ressentons tous la même chose. La seule question à laquelle vous et vous seul devez trouver une réponse aujourd'hui est celle-ci : êtes-vous prêt à renoncer à l'idée préconçue que vous aviez de votre vie pour Manon et votre enfant ? Est-ce que les voitures, les aventures sans lendemain, les bières et les jeux vidéo pourront vous satisfaire davantage que ce que vous pouvez peut-être vivre avec elle ? Si vous la rejetez maintenant pour tout recommencer avec une autre dans quelques mois, alors votre histoire aura été un magnifique gâchis. Si vous passez le reste de votre vie sans femme et sans enfant, alors vous aurez eu raison de la quitter. C'est le moment d'être égoïste, Justin. Ne laissez personne vous juger. Mais choisissez et assumez.

— Je vais partir.

— Vous quittez la ville ? Quand ?

— Demain. Pour un mois. Déplacement professionnel en Allemagne. On va installer des machines sur un site à Munich. Je me suis porté volontaire. J'étouffe, ici.

— Par pitié pour Manon, ne la laissez pas sans nouvelles aussi longtemps…

43

Debout sous l'auvent de la petite maison au bout du domaine, Philippe, Yanis et Andrew regardaient la pluie tomber à grosses gouttes, face au parc tellement gris qu'il ressemblait à une photo en noir et blanc. Trois générations côte à côte, tous étrangers l'un pour l'autre, et pourtant de plus en plus proches.

— Chez nous, fit Magnier, quand ça descend comme ça, on dit qu'il pleut des cordes.

— En Angleterre, on dit qu'il pleut des chats et des chiens. Je sais ce que tu vas dire, Philippe, et je ne suis pas loin d'être d'accord avec toi.

— La prof de maths, elle dit qu'il pleut comme vache qui pisse, fit remarquer Yanis.

Les deux aînés regardèrent le plus jeune.

— En parlant de maths, réagit Blake, tu as fini les exercices que je t'avais donnés à faire ?

— C'est super dur. Et puis je préfère les problèmes. Je comprends mieux quand c'est une situation, qu'il se passe des choses avec des chiffres.

— Yanis, je ne peux pas à chaque fois t'inventer des histoires de deux pages pour des opérations d'une ligne. Il faut que tu les aies finis pour demain parce qu'après, on révise les calculs de surfaces.

Le garçon était dépité.

— Ma mère, elle aura sa télé en l'an trois mille.

— On aura inventé autre chose d'ici là. Il n'y aura plus de télé.

— Il n'y aura plus ma mère non plus, de toute façon.

— Raison de plus pour te dépêcher de faire tes devoirs.

— Qu'est-ce que j'y gagne ?

Philippe et Andrew se regardèrent.

— Ça, c'est vrai que tu es fort pour la « négo »…

Yanis releva les yeux vers Blake.

— En fait, j'aimerais bien vous demander un truc.

— Tu veux dire, en plus du temps que l'on te consacre ?

Philippe intervint :

— Je te rappelle que tu ne fais presque plus les courses…

Yanis donna un coup de poing dans le vide face à lui.

— Vous êtes super intransigeants…

— Intransigeants ? s'étrangla Magnier. Esclavagistes, pédophiles et intransigeants ? Tu devrais te sauver en courant. Mais attends quand même la fin de l'averse…

— D'où sors-tu ce mot ? demanda Blake.

— Du livre qu'on lit en ce moment. C'est l'histoire de cinq enfants qui cherchent un trésor sur une île déserte. C'est super, ils ont un chien qui s'appelle Youpla.

Discrètement, Magnier fit un clin d'œil à Blake.

— Quel est donc ce « truc » qui te ferait plaisir ?

— Vous connaissez Halloween ?

— Un peu, mais en Angleterre, c'est moins fêté qu'aux États-Unis.

— En France, ça n'a pas vraiment pris non plus, précisa Magnier.

— Peut-être, mais moi j'aimerais bien fêter Halloween avec mes copains.

— Ça devrait pouvoir se faire.

— Il faut des tonnes de bonbons !

— Sachant qu'il faut mille grammes pour faire un kilo et qu'un Carambar en pèse vingt, combien y a-t-il de Carambar dans un kilo ?

— Ça pèse combien, une fraise Tagada ? intervint le régisseur. J'aime bien les fraises Tagada.

— Philippe, on est en train de travailler, là.

Yanis se mit à réfléchir. Pendant un long moment, on n'entendit que le bruit de la pluie qui martelait les feuilles, la table métallique et le toit.

— C'est trop gros pour ma tête, finit-il par déclarer. J'ai besoin d'un ordinateur.

— Ce n'est pas la réponse que j'espérais. Tant pis. Tu fêteras Halloween une autre fois.

Le garçon bougonna et se concentra à nouveau. Il pleuvait toujours.

— Avec ce qu'il tombe, fit remarquer Philippe, on va enfin savoir de quelle couleur est la voiture.

— Je crois qu'elle est bleu ciel, dit Blake.

— Je m'en souvenais plutôt vert anis, répliqua Magnier.

— Tu buvais déjà ton apéritif à l'époque ?

— Qu'est-ce qu'il a, mon apéritif ?

— Rien du tout. Je te dis que cette voiture est bleu ciel.

— Verte.

— On parie ? provoqua Blake.

— On parie quoi ? fit Magnier, intéressé.

— Cinquante ! s'exclama Yanis. Il faut cinquante Carambar pour faire un kilo !

44

Cela faisait bien dix ans que Blake n'avait pas veillé aussi tard pour autre chose que ses idées noires. Sans doute un dîner avec Richard, peut-être même le mariage de Sarah avec David. Mais ce soir, il voulait savoir.

Seul dans la bibliothèque, il avait dégagé le plateau du bureau et continuait son minutieux travail de reconstitution. Peu à peu, la lettre reprenait forme. Les bandelettes réunies par du ruban adhésif rappelaient un peu les bricolages d'enfants de maternelle pour la fête des Mères, les couleurs acidulées en moins. Pour l'instant, le document se résumait à trois blocs distincts. Blake était trop concentré sur les correspondances du tracé de l'écriture pour s'attacher au sens. L'état des languettes, dont certaines étaient aussi coupées en plusieurs morceaux, ne simplifiait pas la tâche.

À force de minutie, Andrew parvint pourtant à ses fins. Lorsqu'il eut scotché la dernière bande, il leva le document et plissa les yeux pour mieux le déchiffrer.

« Bien chère Maman,

« Fidèle au rendez-vous que je me suis fixé, je t'envoie de nos nouvelles. J'espère que cette lettre te trouvera en forme au domaine. Nous prenons progressivement l'avantage sur les cartons et sommes vraiment très heureux dans notre nouvelle maison. Même si elle est légèrement plus petite – une pièce en moins –, elle est située plus près du quartier où Isabella intervient et à deux rues d'un parc où les singes font la joie de Tania – nous restons bien sûr vigilants, ils peuvent jouer quelques tours ! Ta petite-fille n'a perdu aucune de ses amies dans le déménagement puisqu'elle est toujours scolarisée à la même école. Pour moi, le trajet jusqu'à l'université est un peu plus long, mais cela ne me gêne pas. Si tu souhaites venir, nous n'aurons aucun mal à te faire de la place et nous en serons très heureux.

« Je vois toujours Franck deux fois par semaine. Après l'amélioration dont je te parlais le mois dernier, son état s'est brusquement aggravé. J'ai même eu vraiment peur voilà deux semaines, mais les médecins se veulent rassurants. Ils disent qu'il risque encore de faire de nombreuses "microrechutes" avant de remonter la pente pour de bon. Nous le soutenons tout comme sa petite amie, qui se débrouille de mieux en mieux dans notre langue.

« Je trouve toujours étrange de ne rien savoir de ta vie depuis si longtemps alors que je te raconte tout de la mienne. Je ne veux pas m'imposer et même si ton attitude me peine, je la respecte. Je sais que pour Franck, te savoir moins hostile serait un réconfort, et dans son état, il en a bien besoin. Nous parlions encore de toi hier soir. Il est pour moi un véritable frère et être proche de lui me permet d'oublier le manque de ma famille, dont il fait malgré tout partie.

« J'espère toujours un signe de toi. Je te redonne mon adresse et mon mail. Je pense énormément à toi. Isabella se joint à moi pour t'embrasser.

« Ton fils, Hugo. »

Sous la signature, Blake comprit enfin ce que signifiait le petit gribouillis qui lui avait donné tant de mal pendant son puzzle. La toute jeune Tania avait dessiné un singe et écrit son nom.

Andrew posa la lettre et relâcha doucement son souffle. Combien de personnes dans le monde, à cette même minute, attendaient désespérément que quelqu'un leur fasse signe ?

45

Manon passa la tête à la porte de l'office. Lorsqu'elle constata qu'Andrew était seul, elle entra en sautillant. Le majordome rangeait sa tasse de petit déjeuner dans le lave-vaisselle.

— Monsieur Andrew ! chantonna Manon. Justin m'a envoyé un message !

— Excellente nouvelle ! Mais je croyais que tu ne captais pas ?

— J'ai profité de la connexion de l'école pour travailler sur mes révisions comme vous me l'aviez conseillé, et pour interroger mes mails. Il y en avait un de lui !

— Fantastique ! Tu vois, il ne faut jamais désespérer. Que dit-il ?

La jeune femme caressa son ventre qui commençait à s'arrondir avec un air ravi.

— Ma lettre – notre lettre – l'a ému. Il dit qu'il regrette d'avoir mal réagi et qu'il pense à moi et au bébé. Il doit partir quelques semaines à l'étranger. Il va en profiter pour réfléchir. Il espère aussi que ma mère ne va pas trop mal réagir – ça c'est raté – et que si c'était le cas, je peux compter sur son aide. Et puis, il promet qu'il paiera pour les frais du bébé et qu'il ne me laissera pas tomber.

— *Thank God !*

— Il ne dit jamais « notre » bébé, et il ne dit pas non plus que l'on se remettra ensemble…

— Laisse-le se faire à l'idée. Justin est un garçon sérieux, je suis certain qu'il te fera signe à son retour comme il l'a promis.

— Comment pouvez-vous savoir s'il est sérieux ? s'étonna Manon.

Andrew hésita.

— Eh bien… Sachant tout ce que tu m'en as dit, et en y ajoutant le fait qu'une fille comme toi n'aurait pas choisi n'importe qui, je me dis qu'il l'est certainement…

La jeune femme sembla convaincue par la réponse. Andrew avait eu chaud. Il observa Manon. Son visage irradiait à nouveau la lumière. Un mail avait suffi pour sécher ses larmes, effacer ses cernes et lui redonner goût à la vie. Andrew songea que les femmes se contentent de peu et que les hommes ont pourtant beaucoup de mal à le leur donner.

La trappe de la chatière se souleva et Méphisto glissa ses moustaches pour entrer.

— On dirait qu'il a un peu grossi, constata Manon.

— Odile prétend que ce n'est qu'une impression et qu'il fait simplement son poil d'hiver, mais si c'est le cas, il en fait assez pour fabriquer plusieurs manteaux…

Manon restait rêveuse, perdue dans ses pensées, enfin accrochée à un espoir. Désormais, elle allait compter les jours.

Le chat trottina jusqu'à son coin repas. Il respira les croquettes sans y toucher puis lécha l'assiette qui avait contenu son repas de la veille, au cas où il en serait resté une molécule. Constatant que le bol de lait était vide, il se tourna vers les seuls humains présents dans la pièce et lança un miaulement à fendre l'âme.

— Je sais que c'est l'heure de ton lait tiède, lui expliqua Blake, mais ta maîtresse est encore avec Madame et elle n'apprécierait pas que nous lui volions son rôle. Tu vas devoir attendre qu'elle redescende…

Comme s'il avait compris, le chat s'assit sagement et commença sa toilette.

Manon était déjà partie s'occuper du ménage lorsque Odile revint. Elle n'adressa même pas un regard à Blake et ouvrit le frigo pour servir l'animal.

— Excuse-moi, mon bébé. C'est un peu compliqué ce matin. Tu as fait ta promenade ?

Le chat vint se frotter dans ses jambes pendant qu'elle versait le lait dans la casserole. Elle alluma le gaz.

— Vous m'en voulez toujours pour ma plaisanterie ? s'enquit Blake.

Le doigt plongé dans le lait pour en vérifier la température, Odile répondit sans le regarder :

— J'ai encore mal au front, mais je ne vous en veux plus. J'ai d'autres soucis avec Madame.

Elle versa le lait dans le bol et le déposa au pied de la gazinière en demandant au majordome :

— Vous seriez vraiment capable de la conseiller au sujet de ses placements ?

— Je le crois.

— Et moi ?

— Je ne comprends pas.

— Depuis trois ans, je confie toutes mes économies aux gens qui s'occupent des placements de Madame, et je commence à croire effectivement qu'ils ne sont pas très nets. Je suis en train de tout perdre. Si je vous montrais, accepteriez-vous de me donner un avis ?

La détresse et l'inquiétude se lisaient sur son visage. Elle ajouta :

— J'ai peur de me retrouver sans rien pour mes vieux jours, vous comprenez ?

— Pourquoi ne pas m'en avoir parlé plus tôt ? Vous savez que vous pouvez compter sur moi. On va étudier ça ensemble. Ne vous tracassez pas.

Odile parut soulagée, mais elle précisa :

— Il y a autre chose. Madame ne mange absolument rien depuis deux jours. Pas une miette. Quand je l'aide à s'habiller le matin, je vois bien qu'elle s'étiole à vue d'œil. Les soucis la rongent. Je ne vous en ai pas parlé parce que je pensais qu'elle allait reprendre des forces. Elle fait souvent cela, mais cette fois…

— Je monte la voir.

46

Même s'il n'était pas l'heure du courrier, Andrew frappa à la porte des appartements de Madame.

— Entrez, Odile.

Blake entrouvrit la porte.

— Ce n'est pas Odile, madame, c'est Andrew.

— Que se passe-t-il ?

— Pouvez-vous m'accorder une minute ? Il faut que je vous parle.

— Voyons cela tout à l'heure, monsieur Blake, lors de notre séance. Je suis occupée.

— Si vous le permettez, je pense qu'il y a urgence.

Il franchit le seuil. Mme Beauvillier était assise à son bureau, des relevés de comptes étalés partout devant elle, une calculatrice à la main. Elle se raidit instantanément en voyant Blake forcer sa porte.

— Je vous ai dit que nous verrions votre problème tout à l'heure.

— Permettez-moi d'insister.

— Et si je ne vous permets pas ?

— Madame, Odile et moi sommes inquiets à votre sujet. Votre santé n'est pas au mieux...

— C'est l'automne, tout le monde est plus fatigué en cette saison...

— Je crois pourtant que la cause est tout autre. Vos conseillers financiers…

Elle le coupa :

— Cela ne vous regarde pas.

— Mon but n'est pas de m'immiscer dans vos affaires…

— C'est pourtant ce que vous faites.

— Je crois que je le dois.

Agacée, Mme Beauvillier commença à ranger ses documents. Par petits paquets, elle les enfourna dans son tiroir. Ses gestes de plus en plus vifs trahissaient la colère qui montait.

— Je pense que vous devriez voir un médecin, argumenta Blake. Écoutez au moins son avis sur votre état, faites quelques analyses…

— En plus d'être un expert en placements, vous êtes aussi docteur ?

— Soyez raisonnable. Vous ne vous nourrissez presque plus. Chaque matin, je vous vois ouvrir des courriers qui vous laissent de plus en plus abattue. Pourquoi refusez-vous l'aide que l'on vous propose ?

Madame referma le tiroir d'un coup sec et se leva.

— Je n'ai pas besoin d'aide, monsieur Blake. C'en est trop. J'ai passé l'âge de recevoir des leçons et des conseils.

Elle se dirigea vers sa chambre sans se retourner.

— Maintenant, je vous demande de me laisser. Je ne souhaite pas vous revoir aujourd'hui. Vous demanderez à Odile de m'apporter mon courrier en temps et en heure.

Madame claqua la porte derrière elle. Andrew hésitait sur la conduite à tenir. Il ne se voyait pas redescendre sans avoir crevé l'abcès. Attendre un jour de plus ne servirait à rien. Il avança et posa sa main sur la poignée.

— Madame, écoutez-moi, s'il vous plaît…

Aucune réponse. Blake ouvrit la porte. Mme Beauvillier était sur son lit, recroquevillée. Elle se redressa d'un mouvement brusque.

— Comment osez-vous ?

— Vous ne me laissez pas le choix.

— Je vous ai demandé de me laisser tranquille.

— Ma conscience ne me le pardonnerait pas.

— Ce n'est pas votre conscience qui vous verse votre salaire, c'est moi !

— Vous allez voir un médecin. S'il ne vous convient pas, nous en changerons autant de fois qu'il le faudra.

— Je vous interdis…

— Par respect pour vous, je vais désobéir. Il en va de votre santé et de l'avenir de ce domaine.

Furieuse, Madame fixait Blake d'un regard qu'il n'aurait même pas cru possible de sa part. Il devait malgré tout poursuivre. Il franchit le seuil de sa chambre. Elle leva la main pour le stopper.

— Si vous faites un pas de plus, je vous renvoie.

Sa voix était froide, cassante. Andrew recula.

— Ne me renvoyez pas, madame. Nous aurions beaucoup à perdre, vous comme moi.

47

Bien que Blake n'ait pas réussi à connaître l'objet du rendez-vous de Madame prévu dans l'après-midi, il était certain que cette rencontre avait un rapport avec ses difficultés financières. Par l'intermédiaire de sa cuisinière, la patronne avait écarté son majordome, allant jusqu'à lui interdire formellement de s'occuper de quoi que ce soit, et lui défendant même de s'adresser à elle. Odile assurait donc le service pendant qu'Andrew était condamné à rester dans sa chambre. Il n'en avait pourtant pas l'intention.

Lorsque la sonnerie du visiophone retentit dans le hall, il s'avança discrètement jusqu'à la rambarde du troisième pour s'assurer que tout se déroulait comme prévu. Il entendit des voix, Madame qui descendait, puis Odile qui installait trois personnes au petit salon. Il était temps pour lui de passer à l'action.

Sa lampe électrique dans la poche, il descendit au premier, se glissa dans les appartements de Madame et gagna directement la chambre. Un peignoir abandonné sur le lit défait, le tiroir de la commode à demi ouvert, un pull jeté à la va-vite sur le fauteuil : la pièce était loin d'être aussi bien rangée que lors de sa première visite. Il ouvrit le placard encastré et passa le bras entre les vêtements pour appuyer sur la paroi du fond. Celle-ci ne bougea pas. Andrew insista, sans succès. Décontenancé, il tâtonna le long du pourtour du panneau, à la recherche d'un mécanisme. Ni encoche, ni aspérité. L'ouverture secrète était-elle née de son imagination ? Il alluma sa lampe et s'enfonça plus avant dans les habits.

Braquant le faisceau dans chaque recoin, Andrew se mit à quatre pattes pour inspecter derrière les boîtes à chaussures. Il n'était pas fou : celle de droite dissimulait un petit levier plaqué contre le mur. Avec précaution, il appuya dessus. Un déclic libéra le panneau.

Andrew poussa la porte secrète, et ce que révéla le faisceau de sa lampe le stupéfia.

Ce n'était pas une simple cache, mais une véritable pièce. L'écart qu'il avait remarqué entre la longueur du couloir et la taille de la chambre de Madame s'expliquait enfin. Cette pièce-là était presque aussi grande, tapissée de satin noir jusqu'au plafond, et pleine à craquer d'une multitude d'objets. Promenant son faisceau, Blake allait de surprise en surprise. Une table couverte de feuilles annotées occupait le centre de l'espace ; plusieurs meubles de rangement sans portes contenaient des dossiers et des livres. Mais le plus frappant, c'était les murs, tapissés de photos, de lettres, toutes ayant pour unique sujet François Beauvillier. Des objets personnels, des vêtements enrichissaient encore cette incroyable collection. Andrew se trouvait dans un musée, un temple, un lieu de culte secret entièrement dédié à la mémoire du défunt.

Il se sentit soudain mal à l'aise : il avait l'impression, en ayant pénétré ici, d'avoir profané la partie la plus intime de l'esprit de Madame. Devait-il ressortir immédiatement ? Il secoua la tête : cela aurait été inutile. Désormais, il savait. Il était bien incapable d'oublier ou même de faire semblant de n'avoir rien vu. Tout ce qui se révélait ici était trop frappant. Il fit courir sa lumière sur les clichés, les petits mots tendres adressés à « Nalie ». Il y avait aussi des dessins d'enfant jaunis, malhabiles pour les plus anciens, puis de plus en plus adroits et détaillés à mesure que leur jeune auteur, Hugo, apprenait à signer de son nom. Toutes ces heures où Madame restait enfermée dans sa chambre, elle ne les consacrait donc pas à dormir ou à regarder la télé. Elle passait ses journées réfugiée dans le passé. Odile connaissait-elle l'existence de ce sanctuaire ?

En étudiant les photos, Blake en apprit davantage sur l'homme dont l'ombre planait toujours sur le domaine. M. Beauvillier avait de l'allure, plus par son attitude générale que par son physique. C'était surtout son regard, assuré, perçant, qui dégageait une indéniable autorité. Sur un cliché, il était attablé au restaurant avec Madame. Sur un autre, il posait devant le manoir, Magnier en arrière-plan. Andrew s'arrêta sur un tirage où Monsieur apparaissait aux côtés d'une autre femme et d'un tout jeune enfant. À en juger par les vêtements, la photo ne devait pas être beaucoup plus vieille que celles où il figurait avec Nathalie et Hugo. Étranges fragments d'une vie. Instants figés qui concentrent tout un être.

Reconstituer toute la complexité d'une personnalité à partir de ces quelques flashs se mua alors pour Andrew en un véritable travail d'enquêteur. Il fallait lire chaque détail, la plus infime position de la main, le moindre regard, tout ce que la photo n'avait pas cherché à immortaliser mais qu'elle contenait malgré tout. Madame avait choisi ces documents pour se souvenir, pour recréer. La valeur qu'elle donnait à chacun d'eux était sans doute aussi intéressante que les informations qu'ils révélaient.

Andrew finit par trouver les dossiers qu'il était initialement venu chercher. Relevés de banques, titres de propriété et papiers officiels étaient soigneusement rangés dans des chemises parfaitement identifiées. Il s'apprêtait à les consulter quand il aperçut, juste en dessous, quelque chose d'encore plus stupéfiant. Il crut d'abord avoir mal vu mais, se penchant pour vérifier, il écarquilla les yeux.

Madame avait réuni une très large collection de livres sur le spiritisme et la communication avec l'au-delà. Les ouvrages sur ce thème se comptaient par dizaines et remplissaient deux étagères complètes. Certains traitaient des moyens d'entrer en contact avec les morts, d'autres abordaient les signes venus des esprits. Blake n'en revenait pas. Jamais il n'aurait imaginé que Madame puisse s'intéresser à ces sujets ésotériques. Pourtant, étant donné le vide que Monsieur avait laissé dans sa vie, cette attirance paraissait cohérente. Andrew tomba sur une série d'ouvrages précisément consacrés à l'écriture automatique. Ignorant complètement de quoi il s'agissait, il en prit un et consulta le résumé au dos : « Laissez les esprits de vos chers disparus guider votre main et lisez ce qu'ils ont à vous dire ! Posez-leur vos questions, obtenez leurs réponses ! Toutes les techniques et méthodes d'analyse clairement et simplement expliquées. Ne perdez plus le lien avec ceux qui vous sont chers et vous ont quitté.

Correspondez d'un monde à l'autre. » Obtenir ce fabuleux pouvoir pour le prix d'un livre était vraiment un cadeau, ironisa Andrew pour lui-même. Ce genre de promesse était aussi crédible que les courriers publicitaires sur lesquels Madame se jetait chaque matin.

Blake reposa le livre et s'intéressa à la table. Même s'il ne croyait pas à ces histoires de communication paranormale, il était impressionné par l'importance que Madame leur accordait. À ses yeux, cela dénotait surtout une grande détresse, un manque qui, bien que vécu de manière différente, trouvait un écho troublant dans sa propre histoire.

Sur le plateau rond revêtu d'une nappe de velours se trouvaient des feuilles de papier couvertes de lettres déformées, de toutes tailles, irrégulières. Andrew en souleva quelques-unes en prenant soin de ne rien déplacer. Parfois le document ne comportait qu'une seule lettre, placée n'importe où, sans logique. Sur d'autres ne figuraient que quelques traits sans signification apparente. À sa base, chaque feuille portait la mention de la date et parfois même de l'heure. Tous les jours, ou presque, Madame s'adonnait à ces expériences, aussi bien en pleine journée qu'au cœur de la nuit. Il l'imagina, tenant un stylo du bout des doigts, les yeux clos, espérant que François vienne animer son bras pour lui envoyer un message.

Regardant autour de lui, Andrew se rendit compte que ce qu'il avait d'abord pris pour une pile d'archives posée contre le mur à même le sol était en fait une impressionnante accumulation de ces feuilles supposées résulter d'un contact par-delà la mort. Elles étaient classées par mois. Dans un cahier placé au sommet, Mme Beauvillier avait consigné les résultats

« intéressants ». Les premières notes remontaient à plusieurs années, les dernières n'avaient que quelques jours.

« 15 octobre : François ne fait plus confiance aux placements de Gaerner » ; « 17 octobre : François m'aime toujours » ; « 18 octobre : François pense qu'il faut reconsidérer la proposition de Vandermeel Immobilier. »

Blake était à la fois fasciné et terriblement inquiet. Chaque jour, Mme Beauvillier tentait de répondre à ses angoisses. Sans cesse, elle vivait au cœur de problèmes et de doutes qui la rongeaient, jusqu'à l'obsession.

Il remit le cahier en place. Rester plus longtemps pouvait devenir risqué. Comme un voleur qui n'emportera rien, une dernière fois, il promena le faisceau de sa lampe. Plus jamais il ne verrait Madame de la même façon. Soudain, à ses yeux, elle n'était plus ni froide ni perturbée. Elle était bouleversante.

48

Pendant que Manon était occupée à faire les carreaux de l'étage, Blake lui avait emprunté son ordinateur portable et était monté sur la colline se connecter à Internet via son téléphone. Ses recherches sur le spiritisme et l'écriture automatique l'avaient conduit vers de très nombreux sites et forums dont il avait retiré une impression qui, à son grand regret, pouvait se généraliser à beaucoup de secteurs : d'un côté des gens qui souffrent et, en face, d'autres qui en profitent. D'innombrables histoires de femmes et d'hommes brisés, désemparés face à la perte d'un enfant, d'un compagnon, d'un parent, prêts à tout pour croire que la mort ne les avait pas totalement séparés. Face à ces malheureux, leur ouvrant les bras, des cohortes d'escrocs, de baratineurs et de mystificateurs qui, avec un cynisme écœurant, inventaient tout et n'importe quoi pour tirer profit de la douleur de leurs semblables. L'argent contre ce qui n'a pas de prix.

Au milieu de ce déluge, Blake repéra cependant quelques cas d'expériences capables d'ébranler les convictions des sceptiques les plus réfractaires. Mais ce n'était pas de celles-là dont on parlait le plus. Sur le Net, l'enjeu est rarement d'informer ou de soulager, il faut vendre. Une fois encore, le plus sombre de la nature humaine étouffait la sublime part de mystère qu'elle renferme encore. Pour Blake, il n'était pas question de juger ces croyances, mais quelle que soit la réalité des communications entre Madame et son défunt mari, il était certain qu'elle avait besoin d'un coup de main dans le monde des vivants.

Ses recherches achevées, il ouvrit son compte de messagerie et se mit à taper.

« Bonjour Heather,

« J'espère que vous allez bien. Vous pouvez désormais me joindre par mail – vous seulement, j'insiste –, toutefois ne comptez pas sur moi pour interroger ma boîte tous les jours, c'est techniquement impossible et cela me convient très bien ! Avez-vous eu des nouvelles de l'appel d'offres suédois ? Addinson et les autres se tiennent-ils tranquilles ? Et surtout, avez-vous eu le temps de vous renseigner sur Vandermel Immobilier ? Je vous en remercie par avance.

« Bon courage, prenez soin de vous.

« Andrew Blake. »

Avant de se lancer dans le message suivant, Blake prit un moment pour réfléchir. Son éducation lui ordonnait de ne pas l'écrire, mais son instinct lui soufflait de le faire. Étrangement, il était incapable de savoir avec certitude ce que Diane aurait décidé.

« Bonjour Hugo,

« Nous ne nous sommes jamais rencontrés et ma démarche va sans doute vous surprendre. Je me permets de vous adresser ce message parce que je connais votre mère. Elle va bien. Précision importante, elle n'est absolument pas au courant de cette prise de contact et je vous serais reconnaissant de ne surtout pas lui en parler. Il m'est difficile de vous expliquer qui je suis pour le moment mais j'ai cru comprendre qu'entre elle et vous, les rapports étaient compliqués. Il n'est pas dans mes intentions de m'immiscer dans vos relations (si votre mère savait, elle dirait que je le fais déjà et elle n'aurait pas tort !), mais le fait de savoir que vous pouvez contacter quelqu'un de son entourage vous sera peut-être utile. J'espère que vous ne vous méprendrez pas sur ma démarche. Je n'y ai aucun intérêt personnel. J'aurais simplement apprécié que quelqu'un puisse faire la même chose pour moi si j'avais été à votre place. Si vous ne répondez pas, je comprendrai et vous n'entendrez plus parler de moi.

« Bien sincèrement,

« Andrew Blake. »

Il envoya le mail à l'adresse qu'il avait trouvée sur la lettre d'Hugo, puis éteignit l'ordinateur. Il était temps de rentrer au manoir.

49

Penché sur le bureau de la bibliothèque, Blake venait juste de finir quelques lettres pour Mme Beauvillier et d'établir une liste de tâches à effectuer, quand il releva la tête. Odile était debout à l'entrée de la pièce. En la découvrant qui le fixait, il eut un coup au cœur.

— La porte n'était pas fermée, se défendit-elle.

— Entrez, je vous en prie. Comment va Madame ?

— Elle a mangé un peu.

— Est-elle toujours furieuse contre moi ?

— Elle n'en parle pas. Mais elle m'a demandé de m'occuper de tout. Elle ne veut voir personne d'autre que moi. « Jusqu'à nouvel ordre », a-t-elle pris soin de préciser.

— Je suis désolé, cela alourdit encore votre charge de travail.

— Aucune importance. Avant que vous n'arriviez, je l'ai fait pendant des années. Je me sens d'ailleurs responsable de votre dispute…

— Vous n'êtes coupable de rien. C'est moi qui ai forcé sa porte.

— Si je ne vous avais rien raconté, vous n'y seriez pas allé.

— Tôt ou tard, certainement que si. Vous n'avez vraiment aucune raison de vous en vouloir.

Blake se leva et demanda :

— Approuvez-vous ma démarche auprès de Madame ? Soyez franche.

— Jamais je n'aurais osé l'affronter comme vous l'avez fait.

— Vous ne répondez pas à la question…

Odile parut gênée.

— Si j'en avais le courage, lâcha-t-elle, je lui aurais dit la même chose. Elle fuit la vérité, elle se réfugie dans son monde… Elle devrait voir un médecin et ne plus faire confiance à ceux qui la ruinent. Mais en disant cela, j'ai l'impression de la trahir parce que, même si elle n'est pas forcément facile, Madame a toujours été bonne pour moi et je lui dois beaucoup.

— La plus grande des loyautés exige parfois une petite trahison. J'ai besoin de savoir si vous êtes à mes côtés pour tenter de la convaincre ou si je dois me risquer tout seul. Elle a menacé de me renvoyer. Elle n'hésitera pas à le faire. Mais je ne crois pas qu'elle nous chassera tous les deux.

— J'ai peur. On m'a toujours appris à ne pas me mêler des histoires personnelles des gens.

— À moi aussi, mais dans certains cas, laisser faire relève de la non-assistance à personne en danger.

Odile hésita un instant avant de répondre :

— Vous pouvez compter sur moi. Mais vous devez savoir que lorsque Madame hausse le ton, je perds tous mes moyens.

— Je vous parie qu'elle s'énervera d'abord sur moi.

— Si vous réussissez à la sauver de tout ce qui la menace, elle vous devra une fière chandelle.

— Je ne lui dois pas moins. Comme à vous d'ailleurs. Ici, je me sens à ma place. Et je peux vous dire que je n'ai pas éprouvé cela souvent.

Après une pause, Blake ajouta :

— Odile, puis-je vous proposer quelque chose ?

— Si vous voulez qu'on s'appelle par nos prénoms, c'est oui. De toute façon, vous le faites déjà.

— C'est au sujet de votre cuisine.

— Qu'y a-t-il ?

— J'aimerais qu'un de ces soirs, vous, Manon, Philippe et moi dînions tous les quatre. Je crois que tout le monde a bien besoin de se sentir moins seul. Après tout, nous habitons ensemble…

50

À en juger par le bond qu'il fit hors de son coussin, Méphisto n'était pas encore habitué au fait que l'interphone de la cuisine ait été réparé. Comme s'il avait reçu une décharge électrique, le chat décolla dans les airs et prit la fuite, le poil tout hérissé.

— C'est le bon moment pour monter ? demanda la voix grésillante de Magnier depuis l'autre bout du parc.

Andrew, qui avait sursauté lui aussi, baissa le volume avant de lui répondre :

— Tout est prêt, nous t'attendons.

— O.K., j'arrive !

Un tablier blanc noué autour de la taille, Odile jonglait avec ses fours et ses cocottes. La hotte tournait à plein régime. La table était mise pour quatre personnes.

— Qu'est-ce qu'il a, Méphisto ? dit Manon en arrivant à l'office. Je viens de le croiser. Il courait en crabe avec sa fourrure tout ébouriffée.

— La voix de Philippe lui a fait peur, expliqua Andrew.

Pour la circonstance, la jeune femme, d'habitude toujours en jean, avait mis une robe.

— Tu es toute jolie ! la félicita Andrew.

Rougissant de plaisir sous le compliment, Manon tourna sur elle-même en faisant voler sa jupe.

— Profitez-en parce qu'avec mon ventre qui grossit, c'est sans doute la dernière fois que je peux l'enfiler.

Voyant qu'Odile ne participait pas à l'ambiance légère, Blake se pencha vers elle.

— Quelque chose ne va pas ?

— Vous n'aurez pas d'entrée, je l'ai loupée.

— Ne vous en faites pas pour ça. On est entre nous. Vous n'avez personne à impressionner. C'est déjà une chance d'avoir quelqu'un de votre talent pour nous régaler. Ne vous mettez pas la pression sinon vous n'allez profiter de rien.

Elle s'efforça de sourire en soulevant un couvercle, mais on la sentait contrariée. À cet instant, Philippe frappa au carreau. Andrew lui ouvrit. Magnier avait mis une chemise « repassée ». Étant donné le résultat, c'était sans doute Youpla qui avait tenu le fer… Il s'était aussi coiffé, les cheveux bien plaqués avec une raie, ce qu'il ne faisait jamais. Il ressemblait à un premier communiant qui aurait trente-cinq ans de retard à la cérémonie.

— Pour que notre dîner soit plus léger, annonça Andrew, il n'y aura pas d'entrée. Si vous voulez prendre place…

Le régisseur et la femme de chambre s'installèrent d'un côté de la table, le majordome et la cuisinière de l'autre. À peine assis, Magnier fit une drôle de grimace, souriant tout en donnant l'impression d'être sur le point de fondre en larmes.

— Qu'est-ce qui t'arrive ? s'inquiéta Blake.

— Ça me fait tout bizarre. Je n'ai pas dîné au manoir depuis si longtemps… Merci beaucoup de m'avoir invité, vraiment. Excusez-moi, je ne pensais pas que ça me ferait cet effet-là…

— Quatre à cette table, commenta Odile, je n'ai moi-même jamais vu ça.

— Quatre et demi ! rectifia Manon en désignant son ventre.

— *My goodness !*, s'exclama tout à coup Andrew, on a oublié le vin !

— On ne l'a pas « oublié », fit remarquer Odile en fronçant les sourcils. Le vin est à la cave… Si vous en voulez, allez en chercher vous-même.

— Moi, je ne bouge pas, fit Magnier. Je suis trop bien ! Je n'ai pas envie de rompre le charme.

Manon déclina à son tour.

— Nous ouvrirons une bouteille la prochaine fois, déclara Blake. Ainsi, ce soir, rien ne viendra distraire nos papilles de vos délices, chère Odile.

Pendant que la cuisinière préparait les assiettes, Méphisto fit son grand retour.

— Il est superbe, votre chat, madame Odile, commenta Magnier. Je l'ai déjà vu dans le parc, mais de loin. Je me demande si lui et Youpla s'entendraient bien…

— Entre ton chien qui veut toujours courir après quelque chose et Méphisto qui a besoin d'exercice, il y a peut-être un vrai partenariat à trouver…, suggéra Blake.

— Laissez mon chat tranquille, menaça Odile.

D'un mouvement très professionnel, elle déposa une assiette garnie devant Manon.

— La maison vous propose : confit de canard des Landes et pommes de terre sarladaises.

Magnier déplia aussitôt sa serviette et la glissa dans son col. Suivant du nez l'assiette qu'Odile lui apportait, il respira le fumet avec une longue exclamation réjouie. La cuisinière acheva le service par le chat, qui se vit offrir une assiette plus petite Chacun attendit que la maîtresse des fourneaux soit attablée pour commencer, même si Philippe tenait déjà fermement sa fourchette à la main…

— Bon appétit à tous, lança-t-elle.

De la pointe de son couteau, Blake testa le croustillant de la peau. Absolument parfait. Il hocha la tête d'un air approbateur et gourmand.

Après les premières bouchées, tout le monde salua la prouesse culinaire, même le chat, qui sauta sur la table pour tenter de chaparder.

— Qu'est-ce qui te prend ? le gronda Odile en le reposant au sol. Tu n'as jamais fait ça !

— Pour lui aussi c'est la fête, le défendit Magnier. Moi en tout cas, je suis rudement content.

— Ne t'avise pas de voler dans nos assiettes pour autant ! plaisanta Blake.

La conversation s'engagea sur la météo, chaque jour plus humide, puis dériva sur la nécessité – très discutée – de porter écharpes et bonnets en hiver. En les entendant parler des cagoules que leurs mères respectives les obligeaient à enfiler et des batailles de boules de neige qu'ils faisaient à l'école, Manon découvrait ses compagnons plus âgés sous un autre jour. Odile, Blake et Philippe évoquèrent des sujets aussi divers que l'heure à laquelle ils se couchaient étant enfants, leurs BD préférées et même le goût des dentifrices – apparemment très différent d'un pays à l'autre. Ils se remémorèrent leurs parents, qui n'étaient plus là. Le regard de Manon se teinta de nostalgie. Andrew orienta discrètement la discussion vers un autre thème.

— Finalement, résuma-t-il, quand on y pense, malgré nos différences d'âges, les mêmes choses nous plaisaient ou nous énervaient. Pourtant on dit que les goûts et les couleurs varient. En cinéma par exemple…

Magnier embraya aussi sec :

— Moi, je regarde surtout des films d'action et des comédies, mais je me souviens aussi avoir adoré un film chinois, très lent, avec des sous-titres de trois mots alors que les comédiens parlaient pendant dix minutes. Et vous, madame Odile ?

Elle soupira.

— Je ne sais pas si je dois vous le dire, vous allez vous moquer de moi.

Pressée de toutes parts, elle avoua en souriant :

— J'ai un faible pour les grandes comédies musicales américaines. Elles me bouleversent. Ces gens qui chantent leurs espoirs ou leurs douleurs me touchent. Ils ont les mêmes soucis que nous, mais avec la musique, même la pire des tragédies devient sublime. La beauté de leur désespoir me donne de la force. J'en ai des frissons rien que d'en parler. Certains jugent que c'est kitsch mais moi, je trouve que s'il fallait montrer à un extraterrestre le plus fort de ce que notre espèce peut ressentir associé à ce qu'elle peut créer de mieux, la comédie musicale serait idéale.

Blake hocha la tête, impressionné. Philippe était sous le charme.

— Vous en regardez souvent ? demanda Manon.

— J'ai une petite collection de DVD dans ma chambre. C'est tout ce qui me reste de mon ancienne vie. Je ne les regarde jamais sans des mouchoirs à portée de main… Quand les gens se quittent, je pleure, mais c'est encore pire lorsqu'ils se retrouvent ! Une vraie Madeleine…

— Une madeleine ? s'étonna Blake. Vous pleurez comme un gâteau ?

— Non, comme l'ancienne prostituée qui pleura aux pieds du Christ ! Et vous, Andrew, quels sont vos films préférés ?

— Voilà longtemps que je n'en ai pas vu. C'était toujours Diane qui choisissait, sinon on courait le risque de se retrouver devant n'importe quel navet – je peux me contenter du pire ! Elle m'a fait découvrir le cinéma français, vos classiques, mais aussi des films surprenants. Elle avait le don de s'enthousiasmer pour des choses bizarres. Je la suivais. En fait, je crois que je n'ai pas de genre préféré. Parfois, j'aime rire, d'autres fois un film engagé ou un drame peuvent me convenir. J'aime aussi avoir peur de temps en temps.

— Moi, c'est ce que je préfère…, confia Manon. Souvent, avec Justin, on choisissait des films rien que pour être terrifiés. S'ils étaient ridicules mais qu'ils nous faisaient hurler de trouille, ça nous allait. Genre, des jeunes dans une forêt, la nuit, qui sont pris en chasse par je ne sais quelle créature. J'adore ! C'est encore mieux si on ne voit pas le monstre, parce que ça fait toujours moins peur une fois qu'on sait à quoi il ressemble. Je me serrais contre Justin, je me cramponnais à lui si fort qu'il en avait des bleus ! Et après je n'osais même plus aller aux toilettes, qui étaient pourtant à deux mètres.

— Moi, se souvint Magnier, le film d'horreur qui m'a le plus marqué, c'est *Virus cannibale*. C'était plein de morts-vivants… J'avais cinq ans. J'ai eu peur de tout le monde pendant un mois. Dès qu'un adulte tentait de me toucher, je hurlais. J'ai failli arracher le bras de la voisine parce que j'étais convaincu que c'était un zombie.

— À cinq ans ? réagit Odile. Qui vous a montré ça à cet âge-là ?

— Ma mère m'avait confié à une de ses collègues qui avait des ados…

— On n'est jamais déçu avec les zombies, commenta Blake. On devrait en mettre dans tout. Vous imaginez : *My Fair Lady et les zombies*, *Les zombies sont éternels* avec James Bond, ou *Le Comte de Monte-Cristo et les zombies*…

— C'est marrant que tu parles du *Comte de Monte-Cristo*, nota Magnier, parce que c'est ce que j'ai commencé à lire au petit.

— Alors c'est vrai, releva Odile, vous donnez des cours à un garçon de la ville ? C'est une très belle démarche.

— Il m'aide pour les courses, je l'aide pour l'école…

— Si tout le monde agissait comme vous, approuva Manon, le monde serait plus agréable.

— En attendant, avec ce livre, on en a pour un moment, commenta Magnier. C'est un pavé de plus de mille pages, et j'ai du mal à caser Youpla…

Blake venait de distribuer les assiettes à dessert lorsque Odile annonça :

— Pour la suite, je vous propose des tartelettes fines aux pommes du jardin caramélisées. Soyez indulgents parce que je n'en ai pas préparé depuis des lustres…

Personne ne réagit. Pire, les trois convives restèrent figés dans un mutisme gêné. Odile ne comprit pourquoi qu'en suivant leurs regards qui convergeaient vers l'entrée de l'office.

Mme Beauvillier les regardait sans mot dire. Blake et Magnier se levèrent d'un même bond. Elle eut un petit sourire et leur fit signe de se rasseoir.

— Je suis heureuse de constater que vous passez une bonne soirée.

Odile recula avec une expression mêlant la surprise et l'embarras.

— Ne vous interrompez pas, reprit la patronne d'un ton apaisant. Même si j'arrive de l'étage, ce n'est pas une descente… J'étais seulement intriguée par les rires.

— Prenez donc le dessert avec nous, proposa subitement Blake.

Il se dépêcha d'ajouter un couvert.

— C'est très aimable, mais je vais remonter.

— J'insiste…

À peine eut-il prononcé ces mots qu'Andrew les regretta.

— Vous insistez souvent…, ironisa Madame.

Il n'y avait aucune amertume dans sa remarque.

— Restez donc avec nous, renchérit Magnier, ce serait trop bête !

Odile, incapable de prononcer un mot, lui présenta simplement une tartelette.

— Soit, abdiqua Madame. Je vous accompagne un peu.

Elle prit place dans un silence tendu, puis se tourna vers Manon.

— Dans votre état, vous devriez vous méfier du chat. Ce n'est pas bon pour les femmes enceintes.

— Pas de problème. Ils m'ont fait passer le test et j'ai déjà eu la toxoplasmose. C'est gentil d'y penser.

La simplicité et le naturel avec lesquels avait répondu Manon détendirent tout le monde. Blake offrit son assiette à Odile, qui coupa la tartelette en deux et lui en rendit la moitié.

— Ça fait vraiment plaisir de vous voir, déclara Magnier à Madame. Vous devriez descendre me rendre visite. Votre parc est magnifique en cette saison.

— Mes douleurs me poussent à rester à l'abri, mais je vous sais gré de votre invitation.

Chacun dégusta son dessert. La conversation restait un peu convenue, mais finalement, tous se sentaient presque à l'aise en présence de la patronne. Celle-ci, en retour, avait perdu de sa rigidité habituelle.

— Je vous aurais bien offert le champagne pour fêter votre joyeuse réunion, glissa-t-elle, mais j'ignore même s'il en reste une bouteille dans cette maison. Est-il seulement encore bon ? Le savez-vous, Odile ?

— S'il y en a, c'est à la cave, et je ne descends jamais. Rapport aux…

— J'avais oublié.

Madame ne tarda pas à les laisser. Blake, Magnier, Manon et Odile la saluèrent chaleureusement. Ils avaient été heureux de tous se retrouver, de voir Madame plus détendue. Elle avait même souri à plusieurs reprises.

La soirée s'acheva doucement. C'est à regret que Magnier prit lui aussi le chemin du retour.

— Le prochain coup, madame Odile, je vous apporte les cèpes pour votre confit. Merci encore, c'était délicieux.

Odile le regarda s'éloigner dans le brouillard et la nuit, avec la serviette qu'il avait oublié de retirer qui lui pendait toujours au cou.

Manon proposa son aide pour ranger, mais sa mine fatiguée lui valut d'être envoyée au lit. Méphisto monta avec elle, ce qui ne fut pas du goût de la cuisinière. Le chat lui faisait de plus en plus d'infidélités.

Odile et Blake restèrent pour remettre de l'ordre.

— Ce repas était une bonne idée, fit-elle. Vraiment. Vous croyez qu'ils ont aimé ma cuisine ?

— Comment pouvez-vous en douter ? Même Madame a mangé toute sa tartelette.

— J'ai aimé cuisiner pour vous tous. C'était vraiment agréable. On pourrait peut-être recommencer ?

51

Au cours des jours suivants, les choses changèrent imperceptiblement au manoir. Tous les après-midi, vers 17 heures, quand elle rentrait de son travail à l'école, Manon prit l'habitude de prendre un thé avec Odile. Les deux femmes parlaient – surtout Manon. Elle évoquait le plus souvent Justin, parfois sa mère. Odile lui proposa de l'aider à s'entraîner pour les oraux de son concours. Magnier ne venait plus chercher ses repas comme un voleur. En récupérant sa boîte dans la niche à l'extérieur, il faisait désormais un petit signe à la cuisinière et allait même jusqu'à la remercier en lui souhaitant le bonjour ou le bonsoir, suivant l'heure. Parfois, lorsqu'il avait rendez-vous avec Yanis pour ses cours de mathématiques, Andrew descendait son repas au régisseur. Odile en mettait alors un peu plus pour le garçon. Elle avait aussi fini par se laisser convaincre de préparer les mêmes menus pour tout le monde, du chat jusqu'à la patronne, et personne ne s'en plaignait, bien au contraire. Seule Madame picorait du bout des lèvres, mais la cuisine n'était pas en cause.

Blake était sans doute le plus conscient de l'évolution des rapports au sein du domaine, et il s'en réjouissait, mais il ne perdait pas de vue qu'aucun des problèmes de Madame n'était résolu pour autant.

Hugo avait répondu à son mail de façon très enthousiaste. Reconnaissant de sa démarche, le fils Beauvillier avait insisté pour en apprendre davantage sur ce mystérieux informateur bienveillant.

Ce mardi-là était gris, froid et pluvieux. Le pire de novembre, avec quelques jours d'avance. Dans le grand escalier, au palier du deuxième étage, Blake s'était posté à la fenêtre et surveillait le portail de la propriété à la jumelle.

— Que faites-vous ? demanda Odile en le découvrant ainsi à l'affût.

— Je redonne ses lettres de noblesse au mot hypocrisie…

— Pardon ?

— Ah, son taxi arrive. Pile à l'heure.

— Pourquoi surveillez-vous l'arrivée de Mme Berliner ? L'interphone est hors service ?

Blake ne répondit pas et descendit vers le hall avec entrain. Il se posta cette fois devant le visiophone dont il avait coupé le son.

— Andrew, quel mauvais tour êtes-vous en train de préparer ?

— Cette femme est méchante.

— C'est exact, mais que comptez-vous faire ? L'électrocuter quand elle va sonner ?

Blake regarda Odile, songeur.

— C'est une excellente idée, ma foi.

— Vous êtes vraiment fou. Laissez l'amie de Madame tranquille. Elle n'en a déjà plus beaucoup.

— Des amies comme Mme Berliner, on en a toujours trop.

L'écran du visiophone s'alluma et le visage de la visiteuse apparut. Elle avait tiré le col de son manteau au-dessus de sa tête pour s'efforcer de se protéger, mais la pluie battante ruisselait quand même sur son visage. Elle trépigna et rappuya sur le bouton d'appel. Toujours aucune réponse. Elle enfonça le bouton plus fort, avec un rictus que la caméra rendait encore plus effrayant. Ses mimiques excédées et ses gestes saccadés rappelaient un méchant de dessin animé ulcéré qui ne parviendrait pas à ses fins – pour la plus grande joie de tous… Sous certains angles, la caméra lui faisait une tête de musaraigne, mais Blake se garda bien de le faire remarquer à sa collègue. Contre toute attente, celle-ci observait le spectacle avec un large sourire.

— Andrew, combien de temps allez-vous la laisser poireauter sous la douche ?

— Le temps de vérifier si son mascara est waterproof.

— D'après mon expérience, avec ce qui tombe, il faudra moins d'une minute pour que ça dégouline tout noir s'il ne l'est pas…

Andrew leva un sourcil étonné. Il n'avait jamais vu Odile maquillée. L'idée lui parut intéressante. Après tout, elle avait de l'allure.

Dehors, Mme Berliner commençait à paniquer. Andrew décida qu'après le lavage et le rinçage, le moment était venu d'essorer…

— Allez prévenir Madame que son rendez-vous est arrivé.

— Et vous ?

— Je vous l'ai dit : je redonne ses lettres de noblesse au mot hypocrisie.

Blake s'empara d'un immense parapluie et se précipita dehors, au-devant de la pauvre femme qui avait été victime d'une malencontreuse panne…

52

Dans la bibliothèque, Blake alluma la chaîne hi-fi et passa en revue la collection de CD. Bien qu'il apprécie de nombreux artistes contemporains, cette soirée lui paraissait plus propice à écouter de la musique classique. Il arrêta son choix sur Debussy, Strauss et Mozart. Un prélude, des valses et un requiem. Lequel correspondait le mieux à ce qu'il éprouvait ?

Diane adorait Debussy. Il plaça le disque dans le lecteur et s'installa dans un fauteuil bas. Aux premières mesures de la *Suite bergamasque*, ce fut une émotion physique qui le saisit. La lumière douce, le bois, les livres, les notes qui montaient, pures... Andrew baissa les paupières. Une onde le parcourait. Chaque instrument, chaque mesure résonnait en lui, se frayant un chemin vers un espace de sensations depuis longtemps déserté. Au rythme de la mélodie, ses doigts se mirent à palpiter sur le cuir capitonné de l'accoudoir. Il connaissait ce morceau. Il l'avait écouté des centaines de fois et pourtant, ce soir, il avait l'impression de le redécouvrir, comme une sculpture monumentale qu'un souffle révèle en ôtant le drap qui la couvrait, comme un mur qui s'abat, libérant un horizon que l'on croyait perdu. L'esprit de Blake s'élevait dans un autre univers, un monde où rien n'était gris, où tout était vibrant, vivant, même le passé. Porté par la musique, il avait la force d'accepter que Diane ne soit plus là. Il arrivait à se dire sans rêver qu'elle existait toujours en lui. Transporté par les envolées, il retrouvait le pouvoir d'espérer.

La musique s'interrompit brutalement. Blake ouvrit les yeux. Mme Beauvillier se tenait, raide, près de la chaîne qu'elle venait d'éteindre.

— Excusez-moi, prononça-t-elle, mais c'est difficilement supportable…

Elle fit quelques pas dans la pièce, serrant contre elle sa robe de chambre, hagarde. Elle regardait autour d'elle, jetant parfois un œil affolé sur Andrew, comme s'il avait été un fantôme. Blake comprit son trouble et se leva.

— Je suis désolé, je ne voulais pas…

— Pourquoi avez-vous choisi ce morceau ?

Blake hésita à répondre. Elle prit les devants.

— C'est cette musique que François et moi avons écoutée lorsque les travaux ont été achevés dans cette même pièce. Il se tenait exactement là où vous êtes. Il était tellement heureux d'avoir enfin un écrin pour ses livres. Il m'a prise dans ses bras et nous avons dansé…

— C'est aussi ce qui se jouait à la salle Pleyel, la première fois que j'ai entrevu celle qui allait changer ma vie. Nous étions tout un groupe d'étudiants, Diane était d'une autre section. Elle était assise au rang devant le mien. Un mouvement de sa chevelure a attiré mon tout premier regard. Je ne l'ai plus quittée des yeux. J'ai épié son profil, ses cils, ses lèvres. Elle ressentait la musique. À l'entracte, j'ai découvert sa voix et son rire…

— Croyez-vous au hasard, monsieur Blake ?

— Et vous ?

— Je n'y crois pas.

Un vertige fit chanceler Mme Beauvillier. Blake se précipita pour la retenir.

— Asseyez-vous. Je vais vous chercher un verre d'eau fraîche.

— Non, s'il vous plaît, ne me laissez pas seule ici. Je n'étais pas venue depuis que François… Vous voir dans son fauteuil m'a fait un choc.

— Je suis sincèrement navré.

— Ne le soyez pas. Vous avez eu raison. Au nom même de sa mémoire, cette maison doit continuer à vivre.

Elle inspira profondément, reprenant peu à peu ses esprits.

— Combien croyez-vous que l'on pourrait tirer de tous ces livres ?

— Pardon ? Que voulez-vous dire ?

— Si je me souviens bien, il y a d'assez belles éditions originales et quelques ouvrages anciens. Quelle somme pourrait-on espérer de leur vente ?

— Êtes-vous sérieuse ?

— Je n'ai pas le choix, soupira-t-elle. Au train où nous allons, je n'aurai probablement pas les moyens de vous garder après votre période d'essai. Pour éviter le pire, je vais devoir vendre tout ce que je peux.

— Vous ne pouvez pas vous séparer des livres de votre mari…

— Vaut-il mieux brader tout le manoir ? Parfois, je me dis que la vie serait plus simple. Certains soirs, je l'avoue, j'y songe sérieusement. Je m'installerais dans un petit appartement en ville. La seule perspective de ne plus porter cette charge me soulage déjà. Pouvoir sortir dans la rue, croiser des gens, les regarder, traîner devant les vitrines, et pourquoi pas aller au cinéma… Acheter mon pain, faire quelques courses et rentrer chez moi. Ne gérer que ma pauvre existence…

Blake se laissa tomber dans le fauteuil face à elle. Madame regardait ses mains, faisant tourner son alliance trop grande sur son doigt amaigri. Elle releva les yeux vers lui.

— Lorsque vous avez perdu votre femme, monsieur Blake, avez-vous déménagé ?

— J'y ai pensé, mais je suis resté. Pour notre fille, d'abord. Je ne voulais pas qu'elle perde un repère de plus. À cause des affaires de Diane aussi. J'avais envie que tout reste à sa place, comme si elle pouvait revenir d'une minute à l'autre.

— Je vous comprends. François avait voulu ce domaine, il l'avait entièrement façonné. Ce manoir lui ressemble. Si je le vendais, j'aurais l'impression de le voir mourir une seconde fois. Alors, tant que j'en ai la force, je préfère encore sacrifier ses livres et mes bijoux pour l'éviter.

— Vos bijoux ?

— Ils sont sans importance, la plupart me viennent d'héritages. Mme Berliner m'a déjà proposé d'en reprendre quelques-uns.

— M'autorisez-vous un avis ?

— Autorisation ou pas, vous allez me le donner quand même…, répliqua-t-elle avec un sourire fatigué.

Il pencha le buste vers elle.

— Si vous en êtes là, laissez-moi gérer cela pour vous.

— Vous êtes majordome, pas liquidateur.

— Je n'ai pas toujours été majordome… Et comme Odile, Philippe et même Manon, je vous suis attaché.

— Comme à un travail.

Il secoua la tête.

— Pas seulement, madame.

— Et pour mes livres ?

— Si c'est votre souhait, je vais tenter de me renseigner. Je vous dirai ce qui est possible.

— Faites vite, s'il vous plaît.

— Dès demain matin.

— Merci.

Elle se laissa aller contre son dossier et reprit :

— J'ai réfléchi à votre envie de fêter Halloween avec cet enfant à qui vous et Philippe donnez des cours. Je suis d'accord. J'envisage moi-même de recevoir une très vieille amie pour un dîner, prochainement. C'est une de vos compatriotes. Nous étions correspondantes au lycée et même si nous sommes toujours restées en contact, voilà au moins quinze ans que nous ne nous sommes pas revues. Un dîner serait sans doute une bonne chose. Offrons à ce manoir encore un peu de lumière avant le crépuscule.

53

À la caisse du supermarché, l'hôtesse jetait de drôles de regards aux deux hommes qui vidaient consciencieusement leur Caddie sur le tapis. Les clients derrière eux aussi. Des dizaines de sachets de bonbons en tous genres qu'ils sortaient par poignées, des bouteilles de soda, des bougies et des gâteaux – dont les galettes préférées de Manon, qui en avalait désormais un paquet entier par goûter. Blake croisa le regard interrogatif de la caissière et lui souffla :

— Vous vous dites qu'on est trop vieux pour faire des boums ?

— L'idée, ajouta Magnier, c'est de réussir à devenir diabétiques en une soirée. Ça nous distraira de nos rhumatismes.

Il lui fit un clin d'œil et mima un horrible mal de dos. La caissière prit un air embarrassé, n'osa plus les regarder et s'occupa uniquement des codes-barres.

Revenus à la voiture, Blake rangea tout dans le coffre.

— On y est peut-être allés un peu fort sur les quantités. À combien viennent-ils, déjà ?

— Cinq. Yanis et ses deux meilleurs copains, plus sa petite sœur et une copine à elle.

— S'ils mangent seulement le quart de tout ça, ils vont finir aux urgences.

— Ça ne périme pas. Et puis pour une fois qu'on organise quelque chose de drôle ! D'ailleurs, je leur prépare une petite surprise…

— Quel genre ? s'inquiéta Blake.

— T'as pas voulu me dire ton truc pour l'as de pique. Je ne vois pas pourquoi je te dirais pour ma surprise…

Accentuée par d'épais nuages gris, la nuit tomba encore plus vite. Par chance, aucune pluie n'était prévue pour la soirée. Lorsque, à l'heure dite, les jeunes invités débouchèrent des bois par le sentier, ils s'arrêtèrent, bouche bée. Même Yanis, pourtant coutumier des lieux, en fut saisi.

Autour de la maison de Magnier, des torches avaient été installées. Leurs flammes dansantes projetaient des lueurs orangées sur les arbres et les bosquets environnants. Sur chacune des fenêtres, des bougies de toutes tailles étaient allumées, faisant jouer sur la façade des lumières ondoyantes. Sur la table de jardin, une belle citrouille sculptée leur souriait de toutes ses dents pointues. L'ambiance était irréelle.

Lorsqu'ils approchèrent, un majordome en queue-de-pie et haut-de-forme se matérialisa soudain dans un nuage de farine. Son visage était pâle comme celui d'un mort-vivant et ses cernes noirs lui faisaient un regard inquiétant. En guise de cape, il portait une vieille couverture écossaise trouée…

— Bonsoir les enfants, les accueillit-il d'une voix sépulcrale. Bienvenue au pays de vos pires cauchemars. Vous allez pénétrer en une contrée magique…

Tout à coup, Youpla déboula en jappant. Le chien portait un serre-tête avec des petites étoiles clignotantes et un nœud papillon.

— Reviens, bougre de clébard ! C'est pas maintenant ! hurla la voix de Magnier, caché derrière la maison.

Le chien se jeta sur les filles pour essayer de leur lécher le visage, leur faisant bien plus peur que le majordome de l'enfer.

Sans perdre son sérieux, Blake reprit :

— Vous allez entrer sur les terres du manoir maudit. Si vous voulez ramener un trésor de bonbons, osez vous aventurer sur le chemin des mille sortilèges et suivez les lumières… Mais prenez garde, car une fois arrivés, l'épouvantable sorcière et sa fidèle assistante vous attendent pour vous dévorer…

Le majordome infernal éclata d'un rire lugubre, comme dans les vieux films d'horreur. Yanis trépignait.

— Dites, monsieur Blake, on doit remonter l'allée jusqu'au manoir, c'est ça ?

— Monsieur Blake n'existe plus, je l'ai mangé. Ouahahahahaha !

Andrew s'enveloppa dans sa cape mitée et, après avoir trébuché sur une chaise de jardin, prit la fuite pour disparaître dans la nuit.

Livrés à eux-mêmes, les jeunes avancèrent.

— C'est nul ! s'énerva le plus petit des copains de Yanis. Normalement, c'est nous qui devons leur faire peur ! Déjà, dans la forêt, c'était la flippe… Et puis c'est qui ce grand malade qui rit comme un déglingos ?

Une voix s'éleva de derrière un buisson :

— Je ne ris pas comme un déglingos ! Redoute la colère du majordome de l'enfer !

Yanis éclata de rire.

— Allez, venez ! Ça fait des années que je rêve d'aller jusqu'au manoir… On raconte des trucs de fous sur cette baraque. Y en a qui disent que c'est le petit-fils de Frankenstein qui l'a fait construire et qu'ils chopent des enfants pour y faire des expériences…

— Yanis, j'ai peur, murmura la copine de sa petite sœur.

— T'inquiète. Ils sont cool.

Les enfants remontèrent le chemin. Les torches disposées régulièrement créaient une atmosphère propice à enflammer l'imagination. Au premier virage, ils tombèrent nez à nez avec une toile d'araignée géante, au milieu de laquelle une énorme bestiole était accrochée.

— C'est même pas une vraie ! s'écria l'autre copain de Yanis.

La sœur de ce dernier lui prit la main et ne la lâcha plus.

— Ça nous fait pas peur ! renchérit le second garçon, comme une bravade.

C'est alors que Blake bondit d'un fourré en hurlant. Les cinq gamins se mirent à crier instantanément.

— Alors, petits monstres, on fait moins les fiers ? Ouhahahahaha !

Il s'enfuit à nouveau, se faisant arracher sa cape au passage par une branche à laquelle elle resta lamentablement accrochée.

À la troisième étape, les enfants avançaient serrés les uns contre les autres, façon légion romaine, et se méfiaient de tout. Au loin, un loup hurla à la mort.

— Ils sont où, les bonbons ? demanda l'une des filles en frissonnant.

— Dès qu'on les trouve, on les prend et on se casse en courant, proposa l'ami de Yanis.

Alors que les toits du manoir se profilaient, le majordome zombie fit une nouvelle apparition.

— La nuit est bien sombre, vous ne trouvez pas ? Regardez le ciel et méfiez-vous, parce que l'autre cinglé vient de me dire que la surprise était pour maintenant. Étant donné que je ne sais pas ce qu'il prépare…

Une détonation retentit. L'écho courut bien au-delà des limites du domaine. Dans le ciel, un minuscule point incandescent s'éleva et, soudain, une explosion de couleurs illumina la nuit. Une seconde fusée monta, puis une autre. Cette fois, les enfants n'avaient plus peur. Même le majordome infernal avait levé les yeux vers le ciel, qui se remplissait de lueurs multicolores. Les salves se succédaient, de plus en plus assourdissantes. Les enfants criaient :

— Plus fort ! Plus fort !

— Ne l'encouragez pas, il est déjà assez excité comme ça. Le majordome de l'enfer vous aura prévenus…

Effrayé par le bruit, Youpla était parti se terrer quelque part dans les bois. Le spectacle continuait de plus belle. Blake ignorait complètement d'où Philippe avait sorti cet arsenal, mais il était impressionné. Après une série de rosaces rouges, le feu d'artifice s'intensifia encore, jusqu'à éclairer le parc comme en plein jour. Quelques belles gerbes vinrent griffer la nuit. Puis la pétarade reprit jusqu'au bouquet final. Le dernier tableau était superbe même si, au goût de Blake, quelques fusées explosaient un peu trop près des arbres… Lorsque les trois dernières, encore plus grosses, tonnèrent, les enfants hurlèrent de joie.

Aussi fasciné que les jeunes par les ultimes étincelles qui retombaient dans la nuit, Blake mit quelques instants à retrouver le cours du scénario.

Au manoir, Odile, métamorphosée en terrible sorcière, attendait sur le perron de sa cuisine avec Manon, déguisée en momie. La cuisinière portait des guenilles et une perruque faite de vieux chiffons. Ses dents noires firent très forte impression sur les petites filles.

— Entrez dans ma modeste taverne, jeunes gens, et venez vous restaurer…

Les bras tendus en émettant des râles, la momie se dandinait en les accompagnant.

Installés comme des rois à la table, les cinq enfants dégustèrent les cakes magiques de la sorcière puis les meringues maudites, tout orange. Ils cessèrent rapidement de prêter attention à la mine blafarde du majordome, aux cicatrices de la momie ou aux dents de charbon de la sorcière. Ils riaient en se gavant de bonbons.

Lorsque 21 heures sonnèrent, il fut temps pour eux de prendre le chemin du retour. Plus encore que les autres, Yanis remercia Odile et Manon en leur faisant une grosse bise. Tandis que ses amis se remplissaient les poches de friandises, le jeune garçon s'approcha de Blake.

— C'est la plus belle soirée de ma vie. Dommage que M. Magnier ne soit pas avec nous.

— Je ne sais pas où il est passé. Je suis content que ça t'ait plu. Enfin, je veux dire, le majordome de l'enfer est content…

— Alors c'est vrai ?

— Qu'est-ce qui est vrai, Yanis ?

— Parfois les gens font des choses pour les autres sans rien espérer en retour ?

— Ça arrive, oui.

Ses yeux sombres grands ouverts, le garçon regardait Blake avec intensité. L'espace d'un instant, Andrew eut la sensation d'avoir déjà vécu cela. L'image de Sarah, toute jeune, s'imposa à lui. Un moment précis, dans une fête foraine, alors qu'il venait de gagner pour elle un énorme lapin bleu en tirant sur des cibles. Le cœur de Blake se serra. Il frictionna la tête de Yanis et faillit le prendre dans ses bras, mais il sentit que ce geste n'était pas approprié. Alors il lui tendit la main.

Le gamin enroula ses doigts autour de ceux du vieil homme et les secoua vigoureusement.

— Merci, monsieur.

— Ce fut un plaisir. Et n'oublie pas, tu as cinq exercices à faire pour jeudi.

— Promis.

Les enfants tournèrent les talons tandis qu'Odile et Manon leur adressaient de grands gestes d'adieu depuis le perron de l'office. Blake avait décidé de les raccompagner pour la traversée des bois, et les écoutait se raconter les temps forts de la soirée en les arrangeant déjà à leur façon.

À peine s'étaient-ils mis en route qu'au plus profond de la forêt, loin devant eux, un son étrange s'éleva. Une lueur fit son apparition entre les arbres, puis une forme évanescente se mit à flotter au-dessus du sol, de plus en plus lumineuse. Un long hurlement résonna dans la nuit.

— Philippe, c'est toi ? appela Andrew.

La forme aux contours flous se faufila entre les troncs. L'étrange fantôme disparaissait par moments pour réapparaître, chaque fois plus proche. Il semblait voler au-dessus du sol.

— C'est quoi, monsieur Blake ? demanda Yanis, pas très rassuré.

Sa petite sœur se cramponna à lui.

— N'ayez pas peur, les enfants. C'est sûrement un coup de Philippe.

Arrivé à l'orée du bois, le spectre luminescent prit une soudaine accélération et fonça en direction des enfants en ululant. Ceux-ci se mirent aussitôt à glapir de terreur et s'éparpillèrent dans toutes les directions.

Voyant cela, Odile rentra dans sa cuisine et en ressortit armée d'une poêle. Elle chargea la créature qui pourchassait les gamins, en panique complète.

Dans les jardins du manoir, un étrange ballet s'orchestra. Le fantôme volait littéralement sur les traces de Yanis et de ses copains, Blake s'était agenouillé pour protéger la sœur du garçon qui s'était réfugiée dans ses bras, et l'autre fillette était en fuite quelque part dans les bois. Rien ne semblait pouvoir arrêter l'épouvantable esprit volant… jusqu'à ce qu'il croise la route d'Odile, qui lui asséna un magistral coup de poêle en pleine tête. Le fantôme devint soudain silencieux, mais continua sa course folle pour s'écraser violemment dans un fourré.

Il fallut plus d'une demi-heure aux enfants pour se calmer.

54

— Vous saviez que c'était Philippe ?

— Je ne savais plus rien ! se justifia Odile. Entre cette lumière surnaturelle, les hurlements de bête et le fantôme qui se déplaçait si vite !

— Vous n'y êtes pas allée de main morte…

— Il menaçait les petits ! Qu'est-ce qui lui a pris de faire ça ? Il aurait dû nous prévenir.

— Heureusement qu'il s'en sort bien. Il aurait pu se tuer. Vous imaginez ?

— Quelle idée de foncer sur les gosses à vélo avec ce gros projecteur et le porte-voix scotché à la figure ! Le tout sous un drap, en plus !

Blake essaya de ne pas rire.

— Les batteries de son projo lui ont à moitié broyé le genou dans la chute.

— Et les enfants ? Vous y pensez, aux enfants ? Ils vont faire des cauchemars pendant des semaines. Et dans trente ans, quand ils verront un drap étendu soulevé par le vent ou quelqu'un faire du vélo dans leur direction, ils pousseront des cris en se mettant à courir dans tous les sens.

— C'était quand même une très belle soirée.

— Un truc de malade à vous envoyer chez le psy pour le restant de vos jours, oui !

— Odile, détendez-vous. Philippe va bien. Il n'aura pour séquelle que la marque de votre poêle gravée sur le front.

L'énervement d'Odile cachait mal l'inquiétude qu'elle éprouvait pour Magnier.

— Il ne m'en veut pas trop ? fit-elle, anxieuse.

— Il ignore que c'est vous qui l'avez frappé.

— Comment ça ?

— Hier soir, entre le coup et la chute, il ne savait même plus quel jour on était. Plus aucun souvenir des deux dernières journées. Quand je l'ai aidé à se coucher, il m'a appelé « maman »...

— C'est une blague ?

— Je vous jure que non. Il a aussi demandé si le père Noël allait bien lui apporter son vélo rouge...

Odile était atterrée et Blake au bord du fou rire.

— C'est pour ça que vous êtes allé le voir si tôt ce matin...

— Quand vous m'avez croisé, j'étais juste rentré prendre une douche et me changer. J'ai passé la nuit à son chevet, en costume et avec mon maquillage. Je me demande à quoi ressemblait sa mère...

— Il n'a pas retrouvé la mémoire depuis hier soir ?

— Des bribes lui reviennent. Il se souvient avoir fait du vélo. Il a reconnu Youpla. Mais il s'est quand même demandé pourquoi la pauvre bête portait un nœud papillon tout crotté...

— Alors il ne se rappelle pas que c'est moi qui l'ai assommé ?

— Je lui ai raconté qu'il avait heurté une branche. Personne ne gaffera, j'y ai veillé.

— Je suis morte de honte.

— S'il décide de descendre par la cheminée à Noël, évitez d'allumer le feu.

— Parfois, vous êtes vraiment bête.

— Poêle à la tête… Pardon.

— Je devrais peut-être descendre lui rentre visite ?

— Il se demanderait pourquoi vous lui témoignez soudain tant de compassion et pourrait soupçonner quelque chose. C'est loin d'être un imbécile… même si hier soir, il croyait dur comme fer que s'il faisait encore pipi au lit, les gendarmes allaient venir l'arrêter.

— Le pauvre…

— Moi, je plains plutôt les gendarmes. De toute façon, ne vous inquiétez pas, la semaine prochaine, c'est son anniversaire. On pourrait lui organiser une petite surprise. Qu'en dites-vous ?

— Même si je ne me sentais pas aussi coupable, ce serait oui.

Lorsque Odile monta aider Madame à s'habiller, elle la trouva en meilleure forme que les jours précédents.

— Les pétards et les fusées ne vous ont pas trop dérangée ?

— Ça n'a pas duré longtemps.

— Philippe et Andrew avaient vraiment bien fait les choses. Les jeunes étaient ravis. Vous auriez dû voir le parc, et le feu d'artifice, c'était très original.

— Odile, qu'est-ce que vous avez aux dents ?

— Aux dents ?

— On dirait une paysanne du XVe siècle avec ses vieux chicots tout gâtés…

La cuisinière se précipita devant le miroir de la salle de bains et poussa un cri d'horreur.

— Mon Dieu !

— Vous vous êtes déguisée ?

— M. Blake m'a convaincue de me faire des dents noires comme un pirate, mais il n'a trouvé qu'un gros marqueur…

Madame eut un petit rire.

— Je suis horrible ! se lamenta Odile.

— Le soir d'Halloween, c'était sûrement très adapté, mais le lendemain…

Odile porta ses mains à sa bouche en s'exclamant encore plus fort :

— Miséricorde !

— Qu'y a-t-il ?

— C'est avec le même marqueur qu'il a dessiné les cicatrices sur le visage de la momie !

— Quelle momie ?

— Manon ! Pourvu que ça ne déteigne pas sur le bébé…

55

Ce matin-là, Andrew remarqua le manque d'entrain de la patronne pour des courriers qui, quelques semaines auparavant, l'auraient enthousiasmée. Était-elle allée dans son cabinet secret chercher conseil auprès de son défunt mari ? Que lui avait-elle demandé ? Avait-elle pensé à son fils, si loin d'elle aujourd'hui ?

En l'observant, Andrew éprouvait de plus en plus de difficultés à ne rien laisser paraître. Il savait trop de choses. En fin de séance, il demanda :

— Êtes-vous toujours décidée à vendre les livres ?

— Je le déplore, mais ma situation n'a pas évolué.

— Par un site spécialisé dans la bibliophilie, j'ai réussi à obtenir une estimation. Plusieurs offres ont d'ailleurs été déposées peu de temps après, dont une qui me paraît tout à fait satisfaisante. Un collectionneur parisien prendrait le lot complet pour un montant environ 25 % supérieur aux meilleures estimations.

— Pourquoi paye-t-il davantage ?

— Il est passionné par les dictionnaires. La collection en compte apparemment quelques-uns de rares. J'ai répondu en votre nom que s'il les voulait, c'était l'ensemble du lot ou rien, et que nous avions déjà d'autres offres. Il a aussitôt enchéri.

— Vous êtes un homme précieux, monsieur Blake. Finalisez donc cette vente et qu'on en finisse au plus vite.

— Souhaitez-vous que je m'occupe également de vos bijoux ?

— Une autre fois, si vous le voulez bien. Une seule mauvaise nouvelle par jour est amplement suffisante. Puis-je vous demander une faveur au sujet de la vente des livres ?

— À votre service.

— Est-il possible de ne pas les retirer de la bibliothèque avant que mon amie anglaise vienne dîner ?

— Vous avez fixé une date ?

— Elle sera dans la région vendredi prochain, sans doute avec son mari. Si l'acheteur y consent, je souhaite que les livres de François soient encore à leur place ce soir-là.

— Je saurai être persuasif.

— Je compte sur Odile et vous pour nous préparer un vrai festin. Voilà longtemps que je n'ai pas reçu. Qui sait d'ailleurs si j'en aurai encore l'occasion après ?

Blake était à nouveau posté à la fenêtre du palier pour surveiller le grand portail.

— Vous vous fatiguez pour rien, déclara Odile en descendant de sa chambre. Aujourd'hui, il ne pleut pas.

Andrew ne lâcha pas ses jumelles pour autant.

— Je ne me fatigue jamais pour rien, surtout avec des gens comme Mme Berliner.

Au-delà de la grille, entre les arbres, le taxi apparut enfin.

— Il faut au moins lui reconnaître une qualité, déclara Blake en descendant rapidement vers le visiophone : elle est ponctuelle.

Par curiosité, Odile le suivit.

— Que lui préparez-vous cette fois ? Le spectre à vélo va l'épouvanter ?

— Trop risqué, Philippe ne sait pas s'arrêter.

— Parce que vous êtes vous-même un maître de la retenue et de la mesure ?

Mme Berliner sonna. Son visage sphérique s'afficha sur l'écran. Blake eut un rire de vilain lutin et déclencha l'ouverture en maintenant le bouton appuyé.

— Parfois, vous me faites vraiment peur, déclara Odile, aussi intriguée qu'inquiète.

Mme Berliner posa la main sur la grille pour la pousser. À peine sa paume entra-t-elle en contact avec le métal qu'elle fut secouée de convulsions qui lui arrachèrent son petit chapeau à la mode. La bouche entrouverte, les yeux écarquillés, elle émit un son guttural parfaitement audible par l'interphone, à mi-chemin entre le chant du pneu qui se dégonfle et le râle de l'ours qui essaie de se déconstiper au printemps.

— Vous êtes malade ! s'écria Odile. Arrêtez ça tout de suite !

— C'est vous qui m'avez donné l'idée.

— Andrew, je vais vous dénoncer !

— Vous pensez vraiment que quelqu'un va croire une femme avec des dents noires ?

56

Mme Berliner quitta le domaine en fin d'après-midi, avec quelques bijoux en plus. Elle refusa obstinément de toucher la grille en sortant. Après l'avoir raccompagnée, Andrew monta se reposer dans sa chambre. En passant devant la porte de Manon, il lui sembla entendre des sanglots. Il frappa.

— Tout va bien ? C'est Andrew.

Pas de réponse. Blake insista.

— S'il te plaît, parle-moi.

La porte s'ouvrit. La jeune femme avait essuyé ses larmes, mais son regard en disait long sur son état.

— Un souci ? Ta grossesse ?

— De ce côté-là, tout va bien. Je suis en train de fabriquer un enfant tout en galettes pur beurre et en bonbons…

— Des nouvelles de Justin ?

— La nuit dernière, j'ai rêvé qu'il ne revenait pas.

— C'est seulement un cauchemar.

Manon recula et s'appuya contre son armoire.

— Je le fais toutes les nuits – tous les jours aussi, d'ailleurs. Il est censé rentrer dans onze jours. Parfois, je m'imagine qu'il va débarquer le soir même et d'autres fois, je n'y crois plus. Et je passe d'une version à l'autre toutes les quarante secondes… Ma mère me manque, aussi. En plus, j'ai perdu le gilet en mohair que Justin m'avait offert pour nos un an ensemble…

Blake prit la jeune femme dans ses bras.

— Attention, je vais parler comme dans un livre : affronte un seul problème à la fois. Où en es-tu de tes révisions ? Ton examen approche…

— C'est dans quinze jours. Odile trouve que je suis au point, sauf sur les textes de pédagogie. Mais de toute façon…

Manon n'acheva pas sa phrase.

— De toute façon ? relança Blake.

— Dans deux semaines, soit Justin sera revenu et j'ai peut-être une chance, soit il ne sera pas là et ce n'est même pas la peine d'aller me présenter

— Pour le moment, tu dois travailler.

— Je peux vous poser une question ?

— Je t'en prie.

— Vous vous souvenez de l'époque où vous aviez vingt ans ?

— La France et l'Angleterre étaient en guerre. Nous vivions tous en armure dans des maisons en torchis. Les gueux mangeaient des racines et nous dormions avec les cochons pour avoir chaud. Tu vois que je m'en souviens. En quoi puis-je t'aider ?

— Vous aviez des doutes sur tout, comme moi ?

— La vie était peut-être différente sur certains points. Nous n'avions pas tous ces gadgets électroniques, ces vêtements, toutes ces choses qui vous distraient, mais les doutes, les peurs, maladroitement cachés par la prétention de tout savoir, étaient déjà notre lot. Je me souviens d'une phrase lue sur le fronton de catacombes que je visitais à Rome avec mes parents. Au-dessus de ces empilements d'os et de crânes était écrit : « J'ai été ce que tu es. Tu seras ce que je suis. » J'en suis ressorti terrifié et je ne l'ai jamais oublié. Depuis, j'ai toujours regardé les vieux comme d'anciens enfants et les petits comme de futurs adultes. Chacun suit sa propre route, mais nous partageons quelques étapes.

— J'ai du mal à croire que vous ayez eu peur de quelque chose…

— Peur de ne pas être assez bon au foot pour que mes copains me choisissent dans leur équipe, peur de ne pas être assez beau pour que les filles dansent avec moi, peur de ne pas être aussi courageux que mon père pour lui succéder, peur que la femme que j'espérais séduire s'amuse des blagues d'un autre, peur de ne pas donner ce que les gens attendent de moi. Peur d'affronter la vie, parfois aussi…

— Waouh… C'est moi qui devrais vous réconforter…

— Te voir vivre me suffit. Tu as l'énergie et le cœur. Tu portes la vie. Le futur t'appartient. C'est ton tour. Tout ce qu'un ancien puisse faire pour aider un jeune, c'est être honnête et lui dire le peu qu'il sait, même si son orgueil doit en souffrir. N'oublie jamais qu'un adulte n'est qu'un enfant qui a vieilli.

57

À l'aide d'une fourchette, Philippe se gratta sous le large bandage qui lui entourait la tête.

— Comment ça se passe avec *Le Comte de Monte-Cristo* ? lui demanda Blake à voix basse.

— Il a du mal, répondit Magnier sur le même ton. Ce n'est pas la lecture qui lui pose problème, il se débrouille d'ailleurs de mieux en mieux, mais en ce qui concerne les personnages… Pour l'intéresser, j'ai remplacé Bertuccio, le serviteur, par Youpla.

— Ton chien est le complice d'Edmond Dantès ? s'étouffa Blake.

— Ben ouais, et du coup, le gamin se demande pourquoi le comte est secondé dans sa vengeance par un chien qui parle… Et puis il a du mal à admettre que Mercédès, sa bien-aimée, soit autre chose qu'une grosse berline allemande et là, je te jure, certains passages deviennent surréalistes parce qu'un chien parlant qui doit aller porter un message secret à une voiture de 200 chevaux, c'est pas de la tarte…

Yanis leva les yeux de la feuille d'exercices de maths sur laquelle il planchait, installé à la table du régisseur, Youpla couché à ses pieds. D'une voix très sérieuse, il sermonna les deux complices :

— Au collège, vous savez ce qu'il fait le directeur à ceux qui bavardent en empêchant les autres de travailler ?

— Il leur demande de sortir ? proposa Blake.

Les deux hommes se retrouvèrent donc dehors, sous l'auvent, à poursuivre leur conversation. Philippe portait le pull que tous lui avaient offert pour son anniversaire.

— Tu ne le quittes plus, fit remarquer Blake en désignant le vêtement d'un mouvement du menton.

— N'importe quoi. Il fait un temps à mettre un pull, ne t'imagine rien d'autre.

— Pourtant, je t'ai bien vu lorsque Odile t'a tendu le paquet…

— Elle l'a dit elle-même, c'était de votre part à tous.

— Vous étiez aussi rouges l'un que l'autre. Et tu lui as fait la bise…

— J'ai fait la bise à tout le monde, même à Madame et à toi.

— Tu étais dans un tel état que tu l'aurais aussi faite au chat s'il avait été là. Vous vous entendez de mieux en mieux, Odile et toi.

— C'est vrai. Mais je ne me fais aucune illusion. Je suis trop rustre pour une femme comme elle. Toi, tu sais t'y prendre.

Et en singeant l'accent britannique d'Andrew, Magnier déclama :

— « Rien ne viendra distraire nos papilles de vos délices » ; « Après vous, chère madame » ; « Que nenni, je n'en ferai rien » ; « Votre choucroute est un ravissement »…

— Tu te moques de moi ?

— Ton compatriote Sherlock n'aurait pas été plus perspicace…

— Je vais mettre ça sur le compte de ta blessure.

— Mets ça sur le compte de ma nullité. J'ai pas le niveau pour intéresser Odile.

— Ce qui signifie que tu aimerais bien ?

Magnier se détourna. Blake n'insista pas. Les deux hommes firent quelques pas ensemble devant la maison avant d'aller voir où en était Yanis. Ils n'échangèrent plus un mot, sauf pour s'occuper de leur élève.

Le soir, Blake retourna vérifier si Philippe allait bien. Il le trouva assis devant la télé, rigolant bêtement bien qu'il s'agisse d'un documentaire sur la dramatique montée des eaux en Polynésie. Parfois, depuis sa « chute », le régisseur était un peu bizarre. Il l'envoya se coucher. Philippe ne protesta pas. Ce soir-là, contrairement à la nuit d'Halloween, Andrew ne fut pas obligé de lui chanter une chanson pour qu'il s'endorme.

58

— Odile, soyez raisonnable, s'il vous plaît.

— Inutile d'insister. C'est non.

Blake ne désarma pas.

— On ne va pas servir le repas sans vin, et ce n'est pas moi qui peux le choisir. Je suis descendu voir. Il y en a trop, et je n'ai pas votre expertise.

— Prenez n'importe quel rouge. Ça ira très bien.

— Je ne comprends pas que vous mettiez autant de soin dans vos plats pour ensuite faire l'impasse sur le vin.

— Je ne fais pas l'impasse sur le vin, je fais l'impasse sur la cave.

— Si vous voulez, j'irai avec vous. Je serai votre garde du corps…

— Bien aimable, mais vous ne faites pas le poids face à mes phobies.

— Vous n'êtes jamais descendue ?

— Si, une fois, et ça m'a suffi. Demandez à Madame, elle était avec moi. Je ne sais plus ce qui m'a effleurée, mais je suis remontée comme une flèche.

— Je vais donc annoncer à Madame que, puisque son chef a peur de trois bestioles, son repas d'apparat sera servi avec de l'eau du robinet.

— Si on avait des talkies-walkies, vous pourriez me décrire les bouteilles et je vous dirais quoi remonter.

— Pourquoi pas une expédition en zone nucléaire avec un robot équipé de bras télécommandés ? De toute façon, nous n'avons pas de talkies-walkies.

Décidée à camper sur ses positions, Odile croisa les bras. Blake remonta à l'assaut.

— Vous allez m'accompagner en bas. Vous n'avez qu'à fermer les yeux et je vous guiderai. Ainsi, vous ne verrez rien. Une fois devant les casiers à bouteilles, vous regardez, vous choisissez, on remonte – en courant si vous voulez – et on n'en parle plus !

— Vous n'avez aucune phobie ?

— Si, les crabes géants d'Alaska. Quand j'étais plus jeune, certains poissonniers vendaient les pattes de ces énormes bêtes. Elles étaient longues, fines et hérissées de petits piquants comme les griffes des aliens dans les films. À l'internat, un copain de chambre en avait acheté et s'était caché sous mon lit. Quand je suis sorti de la douche, il les a agitées, et en voyant ces horribles trucs bouger sur le parquet, je me suis enfui tout nu dans le couloir…

— Pauvre bichon. Cela dit, vous ne devez pas en croiser souvent, des crabes d'Alaska. En tout cas, je vous rassure, ça fait un bon moment qu'on n'en a pas vu dans la région. La dernière fois, ça doit remonter au crétacé.

— Génial, me voilà en effet rassuré. On peut donc descendre.

— Qu'est-ce que vous ne comprenez pas dans la phrase « je ne descendrai jamais » ?

Quelques minutes plus tard, Blake avait eu gain de cause et guidait Odile, dont les yeux étaient bandés par un torchon, en la tenant par le bras. Tétanisée, elle se déplaçait avec raideur et respirait par à-coups.

— Détendez-vous, plus que quelques marches. Tout va bien.

Au bas de l'escalier s'ouvrait un long couloir au plafond de brique voûté. Blake se débrouilla pour actionner l'interrupteur avec le coude et ils s'enfoncèrent dans le dédale – la cave s'étendait sous la totalité du manoir.

À la première intersection, Blake hésita, puis il reconnut la pièce sans porte remplie d'outils de jardin rouillés. Au croisement où se trouvaient les deux vélos d'enfant et les piles de vieux journaux jaunis et couverts de crottes de souris, il se souvint qu'il fallait prendre à droite.

— Ne me dites pas que nous sommes perdus, murmura Odile en le sentant ralentir.

— Faites-moi confiance.

Passée la salle où il avait aperçu un landau sous un drap, il souffla enfin. Ils étaient arrivés. Ils pénétrèrent dans une cave surbaissée, au sol de terre battue, dont trois des murs étaient tapissés de casiers à bouteilles. Quelques caisses de bois s'entassaient à leurs pieds.

— Attention aux marches. Laissez-moi un instant, j'ai besoin de mes deux mains…

Blake se libéra et, en quelques grands gestes, retira les plus impressionnantes des toiles d'araignées.

— Que faites-vous ?

— Je prends soin de vous.

— La dernière fois que vous avez pris soin de moi, j'ai eu les dents noircies pendant cinq jours.

En la guidant par les épaules, il l'amena devant le casier des vins rouges.

— À trois, je retire votre bandeau, vous faites votre choix et c'est fini. Un. Deux. Et hop !

Odile ouvrit timidement les yeux.

— Quelle horreur, toutes ces toiles... La poussière m'empêche de déchiffrer les étiquettes.

— Je peux aller chercher un chiffon si vous le souhaitez.

— Ne bougez pas d'ici, par pitié... Là, je vois des graves, des saint-émilion. On ne prendrait pas de risque. Ils seront trois à dîner, il en faut trois bouteilles identiques au minimum.

— Vous les prenez pour des ivrognes parce qu'ils sont anglais ?

— Deux pour le repas et une pour vérifier que le vin est bon. Avec des crus aussi anciens, on a parfois des surprises.

Odile se pencha pour passer en revue la suite.

— Ici nous avons les château-lafite, du haut-brion... Et même des bourgognes : vosne-romanée, chassagne-montrachet... Belle cave.

— Vous devriez descendre plus souvent.

— Ne commencez pas.

Elle pointa un index :

— Je vois des blancs. Un sauternes serait sans doute plus surprenant, mais comme vous dites, pourquoi pas ?...

Soudain, au fond des casiers, derrière les bouteilles, quelque chose remua. Odile se figea.

— Diane aimait bien le sauternes.

Andrew n'avait rien remarqué. Odile essaya de se contenir, mais le face-à-face avec les jolis petits yeux noirs qui la fixaient était au-delà de ses capacités. Elle ne cria pas. Elle ne prit pas la fuite. Le souffle coupé, elle ne put que chercher à agripper la manche de Blake qui inspectait le casier voisin.

En reculant, elle effleura une belle toile d'araignée qui vint caresser sa joue. Un frisson d'effroi lui parcourut le corps et, comme une centrale en surchauffe, elle disjoncta. Elle perdit connaissance et s'effondra de tout son long.

59

— Dans quelques heures, les invités seront là. Si Odile se réveille à la cave, elle ne s'en remettra pas.

— Je suis venu aussi vite que j'ai pu.

Blake et Magnier parcouraient les couloirs à grands pas. Lorsqu'ils arrivèrent à la cave à vin, la cuisinière était toujours étendue sur le sol, évanouie.

— La pauvre..., s'attendrit Philippe. On dirait qu'elle dort, comme la Belle au bois dormant.

— Dans son palais de toiles d'araignées, sur son lit de crottes de rongeurs. C'est merveilleux. Avec le nombre de souris qu'il y a dans les parages, ce serait d'ailleurs plutôt Cendrillon. À ton avis, elles vont lui coudre une robe en chantant ? Trêve de plaisanterie, tu prends le bas, moi le haut, et on la remonte.

— Heureusement que lorsqu'elle est tombée, sa tête n'a pas heurté les caisses...

— Sinon, c'est toi qui faisais la cuisine ce soir.

Avec l'accent précieux d'un maître d'hôtel, le régisseur annonça :

— Raviolis en boîte sauce aux OGM et leur pain de mie en sachet plastique !

— À trois, on lève, commanda Blake.

Les deux hommes soulevèrent Odile et prirent laborieusement le chemin de la sortie.

— Elle a de jolies jambes, quand même, nota Magnier.

— Tu vois bien qu'elle t'intéresse.

— Tais-toi, et avance au lieu de dire des bêtises, j'ai le dos qui prend cher.

— Dis-toi que tu sauves une princesse.

— Tu parles d'un sauvetage, souffla Philippe. Chez nous, quand c'est aussi lourd à porter, on dit que ça pèse le poids d'un âne mort.

— Tiens, c'est marrant, chez moi, dans le Devon, on dit que ça pèse le poids d'une vache enceinte.

— Je vous entends tous les deux, marmonna Odile. Ça va chauffer…

Il restait moins d'une heure avant l'arrivée des convives. Manon avait passé la journée à briquer le salon du sol au plafond. Blake l'avait aidée pour passer l'aspirateur et nettoyer le lustre. La table était dressée pour trois. Nappe blanche brodée ton sur ton repassée sur site, service de porcelaine, verres en baccarat taillés à la main et argenterie de la plus haute tradition française. La jeune femme redonna encore un peu de gonflant aux coussins du canapé d'angle pendant qu'Andrew vérifiait l'alignement des verres par rapport au bord de la table. Il les avait d'abord placés en ligne droite au-dessus de l'assiette, à l'anglaise. Il se reprit et les installa en diagonale, à la française.

Par la fenêtre, le majordome s'assura ensuite que Philippe tenait aussi son programme à la lettre. La nuit était déjà tombée. À la demande de Madame, exceptionnellement, le régisseur avait ouvert le grand portail. Il avait aussi balisé l'allée gravillonnée de torches et balayé les feuilles mortes qui encombraient le perron. Il était actuellement perché sur un escabeau, sous la marquise, occupé à changer une des ampoules.

— Je te laisse finir ici, fit Andrew à Manon. Je vais en cuisine voir comment ça se passe.

Fait rarissime, la porte de l'office était fermée. Blake frappa et entra. Odile découpait de fines tranches de bœuf.

— Vous êtes dans les temps ?

— J'ai encore la tête qui tourne, mais ça va aller. Voulez-vous vous charger de carafer le vin ?

— Sans problème. Ensuite, j'irai me changer.

Sans s'interrompre, la cuisinière demanda :

— Qu'est-ce que vous comptez mettre ?

— Une chemise beige avec ma veste brune et peut-être un nœud papillon. Pourquoi ?

— J'ai vu que Philippe avait ressorti les torches. Vous seriez bien capable de leur faire le coup du majordome de l'enfer ! Évitez le nœud papillon.

— Pour quelle raison ?

— En France, c'est plutôt réservé aux invités.

— C'est noté, donc cravate. Quelle couleur ? J'ai une bleue et une verte.

— Vous en avez aussi une jolie, bordeaux très sombre, qui vous ira mieux.

Blake ouvrit les trois bouteilles de haut-brion pour les laisser respirer et transféra lentement l'une d'elles dans une carafe à large base. Il se rendit compte que, contrairement à son habitude lorsqu'elle cuisinait, sa collègue ne mettait rien dans la gamelle de Méphisto.

— Vous croyez que votre chat ne va pas aimer ?

— Il se jetterait dessus, comme sur tout ce que je prépare depuis quelque temps, mais je le mets au régime. S'il vous plaît, ne dites rien. Je sais ce que vous pensez.

— Il fait son poil d'hiver, voilà ce que je pense…

— Méphisto est un gros patapouf, c'est tout. Hier, je l'ai aperçu dans le potager. Tapi derrière une brindille, il regardait les oiseaux avec convoitise. Il faisait celui qui était prêt à bondir pour les attraper en vol. Mais je ne sais pas ce qu'il s'imagine. Avec son poil angora, il avait l'air d'un coussin. S'il continue, il aura l'allure d'un canapé…

— J'ose à peine imaginer ce que vous m'auriez fait si j'avais parlé de Méphisto en ces termes.

Odile acheva la découpe de la viande et la remit au réfrigérateur. Puis elle augmenta le régime de la hotte aspirante et jeta une échalote émincée dans le beurre qui frémissait déjà dans la casserole.

— Vous ne commencez pas la cuisson de la viande dès maintenant ? s'étonna le majordome.

— Au dernier moment seulement, Andrew : il faut la saisir juste ce qu'il faut.

— En France, vous faites moins cuire la viande qu'en Angleterre. Chez vous, tout est servi rouge, saignant à l'intérieur.

— Et chez vous, c'est de la semelle. C'est vous qui avez un problème avec la viande. Vous la faites toujours trop cuire. C'est un défaut historique. Regardez ce que vous avez fait à notre Jeanne d'Arc. Vous l'avez tellement cuite que vous l'avez brûlée !

60

Malgré la pluie qui s'était mise à tomber, les flammes des torches résistaient bien. Au manoir, tout le monde était sur le pied de guerre. Avec une demi-heure de retard, les phares de la voiture annoncèrent l'arrivée des invités.

— Manon, va avertir Madame qu'ils sont là. Préviens aussi Odile.

Le véhicule remonta l'allée de gravier au pas puis contourna le bosquet de châtaigniers dans une élégante courbe pour venir s'immobiliser au pied du perron. Blake attendait au sommet des marches, un parapluie à la main. Il descendit ouvrir la portière côté passager, déployant son parapluie pour protéger la silhouette féminine de l'averse.

— Bonsoir, madame. Bienvenue au Domaine de Beauvillier.

Lorsqu'il posa les yeux sur la femme, il crut à une hallucination.

— Mais… Melissa ? balbutia-t-il.

— Bonsoir, Andrew. Désolée de ne pas te faire la bise, mais nous ne sommes pas censés nous connaître. Tu as l'air en forme.

Blake tituba. Il porta aussitôt le regard côté conducteur. Richard Ward descendait à son tour.

— Je n'ai pas droit au parapluie ? questionna l'Anglais avec malice.

— Qu'est-ce que tu fais là ?

— J'accompagne ma femme qui rend visite à sa correspondante française. Et puis tu ne donnais pas tellement de nouvelles, alors…

Il récupéra un magnifique bouquet de fleurs sur la banquette arrière et se précipita pour se mettre à l'abri de la marquise.

— Tu as bonne mine, vieux frère. Ça fait plaisir.

Blake ne se remettait pas de sa surprise.

— Si on m'avait dit qu'un jour tu serais majordome à un dîner où je serais invité, je ne l'aurais jamais cru. C'est certainement ce que l'on appelle la magie de la vie !

Richard s'amusait déjà de la soirée qu'il allait passer.

— Tu te rends compte de la situation ? réagit Andrew.

— Très bien, c'est d'ailleurs pourquoi je suis si content d'être là. Parce que sinon, les copines de ma femme, franchement…

Richard Ward se dirigea vers l'entrée.

— Là, normalement, tu devrais me tenir la porte, avec le petit doigt sur la couture du pantalon.

— Richard…

— Monsieur Ward, *if you please*. Nous ne sommes pas du même monde, répliqua celui-ci en soutenant le regard de son ami qui, lui, ne riait pas du tout.

Blake, hagard, referma la porte derrière eux. Son ami retira son manteau et le lui tendit.

— Merci, mon brave, vous êtes bien aimable.

Blake crut qu'il allait lui sauter dessus, comme la fois où Ward avait fait croire au recteur de l'université qu'Andrew avait couché avec sa fille. L'apparition de Mme Beauvillier l'arrêta net. Elle descendait les dernières marches de l'escalier, impériale, dans une somptueuse robe d'un rouge profond, marquée à la taille. Coiffée, maquillée, Madame était tout simplement impressionnante.

— Nathalie, quelle joie de te revoir ! s'exclama Melissa.

— Comme je suis heureuse ! Merci d'être venue jusqu'à moi.

Les deux femmes se prirent dans les bras et s'embrassèrent chaleureusement.

— Tu ne dois pas te souvenir de Richard, mon époux.

Ward s'inclina pour faire un baisemain à leur hôtesse.

— C'est un plaisir.

Il lui offrit le bouquet.

— Elles sont superbes ! s'exclama Mme Beauvillier. Il ne fallait pas. Monsieur Blake, voulez-vous leur trouver un vase ?

À peine débarrassée, Madame saisit la main de son amie.

— Je suis tellement contente de vous revoir ! Les visages amis ne sont plus si nombreux. Entrez donc, faites comme chez vous.

Blake gagna l'office comme un robot. Sa tête était en ébullition. Il s'était imaginé la soirée dans les moindres détails, mais rien ne l'avait préparé à ce qu'il vivait. Facteur aggravant, il ne pouvait rien dire à personne sans compromettre sa « couverture ». Il ouvrit un placard et prit machinalement un grand vase qu'il alla remplir d'eau à l'évier.

Odile avait beau s'affairer dans tous les sens, elle s'aperçut que son collègue n'était pas dans son état normal.

— Tout va bien, Andrew ?

— Je vais aller servir l'apéritif. Madame est vraiment très en beauté.

Il avait répondu d'un ton mécanique qui ne lui ressemblait pas. Dubitative, la cuisinière le regarda quitter la pièce, le regard fixe, avec le bouquet.

L'apéritif était servi dans le petit salon. Melissa et Nathalie n'avaient pas été longues à se plonger dans leurs souvenirs. Installées côte à côte dans le sofa, elles riaient en se remémorant leur première rencontre, chacune parlant mal la langue de l'autre. Madame semblait réellement heureuse.

Ward s'était installé dans un fauteuil. Chaque fois qu'il le pouvait, il faisait un clin d'œil à Blake. En lui servant son verre, le majordome lui glissa :

— Si tu continues, espèce de pervers, je porte plainte pour harcèlement.

Ward s'amusait beaucoup de voir son ami coincé dans son rôle. Il se pencha pour poser son verre sur la table basse et lui glissa :

— Tu n'as qu'à te dire qu'on est à un bal costumé où tu es le seul à être déguisé…

— Tu me le paieras.

— Demain, tout ce que tu veux, mais ce soir, je profite.

Les deux amies étaient trop absorbées pour remarquer les apartés des hommes. Ward demanda d'une voix plus forte :

— Dites-moi, mon ami, pourrais-je avoir de la glace ?

« Dans du muscat ? Pauvre rustre ! » faillit répondre Blake, mais il s'arrêta juste à temps.

— Tout de suite, monsieur…

Andrew faillit se prendre la porte en sortant et Ward se laissa voluptueusement glisser au fond de son fauteuil avec un sourire béat.

61

Lorsque Blake ouvrit solennellement la double porte, la découverte du grand salon fit son petit effet.

— Tu nous reçois comme des rois ! s'exclama Melissa.

— Comme des gens que j'aime…, sourit Nathalie.

Blake tira la chaise de Melissa.

— Si vous voulez vous donner la peine…

Mme Ward évitait le regard d'Andrew. Contrairement à son mari, elle ne semblait pas amusée par son embarras. Le majordome installa ensuite M. Ward. Au moment où celui-ci prit place, Andrew lui écrasa discrètement le pied en lui souriant. L'invité serra les dents et remercia poliment. Blake s'occupa ensuite de Madame, admirant au passage son allure et ses gestes, auxquels le bonheur de ces retrouvailles avait redonné toute leur grâce. Andrew nota qu'elle ne portait aucun bijou à l'exception de son alliance. Un collier aurait pourtant été du plus bel effet sur son décolleté.

— Je sais qu'en Angleterre, annonça Mme Beauvillier, il est souvent d'usage que les gens de service déplient votre serviette et la placent sur vos genoux, mais ce geste est très inhabituel en France... Cependant, si vous le souhaitez, M. Blake pourra...

Melissa et Richard s'empressèrent de déplier les leurs eux-mêmes.

— Je trouve toujours amusant de constater que nos pays, pourtant voisins, ont des usages si différents, commenta Ward.

Melissa se mit à rire :

— Nathalie, te souviens-tu de cette prof qui nous avait fait travailler sur les mots que chaque pays avait empruntés à l'autre ?

— Bien sûr ! Mme Sarenson ! Une folle habillée comme un épouvantail.

— Elle disait que, sans les Anglais, les Français ne pourraient pas parler de parking, de week-end, de W-C, de club, ni de sandwich d'ailleurs ! Plus de dockers, ni de déodorants. Les *froggies* ne seraient pas fair-play, et ils seraient privés de pull-overs, de freezers, de hit-parades et de milk-shakes !

— Je ne sais pas si les kidnappings, les dealers et les fast-foods nous manqueraient, mais pour les gentlemen et les sex-symbols, votre apport est incontestable.

— Elle nous avait même obligées à apprendre un texte de son invention rempli de mots français que les Anglais avaient adoptés...

— J'avais oublié.

— « La *femme fatale*, *chic*, vêtue d'un *déshabillé à la mode*, prit un *amuse-bouche* en regardant le *menu* d'un air *blasé*. Elle laissa *carte blanche* à son *chevalier servant* qui, bien qu'un peu *louche*, lui avait donné *rendez-vous* pour lui parler de son *pied-à-terre* à Paris. Avec *panache*, ce *bourgeois* était prêt à tout pour sa *protégée*, dont il appréciait ce *je-ne-sais-quoi*. Pour elle, *noblesse oblige*, il irait même jusqu'au *crime passionnel…* » Ensuite, il était question de *tour de force*, de *bijou*, de *nom de plume,* mais je ne me souviens plus de tout.

— *C'est la vie !*

Ward intervint :

— J'aime beaucoup la citation que l'on attribue à Surcouf, votre corsaire, même si elle nous met à mal.

— Quelle est-elle ?

— Alors que notre flotte l'affrontait, un de nos amiraux chercha à l'humilier. Il lui dit : « Vous vous battez pour l'argent, nous nous battons pour l'honneur ! » Ce à quoi le Malouin répondit : « Chacun se bat pour ce qu'il n'a pas. »

Blake attendit que chacun ait arrêté de rire pour annoncer :

— En entrée, notre *cordon-bleu* vous a préparé des noix de coquilles Saint-Jacques à la mousseline d'orange. *Bon appétit.*

Le dîner se déroulait idéalement pour tout le monde, sauf pour Blake. Il profitait de ses passages à l'office pour décompresser. Comme un naufragé en train de se noyer, il s'évertuait à reprendre une bouffée d'air avant de replonger. Par deux fois, il éprouva le besoin de se passer de l'eau fraîche sur le visage. Cette soirée le perturbait. La présence de Richard, à qui il ne pouvait pas parler bien qu'étant si proche, et la distance que lui témoignait Melissa d'habitude si chaleureuse l'obligeaient à s'interroger sur sa place. Le fait de voir Mme Beauvillier si lumineuse l'interpellait aussi.

Manon venait de desservir lorsqu'il s'avança, une serviette parfaitement pliée sur l'avant-bras gauche.

— Pour la suite, nous vous proposons un millefeuille de bœuf au foie gras et aux raisins, garni de pommes dauphine maison aux truffes.

Le repas se poursuivit sans fausse note. Madame et ses invités mélangeaient allègrement le français et l'anglais, l'un posant une question dans une langue et l'autre répondant dans une autre. En cuisine, Odile commençait à se détendre. La salade et le plateau de fromages étaient prêts et le dessert ne l'inquiétait pas. Elle n'avait jamais raté une crème brûlée.

— Andrew, vous tenez le choc ?

— C'est une drôle de soirée.

— À votre avis, ils sont satisfaits de ma cuisine ?

— Leurs assiettes reviennent vides. Je ne sais pas en France, mais en Angleterre, c'est un signe. Le couple est conquis, mais je crois que Madame est encore plus impressionnée par votre talent.

Rassurée, Odile s'essuya les mains en prenant son temps et s'autorisa une pause de quelques instants.

Lorsque Blake retourna au grand salon, la conversation avait évolué. Madame confiait :

— François avait besoin de moi pour le seconder. Je n'ai pas hésité à mettre ma carrière entre parenthèses. Je ne le regrette pas, d'ailleurs. Aucun métier ne m'aurait rendue plus heureuse que cet homme ne l'a fait.

— Les voies qui nous conduisent à trouver notre place dans la vie sont toujours étonnantes, commenta Ward.

Il se tourna vers Blake et demanda :

— Par exemple, vous, monsieur, pourquoi êtes-vous devenu majordome ?

Andrew resta interdit. Madame l'encouragea :

— Ne soyez pas timide, monsieur Blake. Dites-nous.

L'esprit d'Andrew bascula dans la confusion la plus totale. Au garde-à-vous devant les convives, il fixait son meilleur ami qu'il n'était pas censé connaître, pressé de répondre à une question impossible posée par la patronne qu'il servait en mentant depuis des mois.

— Je ne sais pas..., balbutia-t-il. Je ne me suis jamais posé la question.

Avait-il répondu en français ou en anglais ? Il était incapable de le savoir. Tous les regards étaient rivés sur lui. Au-delà de son désarroi, une seule réponse s'imposa à lui :

— J'ai pratiqué beaucoup de métiers. Avec le recul, je dois admettre qu'à chaque fois, la fonction avait à mes yeux moins d'importance que les gens avec qui je devais l'accomplir. La proximité, les échanges, l'entraide, le fait de partager un but commun... Tout ce qui fait la vie. Très vite, le métier lui-même est devenu secondaire, au profit des relations humaines. J'ai d'abord vécu cela avec mon père, puis avec la plupart de ceux que j'ai croisés. Au fond, je pense que j'aime prendre soin des gens. Je ne sais pas si c'est un métier, mais c'est à cela que j'aurais aimé pouvoir consacrer toute ma vie.

Ses mots s'achevèrent dans un silence absolu. Nathalie, Melissa et Richard les avaient reçus chacun à leur façon, mais tous les avaient trouvés bien plus puissants que ce que la nature de la discussion laissait présager.

Pour se donner une contenance, Ward but une gorgée de vin. Tout le monde s'attendait à voir Blake reprendre son attitude de majordome déférent. La conversation allait se poursuivre entre convives. Pourtant, contre toute attente, Andrew ajouta :

— Monsieur a raison. Les chemins qui conduisent à trouver notre place sont souvent surprenants. Je me souviens d'un bon ami qui, tout jeune, habitait près d'une grande route dans la campagne anglaise. Chaque matin, il se désespérait de trouver des hérissons morts sur le bas-côté. Je l'ai vu plus d'une fois pleurer ces petites créatures qu'il enterrait au fond du jardin de ses parents. Bien des années plus tard, devenu jeune ingénieur, il n'en parlait plus jamais. Pourtant, il a remporté le concours qui a lancé sa brillante carrière grâce à une étude sur des fossés spéciaux et des tunnels qui protégeaient la faune des campagnes. Est-ce le chemin parcouru qui fait de nous ce que nous sommes, ou bien choisissons-nous notre voie en fonction de ce qui nous touche ?

62

Il était très tard lorsque les invités prirent congé. Marchant contre le vent, Blake raccompagna la voiture jusqu'au grand portail, afin de le refermer après leur départ. Les limites de la propriété à peine franchies, Ward arrêta son véhicule. Melissa descendit aussitôt.

— Quelle soirée ! C'était si bizarre de te voir t'occuper de tout, fit-elle en enlaçant chaleureusement Andrew. Mais cela te va bien. Après tout, c'est ce que tu as toujours fait avec chacun d'entre nous.

Ward sortit à son tour et interpella sa femme :

— Rentre dans la voiture. Avec ta robe de top model, tu vas attraper froid.

Melissa embrassa Blake et se mit à l'abri à l'intérieur. Ward attrapa son ami par les épaules.

— Je ne suis pas près d'oublier cette visite.

Il l'étreignit.

— Et moi donc, répliqua Andrew. Tu as passé la soirée à te payer ma tête. Arrête de me serrer comme ça, si on nous voit…

— Je plaiderai le coup de foudre… Tu sais, Andrew, fit Richard en redevenant sérieux, si je ne te connaissais pas, ce soir, j'aurais eu envie de devenir ton pote. On a bien fait de se croiser voilà cinquante ans.

— Tout ça pour se retrouver moi déguisé en majordome et toi à disserter sur la meilleure façon de sortir d'un ascenseur si on arrive à un étage infesté de serpents…

— Je suis heureux d'avoir vécu assez longtemps pour vivre ça. Tu as failli me faire pleurer en racontant l'histoire des hérissons. Même Melissa n'était pas au courant.

— Vas-tu lui dire que je parlais de toi ?

— Elle le sait déjà.

Par-dessus l'épaule de Blake, Ward regarda au loin vers le manoir.

— Quelqu'un arrive en courant. Un homme, je crois.

Andrew se retourna.

— C'est Magnier, le régisseur. Il me fait souvent penser à toi.

— On est vite remplacé…

— Tu es irremplaçable.

Philippe les rejoignit, essoufflé. Andrew fit semblant de souhaiter bonne route aux invités.

— Soyez prudent, monsieur.

— Encore merci, mon brave ! lança Ward en glissant la main dans sa poche.

Il en sortit un billet qu'il fourra dans la paume de son camarade. Andrew blêmit et gronda à voix basse :

— *Damn you*… Je te jure que…

Ward rétorqua d'une voix forte :

— Mais si, mais si, ça me fait plaisir, vous avez été formidable !

Il remonta dans sa voiture et démarra.

— Ils avaient l'air rudement sympas…, commenta Magnier en regardant le véhicule s'éloigner.

— Madame sait recevoir.

— Je vais t'aider à fermer.

En revenant vers le manoir, les deux hommes éteignirent les torches.

— Philippe ?

— Ouais ?

— Je suis bien content que tu sois là. Toi aussi, tu es irremplaçable.

63

Il fallut à peine deux heures aux transporteurs pour emballer et évacuer toute la collection de livres dans des caisses capitonnées. Blake était resté avec eux pendant la durée de l'opération. Madame s'était cloîtrée dans ses appartements, probablement brisée de chagrin. Même Odile avait eu les larmes aux yeux lorsqu'elle était venue proposer à boire aux déménageurs. Le camion était reparti. Avec ce départ, le manoir avait retrouvé son calme, mais il avait aussi beaucoup perdu.

Blake contemplait les étagères nues sur lesquelles les rares objets de décoration semblaient incongrus. Au supermarché, il avait acheté quelques draps de couleur taupe qu'il déballa les uns après les autres.

— Vous voulez de l'aide ? demanda Manon, appuyée sur le chambranle.

— Ce n'est pas de refus. Tout ce vide me donne le cafard.

— C'est une bonne idée, les draps, ça fera moins triste.

— Je ne veux pas que Madame voie la bibliothèque ainsi. Et puis ce sera aussi moins déprimant pour moi.

— Les finances du domaine vont si mal que ça ?

— Madame cherche des solutions…

— La semaine dernière, elle m'a payée en liquide. C'est la première fois.

Blake n'était pas au courant.

— J'espère qu'elle ne va pas être obligée de licencier, reprit Manon. Pour Odile, comme pour Philippe, ce serait une catastrophe. Vous, doué comme vous êtes, vous n'aurez aucun mal à vous retrouver un poste dans une maison encore plus grande qu'ici.

— Et toi, Manon ? Où iras-tu ?

— Justin rentre de déplacement dans quelques jours. Tout dépend de lui. Au pire, je retournerai chez ma mère.

— J'espère que tu y retourneras pour d'autres motifs que la contrainte.

— Elle m'a envoyé un SMS ce matin. « Comment tu vas ? » avec un smiley qui pleure. Elle ne s'est pas foulée…

— C'est déjà un bon début. Tu as réussi à capter avec ton téléphone ?

— Je suis montée sur la colline. Une véritable expédition. J'avais l'intuition que Justin m'avait laissé un message.

— Belle intuition. Avec une petite erreur sur l'expéditeur, mais c'est une excellente nouvelle quand même. Et ces révisions ?

— J'avance.

— Ton ventre s'arrondit.

— Le petit pèse de plus en plus lourd.

— Tu en parles comme d'un garçon…

— Une autre intuition. On verra si celle-là est juste.

La présence de Manon donna soudain une idée à Andrew.

— Tout à fait entre nous, dit-il, puis-je te demander ton avis au sujet d'Odile et de Philippe ?

— Je les aime bien tous les deux. Des caractères, quand même ! Je suis contente qu'ils s'entendent de mieux en mieux.

— Tu l'as remarqué toi aussi…

— C'est vraiment le jour et la nuit par rapport à ce que c'était quand je suis arrivée.

— Manon, accepterais-tu de me donner un coup de main ?

— Pour quoi faire ?

— Leur ouvrir les yeux.

64

L'après-midi même, lorsque Andrew monta voir Mme Beauvillier, celle-ci lui fit une demande qui le laissa sans voix.

— Savez-vous où se trouve le cimetière dans le parc ?

Andrew la dévisagea sans réussir à décider ce qu'il devait répondre. Devait-il le savoir ou faire l'innocent ?

— Monsieur Blake ?

— Je m'y suis déjà rendu avec Philippe.

— Pouvez-vous m'y accompagner ?

Au travers des branches dénudées par l'automne, le ciel était visible dans toutes les directions. Cette sensation d'espace avait toujours produit le même effet sur Andrew. Percevoir l'immensité, voir l'horizon ou sentir sur son visage le vent qui venait de loin l'électrisait. Tout jeune, il se mettait à courir, les bras tendus vers l'azur, en criant. Plus tard, il avait appris à rester immobile, à l'écoute, à respirer à pleins poumons en sentant son cœur bondir et son imagination s'envoler. Avec le temps, même s'il ne voyait plus les oiseaux qui criaient au loin de façon très nette, l'émotion intérieure restait toujours aussi vive. Cet après-midi-là, dans le parc, le vent lui faisait du bien.

À ses côtés, emmitouflée dans un manteau dont le col remonté lui cachait la moitié du visage, la tête protégée sous un foulard, Mme Beauvillier avançait d'un pas incertain. En presque trois mois de service, Blake ne l'avait jamais vue s'aventurer hors du manoir. Difficile de savoir pourquoi elle sortait et si elle en était heureuse.

Suivant l'âge, on ne marche pas à deux de la même façon. De par ses souvenirs ou son expérience au manoir, Andrew l'avait maintes fois remarqué. Yanis avait pour habitude de courir devant, en se retournant pour le presser de le suivre. Philippe se comportait comme Youpla, s'éloignant puis revenant, sans cesse attiré par n'importe quoi. Manon marchait tantôt devant, tantôt derrière, ne réajustant sa position par rapport à son accompagnateur que lorsqu'elle n'était pas perdue dans ses pensées.

Madame et Blake avançaient comme le font souvent les personnes d'un certain âge, en se mettant au rythme l'un de l'autre. Peut-être la vie leur avait-elle enseigné la valeur d'avancer à deux, comme s'il fallait savourer la compagnie jusque dans le bruissement des pas qui s'acceptent.

Blake n'hésita pas sur le chemin à suivre. Pourtant, lorsqu'il repéra l'immense chêne qui surplombait le cimetière, il se sentit soulagé. En apercevant les grilles au loin, Madame s'arrêta. Sans un mot, elle se retourna en scrutant le chemin qu'ils venaient de parcourir. Blake songea qu'elle cherchait à apercevoir le manoir, mais il était trop éloigné. Peut-être voulait-elle se rassurer après s'être aventurée aussi loin ?

— La marche semble vous faire du bien, commenta-t-il.

— J'aimerais en être convaincue.

Blake désigna le chêne :

— Quel arbre majestueux !

— En effet. François disait que c'était le plus magnifique de notre domaine.

— C'est un beau choix d'avoir installé ce lieu de repos éternel au pied.

— La stature de l'arbre n'est pas la seule raison. Lorsque François et moi avons repris le domaine, avant toute chose, c'est de cet arbre que nous a parlé l'ancien propriétaire. Selon la légende, voilà plus de deux siècles, deux amoureux s'y donnaient rendez-vous. Lui était le fils d'une des plus grandes fortunes de la région et elle, la modeste fille d'un de leurs métayers. L'histoire raconte qu'ils s'aimaient mais que la riche famille était violemment opposée à leur union. Lorsque l'un des employés du père du jeune homme découvrit que les tourtereaux se voyaient quand même, il se posta dans les bois avec un fusil pour tenter de dissuader la jeune fille en la blessant…

Madame et Blake étaient parvenus au pied de l'arbre. Elle en caressa l'écorce et reprit :

— Mal ajusté, le coup de feu rata la jeune fille mais tua le garçon. Depuis, cette romance tragique se transmet et aucun bûcheron n'a osé abattre cet arbre, alors que tous ses semblables sont devenus charpentes et meubles.

— Croyez-vous que cette histoire soit authentique ?

Une expression fugace traversa le visage de Mme Beauvillier.

— Elle est jolie. Un côté Roméo et Juliette. Vraie ou non, je n'en sais rien. L'amour est souvent contrarié, et l'arbre est toujours là.

— Votre mari y croyait ?

— François aimait les histoires. Sa collection de livres en est – en était – le reflet. Selon lui, les histoires sont le meilleur moyen d'élever la vie au-dessus de la médiocrité du quotidien.

Mme Beauvillier pénétra dans l'enclos des tombes, tandis que Blake restait à l'extérieur. Elle se dirigea d'abord vers celle de ses parents. Elle demeura recueillie un long moment. Le vent animait quelques cheveux qui s'échappaient de son foulard. Les yeux ouverts, les lèvres pincées, elle fixait la pierre tombale.

Elle vint ensuite se placer devant la sépulture de son mari. Son comportement changea. Son regard s'éloignait souvent du bloc de granit pour se perdre dans le paysage. Ses lèvres étaient moins crispées. À quoi pensait-elle ? Elle jeta un coup d'œil à Blake. Il eut la certitude qu'elle ne s'éloignait pas encore parce qu'elle était observée. Seule, elle serait restée moins longtemps devant la dépouille de son mari.

Elle se tourna finalement vers la tombe sans nom, fit un pas dans sa direction, hésita avant d'aller se recueillir devant un instant. Elle évitait la pierre du regard, gardait le visage baissé. Devant cette tombe-là, elle semblait plus petite, presque fragile, malheureuse.

Avant de ressortir, elle s'adressa à Blake à travers la grille. Elle le fit d'une voix tout à fait normale, hors des codes de l'endroit.

— Avez-vous peur de la mort, monsieur Blake ?

— Je ne crois pas. Mais je déteste l'effet qu'elle a sur la vie.

Mme Beauvillier eut un petit rire.

— La mort vous a pris des gens…, dit-elle.

— Elle m'en a séparé.

Mme Beauvillier referma le portillon derrière elle et se retourna pour faire face aux tombes. Les mains accrochées à la grille, elle lâcha :

— Moi, c'est la vie que je déteste. C'est elle qui m'a séparée des miens. La mort aura finalement calmé le jeu.

Le regard toujours rivé aux tombes, elle demanda :

— Votre femme vous manque, monsieur Blake ?

— Éperdument.

— François me manque aussi. Aimiez-vous votre épouse, monsieur Blake ?

— Je me suis souvent demandé ce qu'aimer voulait dire. Je sais juste que ma vie était plus belle quand Diane était là. J'étais bien avec elle. Ce qu'elle était et ce qu'elle faisait me plaisait. Elle m'impressionnait. Sa droiture, son cœur. Elle aurait pu rendre n'importe quel homme heureux. Avec elle, je ne me suis jamais ennuyé. Quand j'étais fort, c'est pour elle que j'avais envie d'accomplir. Quand j'étais faible, c'est grâce à elle que je réussissais à continuer d'avancer.

— Vous ne l'avez jamais trompée ?

— Pas une fois.

— Vous semblez doté d'une force morale peu commune.

— Détrompez-vous. Je ne suis qu'un homme. Ce n'est pas la maîtrise de moi-même qui m'a évité les écarts, mais la peur de la blesser. Pour moi, le principe de faute est purement subjectif. Seules comptent les raisons pour lesquelles on en commet. Le bien et le mal sont des notions sans valeur. « Pour qui » ou « contre qui » définit bien mieux ce que nous sommes.

— Encore faut-il avoir la capacité de choisir… Observateur comme vous l'êtes, vous vous demandez certainement pourquoi une des pierres ne porte aucun nom.

— Il faut une bonne raison, pour ou contre…

— Cette tombe est un compromis, monsieur Blake. Vous étiez l'homme d'une seule femme, mais pas François. Pendant près de vingt ans, il a vécu une histoire d'amour clandestine. Je l'ai découvert par hasard, à cause d'un enfant… leur enfant.

Elle frissonna.

— François était toute ma vie, mais je n'étais qu'une partie pour lui. Quand elle est décédée, il a voulu que cette femme soit enterrée ici, chez nous. J'ai accepté, monsieur Blake. J'ai enduré cet affront, à la condition que son nom ne soit pas écrit.

— Vous croyez qu'il ne vous aimait pas ?

— Auriez-vous accepté d'être le second choix de votre bien-aimée ? Auriez-vous supporté l'idée que ce soit pour quelqu'un d'autre qu'elle prenne les plus grands risques de son existence ? Le fait qu'il m'ait trompée n'est pas mon plus grand drame. Ce qui m'a anéantie, c'est de découvrir qu'il ne m'aimait pas autant que moi, je l'aimais. J'aurais pu guérir d'une passade, mais je n'ai pas guéri de leur histoire d'amour. Même s'il s'en est toujours défendu, j'ai eu l'impression qu'il m'avait épousée par raison et qu'il l'avait aimée de tout son cœur.

— Vous lui en voulez encore ?

— Pour pardonner, il faut du temps ou beaucoup de force. Je n'ai plus ni l'un ni l'autre.

Mme Beauvillier tremblait.

— Venez, nous devrions rentrer.

— Encore un moment, s'il vous plaît. C'est sans doute la dernière fois que je viens ici.

Elle se cramponna à la grille, comme une prisonnière à ses barreaux.

— François a fait mon bonheur et mon malheur. J'envie votre histoire avec votre femme. Je l'envie tellement qu'elle me rend jalouse, et cela me pousse à croire que tout ce que vous avez vécu n'est qu'illusion. Pourtant, François me manque. Je voudrais qu'il soit là. Avec lui, je n'avais pas peur.

— Vous n'en parlez pas comme de quelqu'un à qui l'on en veut.

— Si vous saviez tout ce que j'ai tenté pour rester proche de lui… Mais en définitive, je crois que j'ai toujours été seule.

Blake passa son bras autour des épaules de Madame. Elle se laissa faire.

Sur le chemin du retour, il n'osa pas lui parler de son fils. Si, à l'aller, un majordome accompagnait sa patronne, lorsqu'ils rentrèrent, c'était un homme qui soutenait une femme, tous les deux malmenés par le poids de l'absence et des regrets.

65

— J'ai bien reçu votre message, Heather, mais pardonnez-moi, je n'ai pas pu vous rappeler plus tôt. Comment allez-vous ?

— Tout va bien. Si vous avez un peu de temps, il faudra que je vous parle de la fabrique.

— Des soucis ?

— Non, la production va bien mais ici, Addinson dépasse les bornes. C'est un abruti, un sale macho, et à force de ne se battre que pour son petit pouvoir, il fait courir des risques à tout le monde. Si je pouvais, je le licencierais bien…

— Pourquoi vous gêner ? Vous êtes la directrice. Mais faites attention, c'est un sournois. Il vous faut un motif valable, et ne dévoilez pas vos intentions sans un dossier très solide. Si vous l'attaquez, ne vous contentez pas de le blesser. Tuez-le du premier coup, sinon il deviendra redoutable…

— C'est ainsi que je l'envisageais. J'ai donc votre accord de principe ?

— Vous avez même mes encouragements, mon appui si nécessaire, et mes félicitations assurées quand vous en aurez fini avec lui !

— Merci, monsieur. Dans un autre domaine, j'ai enfin réussi à obtenir les renseignements sur Vandermel Immobilier.

— Qu'en est-il ?

— Ils ont développé quelques programmes de zones pavillonnaires répartis sur l'ensemble du territoire français. Ils n'ont pas spécialement mauvaise réputation. Les maisons qu'ils construisent présentent quelques malfaçons, mais rien que d'habituel aujourd'hui d'après ce que l'on m'a expliqué. Le seul point plus ennuyeux concerne la façon dont ils achètent les terrains. Plusieurs vendeurs se sont plaints de pressions et d'achats à la limite de la légalité. Vous avez affaire à eux ?

— Pas directement, mais ils convoitent une parcelle à laquelle je suis un peu attaché.

— Alors soyez vigilant. Je vous envoie par mail tous les chiffres que j'ai pu rassembler sur eux.

— Merci, Heather. Merci beaucoup. La dernière fois, vous trouviez que ma voix avait changé, mais c'est aussi le cas pour la vôtre. Vous vous affirmez. J'en suis heureux. Ce poste était fait pour vous.

— J'ai toujours aussi peur de faire des bêtises, mais j'apprends à ne plus le montrer.

— Chère Heather, j'ai une bonne et une mauvaise nouvelle pour vous. La mauvaise, c'est que cette peur ne vous quittera jamais.

— Et la bonne ?

— Sans elle, on ne progresse jamais. Regardez ce crétin d'Addinson, lui n'a peur de rien. Je vous embrasse.

66

— Andrew, franchement, je ne suis pas certain que ce soit une bonne idée…

Le régisseur faisait les cent pas, angoissé, dans sa propre cuisine, en attendant que Blake ressorte de sa chambre.

— Je sais que ça part d'un bon sentiment, ajouta-t-il, et je t'en suis reconnaissant, mais vraiment…

À travers la porte, Andrew répondit :

— Venant de l'homme qui joue les fantômes cyclistes, tu me permettras de trouver l'argument spécieux… De toute façon, j'ai presque fini. As-tu mis la table ?

En ronchonnant, Magnier s'exécuta.

— En parlant d'Odile, reprit-il d'une voix forte, je fais un drôle de rêve depuis quelques jours.

— Raconte…

— Toujours le même, super précis. Ça a l'air complètement vrai. Je vole dans les nuages, tout est blanc autour de moi. Soudain, je la vois qui surgit devant moi et, avec un regard de folle, elle me flanque un grand coup sur le crâne. Le rêve s'arrête là, brusquement. Ça doit être une séquelle de mon accident.

— Sûrement… Tu es prêt ?

Magnier se planta devant la porte de sa chambre, et Blake ouvrit. Philippe fit un bond en arrière et poussa un petit cri :

— Bon sang, tu es censé ressembler à Odile ? On dirait un travelo qui a marché sur une mine ! Youpla doit lui ressembler plus que toi !

Blake s'était affublé d'une perruque à cheveux bouclés et de rouge à lèvres. Le résultat était saisissant... mais pas au niveau de la ressemblance.

— Écoute, Philippe, on n'est pas là pour un concours de sosies. Je fais ça pour t'aider. Il nous reste un quart d'heure avant la phase deux.

Magnier ne parvenait pas à détacher son regard du visage grotesquement grimé de son comparse. Sans même s'en rendre compte, il reculait lentement tellement cela le mettait mal à l'aise.

— Ça ne va pas être possible, dit-il en secouant la tête. Tu me fous trop la trouille. Je crois que je préférerais encore dîner avec le majordome de l'enfer.

— Assieds-toi !

Philippe s'exécuta. En d'autres circonstances, il aurait pleuré de rire, mais en l'occurrence, voir en face de lui cet homme d'habitude si soigné, maquillé comme une voiture volée et avec la coiffure d'un rasta irradié lui coupait tous ses moyens.

Il secoua la tête.

— Ma mère disait que les gens ont toujours leur part d'ombre, mais toi, tu bats tous les records. Même vos rock stars, à côté, ont l'air de moines cisterciens...

— On commence par la serviette.

Philippe la déplia et tendit le cou pour se la glisser dans le col.

— Pas comme ça. Tu la prends par un angle au-dessus du vide et tu laisses la gravité terrestre la déplier.

— C'est la gravité qui me met ma serviette ?

— Ensuite, tu la déposes sur tes cuisses.

— Mais c'est pas là que je me fais le plus de taches…

Magnier était stressé.

— Philippe, respire.

— Je voudrais bien t'y voir ! Tu t'es regardé dans la glace ? Sûrement pas. Vu ta tronche, tu t'es maquillé dans le noir et avec les pieds. Et ta voix…

— Qu'est-ce qu'elle a, ma voix ?

— Ben… c'est la même que d'habitude, alors que ta tête… Forcément, ça perturbe.

— Je pensais que ça t'aiderait.

— J'espère que ce n'est pas ce soir que tu comptes m'apprendre à danser parce que si tu me touches, je peux te vomir dessus.

— Essaye de rester concentré. Manon ne va pas tarder à arriver et il faudrait au moins qu'on ait vu la manière de passer à table.

— Elle va te voir comme ça ?

— Où est le problème ?

— Mon Dieu, pauvre gosse ! Elle va nous faire une fausse couche direct !

— Je l'ai prévenue que je serais déguisé et, contrairement à toi, elle n'en a pas fait tout un plat. Replie ta serviette et recommence.

Magnier commençait malgré tout à s'habituer à l'apparence de son « coach ». Du coup, il avait moins peur. Il se mit même à rigoler franchement.

— Philippe, c'est sérieux.

— Ben voyons, y a qu'à voir ta tête…

— Concentre-toi sur ta serviette.

— Un coin, la gravité, et hop sur les genoux.

— C'est mieux, mais pense à ne plus tendre le cou parce que tu ressembles à un vieux poulet psychopathe.

— Tu t'es pas vu.

— Maintenant, voyons ta façon de tenir les couverts.

— Qu'est-ce qu'elle a, ma façon ?

— Il y a d'abord le moment où tu t'en saisis. Ce n'est pas une course. Tu dois attendre d'être servi et que tout le monde soit prêt à manger.

— Compris. J'attends.

— Prends-les, maintenant.

Philippe empoigna promptement fourchette et couteau.

— On dirait que tu vas poignarder quelqu'un…

— C'est un peu ça. Je poignarde mon steak.

— Et les petits pois ?

— Eux aussi. Un par un. Un vrai massacre.

— Si tu fais l'imbécile, on n'avancera pas.

— Voilà dix ans que je mange tout seul. Et en une soirée, tu voudrais que je fasse mon entrée à la cour d'Autriche en me faisant passer pour le vicomte de la tronche en biais ? Je suis incurable.

— Je ne crois pas.

Blake se leva et vint lui-même placer les couverts dans les mains de son ami.

— Voilà. C'est mieux ainsi.

— Vue de près, ta tête, c'est pire… La créature de Frankenstein à côté, c'est la Joconde.

On frappa à la porte.

— Je devrais peut-être aller ouvrir, pour ménager la petite…

— Tu restes assis.

67

Quand la porte s'ouvrit sur Blake, Manon poussa effectivement un cri de surprise effarée.

— Heureusement que tu l'avais prévenue ! fit Magnier, goguenard.

La jeune femme entra sans lâcher Blake des yeux. Elle le contourna largement, un peu inquiète

— C'est ça, votre méthode pour former Philippe à se comporter devant les dames ?

Magnier se leva pour lui faire la bise.

— Bonsoir, Manon. Dites-lui, vous... Il vous écoutera peut-être. Supposons que vous soyez un agent des forces spéciales lors d'un exercice où il faut tirer sur des silhouettes en bois, mitrailler les terroristes et épargner les femmes et les enfants... Que faites-vous s'il surgit ?

— Il est mort.

— Merci de votre soutien à tous les deux..., bougonna Andrew. Manon, si vous voulez prendre place face à Philippe. Nous allons légèrement modifier les règles de la mise en situation.

Blake retira sa perruque et se démaquilla grossièrement sous le robinet. Le résultat n'était pas forcément meilleur, mais ni Manon ni Philippe ne pipèrent mot.

— Pour vous laisser le plus de liberté possible, je vais m'installer sur le côté, indiqua Andrew. Oubliez-moi.

— Pas évident, dit Philippe, ta beauté m'a brûlé les yeux…

— Je n'interviendrai que si tu commets une faute.

Blake se dirigea vers le placard à balais et en sortit un, dont il pointa le manche vers Magnier.

— En cas d'écart de comportement, je te donnerai un petit coup dans les côtes, et nous verrons au fur et à mesure ce qu'il faut rectifier.

Manon s'amusait bien de la situation. Andrew alluma la bougie au centre de la table.

— Comme c'est romantique ! ironisa gentiment la jeune femme.

Magnier renchérit :

— Il faudra me dire à quel moment je lui offre la boulette de viande en la poussant avec le museau.

— Vous êtes prêts ?

Le régisseur se pencha vers la femme de chambre.

— C'est vraiment gentil d'avoir accepté. C'est peut-être mieux de m'entraîner avec une vraie femme, mais je me sens tellement stupide… Vous vous rendez compte, apprendre à manger correctement, à mon âge…

— Aucun problème, Philippe. On a tous besoin d'aide et l'âge ne change rien. Andrew m'a aidée aussi. La méthode était juste un peu moins étrange…

— On peut commencer ?

Coin de serviette, gravité, prise en main des couverts : sur le début, Philippe réalisa un sans-faute. Manon et lui entamèrent la discussion sur la pointe des pieds. Ils avaient l'air de jouer à ni oui ni non.

— Vous aimez les fleurs ?

— Tout à fait.

— Vous n'êtes pas allergique aux coquillages ?

— Pas que je sache…

À la recherche d'un sujet de conversation, Manon évoqua ses envies de voyages aux confins du monde.

— Dans quel pays rêvez-vous d'aller ? demanda-t-elle à Magnier.

— Je sais pas. Je crois que j'ai peur de l'avion, et j'ai le mal de mer. Il faut un pays où je puisse aller en train.

Philippe se tourna vers Blake.

— Les Bahamas, on peut y aller en train ?

Andrew leva les yeux au ciel et lui enfonça le manche à balai dans le flanc.

Peu à peu, le trio finit par trouver un mode de fonctionnement naturel dans cette configuration qui ne l'était pas.

Philippe servit à boire à Manon comme un barman, en élevant la bouteille très haut tout en versant. Blake le rappela à l'ordre d'un petit coup. Lorsque le régisseur jeta à moitié la salière à sa partenaire, Andrew lui défonça les côtes.

Magnier n'avait presque jamais eu l'occasion de discuter avec une femme. Ce tête-à-tête réveillait aussi des questions. Il oscillait entre remarques totalement inappropriées et pudeur. Il osa à peine regarder la jeune femme lorsqu'il lui demanda :

— Vous avez déjà vécu un premier rendez-vous ? Forcément, belle comme vous êtes…

La jeune femme rougit.

— Mon premier rendez-vous est un très mauvais souvenir. C'était un garçon que j'avais connu au lycée.

Il m'a fait du charme mais il ne cherchait qu'une seule chose… Il avait de l'allure, de belles manières, mais ce n'était qu'une apparence. Il m'a au moins appris qu'il faut se méfier de l'emballage.

— Pauvre enfant, commenta Philippe. Moi aussi, j'ai eu un premier rendez-vous. Elle s'appelait Émilie. Je me souviens encore de ses beaux yeux verts. Chaque fois qu'ils se posaient sur moi, j'étais comme un lapin pris dans les phares. Je l'ai invitée des dizaines de fois et un jour, enfin, elle a fini par me dire oui. J'ai choisi le meilleur resto que je pouvais lui offrir. J'avais des fleurs, des roses blanches. Je suis entré, on m'a installé à notre table, mais elle n'est pas venue. Je me suis tellement inquiété… Je me rappelle encore la pitié dans le regard des serveurs, lorsque je suis reparti avec mes fleurs. Je n'ai pas osé l'appeler. Trois jours après, je l'ai croisée au bras d'un copain. Quand je lui ai demandé ce qui s'était passé, elle m'a ri au nez. Elle avait oublié et ça n'avait aucune importance pour elle. Je n'ai plus jamais eu de rendez-vous.

Bien que Magnier se soit appuyé sans aucune grâce sur ses deux coudes pour raconter son histoire, Blake le laissa tranquille.

— Manon, reprit le régisseur, vous êtes là à prendre soin de moi avec Andrew et vous n'imaginez pas l'honneur que c'est pour moi. Mais je crois qu'il est trop tard. Ne perdez pas votre temps avec le vieux bougon que je suis. Vous avez un concours à préparer. Vous serez maman dans quelques mois. Andrew m'a dit que vous attendiez un jeune homme parti à l'étranger. Quand doit-il rentrer ?

68

— Vous trouvez normal qu'il n'ait pas encore fait signe ?

— Détends-toi, Manon. Il n'est que 8 heures du matin, fit remarquer Blake en posant le journal qu'il venait de repasser sur le plateau du petit-déjeuner de Madame.

La jeune femme revenait tout juste d'une expédition matinale sur la colline pour interroger sa boîte mail et sa messagerie téléphonique. Elle était fébrile.

— Il doit être rentré maintenant. Qu'est-ce qu'il fait ? Il n'a peut-être pas trouvé mon message…

— Pourquoi ne l'aurait-il pas trouvé ?

— Et s'il s'était tué sur le trajet de retour ? Vous imaginez la tragédie ? Foudroyé en pleine jeunesse alors qu'il rentrait retrouver la femme de sa vie qui porte son bébé… Et si je n'étais pas la femme de sa vie ?

— Il faut vraiment que tu te calmes. Tu ne vas pas pouvoir tenir comme ça toute la journée. Moi non plus, d'ailleurs…

— Je ne sais pas ce que j'ai. Je me sens comme une machine à laver à l'essorage, secouée de partout. Incapable de tenir en place. Je me rends bien compte que je dis des bêtises mais si je ne les dis pas, elles restent dans ma tête et elles grossissent jusqu'à me faire exploser la cervelle !

— Ça ne doit pas être facile d'être une jeune femme…

— Il me manque tellement ! Je pense à lui tout le temps. Vous savez ce qui me manque le plus ? Vous allez certainement me prendre pour une cinglée mais j'adore l'écouter respirer quand il dort. Il lui arrive de ronfler mais, le plus souvent, il respire lentement, puissamment. Il a son rythme, comme une musique. Je ne me lasse pas de me dire qu'il est là, près de moi. Alors je pose ma tête au creux de son épaule. Ça ne le réveille même pas ! Je sens la chaleur de sa peau contre ma joue, son odeur. Je l'écoute, je m'imprègne des battements de son cœur et je me sens en sécurité. Dire que je ne vivrai sans doute plus jamais ces moments-là…

— Ne recommence pas.

— Et vous, qu'est-ce qui vous manque le plus de votre femme ?

Manon prit immédiatement conscience de la maladresse de sa question. Justin avait une chance de revenir. Pas Diane.

— Pardonnez-moi, fit-elle, confuse. Je dis vraiment n'importe quoi. Je ne voulais pas vous faire de peine…

— Tout va bien. Si parler de Diane peut t'éviter d'avoir la cervelle qui éclate…

Andrew se remémora sa femme. Ce n'était ni triste ni douloureux. Il pensait souvent à elle, naturellement, comme s'ils s'étaient quittés la veille.

— J'aimais beaucoup de choses et tout me manque. J'adorais particulièrement qu'elle me laisse la regarder au fond des yeux. On dit souvent que ce sont les fenêtres de l'âme. Les gens se caressent, se touchent, mais il faut beaucoup de confiance pour que quelqu'un vous laisse l'observer droit dans les yeux aussi longtemps que vous en avez envie. À ce moment-là, vous n'entendez pas seulement ce que cette personne veut bien vous dire, vous voyez ce qu'elle est vraiment. Avec Diane, cela pouvait nous arriver n'importe où, au cours d'un dîner, en pleine rue ou le soir, lorsque nous étions seuls. Alors le temps s'arrêtait et nous nous retrouvions suspendus à ce lien. Je n'ai jamais rien connu d'aussi fort. Le plus infime battement de pupille m'ouvrait les portes de son esprit. Même s'il n'y avait pas de contact physique, c'était encore plus sensuel que le charnel. Chacun ressentait le moindre sentiment de l'autre. Elle le savait. Elle l'acceptait. Le fait d'avoir sa confiance était aussi beau que ce que je lisais d'elle. Je captais son énergie profonde, son essence.

— Vous deviez beaucoup vous aimer. Moi, personne ne m'a jamais regardée comme ça. Parfois, Justin me dévore des yeux, mais ce n'est pas pareil. À votre avis, il va envoyer un mail ou téléphoner ?

— Aucune idée.

— Madame n'était pas contrariée que l'on donne son numéro ?

— Elle espère presque autant que toi qu'il appellera vite…

Odile passa la tête à la porte.

— Toujours pas de nouvelles ?

Blake leva les bras au ciel.

— Vous êtes donc trois à attendre le prince charmant ! Je suis cerné.

La mine de la cuisinière s'assombrit lorsqu'elle demanda ensuite :

— Vous n'auriez pas aperçu Méphisto ? Je le cherche depuis hier. Il n'a pas touché à son repas et je l'attends toujours ce matin pour lui servir son lait…

Manon et Blake secouèrent la tête.

— Il ne tardera pas à rentrer, s'efforça de la rassurer ce dernier, surtout avec le mauvais temps qu'il fait dehors.

Manon soupira.

— Ces mâles qui rentrent quand ça les arrange nous donnent bien du souci…

Blake allait protester lorsque la cloche d'appel de Madame tinta à toute volée à l'étage.

— Qu'est-ce qu'elle peut bien vouloir ? demanda Blake.

— Le téléphone ! s'écrièrent à l'unisson les deux femmes en s'élançant dans le couloir.

69

Blake n'était pas près d'oublier la vision de Manon et d'Odile grimpant l'escalier comme deux adolescentes déchaînées, prenant les virages en se retenant à la vénérable rampe qui craquait.

Madame non plus n'était pas dans son état normal : c'était bien Justin au bout du fil.

En arrivant bien plus calmement dans l'antichambre de la patronne, Andrew découvrit Manon cramponnée au combiné. La jeune femme faisait des efforts pour ne pas répercuter dans sa voix les mimiques délirantes qui l'animaient malgré elle. Elle répondait d'une voix calme alors que son corps ne l'était vraiment pas. Autour d'elle, Madame et Odile trépignaient, vivant à son diapason chacun des sommets vertigineux et des abysses insondables qu'elle traversait toutes les six secondes.

Lorsque Manon raccrocha, toutes trois étaient épuisées. La conversation avait duré moins de deux minutes et Blake se demanda pourquoi toutes les filles du monde se mettaient dans cet état-là pour les hommes.

Justin avait promis de passer chercher Manon le soir même, à 19 heures. Sans doute animé des meilleures intentions, en fin de conversation, le jeune homme avait cru bon de lui dire « je t'aime », ce qui n'eut pas pour effet de la calmer, bien au contraire. Pour Manon et ses deux aînées, cette déclaration d'amour constitua même un facteur sérieusement aggravant. Manon revint à la vie avec une énergie qui faisait peur. La tension et les doutes des dernières semaines s'envolaient dans un tourbillon qui balayait tout sur son passage. La patronne et la cuisinière suivaient sans la moindre modération.

Au bout d'une heure, alors qu'elles s'étaient déjà rejoué trois fois la conversation en la commentant davantage que si c'était un classique de la littérature, Blake décida que pour sa santé mentale, il valait mieux qu'il s'exile chez Philippe, où il retrouverait Youpla et Yanis – que des mâles. Il songea bien à exfiltrer Méphisto pour le sauver lui aussi, mais il ne le trouva pas.

Lorsque, en fin d'après-midi, Blake revint au manoir – accompagné de Philippe qui ne voulait pas manquer le retour de l'enfant prodigue –, il découvrit les trois femmes attablées à la cuisine autour d'une tasse de thé. Manon riait aux éclats, tout comme Odile et Madame. Andrew fut frappé par l'intensité de ce qu'elles dégageaient. Trois générations réunies, le bonheur de la plus jeune irradiant sur les deux autres. Mme Beauvillier, regard vif et fossettes joliment dessinées, souriait comme jamais. Odile, quant à elle, avait perdu son maintien strict au profit d'une volubilité communicative. Philippe ne la quittait pas des yeux.

Blake pria pour que Justin arrive à l'heure parce qu'il redoutait qu'à 19 heures passées d'une seule seconde, les trois femmes ne deviennent totalement ingérables. Au plus petit retard, Manon s'imaginerait que « son » Justin avait été kidnappé par d'horribles mafieux, Madame se lamenterait parce qu'elle n'aurait pas de quoi payer la rançon, et Odile se chaufferait déjà pour aller délivrer le beau gosse à coups de poêle.

Quand il fut 18 h 30, Manon tournait en rond dans la cuisine. Elle saisissait n'importe quel objet, le regardait sans y faire attention puis le reposait et passait au suivant. En huit minutes, elle avait déjà fait deux fois le tour de la pièce en tripotant tout. À 18 h 40, elle décida brutalement de se changer avec l'aide d'Odile parce que la tenue qu'elle avait pourtant mis des heures à choisir ne convenait plus du tout pour ce moment historique. À 18 h 50, elle était assise sur la banquette de l'entrée, déjà vêtue de son blouson, à fixer le visiophone comme un chien reluque un steak dans la vitrine du boucher, tandis que Madame la réconfortait en lui tenant les mains.

Philippe et Andrew observaient le manège en prenant soin de se tenir en retrait. Magnier avait bien tenté un commentaire, mais Blake avait réussi à le faire taire. Leçon numéro un : ne jamais intervenir ou tenter de rationaliser quand une femme est amoureuse. Leçon numéro deux : admirer le spectacle et prier pour que l'une d'elles, un jour, en fasse autant pour vous.

À 18 h 59, Manon montait la garde devant le visiophone, prête à décrocher plus vite qu'un cow-boy lors d'un duel devant le saloon de Texas City. Madame et Odile s'étaient installées sur le palier du deuxième étage, et la cuisinière surveillait le grand portail avec les jumelles de Blake. Elle ne lui avait même pas demandé la permission de les prendre.

— Si c'est toi qui réponds quand il sonne, glissa Andrew à la jeune femme, il va savoir que tu n'as fait que l'attendre. Tu as un majordome, sers-t'en. Fais-toi désirer.

— Vous avez raison. Répondez-lui. Vous allez voir, c'est assez simple, il suffit d'appuyer ici…

Blake regarda Manon, amusé.

— Désolée, fit celle-ci, confuse. Je ne sais plus où j'en suis.

La voix suraiguë d'Odile retentit depuis l'étage :

— Une voiture s'arrête !

— Quelle marque ?

— Il fait trop sombre pour voir, mais elle a l'air vaguement orange…

— Cendrillon, voilà ta citrouille, commenta Blake. Respire. Ce n'est pas le moment de faire un malaise.

Manon se tenait le ventre, toujours en mode essorage, sans savoir si elle devait rire ou pleurer. Blake lui prit le menton et l'obligea à le regarder dans les yeux.

— Manon, le jour où *ton* homme se montrera maladroit, le jour où il sera stupide comme nous seuls savons l'être, rappelle-toi ces moments-là et pardonne-lui.

Manon l'embrassa. L'interphone tinta, faisant sursauter les trois femmes.

— Manoir de Beauvillier, bonsoir, dit Andrew de sa voix la plus professionnelle.

— Je m'appelle Justin Barrier. J'ai rendez-vous avec Manon…

— Je vous ouvre.

Blake alluma les lumières de la cour et du perron. Du palier, Odile se mit à répéter :

— Rendez-vous ! Il a dit qu'il avait rendez-vous ! Comme c'est romantique !

Blake et Magnier échangèrent un regard interloqué. Manon vérifia sa robe et contempla son ventre.

— Il va me trouver énorme.

— Tu es superbe. Ne t'inquiète pas. Et par pitié, laisse-le parler.

— Vous avez raison. Je la boucle.

— Il est entré, il remonte l'allée ! commenta Odile en direct.

— Prévenez-nous lorsqu'il aura dépassé le bosquet, demanda Blake.

— Il marche d'un pas décidé. Dis donc, Manon, c'est vrai qu'il est mignon…

Philippe ouvrit de grands yeux. En jetant un œil sur Odile, Blake se rendit compte que Madame lui prenait les jumelles pour observer à son tour. Il soupira.

— Il a dépassé les châtaigniers, annonça la patronne.

Andrew posa la main sur la poignée de l'entrée.

— Manon, il est temps pour toi d'entrer en scène.

La jeune femme semblait fragile, et pourtant il se dégageait d'elle la noblesse et la pureté d'une reine. Pourquoi les femmes font-elles cet effet-là à tous les hommes du monde ? Elle prit une inspiration et passa le seuil comme si elle plongeait dans les flots de l'océan du haut d'une falaise. Blake referma derrière elle.

Philippe et Andrew se postèrent discrètement à l'une des fenêtres du grand salon pendant que Madame et Odile suivaient les retrouvailles depuis leur perchoir.

Manon descendit le perron pour aller au-devant de Justin. Le jeune homme l'enlaça et la serra fort – puis, presque aussitôt, recula précipitamment. Le bébé ! Elle lui posa la main sur le bras, apaisante, et l'attira vers elle. Il la dévisagea, lui caressa une mèche de cheveux puis murmura quelques mots qui la firent rire. En se tenant l'un contre l'autre, ils firent quelques pas dans l'allée. Le froid n'avait aucune prise sur eux. Ils vivaient au pays de l'éternel été. Il l'étreignit encore. De loin, Blake avait l'impression que seul Justin parlait. Les deux jeunes gens étaient heureux à en devenir lumineusement beaux. Ils ressentaient l'énergie dont tout le monde rêve, celle qui rend invincible, celle qui abolit le temps, celle qui vous soulève et vous fait oublier que vous étiez seul.

— Mais ma parole, Philippe, tu pleures…

— N'importe quoi. J'ai un truc dans l'œil.

— Ah bon. Tant pis. Comment peux-tu rester insensible ? Moi, j'ai les larmes aux yeux.

— Sans rire ?

Manon et Justin restèrent de longues minutes à parler, à rire, puis, en entraînant le jeune homme par la main, elle revint vers le manoir. Blake les accueillit sur le perron.

— Justin m'invite à dîner, annonça Manon, l'œil pétillant de bonheur.

— Bien, mademoiselle.

— Mais je serai là demain, peut-être un peu en retard…

— Prenez votre temps, lança Madame, qui sortit à son tour, suivie d'Odile et de Philippe.

Justin monta les quelques marches pour serrer la main de tout le monde. Il commença par les dames, qu'il remercia d'avoir pris soin de Manon, puis arriva devant Andrew.

— Merci, monsieur Blake. Vraiment. Pour tout.

Il garda la main de Blake dans la sienne un peu plus longuement que nécessaire, et ce dernier comprit tout ce que le jeune homme ne pouvait pas dire tout haut.

— Passez une bonne soirée. Soyez heureux.

Les deux jeunes gens reculèrent, blottis l'un contre l'autre. Manon agita la main, radieuse. Magnier lui répondit le bras bien tendu, comme s'il faisait des adieux à un paquebot au bout de l'horizon alors que la jeune femme n'était qu'à trois mètres.

Les deux amoureux s'éloignèrent. Soudain, Manon lâcha la main de son homme et revint vers le perron en courant. Elle monta jusqu'à Andrew, qu'elle embrassa avec effusion.

— Merci, lui souffla-t-elle. Sans vous, je serais devenue folle.

— J'ai dû rater quelque chose, parce que tu l'es quand même un peu…

Il plaisantait pour ne pas se laisser submerger par l'émotion.

— C'est bizarre, dit-elle, tout à l'heure, j'ai eu l'impression que Justin vous connaissait…

— Encore une de tes intuitions. Rappelle-toi qu'elles ne sont pas toujours justes…

Emportée par son élan, Manon embrassa Madame, puis Odile – qu'elle prit dans ses bras – et Philippe – qui la prit dans les siens. Avant de se sauver, elle murmura à Andrew :

— Votre fille a beaucoup de chance. Avoir un père qui fait autant que vous est un don du ciel. À demain.

70

La pluie tombait sans discontinuer depuis le début de la matinée. À l'abri sous l'auvent de la petite maison, Andrew se balançait sur une chaise. Il écoutait les grosses gouttes qui martelaient en rythme la table de jardin métallique.

— Quel temps de chien ! commenta le régisseur en le rejoignant.

— L'hiver est déjà là. J'ai tout le temps froid.

Même s'il lui arrivait de rouspéter, jamais Philippe n'avait entendu son compère se plaindre à son propre sujet.

— Je te trouve bien sombre. Un problème ?

— Aucun.

La réponse montrait peu de conviction.

— Je suis embêté de te demander ça, Andrew, mais je vais sans doute avoir besoin d'un coup de main pour une galère…

— Explique.

— Les gouttières du manoir n'arrivent plus à évacuer l'eau. Les grilles des descentes sont probablement encombrées de feuilles mortes. Ça arrive à chaque fin d'automne. Du coup, ça déborde sur les pignons et ça ruisselle…

— Il faut monter là-haut ?

— On peut accéder à la plupart des chéneaux par un système de cordages passant par les ouvertures des toits, mais il y en a trois que l'on ne peut atteindre qu'avec la grande échelle. Faire de la descente en rappel sur les toitures, tant que je ne vois pas le sol, ça va encore, mais l'échelle de pompier… Je t'avoue que je n'en mène pas large.

— Quand faut-il s'en occuper ?

— Le plus tôt sera le mieux. Avec le froid qui s'installe, le gel risque d'arriver et ce serait dangereux.

— Réglons ça aujourd'hui.

Magnier souleva le vasistas et passa la tête à l'extérieur. Même si le vent avait séché les tuiles, s'aventurer sur les toits du manoir restait une opération périlleuse. Équipé d'un harnais et d'un long crochet, le régisseur se hissa au-dehors et fit signe à Andrew de rester dans le grenier, près de l'ingénieux système de poulies conçu pour les interventions sur la toiture.

— Tout ce que tu dois faire, c'est retenir la corde. Donne du mou quand je te le demande et même si le palan fait le gros du travail, sois prêt à me retenir. Si je dévisse, ma vie est entre tes mains…

— Compte sur moi.

D'ordinaire, Blake aurait plaisanté. Il aurait pu faire remarquer qu'il n'était pas prudent pour un Français de confier sa vie à un Anglais fourbe et félon. Mais il ne fit aucun commentaire et se contenta d'assurer le cordage.

Comme un alpiniste en rappel, Magnier progressa avec précaution vers les gouttières. À l'aide du crochet, le bras étiré le plus possible, il racla les feuilles mortes coincées et délogea le bouchon pourri qui obstruait le premier filtre de descente.

— Andrew, tu tiens toujours ?

Pas de réponse.

— Ne fais pas l'imbécile. Je joue ma peau ! Tu es toujours là ?

— Je ne fais pas l'imbécile ! Je n'avais pas entendu. Sois tranquille, je suis bien là.

Magnier aurait trouvé une blague idiote moins inquiétante que ce sérieux qui ne ressemblait pas à Blake. Il s'aventura d'un pan de toit à l'autre jusqu'au bout, en évitant de regarder en bas et en testant régulièrement la tension de la corde.

Lorsqu'il rejeta les feuilles du dernier bouchon, il soupira de soulagement. Trop heureux d'en avoir fini, il remonta prudemment vers le vasistas. Mécaniquement, Blake enroulait la corde.

— Une bonne chose de faite, déclara Magnier en reprenant pied à l'intérieur.

— Reste l'échelle.

— Tu n'es pas obligé.

— Aucun problème. Je te l'ai dit, je n'ai pas le vertige.

Les deux hommes adossèrent la grande échelle contre le pignon ouest.

— *Phew*, elle pèse son poids ! souffla Blake en reprenant sa respiration.

Magnier tira sur la corde d'élévation pour la déplier.

— Andrew, on n'est pas obligés de tout faire aujourd'hui…

Allongée au maximum, l'extrémité des montants reposait de justesse sur le rebord du toit.

— Donne-moi ton crochet.

Philippe tendit l'outil. Il éprouvait tout au fond de lui un curieux sentiment de malaise. La météo hésitait entre le vent et la pluie, mais ce n'était pas cela qui l'inquiétait, même si l'eau rendrait les toits glissants. Andrew se comportait bizarrement, comme s'il n'était pas vraiment à ce qu'il faisait. Cela durait depuis quelques jours déjà. C'est sans doute pour cette raison que, pour la première fois, Philippe avait remporté une de leurs parties d'échecs. Il hésita à dissuader son complice de monter mais déjà, celui-ci gravissait les échelons.

Blake dépassa le niveau du premier étage et marqua une pause. D'une voix forte, pour que Magnier l'entende, il confia :

— Quand on était mômes, dans mon village, il y avait une vieille église. Dès que le vicaire avait le dos tourné, on se faisait un plaisir de l'escalader à mains nues. C'était à qui monterait le plus vite pour aller déloger les nids de pies du clocher.

— Sois prudent, Andrew.

Blake reprit son souffle et poursuivit l'ascension jusqu'aux fenêtres du deuxième étage. Il se mit à siffloter. Magnier maintenait l'échelle sans le lâcher des yeux. Il avait aussi peur que si lui-même avait été en haut.

Andrew finit par atteindre le toit. En se contorsionnant, il passa le bras par-dessus le rebord de la gouttière et racla l'intérieur. Des paquets de feuilles mortes agglomérées passèrent par-dessus le zinc et allèrent s'écraser au sol. Blake continua le ménage jusqu'à ce que l'on n'entende plus que le crissement du crochet sur le métal.

— C'est bon pour celle-là ! annonça-t-il au bout de quelques minutes.

— Alors reviens. Prends ton temps.

Le majordome se repositionna sur l'échelle et entama sa descente. Sifflotant de nouveau, il fit une pause au deuxième étage. Magnier était soulagé de le voir se rapprocher.

— Ça fait haut, tout de même, concéda Blake, revenu à mi-hauteur de la façade. Je te vois tout petit, on dirait un farfadet.

— Tu sais ce qu'il te dit, le farfadet ? répondit Philippe, qui commençait à se détendre.

Pour lui-même, le régisseur se promit de ne plus tenter le sort aujourd'hui. Terminé. D'ailleurs, la pluie n'allait sans doute pas tarder à recommencer. L'échelle allait retourner dans la grange, et Andrew et lui iraient boire un pot. Pour les deux gouttières encore encombrées, le régisseur demanderait l'aide de Hakim. Cette perspective le soulagea.

Blake n'était plus qu'à quelques mètres de la terre ferme quand il rata le barreau sur lequel il cherchait à poser le pied. Magnier le vit déraper. Emporté par son élan, Andrew n'eut pas le temps de s'agripper. Tombant comme une pierre, il fit une chute de plus de cinq mètres.

Magnier se rua vers son complice en hurlant. Il se maudissait déjà. Il avait redouté ce drame. Il l'avait pressenti. Il aurait dû l'empêcher, ne rien demander.

Blake était étendu sur le flanc, dans la boue et les pierres, immobile. Du sang lui coulait des mains et du visage. À genoux près de lui, Philippe n'osait pas le toucher.

— Andrew, s'il te plaît, parle-moi !

Blake avait les yeux mi-clos. Il n'arrivait pas à articuler.

— Vivant…

— Qu'est-ce que tu dis ? demanda Magnier en se penchant sur lui.

— Je suis vivant. Tu as loupé ton coup, vilain mangeur de grenouilles.

Blake faiblissait à vue d'œil, il allait perdre connaissance.

— Andrew, reste avec moi. Je t'en supplie !

— Quand tu verras ma petite Sarah, dis-lui que je l'aime et que je regrette tout ce que je n'ai pas su faire pour elle.

— Le meilleur ami que j'aie jamais eu m'a appris une chose : si tu as un problème avec un enfant, si tu regrettes, c'est à toi de le lui dire. Tu vas vivre pour ça.

Lorsque les pompiers emmenèrent le majordome inanimé, aucun des urgentistes ne voulut se prononcer sur ses chances. Madame et Magnier ne le quittaient pas. Juste avant que le camion ne reparte, gyrophare allumé, Odile arriva en courant. Sur la civière, contre le visage meurtri de Blake, elle posa Jerry, le petit kangourou en peluche.

Au bord des larmes, elle releva les yeux vers les secouristes.

— S'il vous plaît, faites en sorte qu'il soit toujours près de lui…

71

D'abord un tonnerre lointain surgi d'un mauvais rêve. Puis le martèlement sourd d'une cavalcade, des centaines de chevaux sauvages qui dévaleraient les pentes herbeuses des collines de Windermere. Une inspiration brutale, une onde de choc qui parcourt la poitrine, comme au jour du premier cri. La lumière, enfin. Une trouée aveuglante aux contours incertains. Une sensation de plomb, comme si le corps se remplissait d'un métal brûlant et liquide, qui se transformerait en une eau tiède dont le torrent furieux finit par s'apaiser en devenant un lac.

« Il se réveille, prévenez le docteur. »

La nuit à nouveau. N'être plus qu'une forme immense et sombre qui se glisse dans le lac. Nager avec fluidité, vers le fond. Le temps n'existe plus.

À travers ses paupières péniblement entrouvertes, Blake eut la perception d'une silhouette floue. Diane.

— Ouvrez complètement les yeux. Si vous me comprenez, ouvrez les yeux.

Un homme et une femme nimbés de blanc, penchés sur lui. Blake les comprend mais la langue qu'ils parlent est étrange.

— C’est très bien, dit la femme. Prenez votre temps.

— Comment vous appelez-vous ? demanda le docteur.

Son cerveau s’empara de la question et commença à chercher une réponse dans le fatras d’informations qu’il essayait de gérer. La première qui lui vint fut « Andy », le diminutif de son prénom. Il hésita.

— Andrew, articula-t-il avec difficulté.

— Excellent.

Peu à peu, Blake commença à reprendre ses esprits. Il nageait de moins en moins souvent dans le lac. On lui demanda de bouger les mains, chaque doigt, les jambes. On lui fit des injections. Bien qu’il déteste cela, il n’eut pas la force de protester.

— Que m’est-il arrivé ?

— Vous avez fait une chute. Sérieuse. Vous avez eu de la chance.

— C’est arrivé quand ?

— Il y a dix jours.

Désorienté, Blake porta sa main à sa tête.

— Il faut que j’aille chercher ma fille à l’école.

L’infirmière avait l’habitude de gérer ce genre de trouble.

— Ne vous en faites pas, on s’en occupe.

Blake prit conscience de la pièce dans laquelle il se trouvait. Des murs vert clair, une fenêtre dont les stores étaient baissés, un drôle de bip bip qui n’allait pas tarder à l’agacer.

Sur la table de nuit, il aperçut une petite peluche. L’animal éveilla quelque chose en lui. Quelque chose de très fort. Avec beaucoup de difficulté, il réussit à le prendre. L’odeur du petit kangourou le fit elle aussi réagir. Des images se télescopèrent dans son esprit. Une chambre. Un lit vide, entouré de livres. Un visage.

— Est-ce que le nom de Richard Ward vous dit quelque chose ?

L'infirmière, encore. Andrew fit un effort de concentration.

— Mon frère ?

— Je ne crois pas. Cherchez, essayez de vous souvenir. C'est bon pour vous.

Blake visualisa soudain les traits de son ami.

— Oui, je me souviens de lui. Il est ici ?

— Non, mais il téléphone trois fois par jour d'Angleterre. Il vous embrasse. Beaucoup de gens sont venus vous rendre visite pendant que vous étiez dans le coma. Deux femmes, et même un jeune adolescent qui a laissé ceci pour vous.

L'infirmière déposa une enveloppe sur le lit.

— L'ouvrir vous stimulerait sans doute. Voulez-vous que je vous aide ?

Andrew hocha la tête. L'infirmière décacheta le pli. Elle en tira une interro de maths annotée d'un gros « 13 sur 20, très bon travail » et une lettre. Blake resta sans réaction.

— Je n'arrive pas à lire, s'excusa-t-il.

— Je vais le faire pour vous : « Bonjour. J'espère que tu vas bien et que tu vas bientôt rentrer. J'ai eu la meilleure note de ma vie en maths ! Mme Crémieux a dit que j'avais triché alors elle m'a redonné d'autres exercices en me surveillant et j'ai eu bon. Elle a été bien eue ! Je suis venu avec ma mère tous les jours mais j'ai pas le droit d'aller dans ton service, ils disent que je suis trop jeune. J'espère que tu vas pas crever. J'ai déjà vu quelqu'un de crevé. C'était le furet de

Kevin. C'était horrible. Il répondait même plus à son nom. Je suis super pressé de te revoir, même si c'est pour faire des maths. Bisou.

« Signé, Yanis.

« P.-S. Prépare-toi à payer la télé à ma mère. »

L'infirmière ajouta :

— En dessous, le gamin a dessiné un monstre avec des cornes et, à côté, il a marqué « Youpla » Ces dessins animés japonais, ça leur intoxique la tête.

— Yanis…, répéta Blake lentement.

— Qui est cet enfant pour vous ? Réfléchissez. Faites l'effort. Je sais que c'est difficile.

Blake ne trouva pas la réponse immédiatement. Il replongea dans le lac où il faisait si bon nager.

72

Dans les jours qui suivirent, Andrew retrouva pleinement ses esprits et reprit des forces. Les examens neurologiques n'avaient rien révélé de grave, Blake ne présentait que les légers troubles habituellement constatés après ce genre de traumatisme.

Quand il remonta du scanner, Manon et Justin l'attendaient dans sa chambre. Il en fut ravi.

— Alors les jeunes, comment allez-vous ?

— Vous avez bien meilleure mine. On était là pour une échographie, alors on en a profité.

— Ça me fait bien plaisir de vous voir. Je sens que je peux marcher, mais ils m'obligent à rester tout le temps au lit ou dans un fauteuil. J'ai droit à dix minutes de liberté par jour. Le bagne.

Manon s'avança.

— Notre bébé sera un garçon.

— Ton intuition était donc juste.

— On va l'appeler Théo.

— C'est mignon, ça, Théo…

— Pour son deuxième prénom, on a choisi Andrew.

Blake mit quelques secondes à réaliser ce que cela impliquait. Il ouvrit la bouche et prononça lentement :

— Andrew ?

Un drôle de sentiment l'envahit.

— Vous ne devriez pas infliger de pareilles émotions à un homme de mon âge. Merci beaucoup. Venez là que je vous embrasse. Vous n'imaginez pas à quel point cela me touche.

— Ça nous fait plaisir, assura Justin.

— C'est un grand honneur que vous me faites. Pauvre petit ! À l'école, ses copains vont lui jeter des pierres quand ils s'apercevront qu'il a un deuxième prénom anglais.

— Au manoir, sans vous, ce n'est plus pareil, reprit Manon. Odile et Madame sont déboussolées.

— Si j'avais laissé faire Odile, elle m'aurait apporté mon repas matin, midi et soir. Il faut dire que lorsque je vois arriver leur plateau-repas, je rêve de ses petits plats…

— Tout le monde attend votre retour.

— En parlant de retour, des nouvelles de Méphisto ?

— Toujours pas. Odile est convaincue qu'il s'est fait écraser.

— Pauvre petite boule de poils. Ce serait bien triste.

À cet instant, Magnier apparut à l'entrée de la chambre.

— On va vous laisser, messieurs, dit Manon à Blake en le voyant arriver. De toute façon, on doit y aller. On repassera demain si on peut.

— Merci encore pour le petit.

Manon lui fit un grand sourire, puis Justin et elle s'éclipsèrent.

Resté sur le pas de la porte, sans trop oser bouger, Magnier observait son complice en évitant son regard.

— Tu me reconnais ? demanda-t-il timidement.

— Parfaitement. Vous êtes le vicomte de la tronche en biais. Qu'est-ce que tu attends ? Entre donc.

— Comment te sens-tu ?

— Je récupère. Je suis content de te voir. Tu aurais dû apporter l'échiquier, j'aurais pris ma revanche. Attrape la chaise, tu vas bien rester cinq minutes ?

Magnier ne se fit pas prier. Blake désigna la bande qui lui entourait le front.

— Tu as vu, j'ai le même bandage que toi lorsque tu t'es pris ton arbre. J'espère que je ne vais pas délirer autant…

— J'ai eu tellement peur, avoua Magnier gravement. J'ai vraiment cru que tu étais mort. Je m'en serais voulu jusqu'à la fin de mes jours.

— C'est raté. Est-ce pour cela que tu as mis si longtemps à me rendre visite ? Même Madame est sortie de son trou.

— Je n'osais pas. Trop honte.

— C'est un accident, Philippe. Le mot est le même en français et en anglais. Personne ne m'a forcé.

— Les docteurs disent qu'une fois tes côtes ressoudées, tout sera comme avant.

— Pas tout à fait, Philippe.

Magnier prit peur.

— Que veux-tu dire ?

— Je me souviens très bien de ce que je t'ai demandé lorsque j'ai cru ma dernière heure venue.

— À propos de ta fille ?

— La vie est étrange, mon ami. Quelques jours avant ma chute, c'est une remarque de Manon qui m'a anéanti. Elle a dit que pour ma fille, avoir un père qui faisait autant que moi était un don du ciel. J'ai failli m'effondrer d'un coup. Affreux. Non, je n'ai rien fait pour ma Sarah. Depuis des années, je m'occupe de tout le monde sauf d'elle. Ça m'a sauté aux yeux à la seconde où Manon m'a dit ces mots. J'étais dévasté. L'autre électrochoc, c'est toi qui me l'as administré, quand tu m'as rappelé que c'était à moi de lui dire ce que je regrettais…

— Désolé de t'avoir blessé.

— Tu ne m'as pas blessé. Je crois même que c'est grâce à tes paroles que je suis encore vivant. Tu sais, Philippe, avant, mourir ne me faisait pas peur. J'avais la sensation de ne plus rien avoir à faire ici-bas. Mais maintenant, je ne vois plus les choses de la même façon. La mort ne m'attrapera pas avant que j'aie achevé ce qui doit l'être.

Magnier saisit le bras de son complice et lâcha :

— Je suis content de te voir à nouveau avec ton caractère de cochon et tes grandes idées. Pardonne-moi, j'aurais dû venir avant.

— Moi, si un jour tu te retrouves dans le coma, je ne te laisserai pas tomber, infâme crapule. Je serai là tout de suite. Je te mettrai une perruque, je te maquillerai et je te ferai poser des implants mammaires. Quand tu te réveilleras, comme moi tu ne te souviendras de rien et là, je te raconterai que tu es Angelina Jolie. Je pourrai même te montrer tes films.

— Pauvre malade !

73

— Je peux augmenter le chauffage si vous avez froid…

— Merci, Justin, tout va bien. Méfiez-vous plutôt du verglas, ils n'ont pas salé partout.

Sur le trajet du retour vers le domaine, Blake reconnaissait à peine le paysage. Après trois jours de neige à gros flocons, même les sous-bois étaient blancs. Les branches ployaient sous le poids de l'épais manteau cotonneux.

Pour permettre au véhicule d'entrer, Philippe avait ouvert le grand portail. Justin rétrograda avant de s'engager sur l'allée. Le parc était magnifique, mais le manoir était encore plus impressionnant. Comme dans un conte de fées, les toits, les balcons et tous les bosquets étaient couverts d'une couche immaculée aux formes douces. La lumière en devenait aveuglante malgré le ciel nuageux.

À peine Justin s'était-il garé devant le bâtiment qu'Odile, Manon, Philippe et même Madame surgirent sur le perron.

— Quel comité d'accueil ! déclara Andrew en s'extirpant du véhicule.

Philippe proposa de l'aider à monter les marches, mais Blake mit un point d'honneur à prouver qu'il n'en avait pas besoin, même s'il claudiquait.

— Depuis combien de temps surveillez-vous l'entrée du domaine pour me voir arriver ? Avec mes jumelles, je présume… Je suis bien content de tous vous retrouver.

Le petit groupe entraîna le rescapé à l'intérieur. Odile lui retira délicatement son manteau. Manon le débarrassa de son écharpe pendant que Philippe s'occupait de son sac. Mme Beauvillier les regardait faire, satisfaite de voir Andrew revenir chez elle.

— Ces nouvelles lunettes vous vont bien, commenta Odile.

— Vu l'état des autres, c'était l'occasion de les changer.

— Pouvons-nous envisager l'ouverture du courrier ? intervint Madame. Nous avons plus d'une heure de retard…

En découvrant le sourire malicieux qu'elle affichait, Blake comprit qu'il s'agissait davantage d'une envie de reprendre leurs habitudes que d'un reproche. Odile confia le paquet d'enveloppes à Andrew, qui monta bravement, s'aidant de la rampe, avec Madame.

Chacun de leur côté du bureau, Mme Beauvillier et Blake répétèrent les gestes déjà accomplis tant de fois. Plus que jamais, ils ressemblaient à deux enfants jouant à un jeu. Il la regardait ouvrir les enveloppes les unes après les autres avec son coupe-papier en forme d'épée. Elle lui en rendait certaines avec des instructions de réponse. Pourtant, ce matin, ce n'était pas sa correspondance qui avait toute l'attention de Madame, mais son majordome.

— La dernière fois que je vous ai vu, fit-elle, j'ai bien cru que c'était la dernière…

Madame se rendit compte de ce que sa phrase avait d'étrange. Andrew hocha la tête.

— J'ai compris. Il faut parfois se méfier de ce que l'on prend pour des dernières fois…

Elle fit tourner son épée miniature entre ses doigts et demanda :

— Comptez-vous prendre des congés pour les fêtes ?

— Non.

— Personne à voir ?

— Plutôt en janvier. Si vous me le permettez, je resterais bien chez vous jusqu'à la fin de ma période d'essai. Ensuite, d'après ce que vous aviez laissé entendre, je risque d'avoir du temps…

— J'ai peut-être trouvé une solution. Si mes finances sont rétablies, nous pourrons envisager l'avenir du domaine sous un jour meilleur…

Malgré cette annonce positive, Blake s'inquiéta aussitôt. Il aurait voulu en savoir davantage mais ne pouvait pas se permettre de poser des questions.

La séance de courrier fut particulière ce matin-là. Ni Madame ni Andrew n'accordaient de réelle importance à ce qu'ils faisaient, leurs gestes routiniers servant uniquement de prétexte à se retrouver. Ils s'épiaient à tour de rôle, en évitant de croiser leurs regards. Bien qu'ils ne veuillent pas se l'avouer, ils appréciaient le moment, ensemble.

En écartant un envoi promotionnel, Madame découvrit une nouvelle enveloppe verte dont l'adresse était écrite à la main. Elle se pencha pour mettre le broyeur en marche. Blake se trouvait face à un cas de conscience.

Elle s'apprêtait à glisser la lettre dans la fente de destruction lorsqu'il déclara :

— M'autorisez-vous une remarque ?

Elle suspendit son geste, la lettre à quelques centimètres des lames. Dans la chambre, il n'y eut soudain plus d'autre bruit que celui de la machine qui attendait.

— Ne la détruisez pas, s'il vous plaît.

— Vous avez donc récupéré la totalité de vos facultés… Y compris celle de vous occuper de ce qui ne vous concerne pas.

— J'en ai aussi gagné quelques-unes en plus. J'ignore si c'est le fait d'avoir approché la mort, mais ma conviction est encore plus grande aujourd'hui que rien ne vaut la paix. Il faut absolument la faire tant qu'elle est possible. Les regrets ne servent à rien. Les rancœurs non plus. Seuls le présent et le futur comptent. Nous sommes si fragiles… Comme vous, des êtres me manquent. Comme vous, je vis dans l'ombre de leur absence. Je crois que vous et moi sommes restés très proches de ceux qui nous ont quittés, mais d'autres sont toujours là, et ceux-là ont besoin de nous…

Andrew craignait de trop en dire. Mme Beauvillier agita la lettre, comme pour en évaluer le contenu, puis la posa devant elle. Le broyeur tournait toujours.

— Qu'en aurait dit votre femme ? demanda-t-elle avec une étonnante assurance.

— Qu'en dirait votre mari ? répondit-il du tac au tac.

74

— Odile, je vous en prie, faites-moi confiance et répondez. Madame a-t-elle reçu des gens de chez Vandermel Immobilier ?

— Elle a bien eu des rendez-vous. Plusieurs. Mais de là à savoir de qui il s'agissait précisément…

— Vous n'avez rien remarqué ? À votre connaissance, elle n'a rien signé ?

— Andrew, c'est gênant…

— Désolé d'insister, mais c'est important.

— La seule chose dont je sois certaine, c'est que Madame a été convoquée à sa banque. Trois jours après votre accident. Quand elle est revenue, elle ne m'a rien dit, mais elle était livide.

Odile ramassa la gamelle intacte de Méphisto et la vida consciencieusement dans la poubelle à compost.

— Toujours aucune nouvelle de votre chat ?

— Ça va faire trois semaines… Certains matins, j'ai l'impression qu'il est venu manger un peu. D'autres fois, je crois entendre l'ouverture de la chatière en pleine nuit. Dimanche dernier, je suis même descendue, mais il n'était pas là. Vous devez me juger stupide de m'en faire autant pour un chat. Il a dû se faire écraser, voilà tout. Ça arrive tous les jours et la télé n'en fait pas pour autant ses gros titres…

Elle soupira.

— La télé ne parle pas souvent de ce qui compte dans nos vies… compatit Blake.

Il s'approcha pour réconforter Odile, mais elle se détourna.

— Comme une petite fille naïve, je continue à lui préparer son plat… Mais je me suis promis d'arrêter à Noël.

Les épaules basses, la cuisinière lava le récipient et le replaça délicatement à côté du coussin de l'animal. Elle était au bord des larmes.

— Lui qui aimait avoir chaud, j'espère qu'il n'a pas trop froid là où il est…

Elle renifla, s'essuya les mains et tenta de se ressaisir.

— Madame vous a parlé de son projet pour Noël ?

— Pas encore, nous avions beaucoup de choses à voir…

— Elle veut organiser un repas avec nous tous, Manon, Philippe, vous et moi. Je crois qu'elle a aussi envisagé d'inviter Justin.

— Vous avez bien dit « Philippe » ?

Odile devint rouge comme une tomate.

— Et alors ? Je vous appelle bien Andrew ! Et quant à ce repas, M. Magnier m'a dit que c'était déjà une tradition au temps où le mari de Madame était encore là.

— « M. Magnier » ?

— Arrêtez, gronda Odile. Vous ne pensez pas que je suis assez malheureuse comme ça ? On vous a cru mort et j'ai perdu mon chat. J'ai pleuré pendant des heures. Et vous, à peine rentré, vous recommencez à me torturer…

— Vous m'avez beaucoup manqué vous aussi, Odile. Énormément, même. Et je vous promets que bien qu'ayant rêvé de votre cuisine à chaque repas, ce n'est pas elle qui m'a fait le plus défaut. Découvrir Jerry auprès de moi m'a ému à un point que vous ne pouvez imaginer. À la fois parce qu'il était là et parce qu'il n'y avait que vous pour avoir une aussi jolie attention.

Il s'approcha d'elle et l'embrassa sur le front.

— Merci.

Il crut bien voir Odile rougir de nouveau…

75

Ayant à peine refermé les portes du petit salon derrière elle, Odile souffla pour évacuer la pression. Tendue comme un arc, elle avait les lèvres pincées, le regard fixe, les mains crispées sur son plateau. Andrew ne l'avait jamais vue si proche de l'explosion. Boitant encore légèrement, il la suivit jusque dans l'office.

— À en juger par votre état, Mme Berliner est manifestement très en forme..., ironisa-t-il. Qui est cette fois victime de sa langue de vipère ?

— Quelle honte ! éclata la cuisinière, très remontée. Cette vilaine femme a le culot de venir ici en portant une bague que Madame lui a vendue voilà à peine deux semaines. Elle avait pourtant bien vu que s'en séparer lui fendait le cœur... Ça ne l'avait pas empêchée non plus de négocier le prix ! Et aujourd'hui, elle se pointe en l'exhibant... Vous vous rendez compte ? Et ça donne des leçons ! Et ça se dit du grand monde !

— Vous êtes certaine de ce que vous avancez ?

— Absolument. C'est une belle émeraude, offerte par M. François. Je l'ai nettoyée plusieurs fois. Pauvre Madame... Ça me révolte. Vous avez bien fait de l'électrocuter, l'autre vieille bique.

— Je vais reprendre le service.

— C'est inutile. Ne vous en faites pas, je sais me tenir. Les médecins ont dit que vous deviez reposer votre jambe.

— Un peu d'exercice ne me fera pas de mal…

Lorsqu'il entra dans le salon avec du café chaud et une nouvelle provision de petits gâteaux, ni l'invitée ni Madame ne prêtèrent attention au fait qu'Andrew avait pris la place d'Odile. L'une était trop occupée à asséner ses avis définitifs et l'autre trop abasourdie, incapable de répliquer.

— Laissez-moi rire, pérorait Mme Berliner. Je suis surprise que vous vous laissiez attendrir par une banale histoire d'amour entre votre femme de chambre et un petit employé d'usine. On dirait un mauvais téléfilm pour ménagères…

Blake déposa le plateau sur la table basse. En le reconnaissant, Mme Berliner réagit :

— Quelle surprise ! On vous disait souffrant. J'ai appris pour votre accident. Il faut faire attention où vous mettez vos pieds, mon ami, surtout à votre âge…

Andrew ne broncha pas.

— Désirez-vous un peu plus de café ? demanda-t-il avec déférence.

Blake avait toujours procédé ainsi avec les gens dangereux. Il les laissait avancer, se découvrir, croire qu'ils avaient le dessus. Il prenait garde à ne pas se laisser entraîner dans leur jeu de provocation. Il les jaugeait, sans jamais les sous-estimer. La vie lui avait appris qu'il n'y a pas de petits adversaires et que celui qui se croit le plus fort est souvent celui qui perd.

— Cela dit, ajouta Mme Berliner, je ne suis pas mécontente que vous ayez remplacé l'autre, parce qu'elle fait preuve de bien peu de grâce dans son service, cette femme…

Tout en lui versant son café, Blake fixait la bague. Elle était sobre, élégante, étincelante – tout ce que n'était pas celle qui la portait aujourd'hui.

Mme Berliner fit un signe pour signifier qu'elle était assez servie. Elle engloutit un petit gâteau et reprit :

— Pour en revenir à votre femme de chambre, très chère, méfiez-vous. Toute à ses vertiges d'écervelée, elle risque de se montrer moins courageuse à la tâche. Il devient d'ailleurs de plus en plus difficile de se faire servir. Tout ça pour une vulgaire histoire dégoulinante de bons sentiments qui ne finira même pas chez l'avocat par manque de revenus ! Et quand il y a des enfants par là-dessus, c'est nous qui payons les prestations sociales dont ils raffolent !

Blake croisa le regard de Mme Beauvillier. Ayant sans doute deviné les intentions d'Andrew et la demande qu'il lui faisait implicitement, elle donna son consentement d'un léger mouvement du menton.

Blake reposa la cafetière avec des gestes mesurés et fixa Mme Berliner jusqu'à ce qu'elle ne puisse plus l'ignorer.

— Pourquoi me regardez-vous ainsi ?

— Parce qu'il est assez rare d'en voir une aussi belle…

— Expliquez-vous.

— Pour qui vous prenez-vous ? demanda Blake d'une voix étonnamment calme.

— Pardon ?

— Vous ne comprenez pas votre propre langue ?

Mme Berliner jeta un coup d'œil affolé à la maîtresse de maison, qui continua à déguster son café comme si de rien n'était.

— Je ne sais pas dans votre pays, mon ami, fit la femme en plissant le nez, mais en France, les domestiques…

— Je ne suis pas votre ami. Je vous entends mépriser, condamner, et je me demande qui vous êtes pour vous le permettre. Est-ce le seul moyen que vous ayez trouvé pour vous gonfler d'importance ? Vous avez un avis sur tout, et toujours négatif. Personne ne trouve grâce à vos yeux. Qu'êtes-vous capable de défendre et de promouvoir, à part votre vanité et votre orgueil ? Pour les gens comme vous, l'amour est de la guimauve, la gentillesse est une preuve de faiblesse, et dire des choses simples est un manque de culture.

— C'est scandaleux. Personne ne m'a jamais parlé comme ça !

— Et c'est sans doute votre drame. Quelques petites leçons vous auraient ouvert l'esprit et décoincé votre royal popotin.

— Pardon ? Nathalie, dites quelque chose !

Mme Beauvillier prit une mine compatissante.

— Quand il est dans cet état-là, je préfère me taire. Il me fait peur…

Blake se pencha sur Mme Berliner, qui eut un mouvement de recul. Il s'approcha encore, jusqu'à l'obliger à s'enfoncer dans les coussins du canapé.

— Alors, plus de remarque assassine ? Plus de bon mot qui torpille ? Où sont vos jugements péremptoires ? À quoi vous sert votre cynisme ? D'habitude, vous vous en sortez parce que personne n'ose vous répondre. Cela ne signifie pas pour autant que personne ne pense… Même les domestiques peuvent appuyer là où ça fait mal. Au fond, je vous plains, parce que vous devez avoir une vie qui vous ressemble, froide, pleine d'aigreur et vaine.

Vous passez votre temps à détruire, à dénigrer, à salir tout ce que vous ne pouvez pas comprendre. Vous auriez dû voir la « femme de chambre » et le « petit employé d'usine », ils étaient magnifiques. Ils étaient riches d'un trésor que vous ne trouverez jamais en vous comportant comme vous le faites. Pour vous, les gens qui ont du cœur sont des naïfs et vous prenez un malin plaisir à les blesser pour vous sentir supérieure. Vous êtes un parasite qui se maintient en vie aux dépens des sentiments et des espoirs des autres. Vous n'êtes qu'une vilaine tique qui empoisonne le sang de ceux à qui elle s'accroche.

Blake parlait doucement, mais chaque mot se détachait. Il n'était qu'à quelques centimètres de son interlocutrice, qui balbutia :

— J'ai toujours essayé d'aider cette maison et en récompense, on m'insulte…

— Puisque vous n'avez plus le dessus, vous jouez les victimes. Cela ne me surprend pas. En général, la lâcheté est livrée avec la bêtise. Quant à votre notion de ce qu'est une aide, il va falloir réviser vos standards. Il n'y a de toute façon plus rien à négocier ici. Maintenant, je vous demande de sortir. Ce n'est pas le laquais qui l'exige, mais l'homme. Arrêtons les petits jeux sociaux, les codes qui vous arrangent, et revenons aux basiques. Par quelle perversion notre époque vous place-t-elle au-dessus de gens qui, comme Odile, valent cent fois mieux que vous ? Dehors. Vous connaissez le chemin.

Mme Berliner se leva d'un bond et ne demanda pas son reste.

— Un dernier conseil, lui lança Andrew : méfiez-vous en touchant la grille et faites attention au verglas. À votre âge, ça ne pardonne pas…

76

Après les derniers échanges de mails avec Richard et Heather, Blake monta enfin se coucher. À son étage, il trouva la porte de la chambre de Manon grande ouverte. La jeune femme lisait, étendue sur son lit.

— Tu ne dors pas ?

— Je n'y arrive pas. Le bébé bouge beaucoup en ce moment.

— Tu t'inquiètes peut-être aussi pour les résultats de ton concours…

— Forcément.

— Quand dois-tu les avoir ?

— La semaine prochaine, la veille de Noël.

— Ton intuition ?

— J'ai peur, mais j'aimerais bien que ça marche. Ce serait un beau cadeau…

— Tu peux peut-être demander aux lutins du père Noël qu'ils te donnent un coup de main avec un peu d'avance…

— Dites-moi, c'est vrai ce qu'Odile m'a confié ? Madame va pouvoir vous garder ?

— Tu sais des choses que j'ignore. Elle ne m'a rien dit, à moi. Mais puisque nous en sommes aux confidences, puis-je te demander un nouveau service « un peu spécial » ?

— Tout ce que vous voulez.

Blake vérifia que le couloir était désert et baissa la voix :

— Lorsque nous dînerons tous ensemble mardi prochain, j'aimerais que tu fasses quelque chose.

— Quoi ?

— Un gros malaise.

— Pourquoi je ferais ça ?

— Parce qu'étant le seul à avoir le permis, c'est moi qui t'emmènerai à l'hôpital pour un examen

— Vous n'avez pas envie de dîner avec tout le monde ?

— Bien sûr que si, mais je voudrais surtout qu'Odile et Philippe se retrouvent en tête à tête, histoire d'aider un peu le destin…

Manon comprit aussitôt.

— Et si Madame descend ?

— Elle est d'accord pour ne pas quitter ses appartements.

— Elle a accepté ça ?

— Tout à fait.

— Et vous lui avez dit pourquoi ?

— Bien sûr !

Manon agita l'index comme pour réprimander un enfant.

— Vous êtes un drôle de bonhomme, monsieur Blake. Mais vous pouvez compter sur moi. Il va être balaise, le malaise…

— Ne leur coupe quand même pas l'appétit…

Prenant une voix artificiellement grave, Manon déclara :

— Pendant cette mission, si vous-même ou l'un de vos complices était capturé, nous nierons avoir eu connaissance de vos agissements, et Odile vous flanquera un grand coup de poêle pour association de malfaiteurs…

Cette nuit-là, dans sa chambre, Blake ne trouvait pas le sommeil. Par la fenêtre, il contemplait le parc enneigé. Le paysage baigné d'un clair de lune bleuté lui rappelait ces cartes de *Season's Greetings* que sa mère l'obligeait à envoyer à toute la famille. La neige des illustrations désuètes était rehaussée de paillettes qui se collaient partout et dont le jeune garçon mettait des jours à se débarrasser.

Blake s'assit dans son lit. Il saisit la photo sur sa table de nuit. Depuis combien de temps n'avait-il pas vu sa fille ? Depuis combien de temps la fuyait-il ? Par quel paradoxe se prive-t-on de ceux que l'on aime le plus ? Sans doute à cause des pires douleurs, celles que l'on s'inflige à soi-même… Depuis que, à la suite de son accident, il avait pris la décision d'aller la voir, Andrew comptait les jours. Il y avait bien longtemps qu'il n'avait pas été impatient à ce point. Heather lui avait déjà réservé un billet d'avion. Il comptait profiter de Noël pour appeler Sarah et lui annoncer sa venue. Comment allait-il lui présenter la chose ? Qu'allait-il lui dire ? Était-il encore temps ? Et si elle refusait ?

Plus tard, alors que son esprit embrumé flottait doucement entre rêves et questions d'intendance, un bruit tira Blake de son demi-sommeil. Il lui sembla avoir entendu un frottement. Il crut d'abord que ses facultés auditives lui jouaient des tours, mais le phénomène se reproduisit.

« Des termites, se dit-il. Ce manoir est donc vraiment maudit… »

Il tendit l'oreille, cherchant à localiser la source du son mystérieux. Il monta debout sur son lit, puis sur sa chaise, et même sur sa table pour vérifier si l'espèce de grattement ne provenait pas de la charpente. La tête collée au mur, il longea ensuite les cloisons de la pièce. Le bruit cessait. Puis reprenait. Immanquablement, il s'arrêtait dès qu'Andrew s'y intéressait de trop près.

Blake retourna se coucher, essaya de s'endormir, et comme un esprit farceur qui n'attendrait que ça, le son recommença. Au bout d'une heure, énervé, il s'assit dans son lit, désormais parfaitement réveillé. Il n'aurait pas de repos avant d'avoir résolu l'énigme. Il repoussa les couvertures, se leva de nouveau et attendit, tel un chasseur à l'affût.

Le petit bruit ne tarda pas à revenir. Blake reprit sa traque. Elle l'amena rapidement dans le couloir où, sur la pointe des pieds, sa lampe électrique à la main, il se mit à explorer coins et recoins. Les souris avaient très bien pu faire leur nid dans les débarras du fond, remplis de vieilles affaires et de meubles au rebut. Blake savait qu'au moindre bruit, les rongeurs risquaient de ne plus bouger jusqu'à la nuit suivante. Il songea à la tête d'Odile si elle apprenait que sa phobie avait élu domicile si près de sa chambre… Blake l'imagina s'enfuyant en courant dans la neige, pieds nus, en chemise de nuit, hurlant les bras tendus vers le ciel…

Les frottements se faisaient de plus en plus nets. Il approchait du but. Le son provenait manifestement d’un des débarras dont la porte était entrouverte. Andrew masqua la lumière de sa torche et poussa le battant. Aucun doute, ça bougeait.

Malgré tout ce qu’il avait déjà vu dans sa vie, Andrew Blake en resta scotché.

77

— Odile, réveillez-vous ! répéta Blake à voix basse en frappant doucement.

La cuisinière finit par ouvrir sa porte, tout ensommeillée.

— Que se passe-t-il ?

— Sympa, la chemise de nuit…

— C'est pour me dire ça que vous me sortez du lit ? Vous avez bu ?

— J'ai une bonne et une mauvaise nouvelle.

— Franchement, Andrew, il est 3 heures du matin. J'espère que vous avez une raison valable pour me réveiller… Madame est malade ?

— La bonne nouvelle, c'est que vous allez enfin revoir votre chat. La mauvaise, c'est que ce n'est pas un chat…

Le débarras était un capharnaüm de meubles et de bagages empilés. À elle seule, cette pièce aurait pu constituer un musée de la valise. Il y en avait de toutes tailles, en carton, en plastique, en cuir ou à roulettes, et même quelques grosses malles. Précédant Odile, Blake promenait le faisceau de sa lampe comme un projecteur sur l'enceinte d'une prison, à la recherche des fugitifs…

— Il ne faut pas leur faire peur, recommanda Andrew.

— Si c'est une blague…

— C'en est une, mais pas de moi. Vous n'aurez qu'à vous expliquer avec votre « chat »…

Entre deux valises, le rayon lumineux accrocha des petits yeux qui disparurent aussitôt. Quand la lumière révéla ce qui se trouvait sur le plancher, Odile écarquilla les yeux et poussa un cri.

— Mon Dieu, Méphisto !

L'animal était voluptueusement allongé au milieu d'un nid douillet fait de chaussettes et d'un gilet en mohair. Deux chatons étaient en train de téter.

— La personne qui vous a dit que c'était « un » chat vous a menti, ironisa Blake. Méphisto est maman !

— Mais qu'est-ce que j'en savais ? Je n'y connais rien, moi. En plus avec les angoras, pour vérifier… J'allais pas lui mettre un microscope aux fesses !

— Vous avez une idée pour les prénoms des petits ?

— Ne vous foutez pas de moi. Qu'est-ce qu'on va faire de cette ménagerie ? Et d'abord, ils sont combien ?

— J'en ai compté quatre, mais dans ce labyrinthe… Vous pouvez toujours ouvrir un cirque, tout petit, avec des mini-tigres. Regardez celui-là, la bouche pleine de lait, qui montre ses minuscules crocs en croyant nous faire peur…

— N'empêche, Méphisto n'avait pas grossi. Il était juste *enceinte*.

— Il est d'ailleurs toujours aussi *belle*, et ce qui était censé être son poil d'hiver court en crabe en jouant avec tout ce qui pendouille…

Avec précaution, Odile s'avança vers Méphisto. Les petits détalèrent aussitôt. Elle s'agenouilla et caressa l'animal, qui leva la tête vers elle.

— Je suis quand même rudement heureuse de te retrouver, mon… ma fille. Je me suis inquiétée, tu sais.

Méphisto miaula et se mit à ronronner.

— Alors tu nous as fait des petits ? Mais ce n'est pas la saison, pourtant…

— Quand je pense que vous avez accusé Youpla de l'avoir dévoré !

— J'étais désespérée.

— Eh bien, ne le soyez plus. J'espère seulement que votre proverbe est faux…

— Quel proverbe ?

— Un de perdu, dix de retrouvés.

78

— Pile poil ! s'exclama Magnier en constatant que la pointe du grand sapin effleurait juste le plafond du salon.

— Il est plus haut que celui du collège ! s'enthousiasma Yanis.

Le garçon avait aidé le régisseur et Blake à couper l'arbre dans les bois du domaine et à le rapporter jusqu'au manoir. Il se tourna vers Andrew.

— Alors c'est sûr, je vais pouvoir offrir une super télé à ma mère pour Noël ?

— Nous n'avons qu'une parole, mon grand, répondit celui-ci. Tes résultats étant ce qu'ils sont, tu l'as bien mérité.

— Mais attention, ajouta Magnier, si ta moyenne descend, on la reprend.

— C'est pas vrai, vous ferez pas ça !

— Non, bien sûr, tu seras juste privé de Youpla.

Blake recula pour admirer l'arbre. Son parfum embaumait déjà la pièce. Philippe et lui assurèrent la fixation du pied dans une grosse bûche percée. Manon vint poser deux cartons sur le plancher.

— J'ai trouvé de quoi le décorer. Il y a de tout, des boules, des guirlandes…

Yanis plongea avec ravissement dans les boîtes, fouillant dans les décorations multicolores.

— Quand on aura fini, j'aurai le droit de voir les petits chats ?

— Odile t'emmènera là-haut tout à l'heure, répondit Manon. Pour le moment, elle est occupée.

— Occupée au point de ne pas venir voir le sapin ? s'étonna Blake.

— Elle est avec Madame…, répondit Manon, évasive.

Le malaise de la jeune femme alerta Blake, qui insista :

— Vous avez une idée de ce qu'elles font ? Elles ne sont pas en rendez-vous, au moins ?

— Si Madame sait que je vous ai parlé, elle m'en voudra beaucoup.

— Manon, quand sont-ils arrivés ?

— Juste après votre départ chez Philippe pour choisir le sapin.

Blake vérifia sa montre.

— Ils sont donc là depuis bien plus d'une heure. Ils sont deux ?

— Andrew, s'il vous plaît, ne m'obligez pas…

— En costume sombre ?

Manon capitula.

— Ils n'ont même pas retiré leur manteau, ils sont repartis avec Madame et Odile dans le parc.

Le sang de Blake ne fit qu'un tour.

— Ils sont venus la faire signer ! Philippe, s'il te plaît, descends chez toi prendre ton fusil et rejoins-moi au grand portail. Ils ne doivent pas repartir avec le compromis de vente.

Magnier bondit, prêt à l'action.

— O.K. J'ai compris. Si tu veux, je joue le mauvais flic et tu seras le bon flic.

— Qu'est-ce que ça veut dire ?

— Je fais le gros méchant, toi tu restes calme, comme ça, ils seront plus enclins à négocier avec toi.

— *Why not ?*

La voiture des visiteurs était garée devant l'entrée du domaine. Derrière la grille, Andrew la regardait en tournant comme un lion en cage. Philippe arriva en courant, le fusil en bandoulière, avec Youpla qui faisait le fou dans la neige.

— Pourquoi as-tu amené le chien ?

— Je me suis dit que ça serait plus impressionnant.

— Tu lui as mis une muselière ?

— Ça fait chien de garde. Sinon, il aurait été capable de leur apporter un bâton ou d'essayer de leur lécher la figure…

Blake releva les yeux vers le parc.

— Je me doutais qu'elle préparait un coup dans ce genre-là.

— Tu crois que Madame leur a vendu la parcelle pour le lotissement ?

— Quoi d'autre ? Elle ne parle plus de ses problèmes d'argent. Elle a même envisagé de faire refaire les salles de bains.

— C'est pas bien ?

— Je me suis renseigné sur eux. Vu leurs méthodes et le besoin urgent qu'elle avait d'argent, je te parie ce que tu voudras qu'ils ont abusé de sa situation. Et comme elle a tout géré toute seule dans son coin, elle a dû se faire avoir en beauté…

— Mais si elle ne vend pas, elle retombe dans la mouise ?

— On trouvera une solution. Il existe forcément d'autres moyens que cette escroquerie. Je me demande si la banque n'a pas joué un rôle en faisant pression…

— Tu crois vraiment ?

— Tu n'imagines pas ce dont certains sont capables pour autant d'argent… Pour le moment, on empêche ces requins de manger Madame. Ton fusil est chargé ?

Philippe passa la bandoulière par-dessus sa tête et brandit l'arme.

— Si ça tourne au vinaigre, on pourra toujours tirer en l'air pour les effrayer.

— Ne prends aucun risque. On récupère les papiers, on ne tue personne.

— T'es vraiment un drôle de gars, Andrew…

— Comment dois-je le prendre ?

— Bien, mais quand même. Tu te renseignes sur des sociétés, tu en sais plus que moi sur Madame alors que je suis arrivé des années avant toi… Dis-moi… Tu as toujours été majordome ?

— À toi, je peux bien l'avouer : j'ai aussi été danseuse étoile et marchande de poissons. Tiens-toi prêt, ils arrivent.

79

Au loin, dans le parc enneigé, le quatuor s'était scindé. Madame et Odile avaient pris la direction du manoir tandis que les deux hommes revenaient à leur voiture en riant. Ils approchaient de la grille quand Blake et Magnier firent irruption de derrière un massif de thuyas. Le régisseur tenait ostensiblement son fusil et agitait la laisse pour animer Youpla, qui avait ainsi l'air de vouloir bondir alors que la pauvre bête n'était que secouée.

— Bonjour, messieurs, lança Blake d'une voix grave.

Surpris, les deux hommes marquèrent le pas.

— Nous étions en rendez-vous avec la propriétaire, Mme Beauvillier. Vous êtes les gardes-chasses ?

— On peut voir ça comme ça.

L'un des deux agents immobiliers désigna la luxueuse berline garée à l'extérieur du portail.

— Désolés si on vous a gênés, on s'en va tout de suite.

Il chercha à ouvrir la petite grille, mais elle était verrouillée. Il recula d'un pas. Blake passa à l'offensive.

— Si Mme Beauvillier vous a signé des papiers, je vais vous demander de me les remettre.

Les deux hommes se regardèrent, amusés autant que déconcertés.

— Cela ne vous concerne pas, répondit le plus âgé sèchement. Bonne journée.

— Je vous le redis, messieurs, si Madame vous a signé des documents, merci de me les donner. Personne ne sortira d'ici avant.

Magnier agita un peu plus Youpla et releva ostensiblement le canon de son arme.

— C'est une menace ? demanda l'un des commerciaux.

— C'est une promesse, répliqua Andrew.

Le plus âgé se mit à rire. Le plus jeune commençait à perdre de son assurance.

— On ne sait même pas qui vous êtes, lança-t-il, bravache. Si vous ne voulez pas de problème, je vous conseille de nous laisser partir sans histoire.

— Vous n'avez pas compris, rétorqua Blake. C'est vous qui allez avoir des problèmes si vous ne me donnez pas ce que je demande. Remettez-moi les documents et vous pourrez partir d'ici tranquilles, libres d'aller faire vos petites affaires ailleurs.

— Nos « petites affaires » ne regardent que nous, fit le plus âgé, cassant. Laissez-nous passer ou on porte plainte en plus de vous faire virer.

Les deux agents immobiliers n'étaient pas décidés à se laisser faire. Étant donné l'accord qu'ils avaient sans doute arraché, ils allaient se cramponner.

— Assez rigolé, vous ouvrez cette grille maintenant.

Blake s'avança lentement.

— Nous connaissons parfaitement vos méthodes, fit-il en fixant le plus âgé droit dans les yeux. Nous ne vous laisserons pas abuser de la faiblesse de Madame.

L'homme adressa une bourrade complice à son jeune collègue.

— T'as vu, le garde-chasse est aussi un espion international. Normal, il a l'accent anglais.

Il tapota la sacoche qu'il tenait à la main et ajouta, goguenard, à l'intention de Blake :

— Laisse-moi te dire un truc : la propriétaire a signé et, que ça te plaise ou non, ce qu'elle nous a vendu est désormais *notre* propriété. Il va falloir t'y faire, mon pote. Tu poseras tes collets dans une autre forêt. Sans rancune.

À son tour, Magnier fit un pas en avant. Youpla avait dû sentir l'ambiance évoluer parce qu'il regardait désormais les deux visiteurs en grognant.

Avec une mimique arrogante, le plus âgé désigna l'ouest du parc.

— Profite bien de ton paysage enneigé, camarade, parce que dès que ça dégèle, tu verras passer les pelleteuses. Dans six mois, vous aurez de nouveaux voisins.

— Vous êtes contents de votre coup, gronda Blake. Vous avez fait l'affaire du siècle.

— On ne se plaint pas, répondit l'autre en rigolant.

— Votre métier, c'est arnaquer ceux à qui vous achetez pour ensuite arnaquer ceux à qui vous vendez.

— Rien ne m'oblige à discuter avec toi. Ouvre cette saleté de grille.

— À quoi servez-vous ? À qui êtes-vous utiles ?

— Je ne philosophe pas avec le petit personnel, surtout quand il est mauvais perdant…

Blake arracha le fusil des mains de Magnier et le planta sous la gorge de l'homme à la sacoche.

— Donne-moi ce contrat maintenant, espèce d'orifice d'anus !

— Andrew, calme-toi, intervint Magnier, il est chargé. Et puis en français, on dit plutôt « trou du cul ». Orifice d'anus, c'est trop technique. Mais au fait, c'est moi qui étais censé jouer le mauvais flic…

L'agent immobilier ne bougeait plus. Il soutenait le regard de Blake et lui souffla :

— Tu te crois au Far West, pauvre plouc ? Ça va te coûter tout ce que t'as.

Avec une surprenante rapidité, Blake arma le fusil et, le détournant une seconde de sa cible, tira sur la voiture. Les vitres volèrent en éclats et la chevrotine cribla les portières d'impacts. La détonation résonna aux alentours, roulant dans les collines.

— Tu crois que tuer un parasite dans ton genre me pose un problème ? Réfléchis bien. Pourquoi limiter la libre entreprise à ce qui vous arrange ? Je t'en colle une et après je découpe ton corps en petits losanges que je donne à manger au chien… Regarde ta bagnole, pauvre crétin, c'est à ça que ta tête de rat va ressembler si tu ne me donnes pas ce que je t'ai demandé.

Blake réarma le fusil. L'homme avala sa salive.

— Andrew, s'inquiéta Magnier, t'es tout rouge. Tu vas pas le buter, au moins ? Remarque, je connais un endroit où on peut enterrer les corps. Même leurs pelleteuses ne les retrouveraient pas.

Le plus jeune paniqua d'un coup et prit la fuite à travers l'étendue enneigée, abandonnant son collègue.

— On peut discuter…, tenta l'agent qui restait, la voix déformée par le canon encore chaud qui lui défonçait la mâchoire.

— Tu espères m'acheter ?

— Combien tu veux ?

— Tout le contrat. Ensuite tu disparais.

Magnier renchérit :

— Il veut dire que tu aboules les papelards fissa et après tu te casses, pauvre bouffon.

— Et si tu racontes quoi que ce soit à Mme Beauvillier, prévint Blake, je te jure que je te retrouve et que tu me le paieras, c'est compris ?

Magnier était tout excité.

— Il veut dire que si tu baves quoi que ce soit à la patronne, on te retrouve et on te crève, *capisce ?*

Cette fois, l'homme perdit tous ses moyens. Il tenta une dernière fois de supplier Blake.

— Vous êtes complètement cramé, chevrota-t-il. C'est pas une négociation, c'est du vol.

— Venant d'un spécialiste, c'est un très beau compliment. Merci. Donne-moi les contrats. Sinon, ta tête aura un toit ouvrant comme la voiture de sport que tu rêves sûrement d'avoir.

L'homme jeta la sacoche dans la neige. Magnier la ramassa aussitôt et l'ouvrit. Prudent, Blake fouilla le type.

— Vous permettez ?

Le commercial leva les mains.

— J'ai la promesse de vente, triompha Magnier. Et un contrat de cession. Bingo ! Tu avais raison !

Blake baissa son fusil.

— Va dire à ton courageux complice que ce genre d'arme n'a que deux cartouches. Mais il ne sait peut-être pas compter jusqu'à deux. Tu serais mort, pas lui.

Lorsque la voiture des agents immobiliers démarra en trombe, Magnier et Blake leur adressèrent un petit signe de la main, comme s'ils disaient au revoir à des amis.

— Je crois qu'il s'est fait dessus, commenta Philippe. À un moment, j'ai bien cru que tu allais vraiment lui exploser la tête.

— Il me donnait ces papiers ou je les prenais sur son cadavre. Pas un mot à Madame et rappelle-toi : si la police débarque, on nie en bloc.

Les deux hommes s'engagèrent sur le chemin du retour. La neige étouffait le bruit de leurs pas. Le temps était calme, comme si l'hiver se tenait tranquille pour ne pas gêner les derniers préparatifs de Noël. Les flocons n'allaient sans doute pas tarder à tomber à nouveau.

— Philippe ?

— Oui ?

— Qu'est-ce que ça veut dire, « complètement cramé » ?

80

Installés côte à côte dans le canapé, silencieux, Odile, Manon, Andrew et Philippe regardaient le sapin clignoter dans l'obscurité. Les guirlandes lumineuses éclairaient leurs visages de lueurs multicolores changeantes. Ils étaient fascinés par l'arbre qui se redessinait sans cesse au gré des illuminations. Nichés au creux des branches décorées, d'innombrables petits mondes féeriques apparaissaient au rythme des lampes, enflammant l'imagination ou ravivant de purs souvenirs d'enfance.

Jouant sous les branches basses, un chaton essayait d'attraper une boule rouge tandis que deux de ses frères et sœurs s'amusaient de l'autre côté avec une guirlande dorée. La ménagerie avait adopté la pièce comme terrain de jeu.

Avec application, Philippe dégagea une à une les griffes d'un joli petit félin tigré qui s'intéressait de trop près à son pull préféré. Profitant d'un moment de répit, Méphisto dormait, blottie sur les genoux d'Odile.

— Moi, murmura Manon, si je rencontrais le père Noël, je lui demanderais une chambre pour le bébé, un mariage avec Justin, et aussi de pouvoir rester travailler ici, avec vous tous…

Odile se prêta au jeu.

— Je lui demanderais dix ans de moins, et du courage, mais je ne crois pas qu'il ait ça dans sa hotte…

— Pour moi, confia Philippe, ce serait un ultime repas avec mon père et ma mère. Seulement un. On parlerait beaucoup. J'ai tellement de trucs à leur dire… Et puis aussi une soirée comme celle-là avec mes enfants, si j'en avais…

Blake ne savait pas quoi dire. Il désirait trop de choses qui, pour la plupart, ne s'achetaient pas ou ne passaient pas par la cheminée.

Madame entra dans le salon. Toujours convaincue d'avoir résolu ses problèmes grâce à la vente de son terrain, elle était d'une humeur légère.

— Que faites-vous tous ainsi dans le noir ?

— On parle de Noël, répondit Philippe.

— Plus que deux jours, à condition d'avoir été bien sages… N'est-ce pas ce soir que vous dînez tous ensemble ?

— Tout à fait, répondit Odile en se levant. Il faut d'ailleurs que j'aille finir de préparer. Vous êtes certaine de ne pas vouloir partager le repas avec nous ?

— C'est très gentil, mais la journée a été éprouvante. Je préfère me coucher tôt.

Elle désigna deux chatons qui se poursuivaient en sautant sur le tapis.

— Vos petits amis se feront un plaisir de dévorer ma part. Tout à l'heure, ils étaient encore en train de jouer devant ma porte. Quelle animation ! Sur ce, je vous souhaite à tous une excellente soirée. Merci de ce que vous apportez à cette maison. C'est aussi grâce à vous si je m'y sens bien.

Madame allait remonter lorsque Manon se leva vivement du canapé. Elle poussa un petit cri en soutenant son ventre. Odile se précipita.

— Qu'est-ce que tu as ?

— Je ne sais pas, une douleur…

Philippe s'avança, un chaton suspendu à la manche de son pull.

— Tu veux qu'on appelle un médecin ?

— Ce n'est sans doute pas grand-chose…, dit Blake.

— Comment ça, pas grand-chose ? réagit Odile. Voilà bien une réflexion d'homme. On voit que ce n'est pas vous qui portez vos enfants !

— C'est vrai ! renchérit Philippe. C'est quand même quelque chose d'énorme, une grossesse. C'est un grand mystère, un prodige !

Il agitait les bras, avec le chaton qui se balançait en miaulant sa détresse.

— Laissez-moi finir, reprit Blake d'une voix ferme. J'allais proposer d'emmener Manon à l'hôpital pour ne courir aucun risque.

— L'hôpital, pourquoi l'hôpital ? s'enquit Odile.

— Parce que s'il y a le moindre problème, ils auront le matériel pour le traiter.

— Et notre dîner ? demanda Philippe.

Manon fit semblant de tituber et porta la main à son front.

— Ma vue se brouille, je vois des lumières qui dansent…

— N'entre pas dans la lumière ! s'exclama Philippe.

Cette fois, le chaton ne résista pas au mouvement trop vif du bras et valsa pour aller s'écraser sur le canapé.

Dans un geste théâtral, Blake prit Manon dans ses bras.

— Habillez-la. Je vais chercher la voiture. J'ai déjà vu ce genre de malaise chez les femmes enceintes. On va aller vérifier que tout va bien. Ne vous inquiétez pas. Commencez à dîner tranquillement, on vous rejoint.

81

En pleine période de fêtes, la ville étincelait de décorations. Les gens se pressaient dans les magasins pour leurs derniers achats. Blake gara la voiture près d'un restaurant du centre.

— Tu es certaine de préférer dîner là ? Tu n'as pas envie d'attendre que l'on rentre au manoir ?

— J'ai trop faim. Je ne vais pas tenir deux heures. Pour le coup, je risque de faire un vrai malaise ! En plus, vous verrez, c'est un resto sympa.

— Ce que femme veut… Mais avant, m'autorises-tu à te laisser quelques minutes pour passer un coup de fil tant que ça capte ?

— Prenez votre temps, je vais réserver la table et dévaster une corbeille de pain…

Devant une boutique aux couleurs de Noël, Blake composa le numéro. Sur le trottoir d'en face, à travers les fenêtres à petits carreaux bordés de faux givre, il apercevait Manon qui s'installait.

— Bonsoir, Richard.

— Quelle bonne surprise ! Ne me dis pas que tu es sur ta colline perdue avec ta patte folle ?

— Je suis en ville, et ma jambe va mieux.

— En ville ? Mowgli sort enfin de sa jungle…

— Mowgli est désolé de déranger Baloo, mais il a bien besoin d'un conseil…

— Un conseil ? Et tu comptes le suivre ou faire comme avec les autres ?

— Je ne promets rien, mais j'aimerais bien ton avis. Voilà : j'ai réussi à empêcher Mme Beauvillier de vendre son terrain.

— Comment as-tu fait ?

— Tout en finesse et en diplomatie, avec un chien, un fou et des cartouches. Je te raconterai. Le problème, c'est qu'elle comptait sur la vente pour renflouer le domaine et que, du coup, elle n'aura pas cet argent. Je pourrais lui racheter sa parcelle mais pour ça, il faudrait lui avouer qui je suis vraiment…

— Tu hésites ?

— C'est plus qu'une hésitation. C'est un risque.

— Considérons les choses avec pragmatisme. Si tu rachètes ses terres, vous serez liés. Est-ce que ce point te pose problème ?

— Pas vraiment.

— Si je saisis bien, tu as surtout peur qu'elle t'en veuille d'avoir menti et qu'elle n'accepte pas l'homme qui se cache derrière le personnage du majordome, c'est ça ?

— Ça paraît si simple quand tu le dis…

— De toute façon, quoi que tu décides, elle finira par apprendre qui tu es. Tu ne pourras pas mentir éternellement…

— Comment vais-je faire si elle m'en veut ? Qu'est-ce que je deviens si elle me renvoie ?

— Elle perdrait à la fois un excellent majordome, l'ami qui peut la sortir du pétrin et un homme bien. Nathalie n'est pas une imbécile. Fais-lui confiance.

— Ce n'est pas d'elle que je doute, c'est de moi.

— Il y a quelques mois, tu n'avais que des regrets. Maintenant, te voilà pétri de doutes. C'est déjà un progrès. Voilà longtemps que je ne t'avais pas vu aussi bien dans ta vie. Je te retrouve, Andrew. Je te sens à nouveau vivant, décidé à entreprendre. Finalement, ton idée de retourner en France n'était pas aussi mauvaise que je l'avais cru. Ce n'est pas facile à admettre pour moi, vieux bandit, mais tu as eu raison ! Comme tu as raison d'avoir décidé d'aller chez Sarah. Et de vouloir racheter ce terrain. Je pense même que tu as raison de prendre soin de Nathalie. Elle en vaut la peine. Tu n'as rien à perdre, Andrew. Depuis que tu es gamin, tu as toujours douté de toi-même. Je suis bien placé pour le savoir. Tu as l'âge d'apprendre à te faire confiance…

Blake resta un moment silencieux.

— Merci, Richard.

— *You're welcome*, vieux frère.

En prenant place face à Manon, Blake constata qu'il ne restait plus qu'un seul morceau de pain dans la corbeille.

— Ai-je été long, ou avais-tu très faim ?

— Si ce n'était pas un croûton, il y serait passé aussi.

Une bougie était allumée au centre de leur table. Autour d'eux, il n'y avait que de jeunes couples ou des tablées d'amis.

— C'est drôle de se retrouver là tous les deux, commenta la jeune femme. On dénote un peu. Mais je suis bien contente. Vous n'êtes arrivé que depuis quelques mois et pourtant, j'ai l'impression de vous avoir toujours connu.

Le serveur approcha pour prendre leur commande. Ils choisirent deux pizzas.

— Si Odile nous voyait manger ici, glissa Blake, elle ne serait pas contente.

— J'espère que tout se passe bien entre elle et Philippe…

— Nous verrons en rentrant. Pourvu qu'on n'en retrouve pas un des deux assommé, étendu de tout son long au milieu des chatons en train de jouer avec le corps inerte…

— Je verrais bien Philippe en victime.

— Même pronostic.

Lorsque les pizzas furent servies, Andrew déclara :

— Il faut que je te parle sérieusement, Manon. Mais c'est assez difficile pour moi… J'ai encore besoin de toi. Je suis un peu perdu et je pense que tu peux me guider.

— Vous ? Vous avez besoin de moi ?

— C'est au sujet de ma fille… Je suis désolé de te poser la question aussi brutalement, mais il faut que je sache.

Il prit une inspiration et se lança :

— Si ton père reprenait contact avec toi, comment rêverais-tu que ça se passe ? Que souhaiterais-tu qu'il te dise ?

Manon venait de piquer une bouchée de pizza. Elle suspendit son geste et posa sa fourchette. Elle regarda Blake avec un mélange de douceur et de tristesse.

— Vous ne pouvez pas en être au même point que cet individu, murmura-t-elle. Mon père nous a abandonnées, ma mère et moi. Il n'a rien assumé, rien regretté. Il n'a jamais fêté mon anniversaire ou cherché à savoir si je travaillais bien à l'école. Je considère que je n'ai jamais eu de père. Vous n'êtes pas du tout le même genre d'homme. Quand je vous entends parler de votre femme, quand je vous vois prendre soin des autres, je n'ai aucun doute sur ce point. J'aurais adoré que vous soyez mon père, mais être votre amie est déjà une grande chance. Qu'avez-vous fait de si grave vis-à-vis de votre fille pour vous mettre dans un tel état ?

— Je l'ai laissée tomber. Depuis que sa mère n'est plus là, je l'ai abandonnée. Je ne sais même plus à quand remonte la dernière fois que nous avons été proches. Quand le lien se distend-il ? À quel moment l'ai-je perdue ? À la mort de Diane, Sarah s'est montrée très courageuse. Je l'ai laissée se débrouiller toute seule parce je n'avais déjà pas la force de m'occuper de moi. Elle a appris à vivre sans compter sur son père. Je crois que le lien se perd lorsque les gens n'ont plus besoin de vous. Au début, un enfant ne voit que vous, il ne peut pas vivre sans ce que vous lui donnez. Ses bras se tendent vers vous dès qu'il vous aperçoit, ses yeux vous regardent. Et puis ses bras ne sont bientôt plus assez grands pour embrasser le monde qui s'offre à lui et, logiquement, il part à sa découverte. Il élargit son horizon et s'éloigne. Lorsque vous vous en rendez compte, il est déjà loin.

Andrew secoue la tête.

— En quelques mois, j'ai perdu ma femme, et j'ai aussi perdu ma fille. Je me suis aperçu qu'elle n'avait plus besoin de moi. Il ne s'agit pas de revenir en arrière, mais de lui dire que je m'en veux. J'aurais sans doute dû lui apporter un appui que je n'ai pas été en mesure d'offrir. Je voudrais lui faire comprendre qu'elle peut à nouveau compter sur moi.

L'expression malheureuse de Blake bouleversait Manon. Elle choisit ses mots avec soin.

— Il y a toujours un âge où, pour les enfants, la vie avec leurs parents ne représente plus la part la plus importante. Regardez ce qui m'arrive avec ma mère. On s'envoie des SMS, de plus en plus longs, et ça me va très bien. On fera la paix, mais la situation ne me rend plus malade. J'ai tourné la page. Vous-même m'avez raconté comment vous êtes parti. Sarah a simplement coupé le cordon.

— Mais pas moi ! J'ai besoin d'elle, j'ai besoin de lui être utile. J'adorais l'attendre, avoir rendez-vous avec elle. J'étais fou de joie quand je pouvais aller la chercher à l'école. Je me souviens encore de ce muret sur lequel elle courait pendant que je lui tenais la main. La dernière fois que nous sommes passés devant, c'est elle qui m'a aidé à m'y asseoir... Le temps passe, et je suis là, aujourd'hui, à ne pas savoir comment m'y prendre pour l'approcher à nouveau. Je vais aller la voir en janvier et, quand elle m'attendra à l'aéroport, je ne sais même pas ce que je vais lui dire. Je redoute ce moment autant que je l'attends. Dois-je la prendre dans mes bras ? Dois-je lui parler dès que nous serons en voiture ? Si tu savais, Manon... Je passe des nuits à imaginer cet instant et à le répéter devant ma glace.

— N'ayez pas peur d'elle. À sa place, je voudrais que vous reveniez simplement, sans rien expliquer, et que vous repreniez votre place. Laissez la vie vous porter. Quelqu'un de bien m'a dit un jour qu'il fallait du temps pour savoir dire les choses simplement. C'est le moment.

82

La petite voiture filait dans le matin, Andrew au volant et Philippe cramponné à l'accoudoir.

— Andrew, franchement, ton plan, je ne le sens pas bien du tout. Et par pitié, roule moins vite, c'est gelé.

— Il n'y a que deux façons de procéder : convaincre ou terrifier. Avec les abrutis, la terreur est toujours plus efficace. On se fatigue moins, ça va plus vite. Pas de phrases compliquées, pas d'imparfait du subjonctif. Juste l'impératif. Tu as ta cagoule ?

— J'ai pas envie de finir en taule.

— Fais-moi confiance.

— Et si elle nous reconnaît ?

— Impossible.

— Juste parce que tu portes mes vêtements et que je porte les tiens ?

— Le stress retire plus de la moitié des capacités de réflexion et, dans son cas à elle, il ne va pas rester grand-chose…

— Tu expliqueras ça au juge. En attendant, on a l'air de deux clowns, toi parce que c'est trop petit et moi parce que c'est beaucoup trop grand.

— Tu as choisi ton accent ?

— Ne recommence pas avec ça. C'est pas possible, ils ont dû te faire quelque chose à l'hôpital ! Tu es le fruit d'une expérience ratée. En essayant de soigner ta mémoire, ils ont réveillé une partie secrète de ton cortex. Ta tête a pris feu et ils t'ont éteint à coups de pelle. Résultat, c'est bibi qui va trinquer.

— Quelle expression stupide ! « C'est bibi qui va trinquer... » Et il va trinquer avec quoi, bibi ? Son apéritif capable de dissoudre les portes blindées ?

— Andrew, j'ai peur.

— Tu crois en Dieu ?

— Pas vraiment.

— Dommage, je t'aurais fait gober qu'il veillait sur nous. Tu peux toujours te dire que notre cause est juste.

— Ce matin, j'ai été obligé de mentir à Odile. Je n'aime pas ça.

— J'ai vu qu'elle te réparait ton pull avec beaucoup d'a...

— Avec une aiguille, l'arrêta Philippe. Rien d'autre. C'est la faute des chatons. Pendant notre dîner, ils ne nous ont pas laissé une seule minute de répit. Toujours à sauter sur la table, à essayer d'attraper ce qui bouge, à tirer sur la laine de mon pull ou à se casser la figure du haut du frigo. Ceci dit, on a bien rigolé. Ils sont vraiment mignons.

— « Votre » dîner ?

— Vas-y, moque-toi.

— Tu ne lui as pas jeté la salière, au moins ?

— On a discuté de plein de choses. C'était super.

— Tant mieux. Tu sais, Odile me parle souvent de toi. Elle trouve que tu es un homme surprenant, plein de qualités et de ressources. Elle m'a même dit que tu avais un petit grain de folie qui lui plaisait bien…

— C'est vrai ?

— On arrive, prépare-toi.

Philippe retomba de l'autre côté de la clôture et aida Andrew à la passer.

— Tu es certain qu'elle est seule ?

— À force de l'entendre raconter sa vie à Madame, j'ai récolté quelques infos, répliqua ce dernier, un peu essoufflé.

Ils se faufilèrent entre les arbustes enneigés, contournèrent la belle maison cossue. Ayant repéré la véranda, Blake fit signe à son complice de s'arrêter à couvert.

— Mets tes gants et ta cagoule.

— Pourquoi c'est moi qui ai la verte ? C'est nul, ça va me faire des yeux de mort-vivant. J'en aurais voulu une comme la tienne…

Blake lui arracha sa cagoule des mains et lui donna la sienne, noire. Tout content, Magnier l'enfila.

— Ça fait quand même plus classe, on dirait une tenue de commando.

Andrew couvrit son visage à son tour et ajusta ses lunettes dans les trous des yeux. Magnier le dévisagea.

— Exactement ce que je disais. Tu as un regard de poisson crevé.

Tout à coup sérieux, il ajouta :

— Andrew, on peut encore tout arrêter.

— À partir de maintenant, z'est Helmut.

— Oh non, par pitié…

— Et toi ?

Atterré, le régisseur finit par répondre d'une voix lasse :

— Moi, c'est Luigi…

— Ach ! *Guten Tag*, Luigi.

— Mon Dieu…

— Tu n'y crois pas. Pourquoi viendrait-il te sauver ?

Blake s'élança dans l'espace découvert pour rallier la porte de la véranda. Il souleva la jardinière située à côté et trouva la clé de secours. Il ouvrit et se glissa dans la maison, Magnier sur les talons.

Le duo passa de pièce en pièce, façon forces spéciales. La cuisine, le patio, la bibliothèque et l'entrée étaient *clear*.

— Ta cagoule me gratte, gémit Philippe. Si ça se trouve, je suis en train de choper tes sales poux d'Anglais !

Alors qu'ils approchaient de la salle à manger, il y eut du bruit à l'étage. Andrew désigna l'escalier à son acolyte. Ils montèrent marche après marche, sur la pointe des pieds. Soudain, Blake sortit de son manteau – ou plutôt de celui de Philippe – un pistolet en plastique qu'il avait emprunté à Yanis.

— C'est pas vrai ! protesta Magnier à voix basse. Tu vas pas lui coller ça sous le nez ?

— *Nicht* commentaire ! *Verboten* commentaire ! Luigi confiance.

— Je suis pressé de t'entendre t'expliquer aux flics dans ton espéranto pourri.

Un bruit de tiroir que l'on referme résonna au fond du couloir, dans une chambre ou une salle de bains.

— Si elle est à poil, frissonna Philippe, je te préviens, je vomis.

Les deux hommes remontèrent le couloir en rasant le mur. Aucun doute, Mme Berliner se trouvait dans la prochaine pièce, dont la porte était ouverte. Avec ses doigts, Blake décompta de trois à zéro. Puis il bondit dans l'encadrement de la porte en brandissant son arme. Il n'avait pas fait cela depuis son sixième anniversaire, quand il enfilait son déguisement de super-héros et qu'il épouvantait sa mère.

Dans sa chambre, Mme Berliner était en train de finir de s'habiller. En voyant cet énergumène surgir de nulle part, bien campé sur ses jambes, elle poussa un hurlement.

— Fous, pas crier ! Z'est un hold-up ! Si fous chantille, fous *kein Problem*.

L'« amie » de Madame était à moitié terrifiée, à moitié incrédule. Elle regardait ses deux agresseurs mal fagotés – dont un seul, bigleux, avait une arme, toute petite.

— Bichoux ! *Schnell !*

Recroquevillée sur elle-même et morte de trouille, elle chevrota d'un filet de voix :

— Pas compris. Quoi vous dire ?

— Nous foulons les bichoux ! Rapidement ou alors *gross Problem* !

Luigi jetait des regards incrédules à Helmut. Comment en étaient-ils arrivés là ?

Mme Berliner montra du doigt un coffret sur sa coiffeuse. Blake tendit son arme à Magnier pour qu'il la tienne en joue.

— No pas volaré le pistoléro, résista ce dernier. Luigi pétocho…

Mais devant le regard insistant de son complice, il céda. Blake renversa le coffret à bijoux sur le lit – ce qui fit encore crier Mme Berliner. Ce qu'il cherchait n'y était pas. Il se retourna et pointa sur elle un doigt accusateur :

— Fous mentir ! Autres bichoux ! Où être ? *Schnell !*

Magnier crut bon d'ajouter :

— *Pronto* rapidissimo !

Complètement affolée, Mme Berliner désigna sa commode.

— *Primo* tiroir. Mais vous promettre pas faire mal à moi.

Blake découvrit un petit sac de velours dans lequel étaient rassemblés tous les bijoux vendus par Nathalie. Il les répandit sur le matelas et s'empara de deux bagues – dont l'émeraude –, de trois bracelets et d'un magnifique collier. Il reprit le revolver des mains de Philippe et s'approcha de sa victime.

— Si vous *telefonieren Polizei*, nous refenir et *gross Problem. Verstanden* ?

— *Si senõr !* répondit la femme qui tremblait de tout son corps. Moi dire rien, nada, nib, que pouik. Juré craché.

Philippe était prêt à repartir. La cagoule le démangeait de plus en plus et il suait à grosses gouttes.

Tout à coup, Blake plongea la main dans sa poche intérieure et en tira une liasse de billets, qu'il jeta sur le lit de Mme Berliner. Abasourdie, celle-ci ne savait plus que penser. Magnier ouvrit de grands yeux.

— Ma quéz qué tou fais ?

— Luigi confiance.

— Perqué pognon à la vieille bique ?

— *Kein* réflexion.

— Helmut frappatoque.

Blake se retourna vers la femme :

— Dédommagement. Fous allez tout oublier. Si parler, *ich come back, und für sie, kolossale Katastrophe* !

Le regard de Mme Berliner alternait entre l'argent et ce braqueur complètement fêlé qui sautillait devant elle, avec l'autre petit derrière qui devait souffrir de la même maladie mentale.

— *Ich* compris. Jamais parler.

Les deux cambrioleurs prirent la fuite sans aucune dignité.

À mi-chemin du retour, Philippe exigea qu'Andrew stoppe la voiture au milieu de nulle part. Il sauta du véhicule et se précipita dans le fossé enneigé pour vomir. Blake se demanda pour quelle raison. Après tout, Mme Berliner était dans une tenue tout à fait décente.

83

Mme Beauvillier leva sa flûte de champagne et porta un toast :

— Je vous propose de trinquer aux bons résultats de Manon et à la merveilleuse soirée que nous venons de passer ensemble.

— À Manon ! reprit la tablée en chœur.

Les verres tintèrent. Personne ne remarqua que Blake et Magnier faisaient seulement semblant de boire, comme ils l'avaient d'ailleurs fait depuis le début du repas. Vu ce qui les attendait, ils avaient besoin de rester sobres…

Ce soir, dans l'office, l'ambiance n'avait rien d'une réunion entre collègues ou d'un dîner offert par une patronne à ses employés. Quelque chose de plus chaleureux flottait dans l'air. Peut-être parce que Justin était là, certainement parce qu'il s'agissait du réveillon de Noël, sans aucun doute parce que tout le monde avait mis la main à la pâte.

Pour éviter qu'Odile ne passe sa soirée aux fourneaux, Andrew avait eu l'idée de demander à chacun de préparer un plat. Au départ réticente à abandonner son fief et ses outils à des mains moins expertes, la cuisinière s'était laissé convaincre – en gardant tout de même un œil bienveillant sur l'ensemble. Manon avait donc cuisiné une excellente terrine de lotte. Il n'y en avait pas eu beaucoup par personne parce que, profitant d'une courte absence, les chats en avaient volé la moitié alors qu'elle était mise à refroidir. Justin, avouant sa maladresse en matière de cuisine, avait préféré apporter des chocolats.

Mme Beauvillier avait ensuite offert un superbe foie gras pour lequel elle avait elle-même fait griller le pain – un peu trop, d'ailleurs. Andrew s'était aventuré à préparer des médaillons de sole sauce champagne dont Méphisto, bien que déjà gavé de terrine, raffolait particulièrement. Quant à Philippe, il s'était lancé dans la confection de macarons remarquablement réussis sur le plan visuel mais quasiment impossibles à manger étant donné leur densité proche du béton. Chacun apprécia le tact de Madame lorsque, la première, elle se jeta dessus.

— Des macarons ! Quelle bonne idée ! Voilà des années que je n'en ai pas mangé.

À la première bouchée, son enthousiasme retomba aussi vite que ses dents n'allaient pas tarder à le faire si elle persistait à vouloir croquer.

— Très intéressant…, déclara-t-elle, impériale.

Les plus téméraires se contentèrent de les sucer en espérant qu'ils fondraient un jour. Les autres s'en débarrassèrent comme ils le pouvaient – poches, tentative de panier dans la poubelle – en évitant de justesse le fou rire. Avec la volonté touchante de rendre hommage aux efforts culinaires de Philippe, Odile s'obligea à en finir un.

Il était presque minuit lorsque Mme Beauvillier se leva.

— Je vous propose d'aller nous coucher. Demain sera une longue journée. Merci à tous. C'est mon plus beau réveillon depuis bien longtemps.

Tout à coup, elle s'interrompit.

— Il me vient une idée. Puisque mes amis les Ward seront là demain en fin d'après-midi, que diriez-vous d'inviter aussi vos proches ?

Tous se regardèrent.

— Justin, reprit Madame, revenez donc avec nous. Vous pourrez même rester dormir si ça vous chante.

— Avec plaisir, merci, répondit le jeune homme.

Manon en était encore plus heureuse. Magnier fit remarquer :

— Moi, à part Youpla, je n'ai personne à inviter. Tous mes amis sont déjà dans cette pièce…

Madame répondit :

— Et ce petit Yanis, qui a si bien travaillé ?

— Il doit passer la journée avec sa mère, son frère et sa petite sœur.

— Qu'ils viennent donc aussi. Plus on est de fous, plus on rit, et ce sera l'occasion de bavarder.

Odile restait silencieuse. Elle n'avait personne à convier. Blake non plus. Il appréhendait de se retrouver encore à servir Melissa et Richard… Les deux solitaires échangèrent un regard qui, à défaut de changer leur situation, les réchauffa.

— C'est donc entendu ! conclut Madame. Je vous souhaite une bonne nuit.

Lorsque la table fut débarrassée et la vaisselle faite et rangée, Odile s'appuya contre l'évier et soupira.

— Vous vous inquiétez pour demain soir ? demanda Blake.

— Il va bien falloir nourrir tout ce monde. Je ne sais même pas combien nous serons.

— Ne vous en faites pas, plaisanta Andrew. S'ils ont encore faim après le dessert, on finira les restes.

— Je me demande si Madame n'avait pas un peu bu quand elle a lancé son invitation.

— Peu importe, c'est quand même une bonne idée.

— Vous voudrez bien aller chercher le champagne à la cave ?

— Comptez sur moi.

Dans un coin de l'office, Philippe était en train de s'amuser avec les chatons. Il leur avait bricolé un jouet avec un bouchon et de la ficelle à rôti. Il fit signe à Odile.

— Si ça peut vous aider, j'ai des surgelés à la maison. C'est moins bon que ce que vous faites, mais ça vous épargnera du travail.

— Vous êtes gentil, Philippe. Je descendrai chez vous demain pour voir ce que vous avez.

Timidement, le régisseur demanda :

— Madame Odile, est-ce que vous seriez d'accord pour que j'amène Youpla ? Je serais triste qu'il reste tout seul le jour de Noël…

— Bien sûr, qu'il vienne !, répondit-elle, tout attendrie. Je lui préparerai quelque chose de spécial.

Si Blake avait eu un dentier, il l'aurait perdu tellement sa mâchoire s'en décrocha.

84

Debout au milieu du parc enneigé, en pleine nuit, Philippe et Andrew attendaient. Autour d'eux, le vent facétieux soulevait des volutes de flocons tourbillonnants.

— Alors comme ça, Odile et toi, vous en êtes à vous donner des rendez-vous au congélateur ? Félicitations, c'est très bon signe. Sais-tu que sur l'échelle des meilleurs endroits pour faire la cour, c'est presque aussi bien classé que les gondoles à Venise ? D'ailleurs au début, je crois que la scène de Roméo et Juliette n'était pas écrite avec un balcon. Ils se parlaient près d'un congélo…

— Tu peux te payer ma tête, mais en attendant, qui c'est qui fait son joli cœur avec Madame ? Et que je te regarde avec des yeux de merlan frit… Et que je suis d'accord avec toi même quand ce que tu dis ne veut rien dire…

— Nathalie dit toujours des choses sensées.

— « Nathalie » ? Eh bien, nous y voilà ! L'Angleterre tente encore d'envahir la France. Mais tu devrais te rappeler que ça n'a jamais marché ! Ceci dit, vous iriez bien ensemble.

— Tu le penses vraiment ?

— Si tu arrêtes de me chambrer, je te réponds. Sinon…

— C'est bon, promis. Je te laisse tranquille.

— Alors dans ces conditions, oui, je trouve vraiment que vous collez bien.

— Dommage.

— Quoi, dommage ?

— Dommage que je ne puisse plus te vanner sur Odile, parce que j'en avais une bonne sur Youpla…

Les deux hommes éclatèrent de rire.

Magnier leva les yeux et, dans la nuit claire, contempla les étoiles.

— Tu sais où c'est, la Grande Ourse ?

— À droite du Petit Pingouin, répondit Blake qui, lui, surveillait toujours le manoir.

— Le Petit Pingouin ?

— Celui-là même qui est au-dessus du Fer à repasser, à gauche du Crabe farci.

Blake reçut une boule de neige en pleine tête.

— Ce n'est pas parce que Môssieur a fait des études qu'il doit se foutre de moi.

En rajustant ses lunettes, Blake lui désigna le ciel :

— Regarde toi-même ! Là, tu as la constellation du Démonte-pneu et, au-dessus, celle de Batman.

Une deuxième boule de neige lui éclata sur le front.

— Ne me cherche pas, Blake. J'en ai ras-le-bol de tes plans foireux. On attaque des gens à coups de fusil, on cambriole l'autre folle…

— Tiens, au fait, elle a téléphoné.

— Quoi ? s'alarma Magnier.

— Cet après-midi. J'étais avec Madame lorsqu'elle a appelé.

— La garce ! J'étais certain qu'elle allait nous balancer. Et toi, avec tes grandes idées, tu as été assez stupide pour lui donner du pognon…

— Nous étions venus pour reprendre, pas pour voler. Et tu n'y es pas du tout. Elle a gentiment téléphoné pour prévenir Madame qu'un gang de Bulgares sévissait dans la région et qu'elle en avait été victime. Elle a parlé de son héroïsme face à un grand au regard de braise et un petit qui devait avoir des puces tellement il se grattait partout. Elle a aussi dit que, grâce à sa bravoure, ils ne lui avaient rien volé…

— Regard de braise ? N'importe quoi. Et puis je n'ai pas de puces. C'est ta cagoule à la con.

— Les commandos, eux, ne se grattent pas comme des lépreux.

— Qui tu traites de lépreux ? demanda Magnier en préparant une boule de neige encore plus grosse.

Blake lui désigna le manoir.

— Regarde, Manon vient d'éteindre.

Philippe lâcha sa boule et vérifia sa montre.

— Pile dans les temps. Hakim doit nous attendre à la maison. Quand je pense à la nuit qu'on va passer, j'en ai mal aux bras d'avance…

— Il faut bien que quelqu'un fasse le père Noël pour que les autres y croient…

Les deux hommes disparurent dans la nuit enneigée. Ils chantaient *Jingle Bells* ensemble, mais chacun dans sa langue.

85

La nuit fut courte mais l'aube magnifique. Les premiers rayons du soleil transformaient la neige tout juste tombée en un tapis immaculé couvert de diamants scintillants. Le ciel avait travaillé une bonne partie de la nuit pour offrir un décor idéal à ce Noël naissant.

Andrew s'était levé tôt. Avec un soin particulier, il avait choisi ses plus beaux habits. Il était à présent fin prêt, assis sur son lit en attendant qu'il soit enfin 7 heures précises. Il avait peur.

Pour se donner du courage, il se réfugiait dans la contemplation de la photo de sa femme et de sa fille. Leurs sourires, leurs têtes inclinées vers lui, ses bras autour d'elles… Ce bonheur d'autrefois le rassurait. Il lui semblait entendre la voix de Diane l'encourager, comme le jour où il était allé plaider la modernisation de son entreprise, auprès des ouvriers le matin et des banques l'après-midi. Sarah était encore toute petite. Sur le pas de la porte, alors qu'il partait comme on monte au front, elle lui avait glissé sa figurine préférée dans le creux de la main – le Schtroumpf farceur – en lui promettant que le lutin bleu le protégerait.

Andrew rectifia son gilet, passa encore une fois la main sur ses joues pour vérifier qu'il était parfaitement rasé. Sept heures moins dix. Il prit Jerry contre lui, le serra très fort, comme s'il étreignait tous ceux qui lui manquaient tant. Il lissa le pli de son pantalon, caressa sa cravate.

Sept heures moins deux. Il se leva, demanda à Jerry ce qu'il pensait de son allure et, n'obtenant aucune réponse, jeta un dernier coup d'œil au miroir de la salle de bains. En se regardant, pour la première fois, il ne chercha pas à évaluer ce que le temps lui avait pris, mais plutôt ce qu'il lui avait laissé.

Andrew sortit de sa chambre en faisant le moins de bruit possible. Il ne voulait croiser ni Manon ni Odile. Malgré l'attachement qu'il éprouvait pour elles, ce qu'il s'apprêtait à faire ne concernait que lui.

Lorsqu'il arriva devant les appartements de Madame, le manoir était tellement calme que l'on entendait les petits chats jouer sur le tapis du couloir. Leurs cavalcades et leurs roulades agrémentées d'adorables miaulements lui arrachèrent un mince sourire. Pour se sentir moins seul, il caressa Méphisto.

Il se décida à frapper. Aucune réaction. Ouvrant précautionneusement, Andrew se risqua dans le bureau de Madame et alla toquer directement à sa chambre. Nathalie était-elle encore endormie ? Cela ne lui ressemblait pas. Se trouvait-elle dans sa pièce secrète ?

La porte s'ouvrit. La maîtresse des lieux ne cacha pas sa surprise en découvrant non pas Odile, mais Andrew, et si bien habillé…

— Que se passe-t-il, monsieur Blake ?

— Je vous souhaite un joyeux Noël.

— C'est très gentil… Moi de même.

Elle ajusta sa robe de chambre et serra la ceinture.

— C'est pour me souhaiter un agréable Noël que vous venez de si bon matin ? Une coutume anglaise ?

Manon avait conseillé à Blake de parler simplement. Richard l'avait poussé à se jeter à l'eau. Personne ne lui avait dit qu'il serait obligé de faire les deux en même temps.

— Si Madame le permet, j'aimerais lui montrer quelque chose. Voulez-vous m'accompagner ?

— Tout de suite ? Ne pouvons-nous attendre que je sois habillée ? Odile ne devrait pas tarder.

La perspective qu'ils ne soient plus seuls épouvanta Blake.

— Maintenant serait préférable. Permettez-moi d'insister.

Madame eut un sourire.

— Je vous cède donc. Je ne veux surtout pas vous indisposer. Après, vous seriez capable de me dire ce que vous pensez de ma façon de gérer mes affaires.

Madame et Andrew descendirent le grand escalier. La précédant pour lui ouvrir la voie, Blake traversa le hall, marchant comme s'il remontait la nef de Westminster un jour de couronnement. Il s'arrêta devant la bibliothèque.

— Voilà bien des mystères, murmura Madame. Pourquoi m'amenez-vous ici ?

Blake ouvrit les portes. Une multitude de petites lumières était allumée. Les draps pendaient toujours, dissimulant les rayonnages. Sur le bureau, un minuscule paquet cadeau attendait.

D'un geste, Andrew invita Nathalie à entrer.

— Vous êtes décidément un homme surprenant, monsieur Blake.

Il prit le paquet et le lui tendit respectueusement.

— Joyeux Noël.

— Vous allez me le souhaiter ainsi tout au long de la journée ? Qu'est-ce que c'est ? J'ai moi aussi un petit cadeau pour vous, mais je comptais vous l'offrir à midi en même temps qu'à tout le monde...

Elle fit glisser le ruban, écarta le papier cadeau... et se figea en comprenant qu'il s'agissait d'un écrin à bijoux.

— Il ne fallait pas. Je ne peux pas accepter..., fit-elle, à la fois surprise et terriblement gênée.

— Ce n'est pas ce que vous imaginez.

— Avez-vous idée de ce que j'imagine ?

— Ouvrez.

Elle souleva le couvercle et tressaillit en découvrant la bague ornée d'une émeraude. Incrédule, elle l'ôta délicatement de son support et l'étudia de près.

— Ce n'est pas une copie. C'est bien elle. Par quel miracle... ?

Andrew l'incita à s'asseoir. Sans quitter son bijou des yeux, Nathalie se laissa guider.

— Voulez-vous me confier votre main, Madame ?

— Pardon ?

— Je vous ai demandé de me confier votre main, pas de me l'accorder...

Madame s'empourpra. Blake glissa délicatement le bijou à son doigt. Elle leva la main et fit jouer la pierre dans la lumière.

— Pourquoi m'offrez-vous un tel cadeau ? Comment avez-vous fait ?

Soudain, elle porta les mains à sa bouche et étouffa une exclamation.

— Le gang de Roumains !

— De Bulgares. Et il faut arrêter de tout leur coller sur le dos. Mais s'il vous plaît, n'en parlons plus. D'autant que j'ai encore une petite surprise pour vous…

Blake recula. Parvenu au fond de la pièce, il ouvrit les bras.

— Vous me faites peur, souffla Madame.

D'un geste ample, il arracha le drap qui recouvrait la première bibliothèque. Madame ne put retenir un cri de surprise.

Les livres étaient tous là. Un à un, Andrew retira les draps de chacun des meubles. Les précieux volumes avaient retrouvé leur place. Mme Beauvillier se leva, la voix rauque, le regard voilé.

— Comment est-ce possible ? Vous avez tout racheté ?

— Quelle importance ? J'ai menti, j'ai volé, mais c'est pour vous que je l'ai fait. Il faut maintenant que je vous parle, et c'est sans doute l'un des moments les plus difficiles de ma vie…

— Vous m'effrayez.

— J'ai une bonne et une mauvaise nouvelle.

— Je sais que vous pratiquez souvent ce petit jeu, mais sachez que je n'apprécie pas vraiment…

— Laquelle voulez-vous d'abord ?

— Faut-il vraiment en passer par là ?

— Ça calme mon angoisse…

— Alors annoncez-moi la mauvaise.

— Vandermel Immobilier n'achète plus votre terrain.

— Comment cela ? Tout est signé, tout est en ordre, et j'ai besoin de cet argent !

— Demandez-moi la bonne.

— Andrew, à quoi jouez-vous ?

— La bonne nouvelle, c'est que je peux racheter les terres que vous vouliez vendre, à un meilleur prix, et en vous promettant – contrairement à eux – de laisser votre domaine intact.

— Pourquoi feriez-vous ça ?

Blake fut décontenancé.

— Ce n'est pas la question à laquelle je m'attendais…

— À quoi vous attendiez-vous ?

— J'aurais parié sur : « Mais qui donc êtes-vous pour avoir les moyens d'une telle opération ? » C'est en tout cas ce qui m'aurait arrangé…

Nathalie eut un délicieux sourire et, en articulant exagérément, répéta :

— « Mais qui donc êtes-vous pour avoir les moyens d'une telle opération ? » Tant que vous y êtes, qui donc êtes-vous pour m'offrir les livres de mon défunt mari ? Et qui donc êtes-vous pour aller cambrioler une ex-amie ?

— La réponse n'est pas simple. Êtes-vous prête à l'entendre ?

Mme Beauvillier s'avança vers Andrew, et d'un geste étrangement doux, posa un index sur ses lèvres.

— Ne dites rien.

Elle se dirigea vers la chaîne hi-fi et l'alluma. En prenant son temps, elle passa en revue les CD. Andrew l'observait, curieux et fasciné. Lorsqu'elle eut trouvé celui qu'elle cherchait, elle le glissa dans l'appareil et revint vers lui.

Aux premiers accords frémissants des violons, Blake identifia la plus célèbre des valses de Strauss, *Le Beau Danube bleu*. Les notes montèrent, emplissant l'espace jusqu'à provoquer des frissons.

Madame lui prit les mains et l'attira vers elle.

— Savez-vous valser, monsieur Blake ?

— Nous sommes encore un peu jeunes pour ce genre de danse…

— C'est aussi ce que disaient mes parents.

Elle posa sa main dans la sienne, il la prit par la taille, doucement, et elle le guida, l'entraînant sur son pas. Elle ne le quittait pas du regard. Andrew se laissait conduire, aussi timide qu'à son premier bal d'étudiant. Ils trouvèrent peu à peu leur rythme, évoluant en mesure.

— Qui donc êtes-vous, monsieur Blake ?

— Je ne suis pas le fantôme des Noëls passés. Je ne suis pas non plus ce criminel en fuite activement recherché, y compris dans votre pays…

— Me voilà rassurée.

La musique les emportait. L'émotion provoquée par la mélodie était intense.

— Monsieur Blake, j'ai pour vous une bonne et une mauvaise nouvelle.

— Je croyais que vous n'aimiez pas ce genre de procédé…

— Chacun son tour.

— Alors la mauvaise, s'il vous plaît.

— Vous n'êtes pas le seul à savoir mentir.

Blake se sentit faiblir, mais réussit à ne pas perdre le pas.

— Que savez-vous exactement ?

— Demandez-moi la bonne.

— La bonne nouvelle, s'il vous plaît.

— Melissa Ward est une excellente amie.

— Ce qui signifie ?

— Que comme son mari et vous, nous partageons quelques secrets…

— Ah… Depuis quand savez-vous ?

— Chaque chose en son temps. Je souhaite d'abord vous poser une question importante à laquelle j'aimerais que vous répondiez.

Le final de la valse approchait, les cuivres s'unissaient aux cordes dans un enivrant crescendo. Pour mieux se faire entendre, Nathalie se hissa sur la pointe des pieds et lui glissa à l'oreille :

— J'ai lu la lettre que vous m'avez empêchée de détruire. Je m'interroge sur la façon dont vous avez découvert cet aspect de ma vie, mais nous en reparlerons plus tard. En attendant, je crois que vous avez raison. Rien ne vaut la paix. J'ai décidé de répondre à Hugo… et de renouer le contact avec Franck, son demi-frère. Après tout, il est le fils de François, et notre famille a suffisamment souffert comme cela.

— Je suis heureux de vous entendre parler ainsi. Si vous le souhaitez, vous pouvez leur envoyer un message dès aujourd'hui. Ce serait un beau cadeau de Noël pour eux.

— Pourquoi pas ?… Eh bien, voilà que je me mets à parler comme vous !

Parfaitement à l'unisson, leur duo multiplia les tours, emporté par la musique.

— Reviendrez-vous au manoir après votre voyage chez votre fille ?

— Tout dépend de la place que vous me proposerez.

— Ne rêvez pas, vous n'êtes même pas capable de repasser un journal sans le brûler…

— Voulez-vous que nous parlions de votre pain grillé ?

86

Si l'idée d'inviter Youpla était belle, elle n'était pas forcément bonne. Lorsque, en fin de matinée, Philippe arriva avec son golden retriever, la rencontre avec les félins fut plutôt mouvementée. Méphisto tripla instantanément de volume en voyant débouler le chien qui, aussitôt, s'enthousiasma pour la grosse boule de poils et ses quatre répliques miniatures, au point de foncer dessus en faisant voler les chaises. Odile réussit à canaliser le nouveau venu en lui donnant à manger, et contre toute attente, c'est un chaton qui s'aventura le premier à la découverte du monstre. Quand il s'approcha, le chien eut un joli réflexe de protection. Il sentit que la petite créature aux longues moustaches ne savait pas exactement ce qu'elle faisait et se coucha tranquillement pour la laisser l'étudier. Le chaton lui renifla le museau, essaya de lui attraper la queue qui gigotait, et après l'avoir copieusement escaladé, piétiné et regardé fixement de ses grands yeux ébahis, finit par se lover contre lui en ronronnant.

Constatant que l'intrus n'avait pas dévoré leur semblable, les autres petits chats ne tardèrent pas à le rejoindre. Méphisto, elle, se tenait toujours sous son meuble, les poils hérissés façon plumeau à poussière. Odile et Philippe, attendris, voyaient leurs « enfants » respectifs commencer à bien s'entendre. Tout ne fut pas rose pour autant, notamment lorsque Youpla, tout à son jeu, se mit à japper. Les quatre mini-félins détalèrent à la vitesse de l'éclair, chacun se réfugiant dans des recoins improbables d'où le chien eut le plus grand mal à les faire ressortir.

Le repas du midi fut presque familial. Odile avait concocté un menu raffiné : soufflé au homard et canard rôti aux pommes du domaine. Mme Beauvillier parlait peu mais souriait souvent. Justin, moins intimidé, se révélait peu à peu, et tout le monde s'attendrissait de le voir aux petits soins pour Manon. Le jeune homme avait gagné le cœur d'Odile en lui faisant mille compliments sur sa cuisine – et en acceptant de se laisser resservir plusieurs fois. Tous s'étaient régalés, et, à l'unanimité, le dessert fut renvoyé à plus tard, lorsque les invités de fin d'après-midi seraient arrivés.

Pour la première fois, autour de la table, on ne trouvait plus un assemblage de gens hétéroclites, plus ou moins perdus dans leurs vies, mais trois relations en devenir. Trois générations, six espérances, beaucoup de parcours différents, mais dans une seule et même vie. Andrew, Odile et Manon étaient sans doute les plus conscients du chemin parcouru en quelques mois. Au fil des conversations, entre les éclats de rire et les confidences, les regards qu'ils échangeaient en disaient long. Ce qui scelle ou détruit une existence se joue aussi à travers ces petits riens.

De temps à autre, Youpla passait en cavalant, lancé à la poursuite d'un de ses nouveaux compagnons de jeu. Pour Noël, il avait eu son cadeau : des jouets qui font des bruits amusants lorsqu'on appuie dessus avec la truffe, qui roulent sans qu'on soit obligé de les lancer et qui, en plus, reviennent sans que l'on ait besoin de se fatiguer. Dans un accès de tendresse baveuse, il coinçait parfois un des petits entre ses pattes et s'appliquait à lui lécher la frimousse.

En fin d'après-midi, Yanis, Hakim, leur mère et leur petite sœur arrivèrent les premiers. La maman avait préparé des petits gâteaux aux amandes et au miel. Impressionnée par le manoir, elle confondit Madame et Odile et crut que Manon était la fille de Philippe. Yanis fila jouer avec le chien et les chats et, très vite, Hakim discuta plomberie avec Madame.

La mère vint trouver Blake.

— Je suis heureuse de vous revoir en forme. La dernière fois, vous étiez sur votre lit d'hôpital, inconscient.

— Les infirmières m'avaient dit que vous étiez venue accompagner Yanis. Merci.

— Il ne m'avait pas laissé le choix. Il parlait tout le temps de vous et de M. Philippe. Il m'a raconté Halloween, vos histoires pour lui faire travailler ses maths. Grâce à vous, je crois qu'il va pouvoir s'en sortir au collège. Je vous remercie énormément. J'aurais voulu l'aider, mais…

— Ce qui compte, c'est qu'il avance bien. C'est un bon garçon.

— Je vous remercie aussi pour le cadeau que j'ai découvert ce matin. Vous auriez dû voir Yanis ! Il ne tenait pas en place. Il était encore plus pressé de me voir déballer ma surprise que d'ouvrir les siennes.

Mais c'est beaucoup trop. Il va me falloir un peu de temps, mais je tiens à vous rembourser.

— C'est hors de question, chère madame. Ce n'est ni Philippe ni moi qu'il faut remercier, mais votre fils. Il a travaillé pour. Hakim nous a bien aidés, lui aussi. C'est lui qui a joué les pères Noël cette nuit…

— Vous savez, mon père disait qu'il existe des personnes qui apparaissent dans votre vie comme des rayons de lumière et que d'autres sont comme des nuages. Pour notre petite famille, vous êtes un soleil.

— Votre père avait raison, mais je crois que nous sommes tous, tour à tour, nuage et rayon de lumière. Ce que vous me dites m'honore et je vous en remercie. Mais quelle que soit la petite éclaircie que je représente pour Yanis, n'oubliez pas que pour lui, à jamais, vous êtes le ciel tout entier.

87

En début de soirée, Nathalie commençait vraiment à s'inquiéter. Les Ward avaient plus d'une heure de retard, et avec la neige qui s'était remise à tomber, elle redoutait qu'ils n'aient des difficultés sur la route. Dans la bibliothèque, Hakim, Manon et Justin écoutaient de la musique. La pièce résonnait d'accords inhabituels, passant de la pop au rock, du disco au R&B au rythme des standards. Les jeunes gens se délectaient de tubes et d'artistes qu'ils connaissaient parfaitement malgré le décalage générationnel. Dans le couloir du premier étage, éclatant régulièrement de rire ensemble, Philippe, Yanis et sa sœur s'amusaient avec la ménagerie. On pouvait d'ailleurs se demander lesquels étaient les jouets des autres étant donné les tours que leur réservaient les chats… À l'office, la maman de Yanis et Odile discutaient. Bien que de cultures différentes, elles s'aperçurent très vite qu'elles partageaient la même conception de la cuisine, y voyant un aspect social et affectif qui dépassait de loin la simple valeur gustative ou nutritionnelle des recettes. Chacune confiait ses trucs à l'autre. Toute la maison vivait. Si des extraterrestres étaient arrivés du fond de l'univers pour étudier notre espèce, le manoir aurait été l'endroit idéal pour leur faire découvrir en une seule fois tout ce que nous pouvons être : affamés – aussi bien de nourriture que d'émotions –, souvent joueurs, parfois stupides, mais trouvant notre vraie valeur lorsque nous sommes ensemble. Même étrangers, les humains qui partagent ne font qu'un et sont superbes.

Lorsque la lumière des phares illumina le salon, Nathalie soupira de soulagement. Blake se leva du canapé avant elle.

— Me permettez-vous d'aller leur ouvrir ?

— Vous n'êtes plus obligé de faire semblant d'être majordome.

— Il n'y a que vous et moi pour le savoir…

Avec une précision toute professionnelle, Blake arriva au pied du perron au moment où la berline aux vitres teintées des Ward s'immobilisait. D'un geste élégant, il ouvrit la portière de Melissa.

— Bonsoir, Andrew, lui sourit-elle. Joyeux Noël.

Incapable de savoir si elle pouvait lui faire la bise ou pas, elle lança un regard vers les fenêtres afin de vérifier si quelqu'un les observait. Elle ne vit personne. Blake restant sur sa réserve, elle se comporta comme une invitée.

— Dépêche-toi de parler à Nathalie, lui souffla-t-elle. Ça devient intenable…

— J'y travaille.

Richard Ward sortit à son tour.

— Bien le bonsoir, mon brave ! lança-t-il, jovial. Nous avons des paquets dans le coffre, je compte sur vous pour vous en charger sans rien casser.

Soudain, sans prévenir, Blake lança la belle boule de neige qu'il cachait derrière son dos. Elle explosa sur le costume hors de prix de Richard.

— Espèce de hooligan ! protesta celui-ci.

— *Drop dead* avec tes paquets, exploiteur capitaliste ! Tu ne t'attendais pas à celle-là, pas vrai ?

Melissa éclata de rire et enlaça Andrew.

— Donc, Nathalie sait… Comment ça s'est passé ?

— Si on fait abstraction du fait que je me débrouille comme un ado qui ne comprend rien aux femmes, on peut considérer que je n'ai encore rien raté.

— Excellente nouvelle.

La portière arrière de la voiture s'ouvrit et Blake eut la surprise d'en voir descendre David. Pris de court, il mit quelques instants à reconnaître le mari de sa fille, tant il était abasourdi de le voir ici. Alors qu'il réalisait ce que cela impliquait, l'autre portière s'ouvrit, révélant Sarah.

— Et toi, ricana Ward, tu t'attendais à celle-là ?

Blake se mit à trembler, mais ce n'était pas à cause du froid. Emmitouflée dans un long manteau couleur prune, Sarah marcha vers lui. Elle avait l'élégance de sa mère.

— Je me suis dit que ça te ferait plaisir de nous voir… dit-elle en cherchant son regard.

Andrew s'avança. Même devenue femme, Sarah avait gardé cette délicieuse façon de se mordre la lèvre qui le faisait fondre lorsqu'elle était toute petite.

Pour la première fois depuis longtemps, Blake prit dans ses bras autre chose qu'une peluche ou un chien. Il garda sa fille contre lui un long moment, puis saisit David par l'épaule et l'attira avec eux.

À la porte, tout le monde regardait, certains sans comprendre, d'autres en étant parfaitement conscients de ce qui se jouait devant eux.

— Il embrasse tous vos invités comme ça, votre majordome ? demanda Justin à Madame. C'est quand même spécial…

Depuis des semaines, Blake rêvait de cet instant. Il l'espérait, il l'attendait. Des nuits entières, il avait tenté de l'imaginer, cherchant ce que devraient être ses premiers mots lors de ces retrouvailles.

— Tu vas rester un peu ? demanda-t-il.

Il n'avait jamais envisagé de dire cela. Mais à présent qu'il tenait sa petite dans ses bras, il ne voulait plus la laisser s'éloigner.

— En fait, répondit Sarah, David et moi avons décidé de revenir en Europe. Trop de choses nous manquent. On hésite encore sur le pays, mais nous avons le choix. Ce ne sont pas les failles sismiques qui manquent…

Philippe fit irruption sur le perron.

— Quelqu'un peut venir nous aider ? Un chaton s'est coincé derrière le buffet du premier. Il n'a pas l'air bien…

Cette soirée de Noël commença donc par un déménagement. Les hommes retroussèrent leurs manches pour soulever l'énorme meuble pendant que les femmes réconfortaient chats, chien et la petite sœur de Yanis qui avait peur que le « minou » n'ait été écrasé. Lorsque Odile réussit enfin à attraper le petit rescapé, une clameur de joie monta dans le manoir, provoquant la panique de tous les animaux qui détalèrent.

Ce n'est qu'ensuite que les présentations furent faites. Manon fit spontanément la bise à Sarah. Rapidement, elles se mirent à parler grossesse, ce qui n'échappa pas à Blake. Justin testa son anglais avec David. Melissa et Nathalie discutaient dans leur coin, à voix basse, en riant beaucoup. Ce soir-là, tout le monde avait quelque chose à raconter. Où qu'il soit, Andrew couvait discrètement Sarah des yeux. Sa présence après tout ce qu'il avait vécu était sans doute le plus beau cadeau qu'il ait jamais reçu.

Lorsque tout le monde fut réuni au pied du sapin, Ward commença à révéler une infime partie des bêtises qu'Andrew et lui avaient faites étant plus jeunes. Même Melissa et Sarah en ignoraient la plus grande part. La description de Blake, en slip, au milieu du hall de la Police Station de Bromley, avec, attachée au cou, une pancarte sur laquelle était écrit « Je viens de Pluton, ne me touchez pas, je suis radioactif sauf si vous êtes mignonne », eut un franc succès. Du coup, Philippe raconta quelques-unes des pires situations dans lesquelles Blake l'avait embarqué. Il passa cependant sous silence l'épisode « Helmut et Luigi ».

— Toi aussi, il t'a menacé ? lui demanda Ward.

— Plus d'une fois. Il a même voulu me faire greffer des seins.

— Moi, il m'a obligé à me déguiser en fille pour aller au mariage d'un copain…

— Tu avais perdu un pari ! se défendit Andrew.

— Comme si tu avais besoin de prétextes ! ironisa Magnier. Espèce de pervers !

Puis, prenant les autres à témoin, il ajouta :

— Dès le premier soir, il a piétiné ma ciboulette.

La main sur le cœur, Richard Ward déclara solennellement :

— Au nom de la Grande-Bretagne, je vous présente mes excuses les plus sincères. D'habitude, nous gardons les pires spécimens sur notre île, mais celui-ci a réussi à s'échapper.

L'arrivée des premiers desserts offrit une diversion salutaire. Andrew profita du fait que tout le monde se servait pour demander à Magnier :

— Tu ne m'en veux pas ?

— De quoi ?

— De t'avoir caché qui j'étais.

— À ta place, j'aurais fait pareil. De toute façon, je me fous complètement de ton passé ou de ton vrai métier. Tu peux être une marchande de poissons si ça te chante, je m'en fiche. Tout ce qui compte pour moi, c'est que tu restes vivre ici.

— Ça ne dépend pas de moi.

— Mon œil.

Leur échange fut interrompu par une voix qui appelait « Papa ». Depuis combien de temps Andrew n'avait-il pas entendu cela ? Il se retourna vers Sarah.

— Oui, chérie ?

— Mme Beauvillier nous propose de rester dormir… Qu'en penses-tu ?

Blake prit les mains de sa fille et les embrassa.

— Tu as même la permission de te coucher tard. Si tu as une minute, quand tout sera plus calme, j'ai des choses à te dire.

— Moi aussi. Tu sembles tellement mieux ! Tu as rajeuni.

Sarah le dévisagea intensément.

— Tu sais, murmura-t-elle, je désirais tant t'aider quand on n'est restés que tous les deux… Mais toi, tu ne l'acceptais pas. Je n'ai pas su comment m'y prendre. C'est devenu compliqué… Et te revoilà toi-même à présent. Qu'est-ce qui t'a sauvé ?

— Les ennuis des autres, et l'envie de te retrouver.

C'est à ce moment qu'Odile revint de la cuisine en tenant à la main une poêle remplie de tranches d'ananas rôties qui embaumaient le caramel, la vanille et le rhum.

— Qui veut goûter à ma spécialité ?

Devant elle, Magnier se figea. Il blêmit comme s'il avait vu un fantôme, ou plutôt comme si un certain fantôme avait brusquement reconnu quelqu'un… Une rafale d'images déferla dans son esprit. Son cauchemar prenait vie. Il se revoyait voler dans les nuages, nimbé de blanc. Et tout à coup, Odile le frappait au front avec cette même poêle…

Philippe porta la main à sa tête.

— Mon Dieu ! C'est toi qui m'as assommé la nuit d'Halloween…

Toutes les conversations s'interrompirent. La mine décomposée d'Odile était plus éloquente encore qu'un aveu.

— Je voulais seulement protéger les enfants… Pardon.

— C'est vrai, intervint Blake. Tu avais disjoncté. Demande à Yanis ! Il fallait bien faire quelque chose.

Tout le monde était suspendu à la réaction de Philippe. Il s'approcha de la cuisinière et lui retira délicatement la poêle des mains.

— Ne t'avise plus jamais de me frapper, lui dit-il, sinon, je te promets que je demande à mon copain Helmut de venir me venger. Tu verras, il est terrifiant avec sa tête de hareng.

— Qui traites-tu de hareng ? s'exclama Andrew, indigné.

— Mais qui est Helmut ? demanda Madame.

— Dis donc, glissa Sarah à son père, vous ne vous ennuyez pas, ici. C'est vrai qu'ils sont bizarres, les Français. Ça donnerait presque envie de rester…

Cette nuit-là, à défaut de croire au père Noël, tous croyaient en la vie. Ils vivaient, savourant ces instants comme s'ils devaient être les derniers, comme s'ils étaient les premiers.

FIN

ET POUR FINIR…

Merci de m'avoir suivi jusqu'à ces pages. Si vous le permettez, je souhaite partager avec vous un souvenir très personnel qui, je l'espère, vous sera utile.

Un mercredi, il y a bien longtemps, je passais comme souvent l'après-midi chez une vieille dame qui habitait en face de chez nous. Elle a fait tomber un vase qui s'est brisé. Il était petit et pour tout dire assez moche, mais la chute de l'objet l'a profondément peinée. Elle s'est assise. En cherchant ses mots, elle a commencé à me raconter que ce modeste vase était le premier cadeau qu'elle avait offert à sa mère avec ses propres « pièces ». Malgré les années, le souvenir de la joie de sa maman était resté intact, et l'éclat de son regard en me décrivant ce sentiment était impressionnant. Cette adorable vieille dame s'appelait Alice Coutard-Faucon – mais nous l'appelions tous Nénène. Ce jour-là, elle et son petit vase ont à jamais changé ma vision de mes aînés. Alice m'a fait cadeau d'une des clés de ce monde : elle m'a appris que les « vieux » ont aussi été des enfants. J'avais tout juste sept ans.

Depuis ce jour, chez ceux que je rencontre, je vois l'enfant qu'ils ont été. Les meilleurs d'entre eux ne l'ont d'ailleurs pas oublié et gardent cette fabuleuse capacité de s'étonner, de douter, d'apprendre et de jouer. Parce qu'ils n'ont jamais hésité à me confier leurs histoires, parce que j'ai osé leur poser des questions, je me suis vite rendu compte que cet échange apportait des réponses à quelques-unes de mes innombrables angoisses, tout en leur redonnant une énergie qu'ils semblaient apprécier. Au-delà du temps, nous vivions ensemble. À leur contact, j'ai découvert que parcourir cette vie revient à traverser un grand fleuve. Tout jeunes, nous sommes sur la rive et nous avons peur de nous jeter à l'eau. Puis nous passons notre existence à nager, parfois chahutés par le courant, en direction de l'autre rive. Une seule règle : on ne peut pas revenir en arrière. Certains nous jettent des bouées, d'autres tentent de nous couler. Il existe aussi malheureusement beaucoup de traîtres à leur espèce qui font la planche sur le dos des autres… J'ai quarante-six ans, je suis quelque part au milieu. Il y a longtemps que je n'ai plus pied. En me retournant, je vois ceux qui arrivent derrière, et certains sont déjà d'excellents nageurs. En avançant, je vois ceux qui me précèdent et j'en trouve beaucoup admirables de courage. Tous, qu'ils me précèdent, me suivent ou soient à la même hauteur que moi, me bouleversent à se débattre dans le flot.

Je souhaite dédier ce livre aux rayons de soleil qui ont illuminé ma vie, qui m'ont appris à avoir moins peur, de moi-même et du monde. Tous n'étaient pas des vieux, mais ils nageaient bien mieux et bien plus loin que moi.

Avec mes « pièces » à moi, j'ai acheté de la colle ultra forte qui fait tenir les gens au plafond. J'ai recollé les vingt-six morceaux du vase de Nénène. C'est le seul puzzle que j'aie jamais fait. Cela m'a demandé tout un après-midi. À cette occasion, j'ai appris que ce puissant adhésif peut aussi coller les doigts entre eux, mon tee-shirt à la table de la cuisine, une pince au plateau préféré de ma mère et ma paume à mes cheveux… Mais ces catastrophes ne sont rien par rapport à ce que j'ai lu dans le regard de Nénène lorsque je lui ai ramené son petit vase – encore plus moche qu'avant. J'en ai toujours les larmes aux yeux. Je me sens proche de ceux qui pleurent pour des vases cassés et je suis prêt à donner beaucoup pour essayer de tout recoller. Je n'y peux rien. Ceux qui m'ont offert leur exemple et leur expérience sont seuls responsables. Ils m'ont ouvert une voie magnifique dans les flots déchaînés.

À Nénène, à ma grand-mère Charlotte Legardinier, à ma tante Marie Camus, à Georgette et Charles Juhel, à Andrée Juhel, à Marguerite Juhel, à Fanny et Jacques Brondel, à Janine et Georges Brisson, à Yvette et Bernard Turpin, à Jacqueline et André Gilardi, à Gaby et Roger Le Pohro, à Mathilde et Gabriel Bouldoire, à Géraldine et Pierre Devogel, à Germaine et Robert Fresnel, mais aussi à Jean-Louis Faucon, à Sean, à Douglas, à Ray, à William Gassner, merci d'avoir été si bienveillants et si honnêtes avec moi. Par bonheur, beaucoup d'entre vous sont encore là.

À mes parents dont je comprends chaque jour davantage les mots. Papa, Maman, même si vous n'êtes plus là pour que je puisse m'excuser de tout ce que je vous ai fait endurer (j'ai un côté Blake très prononcé…), je vous rassure : les enfants vous vengent joyeusement.

À mes proches, Brigitte Gaguèche, Sylvie Descombes, Gaëlle et Philippe Leprince, Hélène et Sam Lanjri, Martine et Stéphane Busson, Michèle Fontaine, Roger Balaj, Dominique et Patrick Basuyau, Christine et Steve Crettenand, Soizic et Stéphane Motillon, Élisabeth et Michel Héon, Chantal et André Deschamps, Cathy et Christophe Laglbauer, Marc Monmirel, Éric Laval, Isabelle et Stéphane Tignon, Andrew Williams. Nous sommes dans l'eau jusqu'au cou et nous ramons ensemble. Avec vous, j'ai dérivé, j'ai affronté des tempêtes, rencontré quelques écueils, une ou deux plages de sable blanc également. Ce n'est heureusement pas fini. Je sais qui vous êtes et je sais pourquoi je vous aime. Que diriez-vous de nous donner rendez-vous sur une île ?

À toi, Thomas, à nos moments, à notre complicité, à Katia et à votre fils qui n'en finit pas de faire ses dents – mais quoi de plus naturel avec une mère qui chante sans arrêt *Bébé requin*… Sois prudent, des gens comptent sur toi parce qu'ils ont besoin de toi. Moi le premier. Les freins à disques, y a que ça de vrai.

À toi, Éric. Je ne me lasse pas de te voir courir et t'arrêter brusquement pour repartir en arrière parce que tu as oublié un truc. Seule Super Danseuse® pourrait te sauver… Je reste fasciné par ta faculté à nous conduire à bon port en tenant ta carte à l'envers. « Terrain plat », qu'il disait… Au fait, je suis sincèrement désolé que les cannibales aient mangé ton arrière-arrière-grand-oncle.

À Annie et Bernard, pour tout ce que nous partageons, pour tout ce que vous m'apprenez, à faire, et à surtout ne pas faire… Bernard, je crois qu'Annie attend ses diamants faits maison. Grouille-toi, évite de mettre le feu au petit atelier et, s'il te plaît, ne mêle pas les enfants à ce nouvel accident nucléaire…

À toi, Guillaume. Je viens de t'accompagner pour ton voyage en Angleterre et j'attends déjà ton retour. Tu as ta vie à faire mais n'oublie pas que je serai toujours là pour toi, une sorte de majordome… Je te promets d'aller dire à Koala, Marmotte et toute la bande que tu vas revenir. Comment réussis-tu à être aussi affectueux et à viser aussi bien ? La petite main…

À toi, Chloé. Quoi que tu décides, quoi que tu fasses de ta vie, l'idée d'avoir rendez-vous avec toi me fait tenir debout. Quel que soit le temps – et j'espère que nous en avons encore beaucoup –, nous aurons toujours rendez-vous « somewhere only we know ». À jamais, tu es mon bébé dragon, et ton combat à l'épée était vraiment bien…

À toi, Pascale, parce que nager à tes côtés reste le plus grand bonheur de ma vie. Même si tu crawles beaucoup mieux que moi, je ne veux à aucun prix que tu atteignes l'autre rive avant moi. Ensemble jusqu'au bout. Tu es mon radeau, mon île, mon canot de sauvetage. Une fois, tu as aussi été un poulpe et un bébé phoque. Aucun fleuve n'est assez puissant pour nous séparer.

Je veux aussi remercier ceux qui me permettent de partager, en premier lieu Céline Thoulouze, avec qui j'avance depuis mes débuts. Nous avons eu la chance de commencer professionnellement et de grandir ensemble. Merci, Céline, de m'avoir soutenu dans mes choix, merci pour ce lien rare. Nous ne nous sommes jamais perdus de vue et c'est avec bonheur que tu deviens enfin la gardienne de mes premiers textes. Je souhaite également remercier Perrine Brehon pour son remarquable esprit dans le travail. Merci à Julie Cartier et Carine Fannius pour leur appui. Je n'oublie pas Thierry Diaz, dont la rencontre reste l'une de mes chances.

Merci à la famille Bergeron de m'avoir accueilli dans son superbe Château de la Rapée.

Et pour finir, plus que tout, merci à toi, qui tiens ces pages. Les lectrices et lecteurs, mais aussi certains libraires passionnés, ont véritablement porté *Demain j'arrête !*. Vous tous êtes en train de me construire, et je vous appartiens. Je vous promets de faire en sorte que ce ne soit pas le truc le plus idiot que vous ayez fait de votre vie…

Ma gratitude à ceux qui m'ont écrit des petits mots souvent bouleversants. Vos prénoms et vos histoires m'accompagnent chaque jour. Si vous en avez envie, nageons ensemble encore un peu. Je vous l'ai dit, c'est pour vous que je travaille et j'en suis très heureux. J'ai hâte de vous retrouver, de rencontrer encore et d'échanger toujours. Ma vie, comme ce livre, est entre vos mains.

Du fond du cœur, merci d'être là.

www.gilles-legardinier.com

Gilles Legardinier
BP 70007
95122 Ermont Cedex
France

Composition et mise en pages
Nord Compo à Villeneuve-d'Ascq

Pour plus d'information :

www.lisez.com

Imprimé sur du papier issu de forêts gérées durablement.

Imprimé en Espagne par Liberdúplex
en août 2023
Nº d'impression : 111593

POCKET – 92, avenue de France, 75013 Paris

S33728/01